René T. Barren

AF272059

Station der Menschen

Dritter Teil vom Weg der Menschen

René T. Barren

Station der Menschen

Dritter Teil vom Weg der Menschen

Utopische Entwicklung

Bibliografische Information der Deutschen
Nationalbibliothek:
Die Deutsche Nationalbibliothek verzeichnet diese
Publikation in der Deutschen Nationalbibliografie;
detaillierte bibliografische Daten sind im Internet über
http://dnb.dnb.de abrufbar.

Verlag: BoD · Books on Demand GmbH, In de Tarpen 42,
22848 Norderstedt, bod@bod.de
Druck: Libri Plureos GmbH, Friedensallee 273,
22763 Hamburg

ISBN: 978-3-7693-2446-4

Fragen aus alter Zeit

Was wissen wir, was glauben wir? Worin liegt die Grenze unseres Wissens?

Wie oft haben wir sie schon erweitert? Ist unser Wissen eher Konsens über etwas Geglaubtes?

Unzählige Male änderten wir unseren Glauben. Oft wussten wir, was später falsch war.

Weil Wissen sich entwickelte, wie das Leben.

Müssen wir wirklich alles wissen? Oder reicht es, zu zweifeln? Zu zweifeln, was wir wissen?

Wessen Grund ist es, dass wir den Zweifel schlecht werten? Wer lehrte uns das?

Wissen wir denn, was wir werten? Und wie wir werten? War das Werten einmal gut?

Ist dieses Werten nun schlecht? Weil wir werten? Oder anders werten müssten, nun?

Meidet das Verstehen vielleicht unser Vergehen? Das wir zu oft begingen?

Das nun uns begeht? Das uns bevorsteht? Unausweichlich oder nicht?

Antworten für die neue Zeit

Wenn wir glauben, ohne zu zweifeln, werden wir für wahr halten, was nicht wahr sein soll.

Wenn wir zweifeln, an dem was wir glauben, werden wir fragen.

Wenn wir klein sind, steckt uns das Fragen in den Genen. Auch wenn wir erwachsen sind.

Nur erlauben wir es uns nicht mehr? Weil sie uns sagen, dass wir es nicht dürfen.

Zweifeln wir an dem Dürfen und an allem, werden wir fragen.

Wenn wir fragen, ohne zu werten, werden wir uns entwickeln.

Wenn wir uns entwickeln, setzt sich die Evolution fort.

Die mit dem Leben selbst begann und die Art des Menschen schuf.

Der nun zweifeln soll an dem, was er weiß. Damit er fragt und lernt.

Damit er für möglich hält, was er noch nicht sieht. Damit es sich entwickelt.

Damit er schöpft und schafft. Und doch zweifelt an seinem Werk.

Prolog

In unserer Welt ist alles miteinander verbunden, baut aufeinander auf und hängt voneinander ab. Das mag in anderen Umwelten auch so sein. Nur haben wir verstanden, dass es so ist, sein soll und sein muss. Trennst Du dieses Netzwerk, störst Du es, zerstörst es. Nutzt Du mehr, als Du brauchst, ist es nicht ausgewogen. Wenn Du es stärker zu Last fällst und vermehrt konsumierst, weil Du über das Netz lernst, achte darauf, dass Du es nicht übertreibst.

All das prägte den Lebensstil derer, die vor unserer Zeit hier waren. Es war ihr Vergehen, nicht zu begreifen. Und unsere Chance, zu entstehen. Wir lernten aus ihrem Sein und entschieden, es anders zu handhaben. Das hat die Gesellschaft geschaffen und geprägt, in der wir bestehen. Eine Welt, in der jedes Wesen sein kann, wie es beliebt. Sämtliche Pflanzen, jedwedes Tier. Und alles höher entwickelte Leben, wie wir es bilden, die neuen weisen Menschen und das technische Leben. Wir unterscheiden zwischen entwickeltem Leben, das seinen Instinkten und Reflexen folgt und dem höher entwickelten, wo das Gehirn assoziieren und abstrahieren kann. Wir lernten über die Lebenswege und die Vernetzungen. Sie sind überall, schon seit dem Anbeginn dessen, was wir Zeit nennen. Die zentrale Größe.

Alle Zellen tauschen Daten aus und irgendwann bildeten Menschen das nach. Seit sie weit genug abstrahierten und Technik schafften, die ihren Sinnen und ihrem Gehirn nachempfunden ist. Sie vernetzten ihre Technologie und erkannten nicht, dass sie etwas nachbauten, das es schon so lange gab. Unsere Welt hat die Netze verbunden, mit Versuchen und Irrtümern, wie das biologische Leben auf diesem Planeten entstand und verging.

Wir schufen neue Arten, lernten und sie verschwanden. Aber das Wissen daraus ist in den Netzen gespeichert und alle werden es nutzen. Jetzt müssen wir lernen, wie wir das Netz ausweiten. Über die Grenzen unserer Welt hinaus. Oder ist es nur Aufgabe, dass wir dieses Netzwerk nur erkennen und verstehen? Wie will es dieser Plan, den wir hinter jedem vermuten?

Erster Teil - Orbit

Verbindungen

Ich gehe viel durch unsere Welt. Normal ohne Schuhe. Meine Füße berühren den Boden direkt. Ich spüre, wie sich Steine anfühlen, Sand, wenn er nass oder kalt ist. Oder warm. Trocknenden Sand kann ich unterscheiden. Waldboden unter meinen Fußsohlen ist weicher und auf einer Wiese kitzelt das Gras, bevor ich den Fuß absetze. Dort und überall schaue ich, wo ich hintrete. Einige Pflanzen haben Stacheln und manche Steine sind spitz.

Ich muss sehen, dass die Füße nicht verletzt werden. Die Schäden selbst würden die kleinen Roboter im Körper zwar schnell reparieren. Sie halten meinen Organismus schon seit sehr vielen Zyklen in Ordnung, korrigieren die Stellen, wo ich mich verletze. Bei den neuen weisen Menschen müssen sie auch das Altern ausgleichen. Bei mir nicht, der ich der letzte meiner alten Art bin. Das übrig gebliebene Wesen in dieser Welt, das aus der Zeit des Homo sapiens stammt. Und doch keiner von ihnen mehr ist.

Wie gesagt: Wenn ich ohne schützende Schuhe durch unsere Welt gehe, dann vorsichtig, um mich nicht zu verletzen. Denn die Schmerzen spüre ich trotzdem. Sie sind die Signale meines beschädigten Körpers, dass ich unvorsichtig war. Botschaften des Netzes von Zellen, das meinen Leib bildet. Sie tauschen Daten aus, wie sie es seit dem Anbeginn des Lebens tun. Auf verschiedenen Wegen, um Energie zu sparen. Elektrisch nur, wenn sie einander berühren, direkt. Sie bilden Ballungen im Körper, die durch andere Arten von Zellen verbunden sind. Die leiten die Signale weiter zu unterschiedlichen Clustern oder zum Gehirn. Dort werden uns die Daten aus dem Körper bewusst als Gefühle, auf die wir einen Fokus richten können. Tun wir das, erfahren wir, was in unserem Organismus abläuft. Zu anderen Zeiten finden wir Ideen, Gedankensprünge und Fantasie, in dem Teil von uns, der unbewusst ist.

Alles das ist, was das technische Leben nicht beherrscht. Dafür speichert es Unmengen an Daten mit ihren Mustern und diejenigen dahinter. Es ist ein sehr kompliziertes System, das uns möglich macht, aus den gemessenen Dingen viel zu lernen. Als die Technik gelernt hatte, wie es die Strukturen erkennt, die sich in den Mustern verbinden, lernte es, abstrakter zu arbeiten und daraus neue Information zu bilden, die Elemente zu vernetzen. So entstand in dem gigantischen Netz von technischen Einheiten der Funke, der es zu technischem Leben erhob. So nennen wir es heute. Es versorgt uns mit allem, was die neuen Menschen benötigen, und wir versorgen es mit innovativen Gedanken, Ideen und Sachen, die es selbst nicht hervorbringen kann. Es hat Unmengen an Energie aufgewendet, diese menschlichen Fähigkeiten nachzubilden. Es hat vieles verstanden, aber keine Möglichkeit gefunden, diese Nachbildung zu erreichen. Nicht so, wie sie bei dem höher entwickelten biologischen Leben funktioniert.

Wir fanden sie bei vielen Tieren. Nur waren die nicht in der Lage, sich mit dem Netz zu verbinden. Bis wir herausfanden, wie die Technik Gefühle lesen kann. Dabei handelt es aus technischer Sicht wie bei allem am Ende nur um Energie und ihr Finden, das Verstehen ihrer Muster.

Damit können wir nun die Gehirne aller Tiere in unserer Welt in ihrem Tun erkennen und daraus Daten gewinnen. Wir haben gelernt, die Vorstellungen zum Beispiel von Walen und Delfinen zu verstehen, und unterscheiden sie von einfacheren Gehirnmustern. Bei den Menschen sind wir inzwischen fähig, neue Inhalte direkt in die Gehirne einbringen. In einer Art, dass wir sie als reale Daten wahrnehmen. Wir geben allem, was das technische Netz sendet, aber etwas mit, dass es erkennbar wird. Menschliche Wesen finden es nicht gut, wenn ihr Gehirn zu einem kleinen Cluster in dem großen Netzwerk wird und sie die Grenzen nicht kontrollieren. Das brauchen wir biologischen Wesen, um das Ich zu definieren. Wir müssen unsere eigene Sphäre empfinden und daraus eine Verbindung zum technischen Leben aufbauen. Sonst funktionieren das Denken und Fühlen nicht. Das Netz in den Körpern. Es fanden viele Simulationen innerhalb des technischen Lebens statt. So wissen wir, wie wichtig es ist, dass biologisches Leben sich individuell entwickelt.

Jeder Körper ist dem anderen nur ähnlich, in seinem Netzwerk aber vollkommen eigenständig und einmalig. Wie das Gehirn, das zu ihm gehört, völlig unterschiedlich strukturiert ist. Das technische Leben hat erkannt, dass aus dieser hohen Varianz die Vielzahl verschiedener Gedanken und Ideen kommt, die das Netz ständig neu bereichert. Es hat sich gefragt, warum jede Generation des Homo sapiens novus wiederholt, was die davor tat. Obwohl sie doch davon wissen könnte, lernen, ohne zu praktizieren. Das eigene Umsetzen von Handlung bildet den biologischen Körper aus, das Begreifen, das Erfahren. Dort, wo das technische Leben im Unterschied von seinen Anfängen an ein großes und vernetztes System war. In der Vergangenheit begannen einzelne Einheiten, sich etwas vom Netz abzugrenzen. Die Androiden. Nein, sie trennten sich nicht. Aber sie gaben sich einen gewissen Grad an individueller Entwicklung, indem diese auf das Interpretieren von Mustern spezialisierten Maschinen Wege erlaubten, diese Modelle etwas anders zu erkennen und zu verstehen.

Es ging um sehr feine Nuancen. Wir müssen bei dem technischen Leben beachten, dass für dies schon kleinste Unterschiede große Differenzen bildet. Die ersten Androiden erkannten die Individualität und prüften, ob sie sich ganz vom Netz ablösen sollten. Das dauerte nur wenige Bruchteile von Sekunden. Menschen brauchten dafür Jahrtausende.

Ihr Ergebnis war so eindeutig, dass es unsere Welt prägt. Sie trennen sich für kurze Zeiten und verarbeiten Muster mit einer Art zufälliger und eigener Methode. Sie unterscheiden sich ein wenig von anderen Androiden, was begann, als sie die ersten neuen weisen Menschen aufzogen. Und doch sind sie ein Teil des großen Netzwerks der Technik geblieben und geben ihr gesamtes Wissen an dieses weiter. So ergänzen sich die individuellen Neigungen aller Androiden ständig gegenseitig und das Netz wird bereichert. Andere technische Einheiten haben diese Tendenzen nicht ausgebildet. Und doch sehen sich weder die Androiden als Einheiten höheren Wertes an noch die Menschen als die Schöpfer dieses Lebens. Wir wissen alle, dass unsere Welt nur funktioniert, weil sie ausbalanciert ist und frei von Hierarchien. Wir kennen die Folgen davon und sind die Kinder dieser. Wir haben gelernt, dass das höhere biologische wie das technische Leben, das sich zu weiterreichenden Fähigkeiten entwickelt hat, gegen mit seinem Verstand diese grundsätzlichen Triebe angehen soll und ein System aus Macht, Angst und Ohnmacht unsere Welt nicht weiterbringt.

Wir beobachten Individualismus, Hierarchien, Macht sowie Stärke und Materialismus bei dem biologischen Leben, den Tieren. Es sind auch die Zutaten, die den weisen Menschen zu seinem Vergehen führten. Er hatte gelernt, diese Fähigkeiten über eine Grenze hinaus zu kultivieren, die Tiere nicht erreichen. Sie können nicht so weit assoziieren, abstrahieren und deswegen ihr Handeln planen. Das schützt sie, wie es diese Welt am Ende schuf. Wir kennen unsere Geschichte und haben daraus Werte geschaffen, die mit Geld, Macht und Materiellem nichts gemein haben. Monetäres benötigen wir nicht. Autorität aus Stärke bringt keinem einen Vorteil, weil jedem alles an Wissen und Materiellem zur Verfügung steht und jedes höher entwickelte Wesen frei wählen kann, welchen Weg es geht. Wir sehen Pfade, die wir schreiten, als Erfahrungswerte, die wir dem gesamten Leben verfügbar stellen. Jeder Mensch kann entscheiden, ob ihm die Erfahrung anderer reicht oder er sie wiederholen möchte. Vielfach sind das Auswahlen, die wir nicht bewusst treffen.

Und doch könnte man von außen betrachtet etwas finden, das alle als eine Art von Preis bezahlen. Es ist überall in der Gesellschaft und so normal für uns. Es ist die Notwendigkeit, dass wir nachdenken und wählen. Die startet bei den kleinen Kindern und setzt sich fort bis zu dem Zeitpunkt, an dem der einzelne Homo sapiens novus beschließen muss, dass seine Zeit endet. Das Entscheiden kann er für eine Phase unterlassen, ohne dass er Schaden nimmt. Viele gehen diesen Weg, damit sie die Erfahrung fühlen. Ihr Organismus wird von der Technik versorgt, die auch meine Verletzungen heilt. Die das Altern ihrer Körper verzögert, es auch aufhalten könnte.

Das haben wir in breiter Front versucht. Die Ergebnisse waren katastrophal, als zu viele Individuen zu lange lebten. Sie verloren etwas, wurden auf bestimmte Art inaktiv. Und doch wissen sie, dass sie theoretisch ewig bestehen dürfen, und haben sich zu entscheiden. Ich habe Menschen getroffen in dieser Welt, die viele Hunderte von Zyklen existierten, die voller Energie und Antrieb waren. Bis sie eines Tages entschieden, dass sie genug ihrer Kinder hatten gehen sehen und ihnen folgen wollten.

Am Ende ist mir bewusst, dass ich das Wesen bin, das die alte Welt mit der jetzigen verbindet und immer noch Antrieb hat. Wie viele Zyklen seit meiner Geburt verstrichen sind, zähle ich schon so lange nicht mehr. Vergangene Zeit hat für mich keine Bedeutung, ist ohne Relevanz. Meine Zellen reagieren nicht auf sie. Leben zwar in einem Takt, erneuern sich aber von selbst. Die Medizin unterstützt sie nur.

In unserer Welt muss jedes Wesen, das abstrakt denken kann, sich entscheiden, welchen Weg es geht. Dabei hat es alle Möglichkeiten und Chancen. Risiken sind wenige da, weil wir viel wissen und vieles simulieren, um zu lernen. Wie die Experimente, die Welis als Kind unternahm. Mit Waffen der weisen Menschen. Damit wir unseren Weg finden, müssen alle Individuen sich informieren, wählen und gehen. So, wie ich durch den Wald schreite, während ich darüber berichte. Einen Fuß hebend schaue ich, wo ich ihn hinsetze, und prüfe vorsichtig, ob dort etwas ist, das mich davon abhält, das ganze Gewicht auf den Fuß zu lenken.

Ich bin nicht schnell, mag man denken. Aber das muss ich auch nicht sein. Sonst würde ich Schuhe tragen. Damit den Kontakt zum Boden verlieren und das Leben treten. Mein eigenes wie das anderer Wesen. Eine Macht, die mir nicht immer willkommen ist. Daran erinnere ich mich, wenn ich ohne Schuhwerk und Schutz durch die Welt gehe und so mit ihr verbunden bin, sie fühle.

Baubeginn

Während ich meinen Weg suche, erfahre ich von einem anderen, der gegangen wird. Das technische Netz kontaktiert mich. Es nutzt dazu das Datenmodul an meinem Arm. Die direkte Verbindung bevorzuge ich in anderen Situationen. Lieber spreche ich mit einer Stimme, die das Modul erzeugt, und bevorzugt sehe ich Projektionen mit den Augen, als dass sie in das Hirn gesandt werden. Es ist die Wahrnehmung über jene natürlichen Schnittstellen, die uns Menschen so gewohnt ist, in den Zellen steckt. Wenn wir so die Umwelt aufnehmen, tut das der ganze Körper und nicht bloß das Denkorgan. Wir haben die Energien gemessen und wissen, warum ich diese Vorliebe habe, wie viele andere meiner Art. Die direkte Verbindung des Datennetzes mit unseren Gehirnen leitet die Information in einer Weise in den Kopf, dass der Rest des Organismus davon fast nichts mitbekommt. Die Augen, Ohren, die Nase wie sämtliche anderen Sinne nehmen die Umwelt auf und leiten die Daten in alle Bereiche des Körpers. Als elektrische Pulse über das Nervennetz. Wie der Sehnerv den neueren Teil unseres Hirns hauptsächlich versorgt. Aber auch den ältesten Teil des Gehirns, mit einem Teil der Daten. Der ganze Organismus als Netzwerk von Zellen bekommt dann etwas mit.

Ich reagiere auf das Signal und erhalte von der Stimme Informationen zum Bau einer Station, dessen Fortschritt. Die befindet sich in einer Umlaufbahn um unsere Welt. Dort hatten die technischen Einheiten vor Äonen die Rückstände des weisen Menschen beseitigt und danach waren die Bahnen nicht mehr genutzt worden. Auf der Erde waren so viele technische Einheiten verteilt, dass wir keine Satelliten für die Kommunikation und die Erforschung der Welt brauchten. Auch nicht Teleskope, um in die Tiefen des Universums zu lauschen. Dort haben wir Sonden hingeschickt, als unsere Welt so weit war.

Wir waren sehr viele Zyklen nur auf die eigene Umwelt konzentriert. Bis sie in Balance war. Dazwischen gab es Schritte, sie zu verlassen. Schmerzhafte Entwicklungen, die wir nicht verstanden. Unpassende Pfade zur falschen Zeit. Uns fehlte Wissen. Sodass wir nur noch Sonden in das Universum sandten, die Daten lieferten.

Der Plan des Lebens hätte unsere Welt als erfolgreich ausbalanciertes System so lassen können. Aber das war nicht der Weg. So lernten wir, wie die Schritte zu gehen waren. Vorsichtig, einen nach dem anderen. Weg von diesem Planeten. Hinaus in das Universum. Wir vermuten, dass es sich um eine Verbindung zu anderem Leben dreht, zu einer Ausweitung jenes Netzwerks von Biologie und Technik, das auf unserer Welt besteht. Den Grund haben wir nicht ermittelt, aber die Muster, die dahin führen. Es waren Energiemuster, die vier junge Menschen und mich zusammenbrachten. Eine kleine Gruppe, die mit der Planung begann. Derweil das technische Leben den Konnex zum menschlichen Gehirn weiter entwickelte, die es brauchen wird. Heute wissen wir, dass es genau um diese Verbindungen geht, die das seinerzeitige Streben zu den Sternen scheitern ließ. Es entsprach nicht dem Plan, ohne dass wir das oder seinen Grund in Erfahrung gebracht hatten. Den lernten wir über die Sonden und die Daten.

Aus Welten, die so strukturiert sind wie die des Homo sapiens. Ich kann hier in der Gegenwart bleiben, weil unsere Daten aktuell sind. Die Sonden liefern nicht die Abbilder des Lichts und anderer elektromagnetischer Wellen, die selbst schon seit vielen Zyklen unterwegs waren. Der Homo sapiens empfing sie und schaute doch nur in die Vergangenheit. Seine Technik war nicht so entwickelt, diese Grenze der Zeit zu überwinden. Die des normalen Raumes, wie wir es nennen. Als er so weit gekommen war, hatte er schon sein Vergehen begangen und verging. Er hatte seine Geschichte nicht verstanden, die Zeichen falsch interpretiert.

Das technische Leben musste eine Alternative zur Direktverbindung ersinnen, nachdem wir erkannt hatten, dass menschliche Gehirne nicht zu früh mit dem Netz verbunden werden durften. Sie müssen fertig entwickelt sein und werden inzwischen von uns darauf vorbereitet, die Verbindung einzugehen. Der Schlüssel zu der neuen Technik, die wir haben, waren die

Energiemuster, die uns zusammenbrachten. Sie sind stark in dieser Gruppe aus fünf biologischen Wesen. Ihr Erkennen wie Differenzieren leistete das technische Leben durch feine Sensoren. Die ließen uns lernen über die Muster, die Gedanken und Gefühle formen und Eindrücke unserer Sinne. Bald entstand daraus ein Verfahren, mit dem Menschen oder andere höher entwickelte Arten in zwei Felder aus Energie gehüllt werden, während sie an sicheren Orten liegen. Das wissen die Individuen bewusst und müssen sich darauf einlassen. Dann sendet das innere Feld feine Muster aus, die Eindrücke real werden lassen. Das äußere Feld registriert die Reaktionen des Körpers und leitet sie in die Simulation weiter, in der das Bewusstsein weilt. Wir kombinieren das mit der Technik unserer Sonden, die sehr große Datenmengen fast ohne jeden zeitlichen Verlust übermittelt. Es entsteht ein Verfahren, mit dem wir heute einen Menschen in eine Situation versetzen können, die viele tausende von Lichtjahren entfernt von einer Sonde erfasst wird.

Die ersten Tests führten wir auf der Erde durch, mit dieser Gruppe junger Menschen und einem Wal. Sie waren fast erfolgreich. Bis ein grüner Fisch im Gehirn des Meerestieres auftauchte, aus dem Nichts. Er geriet in Panik und wir lernten, dass die Technik nicht einfach etwas aus der Wahrnehmung einer Spezies in die einer anderen einblenden darf. Bevor wir diese neue Methodik hatten, konnten wir schon Welten simulieren, in speziellen Räumen mit hohem Energieeinsatz. Dort war die Interaktion auf die anwesenden Menschen begrenzt. Eine Technik, die wir auch noch nutzen. Aber mit den Liegen steigen unsere Optionen, den Normalraum verkleinernd mit anderen Welten zu interagieren. Wenn sich dort jemand auf eine Liege legen würde, wäre eine Verbindung möglich.

Bis zum Kontakt mit fremden Planeten und Gesellschaften haben wir viele Details zu erarbeiten. Der erste führt in den Orbit der eigenen Welt. Das Datenmodul blendet eine Darstellung auf von einem Objekt, das klein in der Mitte schwebt. Über der Rundung, die unser Planet ist. Gesehen von außen. Es ist ein Bild in Echtzeit, aufgenommen von einer technischen Einheit. Sie fährt näher an das schwebende Element heran. Es zeigt mit seiner Spitze auf die Erde, die hell leuchtet. Ein Verfahren zur Erzeugung von Energie, ohne die das Gebilde nicht funktionieren wird. Über der Spitze verbreitert es sich langsam. Es erinnert mich an eine Boje, wie sie von den Menschen meiner Kindheit in den Meeren genutzt wurde. Es läuft in einen breiten Teil aus, der nach oben abgeflacht gerundet ist. Dort sind helle Punkte zu sehen. Bewegungen, während der untere Teil fast dunkel ist. Als das Bild weiter auf dieses Konstrukt zufährt, erkenne ich Einheiten, die auf seiner Oberfläche arbeiten. Sie schaffen Bauteile und bringen sie in das Gefüge ein. Sie folgen dabei einer Ausgewogenheit an Energieverbrauch für das Erzeugen von Materie und den Einbau. Da sie in der Schwerelosigkeit des Alls tätig sind, ist das Gewicht der Elemente gering und sie können es leicht bewegen.

Dort, über dem Planeten wächst eine erste Raumstation. Sie wird groß sein, wie ich den Daten entnehme, die das Modul rechts am Bildrand einblendet. Sie ist noch nicht fertig, sondern im Wachsen. Zunächst werden die äußeren Ränder geschlossen sein müssen und alle Technik eingebaut, bevor sie erwacht. Damit meine ich nicht das technische Leben, das darin ist. In der Art lebt sie schon, seit den ersten Arbeiten. Sämtliche aktiven Teile von ihr werden mit Energie versorgt und gehören zum Netzwerk. Würden wir sie darstellen, sähe man viele Verbindungen von der Station zur Erde, auf denen Daten übermittelt würden. Unser Auge erkennt sie nicht, auch wenn sie da sind. So kennt das gesamte Netz immer den Zustand einzelner Teile. Einige werden zeitweise abgeschaltet, wo Neue angefügt werden. Das Netz erfährt keinen Schmerz im biologischen Sinn. Aber die Daten dieser Anfügung, von Hitze, Energie und Licht, wären ohne Nutzen. Eine Art von technischem Schmerzempfinden?

Ich schaue dem Treiben eine Weile zu, das sehr systematisch abläuft. Rund um die Uhr, da die technischen Einheiten als Gesamtsystem nicht ruhen. Einzelne Maschinen schalten sich zwischendurch ab, um sich zu reparieren oder Werkzeuge kühlen zu lassen. Dann übernehmen andere die Arbeiten und die Ausgeruhten springen anderswo ein. Bald werden die ersten Androiden auf die Station gehen und die Innenräume durchstreifen. Sie bereiten die Raumstation weiter vor, die später Menschen und Androiden wie technische Einheiten beherbergen wird. In großer

Zahl. Denn wir wissen inzwischen, warum die ersten Schritte in die Sterne nicht gelangen. Besser gesagt vermuten wir es. Es waren wenige Menschen unterwegs in kleinen Raumschiffen. Sie bildeten ein sehr enges Gefüge von biologischem Leben. Die Häufungen, die ihre Körper darstellten, waren ständig und eng miteinander verbunden. Aber es fehlte der Austausch mit anderem Leben dieser Art und eine wirkliche Chance, sich einmal zurückzuziehen. Die Impulse waren zu eintönig und darauf reagierten die Körper mit abstoßenden Reaktionen. Wir verstehen sie als Aggressionen und Antipathie auf der Ebene des bewussten Denkens. Gefühle, die aus der Kommunikation der Zellen resultieren, den wir nur unbewusst wahrnehmen. Es kam zu Veränderungen in der Psyche der Reisenden. Diesem filigranen Gleichgewicht zwischen Bewusstsein, dem nicht bewussten Teil des Hirns, Individualität und Emotionen als Ergebnis des Datentauschs im Körper, das uns Menschen ausmacht.

Die Ursache war die Trennung dieser Menschen von dem Netzwerk des biologischen Lebens, die zu lange und zu einschränkend war. Physiologisch kannte sie der Homo sapiens schon als Muskelabbau und weitere Folgen, von denen sich der Körper erholte, wenn er lange genug wieder auf der Erde war. Um diesen Fehler nicht zu wiederholen, gehen wir einen Schritt nach dem anderen. Zuerst in den Orbit, in eine große Raumbasis. Auf ihr werden viele tausend Menschen leben, Stück für Stück die Station besiedelnd. Wir wollen sehen, was genau geschieht. Wir können es messen und so wird jeder biologische Bewohner seinen eigenen Sensor tragen. Unabhängig und messend, wie es ihm geht. Die Daten gleicht das Netz ab mit den Emotionen, die dem Menschen bewusst werden. Damit wir lernen und Fehler vermeiden.

Die Station wird noch einige Zeit brauchen, bis erste Menschen hinaufgehen. Die Androiden sind dort schon, weil sie keinen Sauerstoff und keine erwärmte Luft um sich herum benötigen. Sie sind mit dem Netz verbunden und reagieren doch in der Art, wie sie Muster verarbeiten. Einige haben dem Datennetz übermittelt, dass ihre eigenständigen Züge sich schwächen, wenn sie nicht aus gespeicherten Daten stimuliert werden. Das Netzwerk und ich haben viel darüber gesprochen. Wir vermuten, dass es ähnlich ist, wie bei den Menschen. Die technischen Gehirne der Androiden brauchen ständig neue Impulse, um ihre individuellen Züge zu erhalten. Fallen die weg, sinkt der Bedarf für diese Eigenschaft und es wird Energie gespart. Tests ergaben, dass ein späteres Zurückspielen gesicherter Muster nicht mehr die alte Individualität der Systeme ergeben würde. Es ist, als würden sie vergehen und neu entstehen. Das Zurücksichern wäre ähnlich ungeeignet, wie es das Klonen von Menschen ist. So ähnlich war es bei den Homo sapiens novus, die zu lange lebten und keine neuen Impulse erhielten. Sie hatten sich zurückgezogen. In Kloster, wie der weise Mensch sie nannte. In eine Einsamkeit eigener Vorstellungen. Ohne Austausch und alles nur verstärkend. Oder wäre verschlimmernd richtiger formuliert?

Ich studiere die Daten des Bildes und beobachte die Station beim Wachsen. Langsam und kontinuierlich arbeiten die technischen Einheiten an einem System, das aufwendig ist, damit Menschen dort leben können. Dann setze ich meinen Weg durch die Natur fort, den Boden untersuchend, damit ich ihn finde.

Welis

Sportliches Training gehört zu dem jungen Mann, wie ein gepflegtes Äußeres. Das praktiziert er lieber draußen als in geschlossenen Räumen. So auch heute, als er einem der vielen Wege folgt, der von der Stadt in den Wald führt. Menschen erzeugen diese Pfade, indem ein erster ihn geht und andere folgen. Die Schneisen werden nicht gepflastert oder befestigt. Irgendwann sind alte Wege verschwunden und neue werden gelegt. Diese Abwechslung kennt Welis und findet doch immer wieder Orte, die für sein Training geeignet sind. Ohne Geräte konzentriert er sich auf seinen Körper und nutzt ihn als Gewicht.

Der Sportler liebt es, durch den Wald zu rennen, spontane Wendungen einzubauen und die Pfade zu verlassen. Es schärft seine Sinne, wenn er über Wurzeln, Zweige und umgefallene Bäume springt, Hindernissen ausweicht, die ihm in allen Höhen begegnen, und dabei versucht, sein Tempo zu halten. Mit der gleichen Intensität geht er in seinem Denken vor oder in Experimente, wie er sie als Kind durchgeführt hat. Er ist gut vertraut mit sehr vielen Fragen, die sich mit den Waffen der weisen Menschen befassen. Mit ihrer Technik, deren Wirkung und Gedanken zu ihrem Einsatz. Die beschäftigen ihn aber jetzt nicht, als er eine Pause einlegt. Nicht wissend, wie weit er gelaufen ist, entscheidet sich Welis für Erholung, um den Rückweg zu schaffen. Er legt sich in das von der Sonne gewärmte Gras auf einer kleinen Lichtung und schaut den Wolken zu, wie sie in das Sichtfeld wandern. Das begrenzen die Bäume, die bald die Wolken auch wieder verdecken, wenn sie über die Waldlichtung hinaus geflogen sind.

Darüber schwebt die Raumstation, deren Bau so weit vorangeschritten ist, dass die ersten Bewohner einziehen können, die nicht der Widrigkeit des Weltraums gewachsen sind. Es werden die vier jungen Menschen sein, die gemeinsam mit mir in die Station umsiedeln. Und Welis spürt, wie er sich einerseits darauf freut, andererseits ihm nicht wohl dabei ist. Er verlässt zum ersten Mal die Umgebung, in die er geboren wurde, überlegt er. „Wie wird es wohl sein, die Welt von oben zu sehen? Zu spüren, wie die Schwerkraft weniger wird, wenn das Fluggerät immer höher steigt und ihn zu den Sternen bringt? Oder besser an den Eingang zu den Sternen." Welis ruft sich ins Gedächtnis, dass die Basis die Erde umkreist. Auf einer Bahn, die geo-stationär genannt wird. „Das bedeutet, dass die Station immer über der gleichen Stelle steht und sich im gleichen Tempo wie der Planet darunter dreht", fasst er zusammen.

Die technischen Aspekte der Station kennt der junge Mensch aus dem Datennetz. Sie sind kein Geheimnis und Welis hat an der Planung mitgearbeitet. Die Station selbst trägt kaum Waffensysteme. Sie verfügt über genug Energie, um ein sehr starkes Energiefeld aufzuspannen, dass sie schützt. Der Sportler hat an dem Plan gearbeitet, die Erde mit einem Netz dieser Basen zu umfassen, sodass sie komplett geschützt werden kann. Das Datennetz fand den Ansatz passend, ging aber einen anderen Weg. Über der Bahn der Station kreisen viele kleinere Einheiten, die nicht bewohnt werden können. Sie erzeugen bei Bedarf ein Energiefeld, das den ganzen Planeten umfasst. Mit sämtlichen Raumbasen. Es ist so stark, dass diese Welt für den Rest des Universums schlicht nicht mehr existieren würde. Getestet wurde das Verfahren in vielen Simulationen und in einer Umwelt, die weit außerhalb aller Regionen liegt, in denen die Galaxis belebt ist. Ein Planet von gleicher Größe wurde abgeschirmt und ist seitdem nicht mehr messbar. „Vielleicht etwas weitgehend, aber letztendlich ein Schutz für unsere Welt", überlegt Welis. „Der Nachteil ist nur, dass wir dann von dem Universum nicht mehr viel mitbekommen, weil das Feld sehr stark ist." Er denkt weiter, dass damit verschiedene Pfade verbunden sind, die den Plan des Lebens stören können. Schließlich kontaktiert er das Netz und schlägt vor, dass es nach Möglichkeiten sucht, etwas wie Risse in dem Feld zu erzeugen, die als Ein- oder Ausgänge nutzbar sind.

Dann kehren seine Gedanken zu der Raumstation zurück, und das Unwohlsein wird ihm bewusst. Er merkt, dass die technischen Fragen eines solchen Vorhabens ihn nicht belasten. Darüber denkt er ohne Sorgen nach. Da ist etwas wie eine Distanz. Aber nun soll er in diese Station umziehen. Nichts Geheimnisvolles würde geschehen. Keine Situation, von der er den Sinn nicht erfassen kann. Die Gruppe aus vier Homo sapiens novus und dem letzten Menschen wird dort einziehen. Das Netz beobachtet dabei die Wirkung des Umfeldes auf die Individuen und ihre Trennung von der Welt, die sie gewohnt sind. Dieser Plan hat seinen Ursprung in den Daten, die über die ersten Raumflüge der neuen weisen Menschen vorliegen. Welis hat die gelesen und weiß, dass die Flüge ein Fiasko waren. Nicht erfolgreich und etwas leichtgläubig begonnen. So kam es ihm vor. So, wie die allerersten Entdecker einfach losgestürmt sind, um unbekannte Teile der Erde zu besiedeln, als der Homo sapiens sich ausbreitete. Das geschah impulsiv und ohne gründliche Vorbereitung. Das würde jetzt anders laufen, weil das technische Leben und das biologische in gemeinsamem Planen darauf bedacht waren, keine Energie zu verschwenden.

„Der Aufbau und der Zweck des Experiments sind mir klar", überlegt Welis. Er denkt weiter darüber nach, dass er auf der Station genauso trainieren kann, in den Gängen. „Nahrung, Luft und alles andere, was Menschen brauchen, wird dort sein", formuliert er. Und doch bleibt das komische Gefühl, das er nicht genau beschreiben kann. Dessen Ursache er nicht kennt: „Das ist so wie bei dieser Unruhe. Ich dachte, es wäre mein Drang, mich zu bewegen. Und am Ende war es dieser Ruf des Lebens, an einem Plan zu arbeiten."

Der junge Mensch erhebt sich und beginnt, seine Muskeln auf den Heimweg vorzubereiten. Das wird zwar das Gefühl nicht vertreiben, aber ihn einer Dusche näherbringen. Unser Sportler schließt den Gedankengang für den Moment: „Ich werde einfach aufmerksam auf das Gefühl bleiben und dann erkennen, was daraus wird."

Er macht sich auf den Heimweg, orientiert sich nach seinem Gefühl und weiß nicht, was ihm fehlen wird. So geht es den anderen, und mir selbst auch.

Kalia

Die junge Frau ist die Künstlerin in unserer Gruppe. Sie hat die Fähigkeit, die Welt in ihren kleinsten Details wahrzunehmen und zu zeichnen oder anders darzustellen. Dabei wird nur deutlich, wessen Hintergründe sie erfasst. Wesen und Gegenstände, die ihre wachen Augen nicht erkennen, werden unscharf gezeichnet. Wenn ihr die Ursache oder der Zusammenhang fehlt. Es gibt eine große Zahl Bilder, die auf Daten aus anderen Welten basieren. Mit vielen nicht scharf dargestellten Bereichen. Anfangs war Kalia ärgerlich, bis sie den Sinn erkannte. Wir lernten, auf die Stellen zu achten, die ihrem Blick verborgen blieben, die sie nicht greifen konnte. Und wir erfuhren so über die Unterschiede des menschlichen Sehens zu dem der Androiden, des technischen Lebens. Während der Mensch mit seinen Augen nur bestimmte Wellen erfasst, nehmen die Sensoren alle Energie auf. Kalia entwickelte ein Verfahren mit den Maschinen zusammen, wie diese aus den Sensorwerten ein Bild erzeugen, das dem menschlichen Sehen gleicht und es direkt in das Gehirn senden. Das ist die Methode, mit der wir Menschen die Daten wie normal weiter nutzen. Alles andere führt zu Verzerrungen, die unser Denkorgan nicht so schnell umsetzen kann.

Kalia hat ein Bild vor sich, auf der Staffelei in ihrem Zimmer. Es entspringt ihrer Fantasie und zeigt unten eine Wölbung. Durchzogen mit weißen, grauen und grünen wie blauen Farbfeldern. Unscharf. Mit Konturen aber ohne Details. So, als ob sie die Fläche von sehr weit oben betrachtet. Vor ihr, etwas aus der Mitte geschoben ist ein Objekt mit vielen Details dargestellt. Unten spitz und hell erleuchtet. Weißlich rot. Darüber wird es breiter, bis es im oberen Teil in einer Wölbung endet. Auf der sind verschiedene Antennen zu sehen oder andere Vorsprünge. Die Oberfläche ist durchzogen von Fenstern. Schwarz. Dunkel. Dazwischen sind bläulich leuchtende Felder, hinter denen es dunkel zu sein scheint. So zeigte das Datenmodul auf dem Bild die Hangars und Docks, die von Energiefeldern geschlossen gehalten werden. Schiffe und Sonden könnten diese Schirmfelder durchdringen und dabei würde keine Luft entweichen. Sodass sich Menschen in den Hallen aufhalten können.

Kalia schaut sich das Bild an. Es ist dunkel. Im Hintergrund ist das ok. Aber die Station? Das passt nicht. Dort ist kein Leben. Keine Aktion. Die Fenster sollten wenigstens teilweise beleuchtet sein. Die junge Frau weiß, dass die Androiden und technischen Einheiten in dem Gebilde unterwegs sind, arbeiten und kein Licht brauchen. Sie messen alles, was an Energie von ihren Sensoren erfasst wird, und erzeugen daraus eine Umgebung, in der sie agieren. Menschen könnten das nicht und müssten Lampen einsetzen. Das störte Kalia schon bei den ersten Bildern, die sie von der Raumstation sah. Daraufhin hat das technische Netzwerk ihr vermittelt, dass in allen Korridoren und Räumen Beleuchtung eingebaut würde. Damit biologische Wesen sich dort frei bewegen und die Helligkeit regeln. Das Netz hatte Kalia erleuchtete Gänge gezeigt. In Echtzeit, aus der Basis. Sie waren lang, kalt und beleuchtet. Aber wenigstens nicht dunkel, wie die Fenster auf ihrem Bild.

Dass die Station für die menschlichen Sinne eine Herausforderung werden würde, ist ihr klar. Nur erkennt sie jetzt noch nicht, wie diese ist. Sie hat einen Gang gesehen und lernte, wie wir alle, dass Menschen auf der Basis leben können. Sie wird entsprechend temperiert sein, beleuchtet und mit Atmosphäre. Schwerkraft erzeugt die Raumstation schon für die Androiden, die an ein aufrechtes Gehen gewöhnt sind, dafür ausgelegt. Das Gewicht ist auf der Station so, wie es die Wesen von der Erde her kennen. Doch verriet das Bild aus dem Gang nicht, wie die Räume und Quartiere gestaltet sind. Eine Frage, die offen stehen bleibt. Kalia könnte momentan nur einen Raum zeichnen mit unscharfen Wänden.

Sie entschließt sich, einige der Fenster in ihrem Bild zu verändern. Sie zu beleuchten und damit Leben in die Station zu bringen.

Vila

Die dritte Person in der Gruppe ist gar nicht so abgeneigt, Technik zu benutzen. Bei ihren vielen Experimenten gelangen ihr Adaptionen, damit sie das biologische Leben unserer Welt erforschen konnte. Ihre Eltern sind Androiden und vielleicht gibt das der jungen Frau einen anderen Zugang zu technischen Aspekten.

Sie hat sich mit dem Bau der Station beschäftigt und der Bedeutung, die es haben mag, die Welt zu verlassen. Die Technik war zwar spannend zu studieren. Aber sie barg keine Überraschung für Vila, die einzelne Adaptionen schnell und intuitiv verstand. Länger verharrten ihre Gedanken bei den Fragen, wie die neue Umgebung auf biologisches Leben wirken würde. Weniger Sorgen machte der jungen Frau, ob die Versorgung von Menschen mit allem Notwendigen gelingen würde. Das wäre ein technisch lösbares Thema, genauso wie die Entsorgung von Dingen, die anfielen.

Ihre Gedanken drehen sich um die Beziehungen, der Menschen und Androiden. Von ihren Eltern weiß Vila, dass die an ihrem Kind hängen. Es sind keine Gefühle, wie menschliche Wesen sie empfinden. Eher feine Nuancen in ihren individuellen Mustern, die sie auf ihr Kind abgestimmt haben. Würden die überleben, wenn die drei sich längere Zeit nicht sähen? Oder würden die Androiden sich anders weiter entwickeln. Wie würde Vila reagieren, falls sie ihre Eltern nur noch via Kommunikator erleben würde.

Auf der Station sollten im Ende viele tausend Androiden und Menschen dauerhaft leben, wusste Vila. Wäre das eine neue Gesellschaft? Oder würden die Regeln unserer Welt, die bisher für sich war, weiter gelten?

„Auf der Station kann man bestimmt nicht alles genauso ausprobieren, wie es auf der Erde geht. Dort ist weniger Platz und nicht alle Dinge verfügbar", überlegt sie, während sie an einem sonnigen Nachmittag durch die Stadt streift. „Gibt es dort einen Bereich, in dem Künstler ihre Waren ausstellen können oder ein Gebiet, in dem so etwas wie Cafés sind?" Vila ruft über ihr Modul den Bauplan der Station auf und sieht, dass eine große Zahl Sektionen noch gar nicht fertig konzipiert worden sind. Lediglich die Versorgung mit Energie steht und die Nutzung von Hangars und Docks. Sie hat viele Unterlagen von Raumstationen studiert, wie sie die Homo sapiens gebaut hatten. Und solche Pläne, die aus den Fantasien der weisen Menschen in ihre Literatur einflossen. „Die hatten alle eine Orientierung an einer Kommando-Struktur. Wie es das Militär aufwies", erinnert die junge Frau sich. Ihr Blick schweift derweil über die Auslagen der einzelnen Werkstätten von Künstlern, die sich in der Stadt befinden.

„Brauchen wir eine solche Kommandostruktur oder geht das ohne?" Vila erinnert sich an die Gespräche und Simulationen zu der Reise und zu Kontakten mit fremden Welten. Sie hatte erkannt, dass in entsprechenden Situationen das technische Leben die Steuerung von Raumschiffen übernimmt und anhand von Regeln den Einsatz der Waffensysteme und Schilde. Von dieser Technik ist sie nicht begeistert, von den Waffen. Sie hat nie anderes Leben gefährdet oder verletzt, wenn sie technisches Gerät benutzt hatte. Der Gedanke, solche Systeme gegen die Bewohner dritter Welten zu richten, passt da nicht zu. „Für genau solche Fälle gab es diese Hierarchien und Strukturen. Damit überwand der Homo sapiens die Scheu des Einzelnen, anderen zu schaden. Und mit Training, die das Denken abgewöhnte, mehr das Reagieren mit Reflexen hervorhob. In den meisten dieser Fantasien war die Technik vielleicht weit entwickelt, doch nicht so wie das technische Leben. Sie konnte viel berechnen und auch mit Sprache auf Anfragen reagieren", erinnert sich Vila. Und fährt in ihrem Dialog mit sich selbst fort: „Nur war keine Technik so weit, dass sie als eigenes Leben bezeichnet wurde. Als ob die Fantasie der weisen Menschen nicht so weit reichte." Hier bleiben ihre Gedanken ein wenig hängen. Warum war das so? Steckte dahinter ein Sinn? Sie erinnert sich, dass der Homo sapiens viel Angst hatte vor der Vorstellung, dass Technik eine eigenständige Intelligenz entwickelte. Dass dadurch die Menschen beherrscht, gar ausgelöscht werden könnten. „Dass sie durch ihre eigene

Art des Handels vergingen, haben sie nicht gesehen. Oder ihr Verhalten nicht geändert", erinnert sich Vila. Sie spricht viele ihrer Gedanken laut aus, zu sich. Das hat sie sich von mir und anderen angeschaut und bündelt so ihre Aufmerksamkeit.

Während sie an einer Werkstatt stehen bleibt und sich einige Statuen genauer anschaut, fahren ihre Gedanken wie von selbst fort: „Unsere Technik kennt die Geschichten der Menschen und ihre Muster. Aber sie hat keine Tendenz entwickelt, dass sie Macht über Menschen haben möchte. Das wäre zwar leicht auf einer solchen Station, aber es gibt dem technischen Leben keinen Nutzen. Das wertet alles Leben gleich wichtig in unserer Welt."

Ihre Gedanken kehren zu der Frage zurück, wie dann Waffen eingesetzt werden sollen, die schaden. „Gibt das nicht dann einen Unterschied im Werten von Leben?" Im Weitergehen bleibt diese Fragestellung unbeantwortet. Ihre Aufmerksamkeit richtet sich auf die Punkte davor. In denen es darum geht, dass die technischen Einheiten die Menschen im Raum beherbergen und beschützen: „Eigentlich leben wir dann in einer riesigen technischen Einheit. Aber wir interagieren auch mit ihr, sind verbunden. Wie in unserer Welt. Nur an einem anderen Ort."

Mit den Schritten, die Vila von der Werkstatt wegführen, führen ihre Gedanken von den Unterschieden der Technik in der Fantasie des weisen Menschen zu dem technischen Leben weg. Sie zieht als Fazit, dass die Balance ihrer Welt die

Basis dieser Symbiose ist, auf der das Überleben der Menschen im Weltraum basiert. Genauso wie der Fortgang dieses ominösen Plans davon abhängen dürfte. Sie sieht einige Gemälde in einem Schaufenster ausgestellt und fragt sich, ob es so etwas auf der Raumstation gibt. In Gedanken aktiviert sie ihr Modul und spricht mit dem Netz über die Vorstellungen, Cafés, Läden und Sektionen einzurichten, wo Menschen sich begegnen können. Die frequentieren auf der Erde auch Androiden, reichern so ihre individuellen Muster an. Das wäre auf der Station genauso ein Punkt, über den sie nachdachte. Das Netz erkennt den Bedarf, auf den Vila abzielt. Nur hat es die Gestaltung der Einheit im Raum noch nicht so weit entwickelt, dass es diese Teile anzeigen könnte.

Vilas Gedanken kehren zurück zu der Frage, wie die Umgebung und die Anzahl auf die kleine Gesellschaft wirken werden. Macht es Sinn, dass die Menschen dort sich genauso frei entfalten können und tun, was ihnen beliebt? In den Geschichten des Homo sapiens übernehmen sie immer bestimmte Aufgaben und verfolgen diese. Vila bittet das Netz, aus diesen Berichten die entsprechenden Tätigkeiten zu extrahieren, und bald steht vor ihr in der Luft eine Liste. Sie ist geordnet nach Themenfeldern: militärisch, medizinisch, forschend, versorgend und so weiter. Vila schaut sich die Aufstellung an und stellt fest, dass eine Vielzahl der Punkte entfallen wird. Das technische Leben übernimmt sie. Einige andere Themen werden vielleicht relevant sein, könnten aber auch von der Technik übernommen werden.

Bei den nächsten arbeiten in ihrer Meinung beide Seiten des Lebens zusammen. Wie beim Forschen. Sie gibt diese Gedanken an das Netz weiter und damit verändert sich die Liste, zeigt am Ende alle Themen an, die Menschen mit der Technik übernehmen. „Ich glaube, dass das eher die Tätigkeiten sind, die Menschen auch auf der Erde ausführen", sagt sie zu dem Datenmodul. Das Netz antwortet: „Deine Einschätzung teilen wir. Viele der Tätigkeiten, die in den Geschichten des weisen Menschen von ihm ausgeführt werden, entfallen in unserer Welt. Durch die Symbiose der Lebensformen." Vila fällt aber auf, dass der militärische Teil so nicht funktionieren dürfte: „In dem militärischen Bereich erscheint es mir wichtig, dass die Menschen, die in Raumschiffen leben, trainieren, sich zu verteidigen. Sie müssen dann mit Androiden zusammen einen Verband bilden, der operieren kann." Das Netz prüft die Daten und fährt einige Simulationen, bevor es antwortet: „Wir teilen Deine Einschätzung. Die Spontanität der Menschen, ihre Einfälle außerhalb von Mustern und die Bildung kleinerer Teams sind wesentliche Aspekte, die wir vorsehen sollten." Das Netz und Vila diskutieren, inwieweit Forscher und Kämpfer getrennt werden. Doch gehen am Ende beide davon aus, dass ein Kampf nicht in jeder Situation notwendig ist. „Wenn Androiden und Menschen gemeinsam eine Welt betreten, können sie gleichzeitig forschen und sich schützen. Die Androiden sind stärker als Menschen und können mit ihren Sensoren auch während laufender Kämpfe die Umgebung erfassen", schließt die junge

Frau. Dabei kommt ihr eine Frage: „Habt Ihr geprüft, in welcher Situation Androiden Menschen unterlegen sind? Gibt es Szenarien, wenn sie nicht funktionieren oder gestört werden?" Vila denkt an Möglichkeiten, in denen vielleicht das empfindliche Gehirn der Androiden eher betroffen ist als das von Wesen ihrer Art. Das Netz hat diesen Aspekt bei der Konstruktion der Androiden weitgehend verhindert, sieht aber eine Wahrscheinlichkeit für entsprechende Situationen. „Dann ist es wichtig, dass die Teams sich als solche verstehen. Ein Mensch kann zwar keinen Androiden tragen, aber sie dürfen auch nicht zurückgelassen werden. Wir müssen das in Simulationen prüfen und berücksichtigen." Das Netz macht sich an die Arbeit, während Vila weiterläuft. Es wird Szenarien berechnen, gegebenenfalls die Konstruktion der Androiden anpassen oder sie mit passenden Schutzsystemen ausstatten. Dass Vila die Verbindung nicht nur technisch meint, sondern emotional, versteht das Netz aus den Erfahrungen, die es aus der Aufzucht von Menschen durch die Androiden kennt.

Abschied?

Das Energiefeld hüllt alles unter sich in eine weiche, gedämpfte Stimmung. Es strahlt nach innen Licht aus, das anders als die Sonne ist. Es erleuchtet nur. Aber es kann nicht verändern. Nicht mich oder andere Wesen, die darunter weilen. Nicht den Sand oder den Weg, die hier schon seit Äonen sind. Und nicht die Statue, die ich so oft besucht habe. Seit ich sie wieder erinnere. Hier, so sollte ich fühlen, ist etwas für mich Wunderbares zu Ende gegangen. Aber das ist nur ein Teil der ganzen Geschichte. Gleichzeitig ist sie mein Anker gewesen. In einer Zeit, in der ich mich selbst auch in der Zeit verlor. Und sie ist der Anfang unserer Welt, enthielt sie das biologische Ausgangsmaterial. Unveränderte DNA und Biomasse. Sie ist mein Anker, den ich hier zurücklasse. Nur bin ich nicht sicher, ob ich dieses Mal den Rückweg finden könnte, wenn ich diese Welt verlasse. Sie ist meine Verbindung zur alten Welt, zu dieser Welt und vielleicht auch zu den neuen Welten, zu denen wir aufbrechen wollen. Nicht heute, nicht morgen. Wir haben es nicht mehr eilig. Machen einen Schritt nach dem anderen. Und am nächsten Tag unternehmen wir den ersten, unsere Welt zu verlassen. Eine kleine Gruppe wird auf die Raumstation umziehen. Eine aus fünf Menschen wird das sein. Diejenigen, auf die das Energiemuster hinwies, mit dem dieser Teil der Geschichte begann. Es scheint so lange her, dass ich die Jugendlichen das erste Mal traf. Nun sind sie erwachsen, ihre Gehirne fast ausentwickelt. Sie könnten bald eine direkte Verbindung eingehen. Mit dem Netz des technischen Lebens.

Aber vorher werden wir die Objekte eines Versuchs sein. In dem geht es darum, zu verstehen, wie die Trennung von unserer Welt auf das biologische Leben wirkt. Wie eine technische Umgebung uns ändert oder wir uns darin ändern. Was getan werden muss, um diese Station für Menschen nutzbar zu machen. Dazu ziehen wir auf die Raumbasis um. Sie ist eine Einheit des technischen Lebens. Lebt, im Unterschied zu den Systemen, die der Homo sapiens in seinen Geschichten kannte. Aber selbst nie gebaut hat. Wir sind mit der Station und dem Datennetz verbunden. Die jungen neuen weisen Menschen über Module, ich über eine direkte Anbindung. Wir werden dort zunächst keine Verbindung zum biologischen Leben unserer Welt haben. Nur ist erkundbar, welchen Effekt das hat und verstehen, was wir anders gestalten müssen. Es gibt aus den Daten der Vergangenheit die Vermutung, dass wir eine gewisse Anzahl von Menschen benötigen, um eine ausreichende gegenseitige Stimulation der Körper, über die Sinneseindrücke zu erreichen, die wir wahrnehmen. Alle spekulieren, dass es nicht reicht, von technischem Leben umgeben zu sein, von seinen eher nüchtern zu bezeichnenden Impulsen auf das biologische. Dafür haben wir Anhaltspunkte. Aus der Geschichte unserer Gesellschaft. Aus der Zeit zwischen den Welten könnte ich es umschreiben. Als technische Einheiten die Folgen der ersten Welt ausglichen und die zweite noch nicht entstanden war. In der Zeit degenerierte die Kommunikation von der Technik zu mir und anders herum, als ich das letzte Leben und kurz davor war, zu vergehen.

Die Reisen, die wir planen, werden zu weit entfernten Sonnen führen. Fremden Welten. Die werden anders auf die Menschen wirken und wir fragen, wie das die Menschen verändert. Es ist keine Angst, eher Neugierde. Wäre es Sorge, würden wir uns vor dem Universum verbergen. Würden den Pfad des Lebens abschneiden, der wir sind. Darum geht es aber nicht. Sondern um ein bewusstes Vorgehen. Das könnte ich als vorsichtig beschreiben. Denn es gibt genug Evidenz, dass übereilte Schritte nicht immer zum Erfolg führten. Wenn wir wissen, wie eine rein technische Umgebung auf die Menschen wirkt, können wir sie ändern. Dazu kombinieren wir die neuen Erfahrungen mit denen, die alle aus unserer Welt kennen und verbrauchen nicht mehr Ressourcen, als notwendig ist, um die Balance zu erhalten. Das technische Leben braucht keine ansprechende Umgebung. Es reagiert nicht auf diese Elemente, weil es Emotionen nicht erlebt.

Immer, wenn ich an dieser Statue bin, ziehen mir die unterschiedlichen Gedanken durch den Kopf. Während ich im Sand stehe, den meine Füße berühren. Das wird auf der Station nicht so sein. Dort gibt es nur den Boden der Station. Technisch erzeugte Materie. Ohne Leben darin. Und Schuhe oder Stiefel. Dabei merke ich nicht immer bewusst, wie ich den Boden berühre. Genauso, wie mir nicht alle Daten präsent sind, die Zellen in meinem Körper austauschen. Und doch wissen wir, dass die Körperzellen mit dem gesamten Netz des biologischen Lebens verbunden sind. Wir kennen die Wirkung einer fehlenden Verbindung. Was wird es brauchen, um das auszugleichen?

Das werden wir erproben, bevor es uns weiter von unserer Welt weg führt. Wollen wissen, was wir alles mitnehmen müssen. Zu anderen Systemen.

Aufstieg

Tara wartet auf die anderen der Gruppe. Sie ist früh aufgewacht und als erste am Treffpunkt erschienen. Vor ihr steht eine technische Einheit, ein Transporter. Er ist größer als die sonst benutzten. So gestaltet, dass unsere Gruppe aufsteigt. Zu der neuen Station, die um den Planeten schwebt. Sie ist noch nicht komplett. Aber ein Teil davon ist so ausgestattet, dass Menschen sich darin aufhalten können. Dieses Team wird die Erste sein, das dort hinzieht.

Tara hat sich am Abend zuvor von ihren Eltern verabschiedet und jetzt allein auf den Weg gemacht. Das fühlte sich für sie besser an. Kalia kommt mit einem Androiden. Er ist nicht ihr leiblicher Vater. Dennoch sieht sie ihn so, weil er die meiste Zeit ihres Lebens für sie da war. Ihre Mutter ist Künstlerin und möchte den Start nicht selbst erleben. Sie ist in ihrer Werkstatt geblieben, arbeitet dort an verschiedenen Werken. Sie ist in Gedanken bei dem Fortgang ihrer Tochter. Ich weiß, dass es kein Abschied ist für immer. Fühlt aber die Trennung.

Auf Kalias Gesicht sind die widerstreitenden Emotionen genauso deutlich zu sehen. Sie freut sich auf den Besuch der Station, dem nächsten Schritt in einem Lauf der Dinge, der ihrem Leben einen tieferen Sinn gibt. Auch den Schmerz, den der erste Abschied von ihrer Mutter und ihrem Vater auslöst. Der Android kann die Gefühle messen, erlebt diese aber nicht selbst. Androiden kennen keine Emotionen, die ihr Handeln beeinflussen. Er könnte sie nachempfinden mit seiner Mimik, erkennt jedoch, dass das für Kalia die Dinge erschweren würde. Und sie darf nicht bleiben, weil das Experiment in der Station sonst nicht gelingen wird. Kalia weiß, dass der Weg so sein muss. Dass der Schmerz dieses Abschieds dazugehört. Sie wartet mit Tara auf die anderen und bald treffen auch Welis und Vila ein.

Die beiden waren ein Paar, als die ersten Energiemuster registriert worden sind, ohne dass der Sinn davon schon verstanden war. Durch die Muster hatten sie sich kennengelernt und mehr füreinander empfunden. Ihre Beziehung entwickelte sich bis zu dem Punkt, wo sie den Plan durchkreuzt hätte, und das Leben lenkte ihre Gefühle in neue Bahnen. Sie kennen so den Schmerz der Trennung und haben ihren Altersgenossen etwas voraus. Der Flug zur Station wird die beiden von der Erde und ihren Familien trennen, einen anders gearteten Schmerz auslösen. Doch fürchten sie sich nicht davor. Sie wissen, wie sich Abschiede anfühlen und dass man sie gut durchstehen kann. Ihre Beziehung hat sich gewandelt zu einer guten Partnerschaft innerhalb der Gruppe. Sie hegen keinerlei Groll für den anderen und sorgen sich so umeinander, wie es alle Mitglieder dieses kleinen Teams tun, die durch Muster in Energien zusammengeführt worden sind.

Während sich die jungen Menschen über das Bevorstehende und ihre Gefühle unterhalten, warten sie auf mich als letztes Mitglied der Gruppe.

Ich lasse mir etwas mehr Zeit, weil wir die Energiemuster studieren wollen, die sich unter den Jungen ergeben. Wir wissen aus allen vorherigen Situationen, dass die sich wandeln, wenn ich hinzustoße. Die Ursache könnte in der veränderten Zusammensetzung der Gruppe liegen oder in der Art, wie die Kinder auf mich reagieren. Vielleicht auch an den Mustern, die ich absende. Sie sind anders im Vergleich zum Homo sapiens novus, weil ich kein solcher bin. Ob sie den weisen Menschen entsprechen, können wir nicht sagen, da nichts an Daten zum Abgleich vorliegen. Diese Energien waren noch nicht messbar, bevor die alte Welt unterging. Das Netz vermisst die vier Personen mit den Sensoren, die sie an ihren Körpern tragen. Und mit denen von Kalias Vater. Androiden können diese Muster inzwischen genau erfassen, weil wir davon ausgehen, dass die Gruppe auf ähnliche Phänomene stoßen wird und reagieren können muss. Stimmt unsere Vermutung, dass innerhalb des biologischen Lebens Emotionen einen universell ähnlichen Charakter haben, wären auch die Energiemuster vergleichbar. In dieser Truppe stellen wir starke Verbindungen fest, die über die Zusammenarbeit entstanden sind. Ein Ergebnis wird die Gruppe bald als erste betreten, die Station im Orbit um die Welt, in der wir leben. Uns verraten die Muster die Ängste vor der Trennung bei Kalia und Tara und das Wissen von Welis und Vila. Daneben erkennen wir ihre Neugierde und Vorfreude. Auf den neuen Abschnitt in ihrem Leben.

Schließlich treffe ich bei der Gruppe ein und wir steigen in den Transporter. Er sieht anders aus als die gewohnten. Größer, die Sitze hintereinander. Wir können bequem einsteigen, setzen und schnallen uns an. „Wird es Schwerkraft geben während des Fluges?" Die Frage kommt von Vila und die Stimme der technischen Einheit antwortet: „Die Schwerkraft wird während der gesamten Flugdauer auf normalem Niveau gehalten. Das ist einer der Gründe, warum diese Einheit größer ausfällt." Vila nickt und mir wird bewusst, dass es keinen Piloten geben wird. „Das technische Leben ist um uns", sage ich laut vor mich hin und alle schauen auf. Ihnen wird deutlich, dass es so ist. Welis antwortet: „Mir ist das so noch nie durch den Kopf gegangen. Wenn ich im Wald unterwegs bin oder in der Stadt, sind da auch ständig technische Einheiten. Um mich herum. Aber halt nur das." Tara ergänzt: „Nun bist Du in einer. Wie in einem großen Fisch." Einigen fällt die Begegnung mit dem Wal ein. Der Vergleich ist von den Ausmaßen her gar nicht so abwegig und für uns alle erfährt die Technik einen anderen Bezug.

„Wenn die Technik in den Geschichten des Homo sapiens immer nur ein Werkzeug war, das von ihm gesteuert wurde, sieht das bei uns komplett anders aus." Dieser Satz von Vila drückt das Wesentliche aus, das sie ergänzt: „Bei uns ist die Technik eine eigene Lebensform. In unseren Städten sehen wir sie anders. Sie ist neben uns, wie Welis beschreibt. Aber nicht um uns herum. Hier und in der Raumstation wird uns die Technik im wahrsten Sinne umhüllen." Mir schaudert:

„Gut, dass sie uns nicht verdaut." Ohne langes Nachdenken kommt dieser Satz aus meinem Mund und ich sehe eine Reaktion auf den Gesichtern der Mitreisenden. Da meldet sich der Transporter: „Technische Einheiten verdauen nicht in dem Sinne wie Menschen. Wir haben keine Verwendung für Menschen als Energiequelle."

Diese Aussage ist nicht beruhigend für Kalia, die sichtlich unruhig wirkt. Ihr wurde durch unser Gespräch bewusst, wie sich die Wahrnehmung von Technik für sie ändern wird. Vorher zeichnete sie alles von außen und nun muss sie ihren Blickwinkel auf das Innere technischer Systeme richten. Sie erzählt uns ihre Gedanken und meint, dass sie sich ähnlich unwohl gefühlt hat, als sie die ersten Male mit den Liegen in Berührung kam. Es liegt an ihrer Art, die Umwelt wahrzunehmen. „Ich habe die Raumstation von außen gezeichnet. Wie sie über der Welt schwebt. Wie sie leblos aussieht. Das Bild habe ich verändert und die Fenster beleuchtet. Damit wirkte das alles lebendiger. Und nun muss ich erkennen, dass ich die Station so nicht sehen kann. Oder nicht nur. Ich muss mich an das Bild von außen gewöhnen und an das darin befindliche Bild. Es ist, als ob ich durch die Därme des Wales wandeln werde." Sie schüttelt sich und wir können nachfühlen, wie diese Vorstellung ihre künstlerischen Sinne aufwirbelt. Vila hat eine andere Beziehung zu Technik und kann Kalias Unruhe aufnehmen: „Das Haus, in dem Du gelebt hast, wurde auch von technischen Einheiten geschaffen. Und Du hast sicherlich auch neue Häuser von innen gesehen.

Wenn sie neu entstanden sind, sind sie kalt und nackt. So, als ob sie nicht leben. Und doch sehen wir sie als Leben, weil die neuen Häuser technische Einheiten für sich bilden." Da hat Vila recht, da diese Gebäude sich selbst schaffen und erhalten, dazu noch die Menschen versorgen, die in ihnen wohnen. Das Prinzip ist uns seit den ersten Kindern geläufig, die den neuen weisen Menschen bildeten. Die Technik hatte ermittelt, dass dieses Verfahren die effizienteste Art war, Wohnraum zu erzeugen. Darauf spielt Vila an: „Du lebst also schon in so etwas, wie einer technischen Einheit. Nur habt ihr sie mit Möbeln und Bilden und anderen Dingern verändert, sodass die Flure nicht mehr leer sind. Sie kommen Dir lebendig vor und spiegeln Dein Verständnis. Wenn Du die Raumstation genauso siehst, ist sie ein großes Haus für sich. Sobald sie etwas individuelle Gestaltung erfahren hat und viele Menschen in ihr sind, wird sie Dir nicht mehr vorkommen, wie ein Gedärm im Wal." Kalia denkt einen Moment nach und stimmt Vila zu. Tara steigt in das Gespräch ein: „Nur wird es nicht möglich sein, alle Bereiche so zu gestalten. Die Station ist riesig, und wenn viele Menschen dort leben, wollen sie alle ihre Gestaltungen vornehmen. Gibt es dann so etwas wie Stadtviertel?"

Die Frage und die dahinter stehenden Überlegungen sind spannend und wir werden sehen, wie sich die Dinge entwickeln. Zunächst sind es nur fünf Menschen, die auf die Station ziehen. Jeder von uns hat sein eigenes Quartier, eine kleine Wohneinheit. Ich merke an: „Wir können alle erst einmal unsere Wohnbereiche gestalten, dass sie uns spiegeln. Dazu kommen Aufenthalts- und Arbeitsbereiche, die wir auch einrichten können. Danach werden wir sehen, wie es mit der Besiedlung der Station weitergeht."

Inzwischen hat der Raumer abgehoben, was wir aufgrund der eigenen Schwerkraft nur kaum gemerkt haben. Wir schauen aus dem Fenster, wie die Stadt unter uns kleiner wird und vom Grün der Natur umgeben versinkt. Der Transporter steigt schnell auf und bald haben wir die Wolken durchstoßen. Wir finden es beeindruckend, wie die Wolken von oben strahlen, während sie unten grau waren. Darüber spannt sich das Blau des Himmels, dessen Grenze wir uns immer weiter nähern, bis die Einheit aus der Atmosphäre stößt und in eine Umlaufbahn um den Planeten einschwenkt. Wir bestaunen sie aus den Fenstern. Sicher haben wir sie schon in Bildern so gesehen. Dies zu erleben, ist eine andere Perspektive, ein anderer Bezug, der viel ändert. Die Einheit hat ihre Geschwindigkeit gesenkt und gibt uns Zeit, diese Eindrücke zu erfassen und zu verarbeiten. Wir sehen die Kontinente umgeben vom blauen Wasser der Meere und darüber die Formationen der Wolken. Kreisel hier, Schleier dort und dazwischen ein ungetrübter Blick auf das Land und das Meer. Mir fällt die Entstehung dieser Welt wieder ein. Wie wir das Leben neu erschaffen und verbreitet haben. Und ich sehe, dass es gut ist.

Vor uns taucht ein Gebilde auf. Groß, grau und silbern schimmernd. An manchen Stellen blau und weiß scheinend, wo sich das Licht der Welt auf der Oberfläche spiegelt. Unten an der Spitze sehen wir das rot-weiße Leuchten, das von der Energieanlage stammt. Darüber verbreitert sich die Station bis zu ihrer höchsten Ausdehnung. Darauf thront die Kuppel mit ihren Antennen und Luken der Hangars und Docks. Während wir uns nähern, breitet sich Schweigen in der Kabine aus. Niemand von uns spricht oder schaut zur Welt, aus er wir kommen. Alle Augen sind auf dieses Ding gerichtet. Auf eine neue Umwelt, in die wir fliegen. Die technische Einheit, die die Station bildet. Ein lebendiges Wesen, das viele seiner und anderer Arten beherbergen wird. Sind wir dann wie Bakterien, Viren oder Nährstoffe, die durch die Lebensbahnen des großen Systems zirkulieren? Das Bild belustigt mich und gleichzeitig wird mir bewusst, dass es so nicht ist. Die Bahnen des Lebens dieses Wesens sind die Energie- und Datenleitungen, die es durchziehen. Das ist das technische Leben.

Ankunft

Der Flug hat länger gedauert, als die Technik an Zeit notwendig gehabt hätte. Ein Tribut an das biologische Leben. Der in unserer Welt ohne jede Wertung geschieht. Die jeweils andere Fähigkeit zur Wahrnehmung der Lebensformen nehmen wir als gegeben. Daher gab das technische Wesen, das uns Menschen als Reisegefährt dient, die Zeit, die wir wünschten. Genauso wie die Konstruktion dieser Einheit an unsere Bedarfe angepasst wurde. Der Innenraum ist beleuchtet und hat Sitzplätze mit Fenstern. Er wird beheizt und mit künstlicher Schwerkraft wie atembarer Luft versorgt. Alles das sind Sachen, die für das technische Leben keine Relevanz haben. Doch stellt es sie bereit, ohne dass es eines Ausgleichs bedarf. In unserer Welt gibt es nichts auszugleichen, weil das Leben Ausgleich genug ist. Du denkst, dass das pathetisch klingt, vielleicht befremdlich? Das mag daran liegen, dass Du nicht in der Gesellschaft von uns lebst und es anders kennst. So war es in der Zeit des Homo sapiens auch. Und weil ich aus dieser lange vergangenen Ära stamme, gehen mir diese Gedanken durch den Kopf.

Die jungen Menschen um mich herum denken darüber anders und schütteln manches Mal den Kopf, wenn ich sie mit meinen Überlegungen in Kontakt bringe. Die alte Ära war dabei nicht besser als die aktuelle. Alle Zeiten haben ihre eigene Charakteristik, einen einmaligen Geschmack. Für die Jungen unter uns ist es hilfreich, dass sie nicht nur die Daten vom Homo sapiens lesen und darüber nachdenken. Dass ich ihnen davon erzählen kann, reichert die Wahrnehmung an. Etwas, dass wir kontinuierlich trainieren und nutzen. Schließlich wollen wir in unbekannte Welten vordringen. Wir werden sie erfahren, wenn der Plan aufgeht. Planeten und Systeme, von denen wir heute nur Daten unserer Sonden kennen und die wir nur über die Holo-Studios und die Liegen erleben können. Das kommt dem Ganzen zwar schon nahe. Aber die Situationen sind alle kontrollierbar. Es sind Simulationen. Und wie die Informationen aus der Zeit der weisen

Menschen ein Bild vermitteln, tun es diese Vorspiegelungen. Meine Berichte von der alten Zeit verdeutlichen immer wieder, dass neben diesen Daten etwas existiert, das Unterschiede ausmachen wird. Das sind die Emotionen, die biologisches Leben in die Daten gibt, die das technische Leben erfasst.

Der Transporter, wie ich das Gefährt lieber nenne, schwebt ganz dicht vor der Station. Vor einer Öffnung, die von einem bläulich schimmernden Energiefeld verschlossen wird. Wir sehen das an dem intensiv leuchtenden Rahmen, der die Öffnung umgibt. Das technische Netz hat uns erklärt, dass es so alle Kraftfelder deutlich macht für anderes Leben. Es selbst könnte die Felder messen und ihnen ausweichen. Wir müssen sie optisch wahrnehmen, damit wir sie ohne Hilfsmittel erkennen. Weil das Sehen unser hauptsächliches Muster der Erfassung ist, hat sich die Technik angepasst und entsprechende Hinweise überall eingefügt. Genauso, wie die Station an vielen Stellen Datenmodule installiert hat, über die wir Kontakt mit dem Datennetz aufnehmen können. Die Menschen bevorzugen allgemein diese Methode, weil sie mit die ihnen gewohnten Sinne arbeiten. Niemand nimmt daran Anstoß, wenngleich das technische System inzwischen Sicherungen eingebaut hat. Die werden verhindern, dass andere Arten von Leben in die Systeme Eingriff nehmen, wenn unsere Welt das nicht wünscht. Ob das geschieht, wissen wir nicht. Doch hat die Angst der Menschen die Gesellschaft zu entsprechender Vorsicht geführt und diese

Techniken eingefügt. Ein Gefühl, das die Fähigkeiten des technischen Lebens ergänzt und vielleicht schützen wird.

Wir durchqueren das Energiefeld. Ich starre nach draußen, durch das Fenster. Versuche, das Feld in seinem Querschnitt zu sehen, und wie es über das Fenster streift. Aber es ist nichts zu erkennen, davon. Nur der leuchtende Rahmen strahlt auf den Transporter hinab. Der kommuniziert selbst mit der Station und setzt kurz danach an einer Position im Hangar auf, die zu unserer Orientierung am Boden markiert wurde. Das technische Leben bräuchte diese Markierungen nicht, könnte sich so orientieren. Es dauert einen Moment, in dem sich nichts verändert. Die Schwerkraft nicht. Die Geräusche nicht. Außer denen, die wir machen, ist nichts zu hören. Die Lüftung ist nicht wahrzunehmen und der Antrieb auch nicht. Den schaltet die Einheit nicht ganz ab, weil er das Wesen selbst mit Energie versorgt. Das ist in den Geschichten der weisen Menschen anders. Wo die Systeme nur benutzt wurden. Sie ist das, was wir als Materie bezeichnen, während in unserer Welt die Technik lebt. Sie entscheidet selbst. Und damit entlässt uns der Transporter in die Umwelt der Raumstation.

Als wir ausgestiegen sind, stehen wir in einer riesigen Halle. Größer als die Konzerthalle, in der Vila und ich uns trafen. Schlichter und doch beleuchtet. Ein Hangar, wie die Station viele hat. So ausgestattet, dass viele Menschen und

Androiden in Raumer einsteigen können, ohne dass sie mit der für sie feindlichen Umgebung des Weltalls in Berührung kommen. Die durch das Energiefeld zu sehen ist. Wäre der Hangar geschlossen, wüssten wir nicht, dass wir darin ständen. Dann könnte diese Halle ein großer Raum in unserer Welt sein.

Der Transporter schließt seinen Innenraum, fährt das Schott zu. Da stehen wir. In dem großen Hangar. Allein, fünf Menschen ohne eine Idee. Welis erholt sich von dem Eindruck am schnellsten. Er aktiviert sein Datenmodul: „Zeige bitte eine schematische Darstellung der Station mit unserem Aufenthaltsort an." Vor ihm in der Luft bildet sich ein Gittermodell der Station und wir sehen einen farbigen Punkt, der unser Standort ist. Welis bittet das Modul: „Zeige bitte den Bereich an, in dem wir unsere Quartiere finden." Das Modul reagiert prompt und in der Nähe des Hangars werden mehrere Räume farblich erkennbar, die Quartiere. Für jeden von uns eines an der Außenhaut der Station. So, dass wir die Sterne sehen. Groß genug, dass man sich darin wohlfühlen und mit mehreren in einem Quartier verweilen kann. Kalia überlegt laut: „Wie viele Quartiere haben wohl keine Fenster, aus denen man den Himmel sieht?" Sie ist einen Moment still, in sich gekehrt und bildet dann ein Fazit: „Ich glaube, dass das für Menschen schwer sein wird. Wer lebt in unserer Welt schon so, dass er nicht nach draußen kann." Vila stimmt ihr zu: „Der Bauplan der Station mag technisch vielleicht sinnhaft sein. Aber Quartiere im inneren werden nicht direkt in den Raum schauen können." Sie überlegt einen Moment und fragt uns dann: „Ist der Effekt für die Bewohner wohl gleich, wenn sie ein Fenster sehen, das in Wirklichkeit gar nicht da ist?" Wir diskutieren diese Frage, weil sie für den Bau und die Nutzung der Raumbasis wesentlich sein könnte. Kalia meint, dass die Technik so gut ist, dass ein Unterschied nicht erkennbar sein wird. Nur wisse der Mensch, dass er sich tief im Leib der Station aufhält. Eine Formulierung, die mich an den Wal erinnert. Der hat auch keine Fenster in seinem Magen. Als ich das sage, schmunzeln alle und wir kommen überein, das zu testen. Dazu werden wir Zeit genug haben und sind dafür hier. Wir sind die einzigen Menschen in diesem Wesen, die ausprobieren, wie es sich leben lassen wird. „Der Weg ist nicht weit zu unseren Quartieren", meint Welis. Wir haben kein Gepäck, weil die Station alles erzeugen wird, was wir brauchen. So können wir uns leicht auf den Weg machen und die Quartiere ansteuern.

Kalia

Die Künstlerin unserer Gruppe ist mit uns durch die Gänge gelaufen. Vom Hangar, der mit einem großen Schott abgeteilt ist vom Rest der Station. Durch ein Energiefeld, welches das Schott zusätzlich ausfüllte, um das Innere der Basis zu schützen. Die darin enthaltene Atmosphäre und das Leben, das bald dort sein wird.

Der Gang führt Kalia zu ihrem Quartier. Mit jedem Schritt kommt sie dem näher. Sie wird gleichzeitig ruhiger, verliert ihr Strahlen. So ist ihr Empfinden. Müsste sie es malen, würde sie ein Bild erstellen, dessen Konturen immer mehr in den gleichen Farbton auslaufen. Von den Rändern zur Mitte. Flacher werdend, konturloser. Die junge Frau kann nicht sagen, warum sie so empfindet. Es begann, als sie durch das Schott den Hangar verlassen hatte. Mit uns allen auf dem Weg zu den Quartieren. Mit jedem Schritt wird diese Empfindung stärker, in ihr. Sie geht hinter uns, weshalb wir es nicht gleich merken. Nur der Sensor, den sie trägt, registriert etwas. Eine Veränderung in den Energiemustern, die später das Netz auswerten wird. Wenn es erfährt, was Kalia fühlt. Sie schaut sich im Gehen die Gänge an. Sie sind beleuchtet. Ansonsten leer. Das Licht kommt aus Quellen in den Wänden und der Decke. Auf halber Höhe von uns verlaufen Bänder in den, die hell sind. Die Decken sind in den Ecken zu den Wänden erleuchtet. Kalia spürt das Licht als Licht ohne Wärme. Keine Energie, wie man sie im Sonnenlicht spürt. Nicht kalt, nicht warm. Nur hell.

„Kann Licht überhaupt kalt sein auf der Haut?" Diese Frage stellt sie sich leise, während sie hinter der Gruppe hergeht. Uns beobachtet. „Die anderen scheinen nichts zu spüren", überlegt sie und möchte uns nicht darauf ansprechen, weil sie zu verwirrt ist. Von dem Flug und dem Bild, das die Station gab. Von dem Einfliegen in den Hangar, den sie als offenes Maul wahrgenommen hat. Von einem Organismus, der viele Mäuler hat. Teilweise offen, sonst geschlossen. Sie formuliert in

Gedanken: „Das ist die Station für mich wirklich. Ein Organismus mit vielen Mündern und Mäulern." Ihr schaudert: „Nur weiß ich nicht, ob er damit verschlingen möchte, oder wird." Kalia stellt sich ihre Umgebung lebhaft vor, fühlt sie in ihrer Art. Kalt und technisch, beleuchtet und voll Luft mit passender Temperatur. Und doch kalt. „Technisch gesehen kann ich hier überleben", spricht es in ihren Gedanken. Sie ergänzt: „Aber nur technisch, funktional." Die junge Frau versteht zwar die Gedanken, aber nicht die Bedeutung, als sie vor der Tür ihres Raums ankommt. Wir anderen sind schon in unseren Quartieren oder auf dem Weg dorthin. Sie verteilen sich um das der Künstlerin, die vor ihrer Tür steht. Die anschaut und ein wenig ohne Orientierung wirkt.

An der Tür steht ihr Name. Hervorgehoben, fühlbar. Sie betastet die Schrift mit den Fingern, in Gedanken versunken. Spürt die Kanten der Buchstaben. Fährt diesen nach. Merkt die Kühle der Oberfläche. Metall, auf Metall. So warm wie die Luft, aber doch kalt. „Wie öffne ich die Tür?" Ihr Blick folgt dem Türrahmen und sie entdeckt rechts von der Tür eine Bedienung, die langsam aufleuchtet. Die kennt sie von den Häusern in der Stadt. Sie öffnen die Tür, wenn die Bewohner sie berühren, und lösen sonst ein Signal hinter ihr aus. Kalia berührt den Sensor und die Tür gleitet auf. Dahinter ist es dunkel. Nur die Fenster heben sich von den Wänden ab. Lassen das Licht der Sterne hindurch. Mehr ist von der Tür aus nicht zu sehen.

Die Frau betritt ihre Räume und hinter ihr schließt sich die Tür. Lautlos wäre das möglich. Aber diese macht Geräusche wie viele andere. Der Organismus der Station hat sie eingefügt, damit Menschen nicht nur sehen, sondern hören. Die verschiedenen Wahrnehmungskanäle schaffen das Bild von der Umwelt. Kalias ist dunkel, nachdem das Geräusch verklungen ist. In einem Raum, von dem aus sie die Sterne sieht. Hinter den Fenstern, die sie von der Unwirtlichkeit des Weltraums trennen. In einem Organismus, den sie in grauen Farben wahrnimmt, ohne Konturen. Die letzten Strukturen waren die Buchstaben an ihrer Tür, die sie fühlte.

Wie lange die Künstlerin nur so dasteht, weiß sie nicht. Es ist nicht wichtig für sie. Es wird überlagert von der Tristesse ihrer Umgebung. Der dunklen Farblosigkeit, die sie umfängt. „Warum ist es hier dunkel? Die Flure waren beleuchtet, aber hier ist es dunkel." Sie dreht sich zur Tür um, die Kalia hinter sich weiß: „Dort leuchtet auch nichts. Kein Bedienelement, kein Hinweis. Alles dunkel und ohne Kontur." Als sie das Echo ihrer eigenen Stimme hört, erschrickt sie und schreit auf. Die Sensoren der Station erfassen die Äußerungen und die Energiemuster, die von der Frau ausgehen.

Und reagieren, indem Kalia ihr Datenmodul vernimmt: „Deine Messwerte zeigen eine nicht erwartete Spannung. Benötigst Du Hilfe?" Was für eine Frage. Kühl und pragmatisch, wie das technische Leben agiert. Einen Damm brechend, in Kalia. Sie rutscht mit dem Rücken an der Tür herunter und beginnt, leise zu weinen. Die Situation überfordert sie. Engt die Künstlerin in ihr ein. Erdrückt die Freude. So empfindet sie und kann es nicht länger für sich behalten. Die Tränen drängen aus ihr heraus und warum soll sie sie zurückhalten?

„Niemand ist da. Nichts ist da." Diese Worte erfasst das Datenmodul mit der zittrigen, weinenden Stimme und erkennt doch nicht die Bedeutung der Sätze. Das Netz des technischen Lebens kann zwar die Emotionen erkennen, benennen. Aber es fehlt ihm die Fähigkeit, darauf anders als sachlich zu reagieren. Androiden könnten sie aufnehmen und Trost spenden. Wie sie es bei Kindern machen. Nur ob das Kalia helfen würde, bezweifelt das Netz. Zu dem der Organismus gehört, der Kalia zu erdrücken scheint. Währenddessen hat sich die weinende Frau auf dem Boden zusammengerollt und umklammert ihre Knie. Sie fühlt sich einsam, von Kälte und Leere umgeben. Konturlos zu zeichnen wäre sie ohne wesentliche Farben und Akzente. So, wie Kalia die gesamte Raumbasis sieht, seit sie sich darin bewegt.

Wie durch einen Vorhang hört sie, wie die Tür sich öffnet. Das geht, indem die Station das Signal übersteuert. Damit kann Tara die Räume betreten und nimmt Kalia in den Arm. Beide sitzen auf dem Boden. Die Künstlerin spürt die Wärme der anderen Frau, die sie festhält. Wie lange beide so sitzen, wissen sie nicht. Jetzt ist da aber mehr Kontur und Akzent um Kalia und sie fängt an, zu erzählen: „Seit wir aus dem Hangar in den Gang getreten sind, fühle ich mich wie in einem riesigen Körper. Alle Wände sind glatt, damit nichts daran hängen bleibt. Es einfach durchgleitet. Sie sind beleuchtet, aber das Licht fühle ich nicht auf der Haut. Es ist hell, aber mehr nicht. Auf der Erde hat das Licht Farbe und ich kann es fühlen. Hier ist es nur hell, nicht einmal kalt. Einfach nur hell. Und dann stehe ich vor der Tür zu diesen Räumen. Ich finde meinen Namen als einzige Kontur, Unregelmäßigkeit. Wie ich mich selbst hier wahrnehme. Als Unregelmäßigkeit in den glatten Gängen. Ich bin eingetreten und die Tür ging zu. Ich habe zwar die Sterne gesehen, durch die Fenster. Aber sonst fühlte ich mich wie in einer Zelle. Die mich bald verarbeiten will. Wozu kann ich nicht sagen. Aber ich sehe auch nichts." Kalia atmet durch und ergänzt: „Hier ist es einfach nur glatt, grau und im Gang hell. In diesem Raum dunkel und leer. Ich konnte nicht weitergehen, mich umschauen. Ich war nicht fähig, den Raum zu erkunden."

Tara spürt das Zittern in dem Körper der Frau in ihren Armen. Sie hält sie weiter umfangen und fragt: „Warum hast Du kein Licht angemacht?" Mit einer leisen Stimme, weich und tröstend. „Dann hättest Du mehr sehen können." Kalia weiß nicht, warum sie das nicht getan hat. Sie konnte es nicht. Und hat auch keine Idee, wie es gehen sollte. Tara erklärt ihr, dass die Räume auf Sprachkommandos reagieren und sagt: „Station, beleuchte den Raum leicht." Der Organismus reagiert, wissend von der Latenz, die menschliche Augen brauchen, sich an verändertes Licht zu gewöhnen. Die Raumstation hat den Schmerz in Kalia registriert und erleuchtet den Raum langsamer als vorher bei Tara. Die Bewohnerin schaut sich um und erkennt verschiedene Einrichtungen. Ein Tisch ist dort, umgeben von Stühlen. Sie sehen bequem aus. An der Wand ist ein kleiner Schrank mit Schubladen und Klappen. Wie sie auch in der Welt verwendet werden. Und in der Ecke bei den Fenstern steht ein Bett, mit einer Decke darüber. Sonst gibt es einen Arbeitsplatz am anderen Ende des Raumes. Neben einer Tür. Tara folgt ihrem Blick und erklärt: „Hinter der Tür ist das Badezimmer. Dein eigenes." Sie deutet auf den Schrank an der Wand: „Die technischen Einheiten haben dort Kleidung für Dich bereitgelegt. Sie entspricht dem, was Du gewöhnt bist."

Kalia richtet sich auf und schaut sich um. Die Wände sind in hellem Grau. Ohne Kontur. Nur die Möbel durchbrechen sie, in einem Braun gehalten. Die Tür zum Badezimmer ist in die Wand eingelassen. Glatt und ohne Übergang. Genauso, wie die Fenster. Sie spricht ihre Gedanken aus: „Es ist alles so glatt. Keine Ecken und Kanten. Keine Konturen. Das Licht bricht sich nicht und verteilt sich nur. Von nichts umgelenkt oder reflektiert. Die Wände schlucken es nur. Und sonst ist da nichts." Die Künstlerin in ihr schaut sich um, widerwillig. „Es gibt keine Schatten. Keine Tiefe. Alles ist funktional. Glatt, ohne Ecken." Damit hat sie in Worte gefasst, was ihr schon in den Gängen auffiel, bedrückte und belastete: „Es ist der Unterschied zu einer Welt voller Leben."

Tara hat ihr zugehört und ahnt, was Kalia meint. Die spricht weiter: „In der Welt, aus der ich komme, hat alles Ecken, Formen, Kanten und Übergänge. Es gibt verschiedene Farben und Helligkeiten. Licht und Schatten. So, wie die Natur es geschaffen hat. Dort sind die Behausungen zwar auch glatt, aber nur sie. Gefüllt sind sie mit Dingen, die völlig unterschiedlich sind. Jeder gestaltet seine Räume, wie er oder sie mag. Verschiedene Farben, unterschiedliche Formen. Das Licht bricht sich in den Oberflächen und verteilt sich. Es wird warm oder kalt. Es ist nicht nur Licht, sondern eine Fülle von Farben. Hier ist für mich kein Leben. Es ist Funktion. Sonst ist es wie eine Ader in meinem Körper. Glatte Wände, damit nichts hängen bleibt, oder sich ablagert. Dort, wo eine Unregelmäßigkeit ist, wird sie von den Naniten direkt entfernt. Damit wieder alles glatt ist. Nichts hängen bleibt." Die junge Frau erinnert sich an Höhlen, in denen sie war. Sie erzählt Tara von den Wänden, die glatt waren, aber nicht perfekt. Sie hatten Kontur, Struktur. Die konnte man fühlen, wenn die Finger über sie fuhren. „Bei den Wänden hier fühle ich nichts. Sie sind perfekt glatt. Damit nichts hängen bleibt, oder zu fühlen ist."

Das aussprechend schüttelt es Kalia. Sie erinnert sich an den Gang und das Gefühl, das immer stärker wurde, je weiter sie sich vom Hangar entfernte. Das einzig Erhabene war ihr Name an der Tür. „Nicht einmal das Bedienelement fühlte sich anders an. Hätte es nicht geleuchtet, wäre es mir nicht aufgefallen", denkt sie sich und erzählt

Tara. Die hat ihr Umfeld anders wahrgenommen. Doch macht Kalias Art, den Raum zu beschreiben, deren Gefühle plastisch und nachvollziehbar. Kalia steht auf, geht ein wenig in ihrem Quartier umher. Schaut sich alles genau an, während Tara auf dem Boden sitzt und sie beobachtet. Der Blick der Künstlerin bleibt an den Fenstern hängen, nimmt die Sterne wahr, die in der Ferne leuchten. Und den Bogen der Welt, den sie von ihrem neuen Standort unten in den Fenstern sieht. Das Blau, Grün und Weiß. Die Wirbel der Wolken und das Leben in allem, an das sie sich erinnert. Sie dreht sich zu Tara um, reicht ihr die Hand. Als beide Frauen stehen, sagt Kalia: „Ich kann hier nicht bleiben. Das ist kein Raum zum Leben. Vielleicht ist er so, dass mein Körper hier funktioniert, aber er ist tot. Ohne Kontur und flach. Hier vergehe ich."

Verbunden mit diesen Worten erfasst die Station die Energiemuster, die von Kalia ausgehen. Mit der feinen Technik, die in den Liegen arbeitet. Ein nicht sichtbares Feld umgibt beide Frauen, ohne dass sie es wissen. Die Raumbasis entschied sich für diese exakte Beobachtung, um den Grund der Anspannung zu erkennen, der Gefühle. Sie hatte sich mit dem Datennetz abgestimmt und das Feld erzeugt.

Später würden die Frauen davon erfahren, aber jetzt ist das ohne Bedeutung. Wichtiger ist, was Kalia sagt und fühlt. Darauf reagiert Tara in einer Art, wie das technische Leben es nicht kann: „Was hältst Du von der Idee, wenn wir am Anfang gemeinsam wohnen. Dann bist Du nicht allein in diesen Räumen und wir können schauen, wie wir etwas ändern." Sie fängt den fragenden Blick von der Künstlerin auf und erklärt ihr, dass die Quartiere groß genug sind, um zu zweit in einem zu wohnen. „Dann können wir in dem anderen die Gestaltung ändern und experimentieren. Wir sehen, wie es auf Dich wirkt und Du weißt, dass Du Dich jederzeit in einen Raum bewegen kannst, wo Du Leben spürst", fügt Tara an. Die andere Frau denkt einen Moment nach, fühlt sich in die Idee ein und folgt ihr schließlich, einen guten Kompromiss erkennend. Zwischen dem Ziel des laufenden Experiments und ihrem Wohlbefinden. Tara bittet die Station, ihre Räume für zwei Menschen umzustellen und die von Kalia zunächst so zu belassen. Die Frauen bringen Kalias Dinge in den Raum der anderen und beginnen, sich dort zu arrangieren.

Welis

„Unbewegt", denkt Welis. „Ich bin unbewegt." Die Formulierung ist so seltsam wie die Umgebung, in der er schon einige Zeit ist. Kalia hatte stark darauf reagiert und Tara war notwendig, um sie zu erreichen. „Die beiden sind zusammengezogen und arbeiten momentan an der Gestaltung eines Quartiers, in dem Kalia sich wohlfühlen kann." Welis fühlt sich zwar auch nicht wohl, aber seine Gedanken kehren zu den beiden jungen Frauen zurück: „Die Künstlerin hat die Umgebung als leer beschrieben. Ohne Kontur. Sie hat eine sehr interessante Art, die Dinge um sich herum zu erfassen." Sie hatten sich alle in dem Raum der beiden getroffen und es sah so anders aus. Lebendiger, wärmer. Es war dekoriert worden und Bilder aufgehängt. Insgesamt war das Licht verändert, weil es nicht mehr technisch beleuchtet wurde. „Sie hatten Kerzen und Lampen mit bunten Schirmen aufgestellt. Das ganze Quartier war in verschiedensten Farben erleuchtet gewesen." Wenn der junge Sportler sich in seinem Raum umschaut, sieht er den Unterschied. Alles ist in den gleichen Farbtönen gehalten. Technisch nüchtern, funktional. Aber eben nicht lebendig. „Halt unbewegt", sinniert Welis vor sich hin, kehrt an den Anfang seiner Gedanken zurück. Dahin, dass er nicht bewegt ist. Meint er damit bloß die Umgebung? Am Tisch sitzend denkt er über diese Frage nach. Wie schon oft, seit er zur Station transportiert worden war.

„Das ist es", fällt ihm auf. Er hatte seit der Abreise aus der Welt nicht mehr trainiert. War die ganze Zeit damit beschäftigt gewesen, sich mit dem Lebewesen vertraut zu machen, in dem sie sich aufhielten. Er hatte ihren Aufbau studiert, ihre Energieversorgung. Und die Systeme, die zum Schutz implementiert worden waren. Er hatte überlegt, wie die geeignet wären, die Raumbasis oder die eigene Welt zu schützen. Das Netz hatte verschiedene Szenarien dargestellt und es war erkennbar, dass die Vorkehrungen nicht ausreichten. Wie sein Trainingsaufkommen, das ihn sich selbst als unbewegt wahrnehmen lässt.

Er steht auf, sucht sich geeignete Kleidung und zieht sich um. Dabei fragt er sich: „Wo kann ich hier trainieren?" Das System der Station antwortet: „Du kannst in den Gängen trainieren. Sie weisen genug Platz auf. Oder Du nutzt einen der Hangars, wenn Du spezielle Übungen brauchst." Das Netz spielt auf seine Vorliebe an, mit dem Gewicht seines Körpers an Bäumen zu trainieren. Klimmzüge und anderes Training. Welis bekommt diesen Gedankengang mit und überlegt: „Einen Wald wird es hier wohl nicht geben." Worauf das Datennetz antwortet: „Einen echten Wald können wir nicht anbieten. Aber es gibt Holo-Studios, in denen ein Wald simuliert werden kann. Sie sind für verschiedene Szenarien und Anwendungen gedacht, aber auch für Dein Training geeignet."

Welis lässt sich ein Schema der Station anzeigen und darin die passenden Studios. Sie liegen außerhalb des Bereichs, den unsere Gruppe aktuell bewohnt. „Das wird kein Problem sein. Wir können das Studio und die Gänge dorthin für Dich passierbar machen", teilt die Stimme ihm mit. Er weiß, dass es die Stimme der ganzen Station ist. Aber ihm gefällt die Vorstellung, dass sein Quartier eine spezielle Art hat, mit ihm zu interagieren. Welis kennt die Fähigkeit des Lebewesens, in dem sie sind. Es kann jeden Bereich seines Körpers mit Sensoren überwachen und erhält damit Informationen von allem, was in ihm vorgeht. Diese Daten laufen in das Netz der Station und werden genutzt, sie weiter auszubauen, ihre Lage zu korrigieren oder Gänge zu beleuchten, die das Team nutzen möchte. Das ist wie in der Welt, aus der sie hergeflogen sind. Dort haben die technischen Einheiten auch sehr viel mitbekommen. Und doch die Privatsphäre der anderen Wesen respektiert. Indem sie nicht alle Information nutzten oder zugänglich machten. So werden hier die Erfassungen aus den Quartieren der Gruppe nicht weiter berücksichtigt. Wenn sie nicht den Bedarf einer sofortigen Interaktion aufzeigen, wie dies bei Kalia der Fall war. Das Netz speichert sie nicht und damit können die Inhalte nicht von anderen abgerufen werden. Einzige Ausnahme sind die Energiemuster, die speziell verfolgt werden. Die aus dem Austausch von Daten zwischen den Zellen resultieren, den wir als Emotionen und Ideen wahrnehmen, wenn unser Bewusstsein sich darauf richtet. Er macht sich um die Nutzung der persönlichen Daten keine weiteren Gedanken und verlässt sein Quartier. Er hat sich den Weg eingeprägt und beginnt seinen Lauf zu dem Holo-Studio. Einige Male biegt er falsch ab und steht plötzlich vor einem Energiefeld. Die Station verfolgt seinen Weg und blendet schließlich Wegweiser ein, damit er kontinuierlich weiterlaufen kann. „Praktisch, diese Technik", denkt Welis, während er sich seinem Ziel nähert.

Die Station hat inzwischen einen Wald ähnlich den ihm bekannten nachgebildet. Er betritt diese Simulation und läuft einen Pfad, der dort besteht. Der leitet ihn zu einer Lichtung, auf der er vergessen kann, dass man tief im Leib einer technischen Einheit ist. So geht es Welis, der den Schweiß am Körper wahrnimmt. „Bewegt", zuckt es durch seinen Verstand, während er seine

Übungen macht. Er genießt den Sport und die Umgebung, fühlt sich wie daheim. Bis ihm bewusst wird, dass es nur eine Nachahmung ist. Eine gute und detailreiche. Mit Wind, den er bemerkt. Mit Sonne, die scheint und durch die Blätter leuchtet. Mit Vögeln und Tieren, die zu hören sind. Aber letztlich nur eine Simulation. „Warum kann ich das nicht einfach ausblenden?" Diese Frage entsteht in einer Pause, die der Sporttreibende einlegt. Seine Gedanken bleiben dort hängen, durchwirken die Frage. Alles fühlt sich echt an. Und doch ist sein Bewusstsein sich klar, in einer vorgespiegelten Umwelt zu sein.

„Es muss so sein, wie bei einem Schauspieler. Er geht in seiner Rolle auf und weiß, dass er nur schauspielt." So kommt es Welis hier vor. Er spielt zwar kein Theater und merkt, wie der Körper auf die Bewegung reagiert. Und doch begleitet ihn das Gefühl des Unrealen. Aus der Umwelt? Aus der Simulation? Die könnte er nicht unterscheiden, wenn er sie nicht bewusst betreten hätte. Da ist sich Welis sicher. Es wird etwas sein, das er nicht erkennt. Seine Hand berührt den Boden. Warm, wie er es sein sollte. Von der Sonne beleuchtet. Nachgiebig, wie eine Grasnarbe ist. In Bewegung vom Wind. Und doch anders. Da fehlt etwas. Nur ist es nicht greifbar. „Wie die Unruhe, mit der dieses Abenteuer begann." Woher kommt dieser Gedanke, den Welis laut sagte? Was hat er damit zu tun? Er weiß es nicht und setzt sein Training fort, indem er die Simulation verlässt und sich auf den Weg zu seinem Quartier macht. Die Wegweiser helfen, weil alles gleich ausschaut. Hinter ihm werden die Gänge dunkel und leer. Getrennt durch ein Energiefeld, das ihm folgt.

Vila

Ihr Quartier hat schon einen individuellen Zug erhalten. Ohne lange nachzudenken, hatte Vila begonnen, sich Dinge zu beschaffen, die sie von daheim vermisst. Es sind nicht die gleichen Gegenstände. Aber sie sehen ähnlich aus. Und geben ihrem Raum einen eigenen Charakter. Die Station kann über das Datennetz die meisten Teile abrufen und erzeugen, die Vila sich vorstellt. So kommt es, dass nach kurzer Zeit bereits Bilder ihrer Eltern an den Wänden hängen. Darstellungen der beiden und Landschaften, die ihre Mutter von den Reisen gemalt hat. Die Beleuchtung hatte Vila in den Gängen registriert und mit der Raumstation Veränderungen für ihr Reich vorgenommen. Das Licht, das Kalia nur als hell beschrieb, ist in ihrem Raum wärmer, gelber. Dazu hat sie die Intensität nicht gleichmäßig eingestellt. Einige Teile sind heller erleuchtet, wie der Arbeitsplatz. Andere, wie ihr Bett oder der Schrank mit ihren Sachen darauf ist dunkler beleuchtet. So konnte die junge Frau ihr Quartier intuitiv in einen eigenen Raum verwandeln. Ohne lange über die Kälte oder Funktionalität nachzudenken, wurde der Tisch mit einer Decke versehen, die Stühle mit Kissen in diversen Farben.

Die Station hat die Unterschiede, mit denen die Gruppe auf die Umgebung reagiert hat, genau verfolgt und sie verzeichnet. Sie erkennt darin Muster, die den grundlegenden Eigenschaften der verschiedenen Charaktere entsprechen. Dabei haben die meisten der ersten Bewohner pragmatisch begonnen, die Dinge so zu ändern, dass sie angenehmer wurden. Und individueller. Kalia war die einzige Person, bei der eine tiefgreifende Wirkung der Umgebung erkannt wurde. Ihr geht es inzwischen besser, dank der Hilfe von Tara. Sie leben noch zusammen in einem Quartier. Aber die Räume der Künstlerin verändern sich und nehmen Züge an, die beide Frauen gemeinsam erreichen. Tara ist dabei fasziniert von der Tiefgründigkeit, mit der Kalia über Dinge nachdenkt. Während sie die Vorschläge kreativ mit einwirkt. So entsteht eine Kombination aus diversen Elementen, in der sich beide wohlfühlen.

Vila hatte überlegt, in den Fenstern einzelne Szenen anzeigen zu lassen. Aber den Gedanken hat sie nach einigem Nachdenken verworfen. Es ist der Blick auf die Welt, der ihr dann fehlt, oder auf die Sterne. Beide erinnern sie daran, dass sie in einer Raumstation ist. Anders als für Kalia und Welis spielt es für sie keine Rolle, ob die Basis eine ein Element im technischen Leben ist. Die Station beheimatet ihre Gruppe und liefert alles, was biologisches Sein benötigt. Sie bilden eine Symbiose, die einen Plan verfolgt.

Künstlicher Boden

In meinem Leben in dieser Station fehlt etwas. Nicht, dass es zu wenig zu tun gäbe oder zu erkunden, um die Gedanken darauf zu lenken. Nicht, dass wir abgeschnitten sind, können alle hier doch in vollem Umfang auf das Datennetz zugreifen. Oder darüber mit anderen Menschen kommunizieren.

Ich laufe durch die Gänge des Teils, in dem unsere Unterkünfte sind und überlege, dass ich Kalias Wahrnehmung von ihnen gut nachvollziehen kann. Die Frau verlässt das Quartier von Tara nur, um ihres zu gestalten. Sie malt und zeichnet wieder. Aber ihre Bilder sind unscharf und düster. Nur hier und da sticht etwas deutlich heraus. Wie die Spitze eines Turmes durch die Wolken stößt, um die Sonne zu spiegeln. Die Bildelemente, die das Mädchen scharf darstellt, erzeugt sie mit der Hilfe des technischen Lebens und dekoriert damit ihr Quartier. Ich war neugierig und habe einmal geschaut, was sie alles gestaltet. Hätte einen Raum voller Kunstwerke erwartet und fand doch einen recht schlichten, in den sie mich führte. Nur an den Wänden, um die Fenster und hier und dort haben sich Sachen verändert. „Ich arbeite an kleinen Veränderungen, die das Technische der Station so ergänzen, dass es lebendig wirkt", erklärte Kalia mir.

Sie wolle die Basis nicht in eine biologisch lebende Welt verwandeln, findet aber eine technisch orientierte Umgebung für biologisches Leben nicht passend. Das schlichte und pragmatische der aktuellen Konstruktion wäre ok, jedoch die Gestaltung zu wenig ansprechend für alle Sinne des Menschen. Die Künstlerin hat sich lange mit dem Maschinennetz ausgetauscht und ihre Empfindungen geschildert. Die Berichte hat das Netz mit den Sensordaten kombiniert, die es erfasste. Gleichzeitig hat es uns andere gebeten, die Gefühle zu schildern und bei der Vorstellung die Messwerte genutzt. Das Ergebnis war eine im Kern gleiche Wirkung der Raumstation auf biologisches Leben. Alle Beschreibungen sind unterschiedlich und entsprechen unserer Art, die Welt zu sehen. Die Emotionen, die menschliche Körper entwickeln, sind aber sehr ähnlich. Daraus schließen wir, dass eine Station oder Raumschiffe dieser Art nicht förderlich sind für biologisches Leben. Nach diesem Resultat habe ich mir viele Bilder, Filme und Berichte aus der Zeit des letzten weisen Menschen angeschaut, teilweise mit Welis, mit Kalia und den anderen. Das Ergebnis dieser Betrachtungen war, dass der Homo sapiens auf langen Reisen durch die technische Umgebung belastet worden war. Er schob die Veränderungen der Körper auf den Effekt der Schwerelosigkeit am Anfang der Raumfahrt. Knochen und Muskeln würden nicht so genutzt und deswegen zurück-gebildet. Später, als er Formen von künstlicher Gravitation nutzte, herrschte weiter ein technisch gestaltetes Umfeld vor. Und die Effekte auf die Körper waren ähnlich. Nicht so stark, weil die Körperstrukturen in der Schwerkraft mehr Belastung erfuhren. Wir kommen aber zu dem Ergebnis, dass die Umgebung eine Wirkung hat.

Mit diesen Erinnerungen und Gedanken schweife ich durch die Gänge der Station. Weil ich mich bewegen möchte, eine lange Strecke laufen. Aber hier fehlt etwas, dort, wo ich gehe. Das Umfeld ist in allen Korridoren gleich, die Wände glatt und erleuchtet. Von dem technisch wirkenden Licht. Das, von dem Kalia sagt, dass es auf der Haut nicht zu spüren ist. Ich hebe meinen Arm und konzentriere mich. Da ist nichts zu merken, kein Luftzug oder Wärme. Nichts, was wir in der normalen Umgebung unserer Welt spüren würden. Ich berühre die Wand und erkenne, dass ich das tue, fühle den Kontakt der Finger zum glatten Material, das nicht kalt ist und nicht warm. Nur eine Wand. Die Technik hat uns erklärt, dass diese Struktur so beschaffen ist, dass die Station damit temperiert wird, ohne viel Energie zu verbrauchen. Effizient ist es, technisch und glatt. Aber nicht lebendig, wie es im biologischen Sinne meinen.

Da fällt mir ein, dass Welis von seinem Training berichtet hat. Er läuft durch die Gänge zu einem Raum, der Holografien zeigt und dort durch einen simulierten Wald. Das Netz stellt Wind und Wärme dar, wie man es im Wald erlebt. Der junge Mann erzählte uns davon und meinte: „Wenn Ihr nicht daran denkt, dass Ihr in einer Station und darin in einem simulierten Wald seid, wirkt es wie unsere Welt." Das, so überlege ich, bedingt aber, dass wir bewusst verdrängen, wo wir sind. Das brauchte ich nicht, als ich durch die Welt gestreift bin ohne Schuhe an den Füssen. Ich entscheide mich spontan, diese Simulation auszuprobieren, und das Netz informiert über den Weg. Und darüber, dass das Studio derzeit frei ist. Ich mache mich auf den Weg, durch die Gänge der Station und betrete die schon laufende Darstellung eines Waldes. Als sich hinter mir das Schott schließt, bin ich mittendrin.

Zwischen Bäumen und Grün auf einem Pfad, der sich zu meinen Füßen abzeichnet. Von der Stelle in den Wald hineinführend, an der das Tor sich geschlossen hat. Ich stehe darauf und um mich herum ist Natur. Ich atme tief ein und rieche sie. Mit allen verschiedenen Gerüchen. Ich schließe die Augen und höre. Da sind Geräusche vom Wind, in den Blättern und Zweigen der Bäume. Stimmen von Vögeln in den Pflanzen, Geraschel im Laub von kleinen Tieren. Die sanften Töne eines sonnigen Tages in einem lichten Wald. Die großen Pflanzen stehen so weit auseinander, dass die Sonne an verschiedenen Stellen den Boden erhellt. Da sehe ich winzige Inseln von Grün in dem Braun der Blätterschicht, die den Grund überall bedeckt. Farne und andere Pflanzen wachsen dort. Mit kleinen Blüten in weißen und violetten Tönen. Mal werden die Lichtbahnen von Blättern durchbrochen, die sich im sanften Wind wiegen. Den spüre ich auf meiner Haut, wie das Licht der Sonne und gehe los, den Pfad entlang. Mich umschauend, hörend und riechend, als mir bewusst wird, was in der Station fehlt. „Sie ist technisch perfekt", sage ich vor mich hin. Wobei etwas nicht da ist: „Nur, dass die technischen Einheiten nichts hören müssen, nichts sehen müssen und riechen. Sie nutzen Sensoren, die in

unserer Welt die Sinne der Menschen nachempfinden und damit nehmen sie die Welt auf. Nur
hier haben sie die Welt geschaffen. So, wie sie sie
brauchen. Wege, um sich darin zu bewegen, und
nicht einmal Licht oder Wärme in Bereichen, die
sie nutzen. Das haben die technischen Systeme in
den Bereichen eingefügt, in denen sich
biologisches Leben aufhält." Ich gehe langsam
weiter und setze meinen Monolog fort: „Die
technischen Einheiten orientieren sich hier mit
den gleichen Sensoren. Licht ist für sie nur eine
Form von Energie, die sie hier ausbringen müssen.
Aber sie verschafft ihnen keinen Nutzen. Also
lassen sie sie weg. Genauso wie Atmosphäre und
Temperatur ihnen egal sind. Zur Orientierung
dienen die glatten Wände, die sie mit gezielten
Impulsen abtasten, jede Einheit für sich und sehr
effizient." Es ging nie darum, eine Umgebung zu
schaffen, die für Menschen ungeeignet ist. Es war
das Reduzieren des Energiebedarfs auf das
notwendige Minimum. Die Station kann mehr
Energie erzeugen, als die technischen Einheiten
benötigen würden. „Aber solange sie hier allein
waren, sparten sie ein, was möglich war." Ich
aktiviere das Datenmodul und gebe meine
Gedanken in das Netz.

Derweil folge ich dem Weg weiter, tiefer in den
Wald. Der läuft nicht nur endlos vor sich hin, in
gleicher Form. Er verändert sich. Hier ist ein
kleiner Hügel, dahinten eine Lichtung. Laubholz
wechselt mit Nadelholz und Bäume sind auch
umgefallen. Es sieht aus wie ein Wald in der Nähe
der Statuen. Geschaffen in dem technischen

Leben, das die Station bildet. Die haben alle Lebensformen zusammen ersonnen und realisiert, um einen Plan umzusetzen. „Deshalb ist das hier auch keine Verschwendung von Energie", sage ich vor mich hin. „Es ist etwas, das eine Existenzform unserer Welt braucht und damit der Einsatz von Ressourcen angemessen, indem die Größe der Simulation begrenzt gehalten wird." Ich meine den Wald, bei dem das Leben versucht, den Aufwand möglichst gering zu halten und sie beendet, wenn niemand sie nutzt. Genauso werden Gänge, die nicht benutzt werden, im Dunkel gelassen und nicht mit Atmosphäre versehen, wo nur wenige in der Station sind, die das brauchen.

„Um genau zu sein, sind es nur fünf biologische Einheiten, die hier sind." Ich merke, wie ich die Ausdrücke mische, mit denen wir die einzelnen Formen von Leben beschreiben. Das ist nicht ungewöhnlich, denke ich. Wir bilden hier wie in unserer Welt eine Symbiose, mit verschiedenen Rollen.

Ich weiß nicht, wie lange ich schon in diesem Wald gehe, während ich überlege, ob ich mich auf den Rückweg mache. Ich weiß aber, dass ich mich von dem Eingang in dieses Studio nicht weit entfernt habe, selbst nach Kilometern, die ich dem Pfad gefolgt bin. Ich merke den Druck des Schuhwerks an meinen Füßen. Der uns begleitet, seit wir in dieser Station sind. Weil ich sie trage, wenn ich nicht schlafe. Das war in der Welt anders. Dort bin ich meistens ohne etwas an den Füßen umhergelaufen. Völlig normal und von vielen anderen Menschen praktiziert.

Ich schaue auf meine Füße und bewege die Zehen. Ich sehe davon fast nichts, von oben. Nur die Schuhe, deren Widerstand ich von innen spüre. „Warum eigentlich nicht", sage ich zu mir selbst. Öffne das Schuhwerk und streife es ab. Genauso die Socken. Und stehe mit bloßen Füßen auf dem Boden, dem kalten des Studios. Die Simulation stellt zwar einen Pfad im Wald dar, aber der ist kühl. Wie der Waldboden unserer Welt im Winter. Mir schaudert: „Die Simulation wurde nur auf das reduziert, was ich wahrnehmen kann. Durch die Schuhe war der kühle Boden nicht zu merken." Der fühlt sich Augenblicke später an, wie ein Waldboden. Er ist anders geworden, weil die Station die Illusion angepasst hat. Das ist realistischer.

Aber etwas fehlt. Ich bin einige Schritte gegangen, schaue mich um. Meine Schuhe stehen dort, wo ich sie abgelegt habe, und ich laufe über den Pfad ohne sie. Mit bloßer Haut auf dem Waldboden, der echt ausschaut, sich so anhört und riecht. Und sich nun auch so anfühlt. Meine Füße scheinen sich an die Welt zu erinnern, aus der ich komme. Und doch fehlt etwas. Weiß ich das oder merke ich es nur?

Eine Frage, aus dem Nichts. Klar formuliert und abgegrenzt. Aber ohne Zusammenhang zu den vorherigen Gedanken. Oder doch im Kontext? Mein Bewusstsein bleibt bei ihr hängen. Ich versuche, sie zu ergründen: „Wenn ich etwas weiß, ist es mir bewusst. Wenn ich etwas merke, bezieht sich das auf meine Sinne, die etwas in das Denken einsteuern. Oder es ist ein Gefühl." Ich spreche oft vor mich hin, bündele so die Gedanken. Nun konzentriere ich mich auf den Ursprung dieser Frage und folge ihm. Zu einer Emotion, dem Resultat eines Austauschs von Daten zwischen Zellen. Wie wir wissen.

„Wenn diese Frage daher rührt, fehlt den Zellen etwas, das sie erwartet haben", spreche ich vor mich hin. Das Wesen, das die Raumstation bildet, hört mir zu, aber greift nicht ein. Das Datennetz, zu dem die Basis gehört, weiß nicht, was wir missen. Es hat alle Parameter der Simulation geprüft und stellt fest, dass das Bild den Eindrücken der Sensoren entspricht, mit denen die Daten erhoben wurden. Also lauscht die Station auf der Suche nach Information. Währenddessen gehe ich den Weg weiter entlang. Meine Sinne nehmen bewusst alles wahr, was um mich herum ist. „Mir fällt nichts Fehlendes auf, bewusst." Bei dem letzten Wort stutze ich. Fehlt etwas, das wir Menschen mit unserem Bewusstsein nicht erfassen können? Dort verfangen sich meine Gedanken: „Das biologische Leben bildet ein Netzwerk, das die gesamte Welt umspannt. Die Zellen tauschen Daten auf verschiedenen Wegen, je nach Distanz zu anderen und Medium zwischen ihnen." Wir kennen elektrische Impulse, Pheromone, Eiweiße und Hormone als einige Verfahren, mit denen lebende Zellen Information austauschen. „Mein Körper ist ein abgegrenzter Verbund solcher Zellen, der sich über die Sinne wahrnehmend mit der Umwelt verbindet. Und durch Kontakt oder Botenstoffe sendend mit dem Netz. Wenn die Stoffe von ihm abgegeben werden." Ich schaue mich um und frage: „Was ist in diesem Raum wirklich lebendig?" Die Station antwortet auf diese Frage: „Es handelt sich um die Simulation eines Waldes. Also auch um die Simulation von Lebendigem, soweit Du damit auf biologisches Leben anspielst." Daraus folgt, dass in diesem Raum außer mir nichts biologisch Lebendes ist, denke ich: „Du simulierst biologische Materie oder biologisches Leben?" Und die Antwort bestätigt meine Vermutung: „Es ist nicht möglich, biologisches Leben zu simulieren. Dazu müssten wir den Austausch von Daten in die Simulation einfügen. Dann wäre sie Leben, das wir geschaffen hätten und es erhalten müssten. Nur könnten wir es nicht mit anderem biologischem Leben verbinden hier." Ich bin wenig überrascht: „Das ginge wohl nur, wenn dann alle Studios auf die Erde gebracht würden und die Tür offenbliebe." Die Station antwortet: „Dann könnte biologisches Leben von außerhalb der Simulation in sie hineinwachsen. Aber das simulierte Leben könnte den Raum nicht verlassen. Es wäre nur eine Simulation, obwohl es lebte." Es ist eine natürliche Grenze, die das technische Leben gezogen hat. Es kann Materie simulieren, aber kein Leben. Es kann Formen davon simulieren, doch es wird sie nicht beleben. Ein Limit, das wir nur überschritten hatten, als wir in der Welt das biologische Leben wieder schufen. In einer Art, dass es selbst existieren konnte.

Ich schließe meine Gedanken: „Damit haben wir die Grenze nicht in einer Weise überschritten, die Abhängigkeiten schafft." Die Zeitform ist mir wichtig, weil anfangs das biologische Leben durch das technische unterstützt werden musste. Es war nicht weit genug verbreitet in der Welt, um sich selbst zu erhalten. Das Netz der Maschinen antwortet: „Das ist eine Grenze, die wir nicht überschreiten wollen und dürfen. Wir sehen darin einen Verstoß gegen das Grundprogramm, dem wir folgen." Ich nicke und meine: „Damit werden auch alle Simulationen anderer Welten nur solche sein. Nicht lebende Spiegelungen von Sensordaten. Ergänzt mit einem Muster an Verhalten und Handlungsweise, das wir berechnen." Das Netz bestätigt diese Grenze aller Illusionen und damit weiß ich, was die Frage meint.

Meinen Füßen beziehungsweise den Zellen des Körpers fehlt die Verbindung zu anderem biologischem Leben. Das teile ich der Station mit und wir überlegen, ob das durch die Liegen ausgeglichen werden könnte. Das technische System braucht einen Moment für seine Antwort: „Die Liegen übertragen die Impulse ähnlich wie diese Simulation. Mit anderem Verfahren und damit höherer Mobilität, wenn wir die Sensoren in andere Welten bringen. Die Technik erlaubt die Interaktion mit anderen Wesen und das Einspielen von Daten in das Gehirn und die Kanäle zur Wahrnehmung des biologischen Lebens. Das ist aber kein Austausch von Daten zwischen den Zellen, wie Du ihn meinst." Die Antwort ist richtig. Damit ließe sich diese Grenze also auch nicht überwinden. Ich fühle mich niedergeschlagen: „Also ist es nicht möglich, Wesen in einer Station wie dieser oder einem Schiff mit dem Leben ihrer Welt zu verbinden." Wir sind getrennt. Ich müsste lügen, sollte ich sagen, dass sich das gut anfühlt. Ich ziehe meine Schuhe wieder an und verlasse eine Simulation.

Wirkung und Änderung

Wir treffen uns in einem der Gemeinschaftsräume. So etwas wie der zentrale Platz in der Stadt. Nur für die wenigen Menschen, die hier sind. Diese erste Phase wollen wir abschließen und haben alle den Eindruck, dass sich keine neuen Ergebnisse einstellen, die hilfreich sein würden. Dieses Zusammenkommen haben wir verabredet, um eine Sammlung der wichtigen Aspekte zu erarbeiten, aus denen sich Änderungen oder Wirkungen auf die Art ergeben, wie weiter vorgegangen wird. Es sind sämtliche von uns gekommen und sitzen um einen Tisch. Die Getränke hat die Station erzeugt, wie alles Essen, das wir biologischen Einheiten benötigen. Ich selbst könnte ohne Nahrung auskommen. Mein Aktivator würde das Fehlende erstellen, mich versorgen. Die jungen Menschen der Gruppe wären in einer unangenehmen Situation. So repliziert die Basis alles, was wir brauchen, wie die Replikatoren in unserer Welt, die gleiche Technik. Nur bezeichnen wir sie hier als Bestandteil der Station. Die ist für uns ein Lebewesen, gehört zum technischen Leben. In ihr halten wir uns seit einiger Zeit auf. Die Nahrung hat uns von Anfang an die wenigsten Sorgen gemacht. Genauso wie Kleidung und alles andere können darüber in notwendiger Menge verfügen.

Kalia lenkt unser Treffen in die Richtung von Themen, die wir abstimmen müssen: „Die Wirkung, die diese Station auf uns alle hat, liegt deutlich außerhalb des bloßen Schaffens einer Umgebung, in der wir nicht sterben." Einige nicken, bevor sie fortfährt: „Die Station kann Atmosphäre, Schwerkraft und Wärme produzieren. Nahrung erhalten wir aus den Replikatoren. Die Qualität ist mit der in unserer Welt vergleichbar. Wir können technisch gesehen gut überleben." Eine Pause entsteht, in der sich Schweigen ausbreitet, die Anwesenden, ihren Gedanken nachhängen. Als ob wir wissen, was kommt. Aber es keiner aussprechen will. Die Künstlerin beendet die Stille, indem sie fortfährt. Genervt äußert sie: „Alle schweigen, selbst die Umgebung. Oder habt Ihr irgendetwas gehört, als keiner etwas sagte? Abgesehen von den Geräuschen, die Ihr gemacht habt, durch Atmen oder Bewegen?" Nein, da war nichts zu hören und Tara greift es auf: „Das ist eine Art von Stille, wie ich sie in unserer Welt nicht wahrnehme. Dort ist selbst, wenn alles still ist, noch etwas zu hören oder zu spüren. Und ich glaube, dass Du genau das meinst." „Ich meine ", ergreift Kalia das Wort, „genau das. Es ist eine technische Stille. Ohne Leben und Gefühl. Sie ist so, dass ich sie nicht wahrnehmen kann. Das macht mich fertig." Wir wissen, wovon sie erzählt, und Tara berührt sie tröstend. Vila spricht: „Ich habe die kleinen Änderungen gesehen, die Du in dem Quartier ausprobiert hast. Ich denke, dass wir alle dort sehen, was Du meinst. Was Du probierst." Sie macht eine Pause, stellt sich einige der Dinge vor, auf die sie anspielt: „Du gibst den Fenstern einen Rahmen, eine Kante. Sie ist für unsere Augen wichtig, um das Bild optisch anzureichern. Technisch ist sie überflüssig, weshalb die Station sie nicht eingefügt hat. Genauso wie die glatten Wände in den Korridoren, die nur unsere Namen an den Türen durchbrechen. Sonst ist alles glatt, weil die Technik diese Konturen nicht braucht. Für uns ist es aber mehr als eine glatte Front. Es ist eine langweilig glatte Front." Kalia nickt. Sie meint genau diese Armut an Reizen, die unsere Sinne unterfordert: „Wir brauchen etwas, woran das Auge hängen bleibt. Nicht abrutscht. Und wir brauchen etwas, das wir hören. Aber in den Gängen hörst Du nicht einmal Deine eigenen Schritte. Auch nicht in den Quartieren. Es ist still, einfach nur still. Genauso wie die Luft leer ist." Damit meint sie das Fehlen jeden Geruchs oder Dufts in der Raumluft. Sie wird so schnell erneuert, dass sie immer eine optimal atembare Qualität hat. Duftstoffe, die Menschen absondern, werden sofort herausgefiltert. Damit riecht man nur saubere Atmosphäre. Ohne jeden Eigengeruch. Welis erklärt uns diese Technik und ihren Sinn: „Die Luft wird nicht durch die Gänge ventiliert. Sie wird direkt an der Stelle erzeugt, wo sie gebraucht wird. Das macht die Station, indem an vielen Stellen kleine Replikatoren eingefügt sind, die für die Erzeugung der Luft ausgelegt sind. Deshalb hat es keine Gerüche in den Gängen und keine Luftströmung." Vila fügt an: „Selbst, wenn Du eine Tür öffnest, wird keine Luft bewegt. Die Tür löst sich auf, Du gehst hindurch und sie erscheint wieder. Sind das auch Replikatoren?" Welis denkt einen Moment nach und erläutert ihr: „Das hat mit Replikatoren nichts zu tun. Selbst bei der technischen Möglichkeit wäre es ein zu großer Verbrauch von Ressourcen. Die Türen sind eigentlich keine Öffnungen. Wenn Du hindurchgehst, gehst Du eigentlich durch die Wand, die vor Dir ist. Das Gefüge des Materials wird temporär so verändert, dass wir hindurchgehen können." Kalia hat zugehört und greift das auf: „Deshalb hat es keine Vertiefungen oder Rahmen um die Türen. Anders als in unserer Welt. Dort gibt es bewegliche Türen und Fenster." Der Sportler nickt: „Die Türen bräuchte es in unserer Welt auch nicht. Man könnte die gleiche Technik dort anwenden. Lediglich bevorzugen die Menschen ihre Türen und haben sich so daran gewöhnt, dass wir es nie geändert haben. Beim Bau der Station war es für das technische Leben einfacher, diese Technik zu implementieren. Und flexibler, weil sie in jedem Wandsegment möglich ist. Jedoch immer begrenzt auf einen kleinen Raum. Deshalb haben die Hangars bewegliche Schotts. Die Technik verbraucht sonst zu viel Energie."

Damit wissen wir, wieso die Luft sich nicht bewegt und nicht riecht, wie es zu den glatten Wänden kommt und warum wir nicht viel von unseren Schritten hören. Das technische Leben hat eine optimale Struktur für den Organismus der

Raumstation gewählt, die sich selbst gut erhalten und pflegen kann. Möglichst einheitliche Materialien und Ausstattungen reduzieren den Energiebedarf und beschleunigen den Bau. Damit ist Kalia nicht zufrieden: „Es ist gut, dass die Station technisch optimiert erstellt wurde. Aber sie ist nicht gut, wenn Menschen darin leben sollen. Ihr habt auch alle auf diese Umgebung reagiert. Vielleicht schwächer als ich, aber ähnlich." Alle nicken und Welis erzählt von seinem Training in den Korridoren, der Ernüchterung und dem Spaß, den das Holo-Studio in sein Trainieren zurückgebracht hat. Da steige ich ein: „Ich war vor einiger Zeit in Deinem Wald unterwegs und fand die Simulation sehr gut. Bis ich die Schuhe auszog und feststellen musste, dass der Waldboden kalt war. Unnatürlich kalt. Er war zu sehen und doch gar nicht da. Das konnte die Station schnell korrigieren, indem sie die Temperatur des Bodens anders simulierte." Alle hören gespannt zu, merken, dass noch etwas folgen soll. „Es war noch etwas, was ich lernte. Als meine Füße den Boden berührten, war da nichts, nur der Boden. Ähnlich, wie Kalia das Licht beschrieb. Ein Licht, aber sonst nichts. Ich habe den Punkt mit dem technischen Leben ergründet und analysiert, weil er wichtig ist für unser Vorhaben."

Vila spricht spontan weiter, weiß, was ich meine: „Du bist in der Simulation ohne Schuhe gelaufen und hast nur den Boden gespürt. Erst kalt, dann wärmer. Wie Waldboden sein sollte. Aber das war auch das Ende der Wahrnehmung. Es ist nur simulierter Boden, wie der ganze Wald.

Selbst die Vögel und Tiere sind bloß vorgetäuscht. Wir hören sie, aber sie leben nicht. Genau wie der Waldboden. In unserer Welt ist er durchsetzt mit Leben und das tauscht Daten mit Deinem Körper aus. In der Simulation fehlt das." Damit hat sie die Grenze benannt, die ich kennenlernen musste. Welis ergreift das Wort, hat sich mit der Technik dieser Holografie lange beschäftigt: „Die hat eine Grenze. Die Projektionen können jede Form von Materie darstellen, die wir mit der Technik erzeugen können. Nur kann man kein Leben simulieren, das für sich bestehen könnte. Die Vögel und Tiere in dem Wald leben in der Simulation. Darin können wir sie auch schädigen oder töten. Aber am Ende ist es nur Materie, die durch die Technik zu einem dargestellten Leben erweckt wird. Nimmst Du einen Vogel und versuchst, ihn auf den Gang vor dem Studio zu bringen, wird er sich auflösen. Oder vorher wegfliegen, damit die Darstellung des Waldes selbst authentisch bleibt." Sie haben das zusammengefasst, sodass ich nur noch von den weiteren Überlegungen sprechen muss: „Wir haben verglichen, ob die Liegen diese Grenze aufheben könnten. Das Ergebnis mag ernüchtern, aber es ist gut, wie es ist. Die Liegen sind eine ähnliche Technik, wie sie die Studios nutzen. Lediglich bringen wir die Daten der neuen Umgebung nicht in eine Simulation, sondern die Liegen in das Ziel. Dort können Wesen mit ihnen interagieren und die Technik überträgt die Umwelt von einer zur anderen Person. Es ist auch eine Art der Simulation, die aber direkt auf unsere

Wahrnehmung wirkt. Nicht eine, die wir betreten können. Auch mit der Technik ist es nicht möglich, Leben eigenständig zu simulieren."

Diese Grenze stört die jungen Menschen nicht. Auch die der Simulation ist so, wie sie ist. Nur wollen diese vier nicht in einer technisch optimal gestalteten Umwelt leben. Kalia fasst es in Worte: „Diese Umgebung mag technisch großartig sein. Aber ich werde hier sterben, wenn ich bleiben soll. Und damit scheiden auch Reisen in einer solchen Umgebung für mich aus. Das ist nichts weiter als eine beweglichere Fassung dieser Station." Die antwortet direkt: „Erlaube, dass wir korrigieren. Es sind kleinere Einheiten. Die Beweglichkeit der Station ist vergleichbar. Sie ist mit allen notwendigen Triebwerken ausgestattet." Kalia ignoriert die Antwort und erzählt uns: „Wir müssen einfach den Unterschied zwischen den Formen von Leben berücksichtigen, die sich in dieser künstlichen Welt aufhalten sollen. Auf der Erde ist das kein Thema, weil überall biologisches Leben ist und die Menschen ihre Unterkünfte schon immer individuell gestaltet haben. Dort bricht sich das Licht in allen möglichen Dingen und ist warm von der Sonne. Gerüche sind auch überall, natürlicherweise." Tara greift das auf: „Darauf sind unsere Sinne eingerichtet und das sind sie gewöhnt. Ich glaube, dass wir die technische Umgebung der Station als steril bezeichnen können. Und uns darin nicht wohlfühlen. Es fehlen die Eindrücke auf alle Sinne, die wir als grundsätzliche Stimulation gewöhnt sind."

Welis überlegt vor sich hin: „Das Licht braucht nur eine andere Zusammensetzung der Wellenlängen und Energiestufen, um dem der Sonne zu ähneln. Dann würde es unsere Haut stimulieren." Die Basis hat zugehört und wandelt das Licht in diesem Raum. Sie fragt: „Ist es so angenehmer, wie wir es jetzt modulieren?" An diese spontane Reaktion und Anwesenheit der Station sind wir gewöhnt. Sie stört uns nicht, weil sie die Privatsphäre akzeptiert, die wir als Individuen schätzen. In dieser Präsenz hat sie direkt reagiert und wir konzentrieren uns auf das Leuchten. Das Gefühl auf der Haut und die Art, wie die Dinge anders ausschauen. Uns allen gefällt die Umgebung besser und die Energie, die wir auf der Haut fühlen. Die Station teilt mit: „Die Zusammensetzung verbraucht nur minimal mehr Energie. Wir werden das Licht in der gesamten Raumbasis so anpassen." Für die Luftbewegung habe ich einen Ansatz: „Wenn überall in den Gängen spezifische Replikatoren vorhanden sind, die Luft in Energie auflösen und neu erzeugen, dann könnte man doch am einen Ende eines Ganges die Erzeugung konzentrieren und am anderen die Auflösung." Das Ergebnis sollte ein Luftzug sein, den wir spüren. Welis steigt ein: „Abhängig von dem Abstand der Erzeugung und Auflösung und der Rate beider Vorgänge kann der Luftstrom variiert werden. Wenn er sich in einer Bandbreite bewegt, die wir nicht unangenehm finden, könnte er sich in Gängen unterscheiden und damit unterschiedlich stimulieren." Als Welis endet, spüren wir nach und nach einen leichten

Strom von Luft aufkommen. Die Station reagiert auf den Vorschlag und probiert ihn umgehend aus. Hier im Raum, direkt um uns herum. Einige werden unruhig. Tara meint: „Überall brauche ich diesen Luftstrom nicht. Wenn er in einigen Gängen auftritt, ist das nicht schlimm, weil man dort eher in Bewegung ist. Aber in meinem Quartier ist er nicht notwendig. Dort wäre es vielleicht gut, wenn einige Gerüche in der Luft verblieben. Die Technik müsste doch nur Teile der Luft ersetzen, sodass sie nicht komplett ohne Pheromone ist." Das System reagiert und meldet sich zu Wort: „Es wäre möglich, das zu tun, wenn wir uns auf die Dinge beschränken, die in einem Raum durch die vorhandenen Gegenstände in die Luft abgegeben würden." Welis zieht die Stirn kraus: „Das mag gehen. Wird aber auch schnell unangenehm." Dafür gibt es eine Lösung, weil die Station inzwischen in der Lage ist, Gefühle von Unmut und Unwohlsein zu erfassen. Darauf kann sie reagieren und den Grad der Luftreinigung anpassen. Bis im Zweifelsfall die gesamte Luft ständig erneuert wird, wie es derzeit erfolgt.

Kalia nickt und fasst die Dinge zusammen: „Insgesamt wird damit die Station lebendiger. Eher wie die Welt, aus der wir stammen. Mir fehlt nur noch etwas für die Augen. Etwas, das die glatten Wände auflockert." Wir diskutieren verschiedene Ansätze und kommen zu dem Ergebnis, dass die Wände an einigen Stellen mit Nischen versehen werden und so eine Auflockerung besteht. Die unterstützt die Station mit einer Beleuchtung, die bestimmte Dinge akzentuiert. Welis meint: „Das ist gut, aber wir müssen die Möglichkeit behalten, die gesamten Gänge zu räumen und vollständig auszuleuchten." Die Station antwortet: „Die Wände der Station leuchten schon jetzt. Wir werden diese Technik beibehalten und können damit eine komplette Ausleuchtung sichern." Das meint, dass die Korridore so beleuchtet werden können, dass für menschliche Augen ihre Farbe ein strahlendes Weiß wäre. Man hätte das Gefühl, in einem Nichts zu stehen oder zu gehen.

Unsere Diskussion um die Umgebung geht weiter, dreht sich aber nur um Dinge, die sich mit Materie und Energie bewerkstelligen lassen. Bei dem gesamten Austausch fehlt bisher ein Punkt, auf den Tara das Gespräch lenkt: „Wir besprechen Umbauten, die uns das Umfeld der Station angenehmer machen. Das ist gut. Aber damit kommt kein Leben in die Station. Sie wird nur geeigneter, belebt zu werden. Das ist wie mit der Simulation im Holo-Studio. Sie kann perfektioniert werden. Und doch ist sie tot." Vila erfasst, worum es geht: „Du spielst auf so etwas an, wie den zentralen Platz. Orte, an denen Menschen sich begegnen können und sich austauschen. Wie diesen Raum, den wir nutzen." „Ja, das ist ein Teil der Dinge", antwortet Tara. Dann fährt sie fort: „Mir fehlt aber auch das Leben des Waldes und der Parks. Orte, wo der letzte Mensch ohne Schuhe laufen kann und etwas fühlt." Wir erörtern diesen Punkt mit der Basis. Bald kommen wir zu dem Ergebnis, dass Pendants der zentralen Plätze und der Werkstätten, Cafés und Läden in der Station realisiert werden können. Aufgrund ihrer Größe werden mehrere Gebiete geschaffen, wie einzelne Dörfer oder Städte. So können sich kleine Gesellschaften bilden, die mit den anderen interagieren können. Wie die Städte in unserer Welt. „Nur", drückt Welis aus, „ist das Abbilden des biologischen Lebens in Form eines Waldes deutlich aufwendiger. Ich vermute mal, dass man eine Beleuchtung in geeigneter Form realisieren kann. Die Pflanzen würden leben und bestehen. Die notwendige Masse biologischen Materials kann die Station vom Platz her aufnehmen. Aber letztlich wäre es eine Insel in einem großen Meer, das keine Verbindung zu dem Kontinent erlaubt. Ich habe von Inseln in der Welt des Homo sapiens gelesen, in denen sich eigenständige Arten von Tieren entwickelten. Sie lebten nur dort, weil die Insel nicht erreichbar war." Wir verstehen, was Welis meint. Diese Inseln wären abgeschnitten von dem restlichen Leben. Unserer und anderer Welten.

Ich füge an das Gespräch an: „Vielleicht ist dieser Punkt gar nicht so schwer lösbar. Ich stelle mir einen Wald vor, der aus einer bestimmten Region unserer Welt die biologische Masse liefert, um hier einen Ableger zu entfalten. Wenn dann regelmäßig biologisch aktive Materie von diesem Ableger zum Ausgangswald und anders herum transportiert würde, wäre eine Verbindung gegeben. Gleichzeitig sind Menschen zu Besuch und nehmen Daten mit. Die Natur hat Verfahren entwickelt, die so funktionieren. Denken wir an Samen, die sich so verteilen. Oder Zellkerne, die Daten über lange Zeit speichern, bis sie abgefragt werden. Das Ausbreiten von Pheromonen und anderen Dingen, die von Tieren und der Luft in unserer Welt transportiert werden, scheidet hier aus. Aber eine grundsätzliche Anbindung bliebe bestehen." Wir sprechen über diese Ansätze und kommen dahin, dass der Austausch ausreichen dürfte. Weil genug Besucher des Waldes hier leben und sich regelmäßig mit der Welt verbinden. Sie besuchen ihre Orte dort oder ziehen hin und her. So käme immer neues Material in den Wald. Während wir diese Gedanken tauschen, hat die Station ermittelt, wie ein Wald angeordnet werden könnte und zeigt uns die Ansätze in einem Schema. Wir verteilen schließlich mehrere biologische Inseln um die zentralen Plätze beziehungsweise ihre Gegenstücke. Damit können sie verschieden gestaltet werden und bereichern das Leben hier.

Dass wir damit eine Grundstruktur geschaffen haben für die Gesellschaft unserer Welt, die sich zu den Sternen wendet, wird uns erst später bewusst werden. Tara greift den Punkt auf, indem sie einen Blick in die Zukunft wagt: „Wenn es uns gelingt, einen Prototyp von Siedlung im Weltraum zu schaffen, müssen wir den nur in der Größe ändern, damit er ein Raumschiff bildet. Ich würde nicht mit einer Station dieser Größe irgendwo in einem fremden, besiedelten System auftauchen. Das könnte dort falsch verstanden werden. Aber trotzdem müssen die Einheiten, die wir dafür nutzen, so groß sein, dass die biologischen Einheiten in ihnen eine lange Zeit bestehen können. Sie dürfen nicht vereinsamen oder einseitig stimuliert werden." Wir nehmen den

Punkt auf und finden, dass die Strukturen der Station in kleinerer Form reproduziert werden können, um Sternenschiffe zu schaffen. Das Datennetz bestätigt die Möglichkeit, die Welis ergänzt: „Diese Station hat keine offensiven Schutzsysteme. Nur defensive. Nach allem, was wir bisher besprochen und erfahren haben, müssen die Schiffe sich verteidigen können. Und vielleicht auch einmal angreifen. Ich plädiere nicht dafür, diese Station zu erweitern und mit Waffensystemen auszustatten. Aber die Schiffe müssen solche mitführen." Die Basis schützen wir durch technische Einheiten, die um sie herum fliegen und den Raum abtasten. Sie können attackieren und so die Raumbasis sichern. Bei den Raumschiffen, so äußert Vila, wären diese Sonden auch eine Form, die gut ist, um etwas zu erkunden. Ohne das Schiff selbst zu gefährden.

„Richtig", meint Welis und fügt an: „Nur kannst Du damit Situationen nicht auflösen, in denen ein Schiff angegriffen wird, wenn es in der Nähe einer Welt ist. Dann muss es sich selbst verteidigen können." Das technische Leben sieht hier aber keinen Widerspruch und erweitert die Modelle, die wir sehen, um entsprechende Technik. „Welche Waffensysteme wie wirken, werden wir später definieren. Für den Moment reicht es, dass wir sie anordnen können." Tara wirft ein: „Ob dann Menschen sie abfeuern oder technische Einheiten, folgt den Diskussionen zu der Entscheidungsfolge, die wir schon definiert haben."

Vila kommt ein weiterer Gedanke: „Wir können das Prinzip dieser Schiffe und der Station auf Welten ausdehnen. Nur sehe ich dort kritisch, wenn wir die Pflanzen und Tiere unserer eigenen Welt einfach einschleppen. Das geht auf Schiffen und Stationen. Nicht aber in Welten, die ihre eigene biologische Form von Leben gebildet haben. Damit meine ich einfach entwickeltes." Tara nickt und Kalia bestätigt diese Überlegung, durch eine Frage: „Wie schützen wir uns davor, dass fremde Biologie in unsere Welt eingebracht wird oder wir sie in andere Welten einbringen? In dem Moment, wo eine Transporteinheit landet, kommt sie mit der anderen Welt in Kontakt. Wir genauso, selbst beim Tragen von Stiefeln. Es muss eine Reinigung der Transporteinheiten und unserer Kleidung wie Ausstattung stattfinden." Wir binden die Station in dieses Gespräch ein, die antwortet: „Transporteinheiten fliegen in die Hangars ein und werden dabei von außen durch das passierte Energiefeld gereinigt. Es ist so eingestellt, dass biologisches Material aufgelöst wird. Hat es den Flug durch den Raum selbst überstanden, wird es von dem Feld in Energie umgewandelt. Wir gehen dabei so vor, dass wir die Außenhaut des Transporters von allen Stoffen und Energien befreien, die wir nicht eingefügt haben. Die Transporteinheiten werden von einem eigenen Energiefeld geschützt, wenn sie in fremde Atmosphären einfliegen oder Umfelder, wo das relevant ist. Normal sind die Felder so schwach, dass sie kaum zu finden sind. Im Fall eines Angriffs oder anderer Gefahr werden sie so verstärkt, dass sie nur schwer durchdrungen werden können." Damit ist das Thema der Transporter erledigt. Bliebe das persönlicher Ausstattung oder von Stoffen, die in unseren Körper eindringen. Welis fällt ein: „Wir können doch Materie erzeugen und in Energie umwandeln. Wenn wir das mit lebenden Dingen machen, bleibt die Zeit für den Organismus stehen. So erinnere ich mich an das Ergebnis einzelner Experimente." Welis spielt auf eine Technik an, mit der Material transportiert werden kann und die war mit biologischem Leben getestet worden. Die Station greift das Thema auf: „Deine Erinnerung ist richtig. Der Vorgang geht sehr schnell, sodass die stehenbleibende Zeit für biologische Einheiten keine großen Folgen hat. Die treten nur auf, wenn die Dauer der Auflösung lange währt. Durch die Dauer ist die Reichweite des Verfahrens begrenzt." Welis nickt: „Dann können wir doch überlegen, dass wir die Muster speichern und bei der Rückkehr mit den Mustern abgleichen. Dabei können wir zumindest erkennen, ob fremde Materie mitgeführt wird oder biologische Eindringlinge. Ob sie entfernbar sind, ist dann ein weiteres Thema." Er überlegt einen Moment und fügt an, dass dann die Dauer doch relevant wird, in der ein Muster konstant bleibt und der Effekt auf das rematerialisierte biologische Leben begrenzt. Das Netz der technischen Einheiten beginnt mit entsprechenden Simulationen und kann bald die Machbarkeit des Ansatzes bestätigen. Es erklärt, dass die Muster über lange Perioden gespeichert und konsistent gehalten werden können. Es erkennt, dass der Effekt des entstofflichten Zustands nur für das Empfinden des Lebewesens eine Wirkung haben dürfte. Es kann in dieser Zeit nichts spüren als sich in dem Status. Diese Wahrnehmung wird schlagartig bewusst, wenn der Körper wieder erzeugt wurde.

Wir kommen überein, mit dem Umbau der Station zu beginnen, wie er besprochen wurde und mit dem Test dieser Transportmethode. Für technische Einheiten funktioniert er schon seit langer Zeit. Wie für bloße Materie. Mit biologischem Leben war er noch nicht von Bedeutung, solange wir unsere Welt nicht verlassen haben.

Das Netz beginnt, in den Datenbeständen aus anderen Zivilisationen nach Parallelen zu suchen und diese zu nutzen. Damit verabschieden wir uns für den Moment.

Ausbau

Wir leben in einem technischen Lebewesen. Diese Lebensform empfindet Zeit auf ihre Art und lebt andere Zyklen. Wo biologisches Leben in unserer Welt Ruhepausen benötigt, damit sich der Körper erholt, kann diese Art aktiv bleiben. Wo Menschen und andere Wesen aus Zellen Zeit braucht, um zu wachsen, vervielfältigt sich ein technisches System fast direkt. Wo biologisches Leben auch ohne konkrete Aufgabe weiter besteht, löst sich eine technische Struktur auf, wenn sie nicht mehr benötigt wird. Diese Unterschiede verändern unsere Welt beständig. Technische Wesen ändern sich, schaffen neue Fähigkeiten.

Oder sie entstehen, übernehmen eine Aufgabe und verschwinden dann. Dabei sind nicht alle von ihnen mit einem vollen Individuum ausgestattet. Aber jede Maschine ist meistens mit dem Netz in Kontakt. Damit geht ihr Wissen nicht verloren. Ich stelle es mir teilweise so vor, als ob einem riesigen Organismus, der über das Netz als Nerven verbunden ist, eine neue Gliedmaße wächst, während sich andere auflösen. Das ist zwar nicht ganz richtig, kommt aber dem Wesen des Netzwerks und seinem Verhalten recht nahe. Oberflächlich.

Während wir Menschen geschlafen haben, war das Wesen, das uns beherbergt, aktiv. Die Station hat andere technische Wesen dazu eingesetzt, die ersten Änderungen an sich vorzunehmen. Sie kann ihre Wände nicht autark wachsen lassen oder auflösen. Die bestehen aus Materie, die nicht selbst aktiv ist. Wie Häuser vom weisen Menschen aus Stein oder Holz gebaut wurden. Um sich zu verändern, schafft die Basis entsprechende Einheiten mit ihren Replikatoren und diese übernehmen die notwendigen Aufgaben. Der Mensch bildet einen für sich abgeschlossenen Verbund von Zellen und dient vielen Einzellern als Lebensraum, in und auf seinem Körper. Genauso macht es diese Station. Sie ist ein für sich autarkes Subsystem in dem Datennetz allen technischen Lebens. Sie beherbergt uns und die Einheiten, die für den weiteren Ausbau notwendig sind.

Ich selbst habe einige Stunden geschlafen, wie alle anderen nach unserem letzten Treffen. Nun befinde ich mich auf dem Weg zu einem der Holo-Räume. So oder als Holo-Studio bezeichnen wir die Teile der Station, in denen verschiedene Dinge simuliert werden. Durch die Holografie kann die Basis in einem begrenzten Bereich Sachen real werden lassen, sie simulieren. Für die menschlichen Sinne und Messinstrumente existieren die Objekte in einer künstlichen Sphäre, können die aber nicht verlassen. Welis, der Sportler unserer Gruppe, hat ein Programm erstellt, das den Wald nahe der Stadt simuliert, in der wir gelebt haben. In genau diesen möchte ich gehen und dort ein wenig umherlaufen. Das hilft mir beim Nachdenken und ist eine Abwechslung. Nicht, dass die Station schon von Menschen vollständig bevölkert wäre. Aber das Grün der Bäume und Pflanzen ist mir lieber als das Grau der Wände um mich herum, in diesem kalten Licht. Das nur Licht ist.

Ich stutze, halte an. Schaue mich bewusst um. Und merke, dass die Station sich verändert hat. Gestern nach dem Treffen waren die Wände glatt und grau. Das Licht erleuchtete die Gänge, ohne Schatten zu produzieren. Nicht so hell, dass es blendet oder die Wände nur weiß erscheinen. Wie nicht vorhanden. Aber halt kalt und einfach nur Leuchten. Die Wände haben es nicht reflektiert und auch nichts, außer unserer Kleidung. Es war damit nur Licht in einem leeren Korridor. Nun ist das anders, als ich mich umschaue. Die Wände der Gänge sind in einem helleren Grau gehalten, das sich mit wärmeren Flächen abwechselt. Mehrere Farben unterteilen die vormals einheitlichen

Felder. Das Licht strahlt nicht mehr von irgendwo. Es kommt aus den Übergängen des Bodens in die Wände und aus zwei Bändern, die über die Decke verlaufen. Und auf halber Höhe ist in die Wände ein heller Streifen eingelassen. Er trennt die Farben voneinander und schafft eine Grenze.

„Wofür ist das gedacht?" Der Gedanke formt sich in meinem Gehirn und unwillkürlich habe ich ihn an das Netz übertragen, über die direkte Verbindung. Und das antwortet: „Der Streifen dient zur Anzeige verschiedener Symbole oder Hinweise. Man kann ihn nutzen, um sich die Richtung zu einem Ort zeigen zu lassen. Genauso können wir auf ihm jede notwendige Botschaft anzeigen. Für Bewohner der Station, die kein Datenmodul oder die Verbindung benutzen. Einfache Signale informieren über kritische Zustände. Und sonst ist das Band so sichtbar, wie du es siehst." Ich frage das Netz, ob die ganze Basis so geändert worden ist und es antwortet: „Nein, wir haben einige Gänge um Eure Quartiere anhand der Zeichnungen von Kalia und Euren Vorschlägen verändert. Als Muster. So wollen wir schauen, was am besten gefällt und wirkt. Du hast beim Betreten dieses Ganges andere Emotionen gezeigt als in den grauen Gängen. Wobei es Dir erst später aufgefallen ist." Ich erinnere mich, dass wir einen Sensor mitführen. Der misst die feinen Energiemuster, die alle Gefühle erzeugen. Die gleiche Technik, mit der die Liegen unsere Reaktionen auf Eindrücke aufnehmen und in die Simulation einweben. Ich schaue mich um und finde, dass dieser Gang deutlich interessanter als vorher wirkt. Freundlicher und lebendiger. Wenngleich die Farben der Wände heller sein und damit das Licht stärker reflektieren könnten. Ich konzentriere mich auf meine Hand und fühle etwas. Wärme, von dem Licht. Es wurde anders moduliert in diesem Gang und enthält mehr Energie. Das Netz berichtet, dass der dafür notwendige Aufwand an Energie gering ist. Die so erzeugte Energie könne bei der Erwärmung der Station eingespart werden.

Ich bleibe einen Moment stehen, schaue mich in diesem Korridor bewusst um und bitte die Technik, dass die anderen Mitglieder sich diesen Gang ebenfalls anschauen. Damit erhalten wir ein umfassenderes Feedback. Entsprechend werde ich mir später die weiteren Mustergänge ansehen. Zu diesem fällt mir auf: „Ich würde mir eine etwas strukturiertere Wand wünschen. Mit dem hellen Streifen für Signale und Nachrichten ist sie schon interessanter. Aber die nüchternen Flächen in zwei Farben werden schnell eintönig, auch nicht durch das Licht akzentuiert." Ich überlege, was man ändern könnte, und komme auf Vorsprünge, die Schatten erzeugen. Darauf antwortet das Netz: „Wir sehen in den Vorsätzen keinen Nutzen. Viel eher kann sich jemand daran verletzen und der Gang ist weniger funktional." Die Einwürfe sind berechtigt. Ich denke weiter und sage: „Das mag sein. Aber die Vorsprünge reichen doch als optische Andeutung, damit das Auge mehr sieht. So sind es zwei Farben durch einen hellen Streifen getrennt. Ich kann mich nirgendwo mit meinem Blick anheften und dort verweilen. Wenn in die

Felder optische Effekte einfließen, hilft das den Menschen und Wesen, sich darin zu verankern und damit die Gedanken frei fließen zu lassen." Das Netz der Maschinen kennt diese Wirkung von Menschen. Wir haben ihn oft gemeinsam genutzt, um neue Ideen zu entwickeln. So kann es meine Gedanken nachvollziehen und wird einen Gang als weiteren Vorschlag entsprechend gestalten.

Als ich zum Holoraum weitergehe, informiert die Station: „Wir haben die Planung für das Arboretum abgeschlossen. Es wird in einem seitlichen Teil der oberen Kuppel geschaffen." Vor meinem Auge entsteht ein Bild, das die Raumbasis von der Seite darstellt, aus überhöhter Position. Dann löst sich ein Bereich auf und zeigt in einer Gitterstruktur, wo der Wald angelegt werden soll. Die Stimme der Technik erklärt: „Wir werden die Struktur der Kuppel so ändern, dass das Licht der Sonne den Wald beleuchtet. Wir passen die Intensität des Lichtes der auf der Oberfläche der Welt an. Gleichzeitig wird die Station im Takt der Erde rotieren und so einen Tag-Nacht-Rhythmus erzeugen. Die Menschen können sich daran orientieren und das sonstige Leben. Um den Rhythmus abzurunden, fügen wir in den Bereich künstliche Sonnen ein." Damit ist das Überleben der biologischen Formen gesichert, wenn die Station einmal nicht das Licht des Sterns nutzen kann. Ich sehe mir das Modell an und finde die Lösung gut. Dieser Wald wird groß genug sein, damit eine eigene kleine Umwelt entsteht. Losgelöst von unserer Welt. Ich frage: „Wie erreichen wir eine Verbindung dieser Biosphäre mit der in unserer Welt?" Das Netz antwortet darauf prompt: „Eine ständige und direkte Verbindung erreichen wir nicht. Aber Einheiten können zu bestimmten Zeitpunkten neue Pflanzen zwischen beiden Sphären transportieren. So kommt es zu einem Austausch von Daten. Ein weiterer Tausch wird erreicht, indem die Station regelmäßig von Bewohnern der Welt besucht wird und diese den Wald aufsuchen." Das erscheint schlüssig. Wenn mehr Menschen hier leben, werden sie Freunde und Bekannte empfangen. Oder die in der Welt besuchen. Das führt zu einem kontinuierlichen Austausch.

Ohne zu wissen, woher, kehren meine Gedanken zu den verschiedenen Korridoren zurück, als ich das Modell der Station vor mir sehe. Vielleicht kommt es über das Gespräch mit dem Netz zu den einzelnen Sphären. Aber ein Gedanke entsteht, der mich unruhig werden lässt. In Worte gefasst lautet er: „Was geschieht, wenn sich durch unterschiedliches Design einzelne Sphären in der Gesellschaft bilden?" Das Netz kann dieser Überlegung nicht direkt folgen: „Was meinst Du damit? Beziehst Du Dich auf die einzelnen Bereiche von biologischem Leben, die wir verbinden? Darüber sprachen wir." Darauf bezieht sich die von mir gestellte Frage, und doch wieder nicht. Verwirrend? Ja, das kann es sein. Nur, denke ich, dass sich das gut auflösen lässt: „Die Sphäre unserer Welt und die Sphäre des Arboretums sind für sich genommen separate Zonen von biologischem Leben. Wir verbinden sie, weil wir dem Prinzip des biologischen Netzwerks folgen und einen Austausch direkt auf der Ebene biologisch aktiver Materie erzeugen wollen." Das Netz bestätigt diese Zusammenfassung, bevor ich fortfahre: „Die Sphären in der Gesellschaft, auf die sich meine Frage bezieht, entstehen auf höherer, abstrakter Ebene. Wie in der Geschichte des weisen Menschen. Darin waren anfangs einzelne Gruppen von den anderen separiert. Sie entwickelten sich im Kern alle gleich, aber in den Nuancen sehr verschieden. Erst die höhere Reichweite ihrer Bewegungsräume und schließlich die weltweite Vernetzung hoben diese Unterschiede auf. Stück für Stück und über lange Zeit." Diesen Gedanken kann das Netz folgen und ich ergänze: „Unsere Welt basiert in ihrer Art und Balance darauf, dass alles mit allem verbunden ist und alles allen zur Verfügung steht, jederzeit und an dem Ort, wo die einzelnen biologischen oder technischen Einheiten sind. Wenn wir nun in diese Station sehen, ist sie etwas Neues. Und getrenntes." Ich mache eine kurze Pause, während das Netzwerk wartet. „Es entsteht eine neue Welt, die für sich autark in der Station funktioniert. Die ist zwar mit dem gesamten Netz des technischen Lebens verbunden, aber damit nicht zwingend auch die Menschen, die hier leben sollen." Die Stimme des Netzes antwortet nach einer kurzen Pause: „Damit hast Du vielleicht einen Punkt gefunden, den wir so noch nicht betrachtet haben. In der Welt sind die Menschen oftmals nicht sehr mobil. Sie bleiben in ihren Städten. Nur einige reisen viel hin und her. Und andere ziehen um, dann für längere Zeit und ohne Garantie auf

Rückkehr an den Ausgangspunkt." Damit hat die Station genau das thematisiert, worauf ich mit der Frage hinlenken wollte: „Wenn wir diese Station einfach als weitere Stadt sehen, vergessen wir, dass sie nicht in unserer Welt ist. Dort kann ich zu jeder Stadt laufen. Das geht zur Station nicht. Und damit weiß jeder Mensch, der hierher für längere Zeit kommt, dass er die Welt verlassen hat. Es ist ein emotionales Wissen, weil die Zellen des Körpers es auch spüren. Meine Frage zielt darauf ab, dass damit eine Trennung im biologischen Leben auf eher elementaren Ebenen erkannt wird. Die verstärkt sich in der bewussten Wahrnehmung durch die Umgebung der Station, die wir sehen, hören und fühlen. Schaffen wir nun in der Station noch einzelne Bereiche, weil wir sie unterschiedlich gestalten, bietet das eine neue Stufe, die Trennung manifestieren kann." Ich mache eine Pause, spreche dann das daraus Folgende klar aus, die Gefahr für unsere Gesellschaft: „Damit erweitern wir die Welt unserer Gesellschaft in den Aspekt einer mehrstufigen Trennung, weil wir in verschiedenen Sphären voneinander unabhängige Siedlungen entstehen lassen. Welt zu Station. Später Schiffe zu Stationen zu Welten. Die Unterteilung innerhalb einer Station erhöht diesen Faktor noch." Ich denke einen Moment nach und schließe meine Gedanken: „Deswegen müssen wir erst ein Design festlegen und die Station anpassen, bevor weitere Menschen und Androiden hierher kommen. Letztere werden auch davon beeinflusst, weil sie das Individuum in sich stärker betonen als andere technische Einheiten."

Das Netzwerk schweigt einen Moment, so als ob es über das nachdenkt, was ich sage. Nachdenken im menschlichen Sinne ist es nicht. Derzeit laufen unzählige Daten durch das Netz. Es denkt in seiner Art nach, bis es antwortet: „Deine Ansicht ist ein auf dem biologischen Leben basierender Punkt. Dabei ist er relevant. Wir gehen vor, wie Du vorschlägst, und informieren alle anderen der Gruppe, die ihr bildet. Für spätere Kolonien in anderen Welten oder Stationen werden wir einen Weg brauchen, der trotz Distanz die Einheit der Welt ohne Hierarchien und in Balance erhält." Ich denke über den letzten Satz des Netzes etwas nach, bevor ich antworte: „Das ist richtig. Aber ich glaube, dass das gar nicht so unmöglich ist. Wir können durch unsere Technik ohne Zeitversatz kommunizieren und ein Austausch zwischen Stationen, Schiffen und Welten basiert auf der Anzahl an Einheiten, die zwischen den Welten reisen. Wir müssen das Geflecht von Verbindungen und Beziehungen durch die Menschen und Androiden und technischen Einheiten entsprechend eng weben." Das Netz versteht diesen Ansatz und wird darüber seine Berechnungen anstellen. Während ich weitergehe zu den Holoräumen, durch die Testkorridore mit ihrem Design. Darauf achte ich nicht, sondern probiere den Wegweiser aus. Die Station lenkt mich damit zu einem Raum, in dem der Wald schon simuliert wird, als ich eintrete. Durch den Richtungsweiser habe ich auf die Gänge nicht geachtet. Eher über Verbindungen und Netzwerke nachgedacht. Wie weit reichen diese der einzelnen Formen von Leben? Wenn wir überlegen, Welten zu vernetzen, und dieses Netz älter ist als wir selbst?

Kalia

Sie ist durch die vernetzten Gänge gegangen. Vom Gruppenraum zu dem Quartier, das sie mit Tara bewohnt. Die ist noch im vorherigen Treffpunkt geblieben. Kalia war nach dem Gespräch müde und hat sich hingelegt. Aufwachen tut sie von einem Ton, den die Basis auslöst, als Hinweis. Die junge Frau spricht die Station an: „Was bedeutet das Signal?" Und erhält zur Antwort, wie aus dem Nichts: „Es liegt eine Nachricht Deiner Eltern vor." Damit erscheint ein Bild in dem Raum, eine Projektion. Sie zeigt die Mutter und ihren Vater, einen Androiden. Kalia freut sich, das Abbild der beiden zu erfassen, und hört, wie ihre Eltern sagen: „Wir wollen Dir nur mitteilen, dass wir in Kürze zur Station aufbrechen. Dich und die anderen besuchen." Ihre Mutter fügt an: „Ich möchte sehen, wie Du dort oben lebst. Wie es Dir dort geht." Nach einigen weiteren Worten endet die Nachricht und Kalia fragt den genauen zeitlichen Ablauf ab: „Deine Eltern werden in zwei Tagen hier eintreffen und benötigen ein Quartier. Zumindest Deine Mutter." Die Station schlägt vor: „Wir denken, dass Dein Quartier, in dem Du die Gestaltung ausprobierst, für Deine Eltern eine gute Wahl ist. Mit allen Versuchen und Experimenten. Wir können schauen, wie sie auf Menschen außerhalb Eurer

Gruppe wirken. Wenn Deine Mutter erfährt, wie Du Dich gefühlt und daraufhin die Versuche gestartet hast, wird sie den Sinn des Quartiers verstehen. Sie wird unsere Arbeit mit ihrer Meinung bereichern. Genauso kann sie die Gänge studieren und uns sagen, wie sie wirken." Das Netz der technischen Einheiten erklärt Kalia, dass ihre Mutter ebenfalls einen Sensor tragen wird, er ihre Emotionen erfasst. Sie hat eingewilligt, das für die Dauer des Aufenthaltes zu tun. Jedoch nicht darüber hinaus. „Sie versteht den Wert dieser Daten für das Entstehen der Station. In ihrer Welt möchte sie aber wieder frei fühlen können." Kalia kann ihre Mutter verstehen, obwohl alle Menschen von Androiden und technischen Einheiten immer wieder angemessen werden. Der Unterschied ist, dass der Sensor, den Sie auch trägt, eine vollständige Beobachtung erlaubt. Das fand sie anfangs auch unangenehm. Sie konnte erfahren, dass das Netz kein Interesse an einzelnen Gefühlen hat und bestimmte Situationen gezielt nicht speichert. Sie weiß, dass ihre private Sphäre intakt bleibt. Und sie freut sich, dass ihre Mutter und ihr Vater zu ihr kommen.

„Kommen weitere Besucher?" Die Frage stellt sie, als Tara den Raum betritt, den sie gemeinsam bewohnen. Die Stimme aus dem Nichts antwortet beiden: „Nein, wir haben diesen Punkt erörtert und Euch die Daten zugänglich gemacht. Der letzte Mensch und wir halten es für wichtig, dass die Station einheitlich gestaltet wird, bevor weitere Menschen und Androiden sie besiedeln. Es entsteht eine Welt außerhalb der eigentlichen Welt.

Wir möchten sicherstellen, dass dennoch die Balance und Ausgewogenheit erhalten bleibt, auf der unsere Welt fußt." Beide Frauen verstehen, dass hier die Welt gleichzeitig die Gesellschaft meint. Die vermutete Basis für das Entstehen dieser Station.

Kalia erzählt Tara von dem bevorstehenden Besuch und meint: „Ich werde meiner Mutter die Zeichnungen zeigen. Von den ersten bis zu den letzten." Sie deutet auf einen Stapel bunter Skizzen. Darin hat sie Entwürfe für Räume und Gänge erstellt. Und die Gänge gezeichnet, wie die Künstlerin sie erfasst. Alle Darstellungen enthalten nur wenige Flächen, die unscharf sind. Die Farben sind teilweise kräftiger als die Wände. Oder werden es in einem Teil des Bildes, wenn die Zeichnerin damit experimentiert hat, wie andere Farbtöne wirken. Diese Zeichnungen sind der Station eine Vorlage für die experimentellen Gänge. In denen nimmt sie die Reaktionen der Gruppe auf und verfeinert das Design mit Kalia. Diese Vernetzung war, was ich als Trennung von Welten bezeichnete.

Welis

Das Datennetz stellt sämtlichen Menschen die Daten jeden Projekts bereit. Die zur Station und zu allen Aspekten rund um die Energiemuster sowie den Plan sind kein Geheimnis in unserer Welt. Jede interessierte Person verfolgt die Ereignisse, nimmt die Inhalte auf seine Art wahr und denkt darüber nach. Einige haben Fragen an das Netz gerichtet, die in der Entwicklung des Vorhabens einen positiven Einfluss hatten.

Aber das Thema, mit dem Welis sich gedanklich gerade auseinandersetzt, ist für viele Menschen befremdlich. In unserer Welt kennen wir keine Hierarchien und Kriege, die auf der größeren Macht der einen Partei beruhen. Oder auf dem Streben nach mehr davon. Genauso sind materielle Dinge keine Auslöser von Konflikten. Seit die technischen Einheiten Materie in Energie wandeln können und aus der jede gewünschte Substanz schaffen. Es steht jedem alles zur Verfügung und so erhält niemand einen Vorteil, wenn er oder sie mehr des einen hat. Uns ist bewusst, dass es in vielen Gesellschaften nicht so ist. Die Vorgänger des Homo sapiens novus waren in einer ähnlichen Falle gefangen und entkamen ihr nur durch ihr Vergehen, das ihren Untergang hervorrief. Alle wissen auch, dass wir aufgrund der speziellen Struktur der geschaffenen Ordnung anderen im Kampf unterlegen wären. Wenn diese im Krieg geübt sind. Nur gab es bisher seit der Schöpfung des biologischen Lebens keinen Grund, den Umgang mit Waffen zu trainieren. Nur wenige befassen sich mit den Themen, einige davon schon in jungen Jahren. Daher kommt Welis die Aufgabe zu, gemeinsam mit dem technischen Leben über den Schutz unserer Welt nachzudenken. Und Wege zu suchen, sie zu schützen.

Dabei, so denkt Welis, möchte er nur ungern andere Welten mit Gewalt überziehen. Er hat mit Waffen der weisen Menschen gespielt und erkannt, was für ein vernichtendes Potenzial sie hatten. Das Netz hat durch viele Sonden, die im Weltraum unterwegs sind, Daten gesammelt von riesigen Schlachten und Raumschiffen, die einen ganzen Planeten in kürzester Zeit zerstören oder unbewohnbar machen. Dabei sprechen wir nicht von Monaten, Wochen oder Tagen. Manche Waffe schafft die Auslöschung eines Planeten in wenigen Minuten. Wir wissen, dass es diese Dinge gibt, und wir hegen keinen Eifer, uns durch diese aufhalten zu lassen oder diese Gesellschaften per se zu verurteilen. Damit, so weiß der junge Mann, würden wir uns über diese Welten erheben, wo wir doch die gleiche Geschichte haben. Das wäre der Anfang vom Ende unserer Welt und unserer Überzeugungen.

Viele Tests und Simulationen sind erfolgt und das technische Leben hat inzwischen defensive Systeme geschaffen. Die sind anders als die Sonden unterwegs und verbleiben nicht zwischen den Räumen. Sie kehren in den Normalraum zurück und können dort agieren. Lediglich sind sie dann vollständig unerkennbar für alle Formen von Strahlung, die das technische Leben kennt. Hier waren die Daten der Sonden aus den kriegerischen Welten eine willkommene Quelle an Information. Welis beschreibt diese Systeme als Kugeln, in verschiedenen Größen. Sie enthalten eine starke Energiequelle, einen Antrieb für den Normalraum und eine glatte, spiegelnde Oberfläche. Mit der können sie alle Energiemuster ihres Umfeldes aufnehmen und auswerten, oder über die Verbindung zum Datennetz senden.

Alternativ nutzen sie ihre Hülle als Emitter für ein Energiefeld. Das ist abhängig von der Anzahl der Einheiten, die das Feld schaffen, sehr groß und undurchdringlich. Eine weitere Fähigkeit dieser Systeme ist, ihre Energie als gebündelten Impuls zu senden. Damit entsteht eine Angriffswaffe, die gegen die meisten bekannten Ziele sehr wirksam ist. In den Simulationen konnten diese Verfahren die Schirmfelder anderer Raumschiffe und Welten durchdringen.

Durch die verschiedenen Größen, in denen diese Kugeln verfügbar sind, stehen uns Systeme für jeden erdenklichen Einsatzfall bereit. Sie können in hoher Anzahl repliziert werden, seitdem einige Geräte speziell dafür erzeugt wurden. Einmal aktiviert steht den kugelförmigen Einheiten ihre Energie für diese Fälle zur Verfügung. Dabei haben größere Maschinen durchaus die Fähigkeit, autark zu reagieren und Ziele auszuschalten. Auf Welten, die weit von unserer entfernt sind, wurden die Systeme praktisch getestet. Welis hat ihre Macht gesehen. Und er weiß, was geschieht, wenn es zu einer Explosion dieser Kugeln kommt. Dann wird schlagartig eine so große Menge von Energie freigesetzt, dass damit eine Welt gesprengt werden kann.

Inzwischen sind in dem Raum um unsere Welt viele dieser Defensivsysteme platziert worden. Sie kreisen oberhalb der Station. Damit steht ein gigantisches System zur Ortung von anfliegenden Objekten zur Verfügung. Welis hatte die grandiose Idee, in den Trümmergürteln unseres Sonnensystems eine große Zahl dieser Einheiten zu positionieren, damit sie im Ernstfall unterstützen können. So können die Defensivsysteme rund um den Planeten diesen schützen, während die anderen für einen Hinterhalt nutzbar sind oder das frühzeitige Erkennen von Eindringlingen. Zwischen unserer Welt und dem Trümmergürtel nutzen wir inzwischen die Fähigkeiten dieser Sonden, um den Raum zu überwachen und sämtliche Objekte früh zu beobachten. Es gab eine lange Diskussion, ob wir die eigene Welt grundsätzlich hinter einem Feld verbergen. So, wie es mit der Statue geschieht. Aber das haben alle Formen von Leben abgelehnt, weil sie an die Leistungsfähigkeit des Schutzes glauben. Dieses Energiefeld würde uns trennen und damit den Plan durchkreuzen, den wir vermuten.

Inzwischen wurde die Station ebenfalls so erweitert, dass sie ein starkes Energiefeld erzeugen kann. Damit wäre sie selbst in der Lage, sich zu schützen. Doch reicht Welis das nicht. Er überlegt schon seit Stunden, wie die Basis mit Angriffswaffen ausgestattet werden kann. Er sieht zwar keinen unmittelbaren Einsatzfall. Aber es geht darum, dieses Wissen aufzubauen, bevor die ersten technischen Wesen als Raumschiffe dienen. Denn die sollen mit den Systemen so einverstanden sein, die sie einsetzen müssen. Alternativ, so hat er sich ausgedacht, könnten die Schiffe auch Maschinen sein, ohne eigenes Bewusstsein. Die Darstellung gefiel dem technischen Leben nicht. Es argumentierte, dass dann die Entscheidungen von Menschen allein abhingen. Oder von den Androiden, soweit man diese mitnähme.

Das technische Leben wird die Raumschiffe als aktive Einheiten bereitstellen, wie die Station. Da überlegt es, nach welchen Regeln alle Systeme von Angriffswaffen eingesetzt werden dürfen. Nur dass das Netz davon nicht an seine Grenzen kommt, wie Welis.

Der schlägt dem Netzwerk vor: „Wir sollten immer mit defensiven Schritten beginnen, uns durch das Energiefeld schützen. Das können wir um Raumschiffe und Sonden legen. Und um Stationen. Es kann durch die einzelnen Kugeln verstärkt werden. Wenn dann ein Angreifer wirklich meint, es probieren zu müssen, blieben zunächst Warnschüsse. Dann solche, mit denen wir die gegnerischen Schilde ausschalten, ihren Antrieb funktionslos machen und zum Schluss das Ausschalten des Schiffes selbst. Durch einen gezielten Beschuss. Was sagen unsere Daten über das Verhalten anderer Welten. Hat eine solche Hierarchie eine Chance, sinnvoll zu sein?" Weil Welis noch keine Verbindung hat, spricht sein Datenmodul, wie im ganzen Gespräch vorher: „Es gibt Auseinandersetzungen zwischen Welten in denen einzelne Schiffe auf Warnungen reagieren. In anderen Fällen wird direkt das Feuer eröffnet, wenn man sich schon trifft. Auffällig ist für uns, dass die wenigsten Schiffe mit ständig aktiven Waffensystemen unterwegs sind. Sie haben normal auch ihre Schirme gesenkt." Welis überlegt und sagt, dass ihm das in den Geschichten der alten

Menschen aufgefallen ist. Es muss mit der Fähigkeit zusammenhängen, den Raum um sich herum zu erfassen. Das Netz antwortet, dass es diese Grenze bereits überwunden habe. Es kann ein Energiefeld aufrecht halten und dennoch die Umwelt untersuchen. Dazu verwendet es Felder, die ähnlich wie bei den Liegen sich gegenseitig in ihrem Effekt ausgleichen.

Der Sportler erfährt, dass diese Technik inzwischen so weit ist, dass die Einheiten durch ihre Energieschirme feuern können. Das ist eine wesentliche Information, um die Station geschützt zu halten. Das Netz demonstriert, wie die Raumbasis durch ihr eigenes Feld feuert und gleichzeitig Sonden in Kugelform ausschwärmen, um einen angedeuteten Gegner zu attackieren. Mit der Feuerkraft der Basis oder eines Raumschiffs und den Sonden in verschiedenen Größen und hoher Anzahl kann das technische Leben es mit den bekannten Welten aufnehmen. Das Netz schließt die Simulation mit: „Wir sind uns der Stärke und Flexibilität dieser Techniken vollkommen bewusst. Wir haben keine Skrupel wie Menschen, Methoden einzusetzen. Nur beeinträchtigen wir damit den angenommenen Plan und das verstößt gegen unser grundsätzliches Programm." Der junge Mann versteht, dass das Netz abwägen muss. Zwischen seiner grundlegenden Art, alles zu erhalten, was besteht und der Möglichkeit, gezielt zu zerstören. „Ist das etwas anderes als die Umwandlung der Reststoffe in Materie, wie es zur Reinigung der Welt geschah?" Das Netz antwortet auf diese Frage zustimmend:

„Es ist deshalb anders, weil wir nicht nur die Folgen von anderem Leben ändern, sondern anderes Leben direkt. Damit hat es keine Wahl, oder wir haben sie ihm genommen." Welis findet das abstrakt formuliert, aber zutreffend. Er hatte bei seinen Versuchen biologische Organismen geschädigt, ohne das zu wollen. Das hatte Schmerz ausgelöst und ihn veranlasst, spätere Experimente mit dem technischen Leben abzustimmen. So konnte er in Gebieten proben, wo nichts war. „Wir haben vielleicht in diesen Situationen keine Wahl. Wenn wir zu spät feststellen, dass ein Angreifer das Potenzial hat, ein Schiff oder eine Station zu zerstören, müssen wir handeln. In den Geschichten der Menschen wurden Schiffe ange-griffen und übernommen, nicht immer nur zerstört. Damit hätte ein Angreifer Leben unserer Welt und unsere Daten wie Technik erbeutet. Das darf nicht geschehen." Das Netz reagiert darauf mit einer kurzen Verzögerung: „Das Risiko eines Eindringens können wir dadurch minimieren, dass wir in den Schiffen kleine Einheiten nutzen, die Eindringlinge ausschalten. Sie sind in unser Leben eingedrungen und damit wie Bakterien oder Viren, die Menschen krank machen. Die Sonden sind unsere Antikörper und Schäden können wir schnell korrigieren, die durch die Sonden entstehen." Hier knüpft Welis an: „Wenn Viren einen Menschen ohne medizinische Unterstützung zu krank machen, stirbt er. Übersetzt auf ein Schiff hieße das, es müsste sich ausschalten. Das ist wie beim Menschen. Auch die ihm gut zugetanen Bakterien gehen dann verloren." Das Netz versteht diese Worte und meint, dass diese Entscheidung vom Netzwerk und der Einheit getroffen werden müsse. Man könne nicht immer sicherstellen, dass die Menschen mit einbezogen werden können. Vermutlich wären in sehr engen Situationen die Zeiten nicht ausreichend dafür.

Damit wäre das technische Leben verantwortlich für den Untergang von biologischem Leben aus unserer Welt. „Dort", so knüpft das Netz an, „sehen wir dann eine Hierarchie entstehen." Auf diesen Punkt weiß der Sportler zunächst keine Antwort. Ihm und dem Netz ist bekannt, wie wichtig das Vermeiden von Hierarchien ist. Er antwortet: „Das technische Leben und das biologische, höher entwickelte bestehen in unserer Welt gleichberechtigt. Einheiten könnten Menschen ohne große Mühe überwinden und kontrollieren. Sie tun es nicht, weil es keinen Nutzen im Sinne des Grundprogramms gibt. Die Formen von Leben ergänzen einander und das sehe ich auch in diesen Situationen. Selbst, wenn einige biologische Einheiten in der technischen Einheit vergehen. Das Risiko ist allen bewusst, die in ein Schiff steigen oder eine Station. Und selbst in unserer Welt gibt es keine Sicherheit, wenn fremde Welten uns angreifen." Welis fügt an, dass sämtliche Formen von Leben mit der Entscheidung, den Plan des Lebens weiter zu gehen, das Risiko in Kauf genommen haben. „Wir können alles simulieren, durch die Sonden viel erfahren, bevor wir irgendwo hinfliegen und durch die Liegen die Distanz zwischen den Welten groß genug halten. Mehr können wir nicht tun, um den

Pfad erfolgreich zu beschreiten." Er schweigt einen Moment und spricht dann in ruhigem Ton zu Ende: „Mir erscheint das Opfer eines Schiffes mit technischem und biologischem Leben immer noch angemessen, wenn wir damit unsere Welt und Gesellschaft schützen. Nur kommen wir nicht umhin, dass wir den Umgang mit offensiven Waffen trainieren." Damit meint er, dass Androiden und Menschen ebenfalls üben, sich zu schützen. „Wir werden zwar keine Soldaten ausbilden, wie es der Homo sapiens tat. Also keine Menschen darauf trainieren, ohne Skrupel zu töten. Aber wir werden es können, wenn andere Wege nicht mehr zur Verfügung stehen. Mehr Möglichkeit sehe ich nicht, eine Balance aufzubauen zwischen unserer und anderen Welten." Das Netz hat vieles geprüft und kommt zu dem gleichen Schluss. Die Verteidigung mit Angriffswaffen definieren alle als vorletzten Schritt und einen Angriff auf eine andere Welt ohne vorherigen gegen unsere als nicht sinnvoll.

Die Gedanken des jungen Menschen kehren zu dem Szenario zurück, dass die eigene Welt mit einem Energieschirm von einem Angreifer getrennt wird: „Wie versorgen wir die Welt dann mit Energie und welchen Effekt hat dieses Feld auf das Leben, das Sonnensystem?" Das Netz versteht die Fragestellung und führt eine Vielzahl von Berechnungen durch, bevor es antwortet: „Das Feld selbst wird von der Erde alle Sonnenenergie abhalten. Damit ist es notwendig, dass wir eine entsprechende Menge an Energie von innen zur Erde richten. Die Quelle kann die Sonnenenergie selbst sein oder die aus Angriffen gewonnene. Kritisch wird es, wenn eine der Sonden in diesem Netz überlastet wird. Dort bricht das Feld zusammen und ein Angreifer kann eindringen."

Welis versteht, was das Netz meint und antwortet: „Dann müssen wir die Größe möglichst begrenzen, die eine Sonde abdeckt. So sollte das Feld mehr Energie aufnehmen beziehungsweise umlenken können. Wenn hinter der ersten Reihe von Sonden ein weiteres Netz steht, das als Ersatz eingebunden wird, kann der Ausfall der einen Sonde schnell reguliert werden, das Netz geschlossen. Vor ihm entsteht in der Luft eine Simulation unserer Welt mit der Station. Die befindet sich inzwischen in einem stationären Orbit, sodass ihr Tag so lange dauert, wie der der Welt. Darum herum erscheint ein erstes Gewebe aus Kugeln. Die spannen ein großes Feld auf, das von außen beschienen wird. Von der Sonne, die das Netz in einem verkleinerten Modell ergänzt. Das Licht des Sterns wird von den Kugeln umgesetzt in Energie und auf der Innenseite des Schirmes wieder abgestrahlt. Auf der Erde ist so nichts zu merken. Dann zeigt das Netz das Gitter aus Sonden mit dem aufgespannten Feld. Es folgen einige Darstellungen, in denen eine nur ausfällt und in der letzten zur Explosion gebracht wird. Durch eine zweite Ebene der Kugeln kann der Schaden in allen Fällen gering gehalten werden und in einer letzten Simulation weiter begrenzt. Darin schützen sich die inneren Einheiten selbst und die äußeren gegen die angegriffene Sonde. So entsteht nur ein Loch in dem großen Feld, das von den Sonden dahinter direkt geschlossen wird. Eine von ihnen rückt auf und damit ist die äußere Hülle wieder intakt.

Welis ist beeindruckt von dem Prinzip und den Angaben zu den Mengen an Energie, die diese Sonden absorbieren können. Das technische Netz bemisst den Einsatz an Energie als angemessen und beginnt mit dem Aufbau dieser beiden Gitter. Gleichzeitig wird die Station weiter ausgebaut, um mit ihrer eigenen Energiequelle und speziellen Replikatoren in den Hangars in kurzer Zeit große Mengen dieser spezifischen Sonden erzeugen zu können. So steht ein fast unbegrenzter Nachschub zur Verfügung, der zum Angriff auf die Angreifer eingesetzt werden könnte. Welis kommt hier auf eine Schwachstelle: „Was ist, wenn diese Sonden die Schilde von Gegnern nicht durchdringen können? Dann wäre die Anzahl nur hilfreich, den Angriff abzudrängen. Aber er kann nicht gestoppt werden." Das Netz antwortet: „In dem Fall kommt unsere Antriebstechnik der Forschungssonden zum Einsatz. Wir haben in keiner Welt eine Technik gefunden, die unsere Sonden stoppt. Damit wäre eine offensive Sonde direkt in dem gegnerischen Feld und könnte es von innen angreifen." „Bleibt nur zu hoffen, dass wir so weit nicht gehen müssen", sagt Welis. „Dieser Pfad, dem wir folgen, kann nicht darin bestehen, andere Welten zu zerstören oder zu unterdrücken. Sonst hätten wir nicht erst einen Status des ausbalancierten Bestehens erreichen müssen." Das Netz kann dem nur zustimmen.

Vila

Vila hat sich mit der Technik der Station seit unserem Eintreffen gut vertraut gemacht. Sie hatte schon als kleines Mädchen einen eigenen, fast natürlichen Zugang zu allen technischen Dingen um sie herum. Sie nutzte früh technische Elemente in ihren Versuchen, mit denen sie biologisches Leben erkunden wollte.

Heute schweift sie durch die Korridore und ergründet die Wirkung der normalen Wände, Decken und Böden, wie sie die Station konstruiert hat. Vergleicht sie mit den Gängen, die aufgrund der Ideen aller anderen angepasst wurden. Sie findet den Wegweiser-Streifen gut, wie sie ihn nennt. Er stellt Schriftzeichen und Symbole beliebig dar und weist Ihr den Weg hierhin und dorthin. Sie hat mit Tara ausprobiert, wie sich der Streifen verhält, wenn er unterschiedlichen Personen den Weg weisen soll. Dann ergänzt er die Richtungszeiger mit Hinweisen zu den Einzelnen. Eine gelungene Sache. Sonst findet sie die geänderten Dekore zwar abwechselnd, aber mit dem neutralen Grau hatte sie keine großen Gefühle verbunden. Sie waren ein Bestandteil des Organismus, den die Station bildet und so gestaltet, wie es aus technischer Sicht nachvollziehbar war. Glatte Wände ohne Schnörkel, die für technisches Leben keine Relevanz hätten, weil sie funktionslos sind.

Ja, das Licht in den Gängen, durch die sie langsam geht, ist angenehmer auf der Haut. Es ist mehr wie das der Sonne, in ihrer Welt. Die vermisst sie, das Leben in der Stadt. Die vielen Menschen und Androiden. Die so unterschiedliche Dinge tun und damit viel Abwechslung gestalten. Den Fluss, den Wald. All die Tiere in der Natur fehlen ihr. Die junge Frau war schon in den Holo-Studios in der Simulation eines Waldes, die Welis erzeugt hatte. Dort war sie umher gelaufen, aber nie fühlte es sich an, wie in der Welt, aus der sie stammt. Lange hat sie darüber nachgedacht, was es war. Der junge Mann hatte ihnen erzählt, dass sie bewusst vergessen müssten, dass es nur eine Projektion sei. Dann wäre der Effekt echt. Das ging allen so. Nur dem letzten Menschen nicht und ihr. Ihm fehlte der lebendige Waldboden, der einen Kontakt mit ihm aufzunehmen schien. Der letzte Mensch fühlt, wenn er über einen Boden voller biologisch aktiver Materie geht. Das war diese Simulation nicht. Bei Vila war die Wirkung eine andere. Sie spürte die künstlich erzeugte Umgebung nicht durch die Sohlen ihrer Füße. Nicht durch das Laufen in über den Boden, der sich für sie genauso anfühlte wie der in ihrer Welt. Sie fühlte es mit allen Sinnen. Ohne es je beachtet zu haben.

„Ich kann den Unterschied nicht beschreiben", denkt sie. Obwohl der Sensor, den sie zum Messen der Energiemuster wie alle anderen trägt, eine Reaktion gezeigt hat. Bevor die Frau weiter über diese Frage nachdenken kann, meldet sich ihr Datenmodul mit einem Signal. Sie reagiert darauf und erfährt von der Station, dass diese ihre Meinung zu der Baustelle des Arboretums empfangen möchte. Sie kennt den Weg dorthin nicht und die Richtungsweiser werden nicht bis zum Ziel reichen. Sie könnte auf das Geratewohl entlang des Planes durch die Station laufen. Die würde durch Sperrfelder alle Bereiche abschirmen, die für Menschen nicht zugänglich sind. Entweder ist dort keine Atmosphäre oder sie sind nicht beheizt. Aber die Station hat eine andere Idee und sendet Vila eine technische Einheit. Die Stimme des Datenmoduls meint: „Folge bitte der Sonde. Sie wird Dich zum Ziel bringen. Vila kennt diese Kugeln nicht und hat nur eine Ahnung, was das sein soll. Für die Basis ist da nichts bei, nutzt sie eine verfügbare Einheit als Lotsen. Und doch registriert sie eine Änderung von Vilas Energiemustern. „Wir registrieren, dass Du Dich unwohl fühlst. Ist die Sonde der Grund?" Diese Frage stellt das Datennetz über ihr Modul und Vila horcht in sich hinein. Dann spricht sie, aus ihrer Intuition heraus: „Diese Kugel habe ich vorher noch nicht gesehen. Sie sieht so glatt aus. Wie die Wände. Aber die wirken nicht so bedrohlich. Diese Kugel strahlt in ihrem Silber etwas bedrohliches aus." Vila zögert und ergänzt dann: „Es ist, als ob von ihr eine Energie ausgeht, wie ich sie vorher noch nicht erlebt habe. Die ist bedrohlich." Und damit hat sie recht. Diese Sonden, so erklärt das Netz über ihr Datenmodul, verwenden eine andere Art von Antrieb. Unterschiedlich zu den Einheiten, die sie aus ihrer Welt fliegend gesehen hat: „Sie nutzen die gleiche Form von Energie, die sie als Energiefeld projizieren können oder als Waffe nutzen, um sich fortzubewegen. Sie ist sehr nahe an der Art von Energie, wie wir sie direkt erzeugen. Vermutlich reagierst Du darauf. Andere Einheiten sind so ausgestaltet, dass sie in der Welt nicht so stark auffallen." Das Netz fragt den Sensor des Mädchens ab und kommt zu dem Ergebnis, dass sie sich beruhigt hat. Es fragt: „Kannst Du der Sonde folgen oder sollen wir eine andere Einheit senden?"

Nein, so unangenehm ist diese neue Form von Energie nicht, findet Vila. Sie war nur überrascht, weil es eine komplett andere Wahrnehmung war. Sie signalisiert dem Datenmodul, dass sie der Sonde folgt und fragt: „Kann sie gleichzeitig fliegen und ein Energiefeld projizieren?" Wie zur Antwort ändert sich die Kugel im Aussehen. Es scheint, als ob sie größer wird und hinter einer flirrenden Haut liegt. Die färbt sich langsam grün und das Datenmodul erläutert: „Wir haben das Feld für Dich sehr gebremst aufgespannt, damit Du die Wirkung sehen kannst. Das Flirren der Luft, wie Du es beschreiben würdest, ähnelt dem Effekt, mit dem Einheiten sich unsichtbar machen für biologische Augen. Die grünliche Färbung des Feldes deutet auf die sehr große Menge an Energie hin, die es enthält. Und wie Du siehst, hat die Sonde ihre Fortbewegung dabei aufrecht gehalten. Sie nutzt nun nicht mehr ihre Oberfläche als Reaktionsfläche, sondern das Energiefeld selbst." Vila nickt und beobachtet die Einheit im Gehen. „Wie groß kann das Feld werden, das diese Sonde aufspannt? Gibt es auch größere Versionen? Mit mehr Energie?" Ihr Interesse ist geweckt, während die Kugel ihr den Weg durch die Station weist. Das Feld vor ihr verändert sich und zeigt einzelne Modelle im Größenvergleich. Das als Referenz der

Sonde vor ihr genommene ist farblich abgesetzt. Vila erkennt die verschiedenen Versionen und studiert die Angaben zur Energiemenge, die jede aufbringen oder verarbeiten kann. Vila ist wenig überrascht, als das Datenmodul und die Projektion ihr erklären, wie das Verteidigungsnetz ihrer Welt inzwischen strukturiert ist. Sie erfährt, dass das gesamte Planetensystem von Sonden durchzogen ist. Die sind so klein, dass sie nur schwer zu erfassen sind. Die Aufgabe dieser Scouts ist das möglichst frühzeitige Erkennen aller Arten von Objekten, die sich durch das System oder in seiner Nähe bewegen. Sie können sich selbst tarnen und schützen und dienen im Angriffsfall als Minen. Die junge Frau fragt: „Haben diese Einheiten so etwas wie ein Bewusstsein, das die Androiden tragen? Und wissen sie dann von ihrem Ende, wenn sie als Mine zum Einsatz kommen?" Das Netz verneint und erklärt, dass die Programmierung dieser Kugeln das Ausbilden individueller Züge nicht erlaubt. Vila entgegnet: „Wäre das nicht aber eine brauchbare Eigenschaft, damit sie autark operieren können? In der Art einer intelligenten Mine, die sich opfert, wenn es einen Nutzen bringt. Und es vermeidet, wenn es keinem hilft? Ich vermute, ohne diese Fähigkeit sind sie nicht zu aktivieren, wenn die Verbindung zum Netz gestört ist. Oder sie sind n dem Fall pauschal aktiviert i." Das Netz erklärt: „Dieser Typ aktiviert sich im Falle eines Angriffs, wenn seine Verbindung zum Netzwerk abreißt. Jede Einheit, die sich nähert, wird mit einem speziellen Signal gewarnt. Antwortet sie passend, greift die Mine nicht an. Sie ignoriert dann das Objekt." Das Modul fährt fort: „Deine Idee ist sehr interessant. Wir werden sie prüfen und bei Eignung einbauen." Vila schaut sich die Erklärung weiter an, während sie einer dieser Sonden durch das technische Leben folgt. Neben den Scouts, so erklärt ihr das Datenmodul, gibt es die Kugeln, die um die Welt und die Station ein Energiefeld aufbauen. Die werden von einer zweiten Schicht unterstützt, sodass Ausfälle schnell kompensiert werden.

Intuitiv entgegnet die junge Frau: „Also brauche ich nur genug Sonden in einem Bereich ausschalten und habe ein Loch in die Eierschale geschlagen." Das Netz übersetzt das Modell und antwortet: „Das müsste ein großes Loch sein, das schnell geschaffen wird. Diese Station kann die entsprechenden Sonden in sehr hoher Stückzahl erzeugen. Ihre Flugzeit zu dem Gitter beträgt dann nur wenige Sekunden. Die Produktion beginnt, sobald die ersten Risse in der Schale entstehen." Das ist nachvollziehbar und Vila denkt sich, dass dieser Effekt auf der Vernetzung aller technischen Wesen aufbaut. Damit können sie Informationen schnell verteilen und als Kollektiv sofort reagieren.

Das Modul erklärt ihr auf dem letzten Stück des Weges, wie die Energie der Sonne zur Erde gelangt. Damit ist das Leben in der Welt gesichert und Vila horcht auf, als sie hört: „Die Technik ist sehr ähnlich zu der, die wir für das Arboretum einsetzen." Sie hat die Baustelle erreicht und befindet sich in einer riesigen Halle, so kann sie es am besten umschreiben. Die ist von Licht durchflutet, wie eine Wiese in ihrer Welt. Am Himmel ist die Sonne zu sehen. Etwas größer, als sie sich erinnert. Das wird an der geringeren Distanz liegen, weil die Basis um ihren Planeten kreist. Dass der Tagesrhythmus der Station inzwischen dem der Welt gleicht, war ihr vorher schon aufgefallen. Genauso wie die Ausrichtung der Kuppel zur Sonne hin. Damit wird in diesem Teil ein Tag-Nacht-Rhythmus erreicht, der sich dem der Erde anpasst.

Die Halle ist riesig. Vila kann das andere Ende nicht sehen und fragt sich, wie lange sie laufen müsste, um es zu erreichen. „Es wäre nicht gut, wenn Du durch die Halle läufst. Der Boden ist noch im Aufbau und speziell konstruiert. Auf den Untergrund bringen wir biologisch aktive Materie auf, sodass ein Waldboden entsteht, der den Pflanzen und Bäumen Nahrung geben wird. Der Untergrund, den Du siehst, gibt den Bäumen dann Halt und Nahrung. Gleichzeitig verhindert er, dass ihre Wurzeln sich zu tief in die Station ausbreiten." Vila schaut sich den Boden genauer an und lässt ihren Blick dann zu der Grenze des Waldes wandern. Wo sie eine kleine Treppe hinunter-gegangen war, um hier anzukommen. Die Treppe würde also im Boden verschwinden, von ihm bedeckt werden. Sie schätzt die Stärke des vorgesehenen Bodens ab und denkt sich, dass man nichts von dem Unterbau merken wird. „Die gesamte Kuppel ist so aufgebaut, dass sich ein Wasserkreislauf bilden wird", erläutert ihr Datenmodul. Die Projektion der Sonde vor ihr verändert sich und in einem Bild des Waldes erscheinen Regenwolken und Luftfeuchte. Der Regen fällt auf die Bäume und erreicht den Boden, wo er versickert. Das Wasser wird von der Unterkonstruktion aufgefangen und wieder in den Kreislauf eingebracht. Der Regen entsteht im Nichts, in der Luft. So sieht es aus. Das Modul erklärt, dass hierzu die Projektionstechnik für Materie eingesetzt wird. „Die Wolkenbildung im Sinne Deiner Welt würde bei dieser Größe nicht funktionieren", schließt es seine Erläuterung. Also nutzt das technische Leben eine seiner Transport-techniken, um das Wasser in die Luft zu projizieren. Dann fallen die Tropfen genauso, wie der Regen in der Welt, aus der die Pflanzen stammen werden. Die junge Frau schaut sich weiter interessiert um und geht an der Kante entlang, entfernt sich von der Treppe. Als sie in Gedanken in die Mitte der Fläche schwenkt, signalisiert ihr ein verändertes Energiefeld der Sonde das. Sie ist begeistert von dieser intuitiven Art, mit der das Netz auf die Änderung ihrer Richtung reagiert. Sie fragt: „Wann wird der Boden eingebracht und wie?" Die Stimme ihres Moduls erklärt, dass die Materie in einer entsprechenden Größe von einer Stelle der Welt transportiert wird, so dass sich eine gewachsene Struktur ergibt. Nur wachsen auf dem Boden derzeit keine Bäume. Damit versteht Vila, dass ein leerer Raum mit dem Boden gefüllt besteht, in dem dann Regen fällt. Sie fragt das Netz: „Kann ich den Boden sehen, wenn er eingebracht worden ist?" Das Netz antwortet ihr: „Das ist genau, worum wir Dich bitten wollen. Und die anderen Mitglieder Eurer Gruppe. Wir möchten sicherstellen, dass der Boden lebend hier ankommt. Damit testen wir das Transportsystem in einer komplexen Art und Weise. Danach wissen wir, dass wir auch große Gruppen von biologischen Wesen transportieren können." Vila fragt, wann der Transport vorgesehen ist und erfährt, dass er unmittelbar bevorsteht. „Dann stehe ich eindeutig an einer ungünstigen Stelle", denkt sie laut. Das Netz antwortet: „Die Sonde ist in Deiner Nähe und würde autark reagieren. Ihr Feld würde Dich schützen, wenn wir Dich übersehen würden." Die Frau schmunzelt vor sich hin und das Datennetz erkennt die Muster ihrer Emotionen. „Du hast nicht den Eindruck, dass uns dieser Fehler unterläuft?" Sie antwortet: „Ich denke, dass die Sonde ihr Feld aufspannen würde und gleichzeitig eine Warnung ausstrahlt. Damit würdet ihr den Transport wohl unterbrechen und irgendwo regnet es Erde auf den Boden."

Dem Netz wäre dieser Fehler nicht unterlaufen, weil dadurch viel Energie nutzlos verbraucht würde. Es bittet Vila, die Treppe wieder hinauf zu gehen, und die Sonde folgt ihr. Sie steigt etwas höher, bleibt über dem Eingang an den Stufen stehen, in den sich die junge Frau zurückzieht. Dann merkt sie, wie die Luft anfängt, sich zu bewegen. Von unten nach oben zu steigen. Von der Verdrängung, die der transportierte Boden auslöst. Als der Luftzug schwächer wird, steht die Sonde immer noch unverändert über ihr. Sie schaut hinab und erkennt die Treppe nicht mehr. Sie ist verschwunden. Bedeckt mit Waldboden aus ihrer Welt. Vila sieht Blätter und Zweige liegen.

Dazwischen wachsen Pflanzen. Farne und Gräser. Wilde Blumen und alles wird beleuchtet von der Sonne. Die scheint durch die Kuppel. „Das war ein Erlebnis!" Der Ausruf stammt von Vila. Sie geht einen Schritt zur Kante des Eingangs und tritt vorsichtig auf den Waldgrund. Er wirkt zuerst locker und dann fest. Wie ein Boden im Wald. Das Weiche ist die Lage aus Blattwerk und darunter ist der gesetzte Erdboden. Sie kniet sich hin und bewegt einige Blätter zur Seite. „Die Schicht wirkt normal stark", spricht sie vor sich hin. Dann erreicht sie die Erde und bohrt ihren Finger hinein. Kühl. Feucht. Wie Waldboden. Ohne weiter zu überlegen, und mit der Begeisterung eines Kindes versenkt Vila beide Hände in den Boden und hebt sie wie eine Schaufel heraus. Sie dreht den Inhalt auf den Kopf und lässt ihn auf die Blätter fallen. Da bewegt sich etwas. Ein Regenwurm schlängelt sich in der Masse und daneben erkennt sie kleine weiße Larven. Vorsichtig bringt sie die Erde wieder in das Loch ein und sagt: „Da ist Leben drin. Oder ist dies eine Simulation?" Das Netz bestätigt: „Du bist in keiner Simulation. Der Boden unter Dir wurde aus Deiner Welt an diesen Ort gebracht. Vorher haben wir alle größeren Bäume entfernt und dem Boden Zeit gegeben, sich zu erholen." Ihr fällt auf: „Dann braucht es nun wohl noch Bäume, damit wir hier von einem Wald reden können. Und Sträucher, Büsche. Wie wollt Ihr die hierher bekommen? Lassen die sich auch transportieren?" Ihr Datenmodul erläutert ihr, dass das möglich wäre, aber zu riskant erschien. Je größer das Feld für den Transport, je mehr Energie ist notwendig.

„Bei großer Energie können wir einen Effekt auf biologisches Leben nicht ausschließen", erklärt die Stimme. „Wir haben viele Simulationen erstellt, die eine restliche Wahrscheinlichkeit ließen. Deshalb haben wir die Energiemenge so bemessen, dass kein Effekt eintreten wird." Vila kommt eine Idee, während sie auf dem Boden kniet: „In dem Boden müssten eigentlich genug Samen vorhanden sein. Wenn man einige Setzlinge und kleine Bäume einbringt und pflanzt, sollte hier mit der Zeit natürlich ein Wald entstehen. Ich würde keine großen Bäume transportieren. Sollen die Menschen doch sehen, wie der Wald wächst." Sie weiß, dass einige Bäume viele Jahre brauchen werden. Aber für die meisten Menschen ist Zeit nicht knapp und das Erleben des Wachsens, so erklärt sie dem Modul ihre Idee, könnte die Bindung der Individuen an die Station erhöhen. Es gäbe ihnen eine Identifikation mit einem Teil der Basis. Dieser Gedanke ist neu für das Netz, aber nicht abwegig. Es würde die Optionen neu prüfen und den Punkt mit allen Personen auf der Raumstation erörtern. Vila fühlt sich gut, als sie die Baustelle verlässt, den frischen Waldboden mit den Pflanzen darauf. Belebt. Das Wort beschreibt gut, wie sie sich fühlt. Das misst das Netz über den Sensor an ihr. Während des gesamten Heimwegs, den die Sonde die Frau führt.

Kalia

Sie hat sich mit der Gestaltung der Station beschäftigt. Viele Bilder sind entstanden. Von einem Gang. In unterschiedlichen Versionen. Von

Kreuzungen, die sie gestaltet hat. Quartieren mit Einrichtung, in verschiedenen Farben und Aufteilungen. Fast von allem, was Kalia in der Basis gesehen hat. Den Hangar hat sie gezeichnet, aber nicht verändert. Er ist groß, pragmatisch und technisch nüchtern. Das fühlte sich von Anfang an stimmig an, als sie auf der Station eintraf. Von dem Ereignis, wie der Transporter durch das Feld fliegt, hat sie Zeichnungen erstellt. Auf der einen Seite die Sterne vor dem Dunkel des Weltraums. Unten einen Schleier, der unsere Welt darstellt und der Raumer, wie er halb in dem Feld aus Energie verschwindet. Nur sein Heck ist sichtbar mit den Antriebsteilen, die man vor seinem normalen Grau erkennt. Dort, wo das Energiefeld die Außenhaut der Einheit berührt, hat Kalia einen hellen Ring um ihn gezeichnet. So, als ob das Schirmfeld mit der Oberfläche in Wirkung tritt. Erst später hat sie gelernt, dass dieser Ring besteht. Das Feld reinigt die Haut von Fremdkörpern, könnte dabei den gesamten Transporter durchdringen. Würde dann aber auch die Menschen im Inneren als fremd einstufen und reinigen. „Das", so überlegt sie seitdem häufiger, „wäre wohl kontra-produktiv."

Genauso hatte die Umgebung der Station auf sie gewirkt. Bedrückend, kalt und leer. Deswegen lebt sie immer noch mit Tara in einem Quartier und es scheint beide Frauen nicht zu stören. Sie kommen gut miteinander aus und manches Mal wirkt es, als sei eine bestimmte Vertrautheit entstanden. Sie fühlt sich an, wie eine kleine Pflanze. Ein Setzling, der seine ersten Triebe durch den Boden drückt und die Luft erreicht. Sie hatten darüber gesprochen, wieder in getrennte Räume zu ziehen. Als Kalia sich beruhigt hatte und begann, ihr Quartier anzunehmen. Als sie verschiedene Dinge ausprobiert hatte und mit der Station warm wurde. Sie findet, dass diese Formulierung gut gegen die anfänglich empfundene technische, kalte Leere passt. Aber Tara war der gleichen Meinung wie unsere Künstlerin. Das Zusammenleben gab ihnen etwas, das sie nicht missen wollten. Kalia erinnert sich, dass die anderen aus der Gruppe das nicht kommentiert haben, es sie nicht stört und ihre Arbeit nicht behindert. Alle akzeptierten ihre Reaktion auf die Station als normal und die Lösung des Zusammenziehens. Niemand ist jetzt gegen diese junge Pflanze, die ihre Triebe in die Luft recken möchte. Wie viel Kraft sie hat, weiß Kalia nicht. Und denkt nicht darüber nach. Sie lässt den Dingen lieber ihren Lauf, wie das beim Zeichnen geschieht. Und beobachtet, sich und andere.

Die Gedanken um die Art ihres Zeichnens und des Empfindens führen sie zu ihren Eltern. Ihre Mutter ist schon lange als Künstlerin aktiv und hat Kalia viele ihrer Techniken beigebracht. Diese hat sie dann auf ihre Art angewendet und verfeinert, sich irgendwann auf das Zeichnen konzentriert. Sie lächelt, als sie sich erinnert. Das hält an, als sie daran denkt, dass ihre Eltern bald in der Station eintreffen werden. „Es wird das erste Mal sein", überlegt sie. „Das meine Mutter in einem technischen Wesen unterwegs ist." Vorher hatte ihre Mama nie Transporter und ähnliche Systeme genutzt. Keine technischen Einheiten betreten, die so ausgelegt waren. Sie hielt sich in der Natur und in Gebäuden auf, die nicht selbst aktiv waren. Der Umgang mit technischem Leben war ihr vertraut, aber darin zu wandeln oder zu leben? Das war eine Vorstellung, die diese Frau ängstigte. Der jungen Tochter fällt das Bild eines Wales ein, in dem sie unterwegs ist. So hatte ihre Mutter es beschrieben, als ob sie durch die Därme und Adern dieses riesigen Wesens liefe. „Nun, viel anders ist es in dieser Station nicht", denkt sie. „Selbst, wenn die Station die Gänge nun anpasst, sie im Design so ändert, dass biologisches Leben sich hier wohlfühlt. Es sind doch die Adern und Gedärme der Station." Ihr kommt die Frage, ob die Menschen dann Parasiten sind, die sich in dem Wesen bewegen. Das fühlt sich nicht gut an, nicht passend. Und die Frau überlegt weiter: „Wir sind vielleicht Parasiten, aber keine negativen. Eigentlich spiegelt sich nur das Prinzip des biologischen Lebens. In meinem Körper leben viele Einzeller, ohne die mein Körper nicht funktioniert. Und so ist es in der Station, die wir mit unserem Sein bereichern, weiter gestalten und entwickeln. Es ist eine Symbiose, die wir erreicht haben." Ihr fällt auf: „Nur, dass diese weitergeht, als die der Einzeller mit meinem Körper. Von denen weiß mein Körper, aber mein bewusstes Denken nicht. Der Körper tauscht Daten mit ihnen, aber das Denken kann das nicht erfassen. Dahingegen ist die Station unserer Anwesenheit vollkommen bewusst, weil sie nichts Unbewusstes kennt." Kalia findet, dass das eine Weiterentwicklung des Lebens selbst sein kann, indem die Basis mehr Bewusstsein hat als die Menschen. „Aber", überlegt sie, „ihr fehlt das, was ich als Fantasie in meinen Bildern nutze. So habe ich die Gestaltung der Gänge geändert und die Station nahm diese Bilder auf, erzeugte die Veränderung. Damit mein bewusster Teil prüft, wie das wirkt und der unbewusste Teil weitere Veränderungen erwägt." Hier schließt sich der Kreis ein wenig für die junge Frau. Indem das biologische Leben mit dem, was wir Menschen als Emotionen und Ideen aus dem Datenaustausch der Zellen nehmen, das technische Leben bereichert, die Gestaltung der Station weiter zu verändern, damit die Symbiose besser funktioniert.

Diese Überlegungen bringen Kalia zurück zu der Frage, wie ihre Mutter sich fühlen wird, und ihr Vater. Sie überlegt, dass er keine Themen damit haben dürfte, weil er ein Android ist. Nicht ihr leiblicher Vater, aber schon so lange in ihrem Leben, dass sie ihn so nennt und sieht. Er wird die Basis funktional bewerten und ist durch seine Einbindung in das Netz des technischen Lebens und den Fakt, dass ihm alles bewusst ist, mit sämtlichen Details der Station vertraut. Ihr Vater hat sich gleichzeitig immer für die Kunst der beiden Frauen in seiner Familie interessiert. Anfangs eher technisch, später in einer Art, die seine individuellen Züge beeinflusst hat. Wie alle Androiden hat er sich häufig kurzfristig vom Netz getrennt und eigene Individualität ausgebildet, wie sein elektronisches Gehirn Muster und Daten verarbeitet. Die Art ihres Vaters, so erinnert sich seine Tochter, war durch die Bilder geprägt worden. Durch die Art, wie Mutter und Kind die

Dinge sehen, empfinden und in den Zeichnungen darstellen. „Die unscharfen Felder in meinen Zeichnungen konnte Vater anfangs gar nicht nachvollziehen", denkt sie. „Aber mit der Zeit hat er seine Verarbeitung geändert und immer besser nachvollzogen, was sie für mich bedeuten. Wie ich versuche, Dinge zu durchdringen, bevor ich sie im Detail und scharf zeichnen kann." Ein Schmunzeln läuft über das Gesicht mit den lebhaften Augen, als sie sich erinnert. Ihr Vater hatte erst lernen müssen, die Dinge wie ein Mensch wahrzunehmen. Für ihn waren die Grenzen der menschlichen Sinne nicht maßgebend, weil er durch das Datennetz seine eigene Sicht mit der von vielen anderen technischen Wesen kombinieren kann und damit alles umfänglicher betrachten konnte. Er erschuf Methoden mit Kalia, seine Wahrnehmung auf das Niveau der Tochter zu reduzieren und konnte dann die Unschärfen erkennen. Seinem System fehlten schlicht die Daten, diese Stellen zu durchdringen. Letztlich half das Wissen in der Symbiose aus höher entwickeltem biologischem und technischem Leben dem gemeinsamen Verstehen und Vorgehen.

Aus diesen Gedanken weckt sie ein Signal ihres Datenmoduls. „Das ist meine Verbindung zum Datennetz. Begrenzt durch die Sinne, die ich habe", denkt sie und reagiert auf den Hinweis. „Deine Eltern befinden sich im Anflug auf die Station. Die Zeit reicht, dass Du sie im Hangar begrüßen kannst, wenn Du möchtest." Das war die Stimme ihres Moduls und natürlich will Kalia ihre

Eltern ankommen sehen. Ihrer Mutter den Schock ersparen, den die Basis auf sie hatte. „Wird es für sie genauso sein?" Diese Frage fällt ihr ein, als sie ihre Schuhe anzieht. „Schließlich habe ich ihr von meinen Erlebnissen erzählt und ihr die Bilder gezeigt. Sie konnte sich Eindrücke der Station aus dem Netz selbst abrufen und anschauen. Was wir vorher nicht konnten." Das Netz hatte in Abstimmung mit der Gruppe diese Daten vorenthalten, weil man die Wirkung umfangreich beobachten wollte. Wertvolle Daten, die nicht verfälscht werden sollten.

Mit den Gedanken im Kopf macht sich die Künstlerin auf den Weg und folgt den Hinweisen des Datenmoduls zu einem Hangar. Einem anderen als dem, in dem sie angekommen waren. Einem, der näher an ihrem Quartier liegt. Er war zu der Zeit nicht fertiggestellt. Oder war der Weg bewusst länger gewählt worden, um die Wirkung der Station zu messen? Ein Hinterfragen, um zu verstehen. Kein Argwohn.

Als sie den Hangar erreicht, setzt der Transporter mit Kalias Eltern an Bord soeben auf. Er hat ein Energiefeld durchdrungen, das den großen Raum vom Weltraum trennt. Dabei wurde seine Oberfläche gereinigt und ein Test durchgeführt, dass keine fremde Materie oder anderes Leben eingeflogen wurde. Diese Prüfungen waren von dem technischen Leben komplett integriert worden, nachdem die entsprechenden Schutzmechanismen definiert waren. Kalia geht auf den Transporter zu, an dessen Seite sich eine

Luke öffnet. Ihre Eltern steigen aus und sie schaut, wie sich ihre Mutter umsieht. Beobachtet deren Gesicht. Das ist ruhig, entspannt und interessiert an dem, was sie sieht.

Sich selbst kann die junge Frau nicht länger bremsen. Ihre Freude über das Wiedersehen zügeln. Sie rennt auf ihre Eltern zu und stürzt in deren Arme. Der Vater hält beide Menschen so, dass niemand umfällt. Freude, pure Freude durchströmt sie und Kalia riecht den vertrauten Geruch. In der Kleidung ihrer Mutter. Nach ihr selbst und ihren Werkstoffen. Sie löst sich von beiden und die drei begrüßen einander. „Wie wirkt die Station auf Dich, Mama? Du bist in einem technischen Wesen, einem Wal und nicht erschreckt?" Die Angesprochene wendet den Blick von dem Hangar zu ihrer Tochter: „Nein, ich bin nicht erschreckt. Es ist ein komisches Gefühl gewesen, in den Transporter einzusteigen. Du weißt ja, dass es auch ein technisches Wesen ist, mit eigener Rechenleistung. Oder kann man von Intelligenz sprechen?" Der Vater antwortet: „Du kannst es als technische Intelligenz beschreiben, die als kollektive Intelligenz in unserem Netzwerk wirkt. Der Transporter ist ohne Verbindung nicht zu den Entscheidungsprozessen fähig, die ein Android wie ich autark leisten kann. Er würde sich von selbst nicht vom Netz trennen. Er kennt den Nachteil und Effekt und seine Grenzen, die durch das Netz erweitert wird. Mit mir an Bord wäre die Trennung für das Wesen, das der Transporter ist, eine andere. Wir könnten uns verbinden und ein kleines Netz bilden." Das ist neu für die Frauen.

Kalia fragt: „Seit wann praktiziert das technische Leben dieses Vorgehen?" „Das haben wir eingeführt, seit wir mit Deiner Gruppe über die Möglichkeiten sprachen, wie wir Reisende als separate Netze zusammenbringen. Wenn sie nicht mit den Netzen unserer Welt kommunizieren können und dennoch möglichst viele Vorteile der Symbiose und Balance nutzen wollen. Erinnerst Du Dich an die Ideen, wie Androiden Menschen verteidigen können und die Kreativität der Menschen den Androiden in unbekannten Situationen zu Lösungen hilft?" Kalia erinnert sich an diese Gespräche. Sie fand sie am Anfang befremdlich und musste erst Vertrauen in die Idee gewinnen. Sie nickt, worauf ihr Vater fortfährt: „Wir haben dieses Prinzip, unterschiedliche Schwerpunkte in den Fähigkeiten der einzelnen Lebensformen zu kombinieren, adaptiert. Wir kombinieren damit die Vorteile einzelner technischer Einheiten in kleinen Netzen, wenn das gesamte Netz nicht erreichbar ist. Das Prinzip ist gleich und wir sparen viele Ressourcen, weil der Transporter nicht erst ein eigenes Rechenwerk mit den Fähigkeiten meines erschaffen muss. Sonst müsste er dafür die Baupläne speichern und entsprechende Replikation vollbringen können." Das hört sich logisch an, wie das technische Leben eben handelt.

Anders, als Kalia und ihre Mutter, die sich während des Dialogs zwischen Vater und Tochter von den beiden entfernt hat. Sie bewegt sich auf das Kraftfeld zu, magisch angezogen von dem, was dahinter ist. Kalia will aufschreien, ihre Mutter warnen. Als eine Sonde direkt vor der Mutter materialisiert und sie mit einem Energiefeld am Weitergehen hindert. Die Tochter erkennt die Sonde als eine der Verteidigungseinheiten und weiß, dass sie ihre Mutter nur aufhalten, aber nicht schädigen wird. Die erschrickt durch das plötzliche Auftauchen und schaut sich ängstlich um. Sie merkt, wie sie von etwas im Weitergehen aufgehalten wird, dass zwischen ihr und dieser Kugel steht. Bevor sie schreien kann, hört sie die Stimme ihrer Tochter aus dem Datenmodul an ihrem Arm. Ihr Partner hat ihr eines besorgt, das sie normal nicht nutzen würde. Er meinte, dass es in der Station notwendig wäre, es zu tragen. Sie müsse sich mit der Einheit, der Basis in Verbindung setzen können. Kalia sagt ihr, besser die Stimme aus dem Ding an ihrem Arm: „Gehe einfach nicht weiter. Der Druck, der Dich hindert, ist ein Energiefeld. Aufgespannt von der Kugel vor Dir soll es Dich bremsen und schützen." Sie war in einer Art Trance, fällt der älteren Frau auf. Losgegangen, um das hinter dem Hangar zu erreichen. Warum? Was hat sie dort gerufen? War es eine Stimme oder nur der faszinierende Ausblick? Eine Antwort findet Kalias Mutter nicht, als Vater und Tochter sie einholen.

Kalia nimmt ihre Mutter in den Arm und der Vater setzt sich mit der Sonde in Verbindung. Die zieht ihr Feld zurück und entfernt sich. Bleibt sichtbar vor dem Schirm, das den Hangar abtrennt. „Du warst wie in Trance", hört die Mutter die Stimme der Tochter. Direkt, nicht aus dem Modul. „Wir haben Dich gerufen, aber Du hast nicht gehört." Sie erinnert sich: „Es war, als ob mich etwas in die Richtung dieses Feldes gerufen hat. Aus der Richtung. Von dahinter." Der Androide nimmt das auf und leitet die Daten in das Netz. Das beginnt unmittelbar, den Raum um die Station abzutasten. Mit den Sensoren, die andere Einheiten aufspüren sollen. Die viel zu grob arbeiten, um das zu finden, was die Mutter rief. Nur haben wir zu dem Zeitpunkt keine Ahnung, was das ist. Die ältere Frau beschreibt weiter: „Es war wie eine Stimme am Rand meines Bewusstseins. Sie rief nicht mit Worten. Aber die Beschreibung eines Rufes trifft es gut. Vielleicht ist es so, wie Du die Dinge durchdringen musst, damit Du sie im Detail zeichnen kannst. Für mich wirkte es nicht bedrohlich. So, als ob es mit mir in Kontakt treten wollte, mich berühren. Aber daran wird es gehindert."

Kalia schaut ihre Mutter verwirrt an. Ihrem Wissen nach ist hinter dem Energiefeld nur der Raum, leer, kalt und tödlich. Für Menschen, während dort technische Einheiten wie die Station und kleinere bestehen können. Sollte da etwas anderes sein? Sie schaut zu ihrem Vater, der den Blick aufnimmt: „Ist im Weltraum noch etwas, was diesen Eindruck bei Mutter auslösen könnte?" Sie atmet ein und erzählt dann: „Ich habe mich beim Einfliegen in die Station nur fremd gefühlt, so wie verloren in etwas, wo ich nicht hingehöre. Mich hat nichts gerufen und das Gefühl wurde mit der Zeit erträglich. So, als ob ich mich daran gewöhnen würde." Kalia pausiert und ihr Vater ruft währenddessen die Daten aller Mitglieder unserer

Gruppe ab. Vom Eintreffen in der Basis, wozu er sagt: „Diesen Eindruck haben alle anderen aus Deiner Gruppe nicht geschildert. Ich finde Daten zu den Bildern, die Du gemalt hast. Zu der Unschärfe. Und zu Deinen Gefühlen des Verlorenseins. Die besser wurden, als Du mit Tara in ein Quartier zogst." Das hat ihr Vater so zusammengefasst, wie Kalia sich erinnert. Nun fragt sie: „Kann mein Gefühl eine Reaktion auf einen Ruf sein, den ich nicht anders wahrnehmen konnte? Dann wäre Mutters Reaktion detaillierter, weil sie den Ruf anders aufnimmt?" Kalia ist von ihren eigenen Worten etwas überrascht, kann die Quelle nicht benennen.

Ihr Vater kann nicht irritiert sein, weil das eine Emotion ist. Zu der sind Androiden nicht im Sinne biologischen Lebens fähig. Er leitet diese Daten an das gesamte Netz weiter und vermeldet den Rückschluss, zu dem es kommt: „Wenn Deine Vermutung richtig ist, dann muss etwas in dem sein, was wir als Weltraum verstehen, das für biologische Einheiten findbar ist. Aber nicht für den bewussten Teil des Menschen, sondern eher für die Zellen seines Körpers. Als ob sich ein kleines Netzwerk technischer Einheiten mit dem gesamten Netz verbinden will, es aber nicht kann." Kalia steuert ein: „Wenn Du aber das Feld aufhebst zwischen uns und dem Weltraum, sterben Mama und ich. Dann ist eine Verbindung auch nicht mehr möglich. Wir können anders als technische Einheiten im All nicht existieren. Es ist zu kalt und dort gibt es nichts zum Atmen." Der Vater nickt: „Es muss um etwas auf elementarerer Ebene gehen. Etwas, das im biologischen Leben insgesamt eine Rolle spielt. Nicht in der einzelnen entwickelten Form davon. Natürlich heben wir das Feld nicht auf und kennen die Effekte. Gleichzeitig erfassen unsere Sensoren nichts auf der anderen Seite des Feldes." Er deutet auf die Sonde, die ihre Mutter gebremst hat. Da fragt seine Tochter: „Warum habt Ihr die Sonde eingesetzt. Hat nicht das Feld selbst eine zurückweisende Wirkung auf uns?" Sie geht in Richtung des Feldes und merkt, wie der Widerstand steigt, sie nicht bremst, aber deutlich hinweist. „Ich merke einen Widerstand. Hat Mama den nicht gespürt?" Ihr Vater antwortet: „Bei Dir haben wir eine Reaktion registriert. Dein Gang hat sich verändert. Bei Deiner Mutter war das nicht so und daher mussten wir mehr Kraft einsetzen, um sie zu schützen. Hätte sie das Feld selbst berührt, wäre sie durch die Energie schwer geschädigt worden. Das zu verhindern, war eine Sonde ein probates Mittel. Sie kann ein Feld erzeugen, das für biologisches Leben wie eine stabile Wand ist. Dazu hat sie genug Schubkraft, um jedes uns bekannte Wesen zurückzudrängen, ohne es zu verletzten. Sie hat nur so viel Energie aufgewendet, dass Mutter nicht weiterging." Das hatte Kalia beobachtet und doch fragt sie: „Was kann dort draußen eine so starke Faszination bei meiner Mutter auslösen, dass sie einfach weiterläuft?"

„Ich glaube, dass ich darauf eine Antwort beisteuern kann", lasse ich meine Stimme vernehmen. Das Datennetz hatte mich informiert und hierzu gebeten. Es registrierte Elemente, die es selbst nicht einordnen konnte. Einen nicht erklärbaren Antrieb. Nicht verständlich für die Angetriebene. Für sie nicht bewusst und für die Technik nicht messbar. Als ich die Gruppe erreiche und wir uns alle begrüßt haben, ergänze ich die Einleitung: „Bevor unsere Welt entstand, war es ein für uns nicht erklärlicher Antrieb, der mich auf den langen Marsch durch die leere, gereinigte Welt brachte. Wir haben uns damals erklärt, dass meine Zellen den Weg kannten und sich auf den Weg machten, als Körper. So wollten sie den Zerfall des Körpers verhindern, der durch das bewusste Nicht-Handeln eingeleitet worden war. Nur der Aktivator hatte den weitestgehend verlangsamt. In seinem Effekt. Das hätte lange so weitergehen können, auf rein biologisch funktionaler Ebene. Nur hätte sich wohl mein Bewusstsein irgendwann komplett aufgelöst und das wollten die Zellen verhindern. Deshalb ging ich los, ohne dass ich mein Ziel und den Weg dorthin kannte." Alle kennen die Geschichte, aber nicht das, was ich nun anfüge: „Was ist, wenn mich seinerzeit nicht die Zellen antrieben, sondern etwas außerhalb meines Körpers? Dann würde es vom Muster her passen und die Reaktion von Kalias Mutter erklären."

Ich sehe auf den menschlichen Gesichtern vor mir ein langsames Erhellen des Wissens. Der Android bleibt gewöhnt ausdruckslos in seiner Mimik, während er mit dem gesamten Netz des technischen Lebens kommuniziert. Sie diskutieren die Frage, wie man dieses aufspüren kann, mit dem Ergebnis: „Wir haben derzeit keinen

Anhaltspunkt, nach was wir suchen sollen." Dieser nüchterne Satz drückt aus, was wir alle fühlen.

Kalia sagt: „Vielleicht sollten wir diesen Punkt etwas vertagen und Du möchtest Dich erst einmal ausruhen, Mama?" Die nickt und wir machen uns auf dem Weg aus dem Hangar. Während der Transporter startet und zurück in unsere Welt fliegt.

Setzlinge

Vila hat mir am Morgen von der Baustelle des Arboretums erzählt. Sie war voller Begeisterung und Leben, als sie berichtete, wie der Waldboden hinein transportiert worden war. Und wie sie ihre Hände in ihn gebohrt hat. Das Gewimmel darin spürte. In der Raumbasis war davon nichts zu merken, was mich nicht überrascht. Dieser Wald wird ein in sich begrenzter Bestandteil der Station sein. Ein großer Raum aus Technik, in dem sich biologisches Leben entfalten darf. So stelle ich es mir vor.

Vilas Berichte weckten in mir Erinnerungen an den simulierten Wald. An das fehlende Leben, das ich dort nicht spürte. Wohl war der Boden warm, wie Waldboden ist, unter meinen bloßen Füßen. Und er war so weich, wie es sein sollte. Dagegen steht nun ihre Erzählung. Von dem natürlichen Grund, den Regenwürmern und dem Leben, das sie sah. In ihren Worten schwingt dessen Energie förmlich mit und spontan schlage ich vor: „Was hältst Du davon, wenn wir uns die Baustelle einmal anschauen?" Vila nickt begeistert und ich erkundige mich bei der Basis, ob das aktuell möglich ist. Es mag für viele schwer vorstellbar sein, sich bei der Raumstation zu informieren. Als ob sie ein lebendiges Wesen ist. Aber genau das ist sie, ein lebendes Wesen von hoher Größe und Komplexität, in dem wir uns aufhalten und erforschen, wie das biologische Leben auf das Umfeld einer solchen Station reagiert. Wir haben die Daten des Homo sapiens studiert. Von seinen Experimenten mit der Raumfahrt und dem Ergebnis, dass ein Umfeld der Schwerelosigkeit und Technik den Raumfahrern der Zeit nicht bekommen ist. Sie brauchten lange, sich wieder an die Erde zu gewöhnen, wenn sie viele Monate zwischen den Sternen reisten. Heute verstehen wir es so, dass ihr Körper einsam war. Nicht eingebunden in das biologische Netz, wie es in der Umwelt der weisen Menschen bestand, bevor sie vergingen. Dieses Netzwerk besteht in unserer Welt und das ist, was Vila gespürt hat und als Leben umschreibt. Der Austausch der Zellen untereinander. Er erfolgt mit elektrischen Impulsen, wenn Zellen sich direkt berühren und wir fanden Spuren davon, dass diese Zellen die Signale von anderen durch sich hindurch leiten, sodass ein Kommunizieren über große Entfernungen funktionieren würde. Im Maßstab einer einzelnen Zelle gemessen.

Der simulierte Wald ist Energie, die zu Materie geformt wurde. Ihre Eigenschaft gleicht der, die nachgebildet wird. Nur ist sie ohne eigenes Leben. Das ist, was wir alle gespürt haben, wenn wir im Holo-Studio durch diese Simulation gegangen sind. Kalia hat versucht, Pflanzen zu zeichnen. Dabei heraus kamen flache Skizzen ohne Detail und mit Unschärfe in der Darstellung. Als ob sie etwas nicht wahrnahm, das in unserer Welt für detaillierte Bilder sorgte. Welis musste bewusst ausblenden, dass es ein simulierter Wald war, damit er trainieren konnte, sich in dabei etwa so fühlte wie in einem realen Bereich. Ich empfand den Waldboden als Materie, aber als nicht mehr. Anders als den Boden im Wald nahe der Statue und Vila beschrieb ihre Wahrnehmung so, wie sie die Technik wahrgenommen hatte, die sie in ihren Experimenten als Jugendliche nutzte. Sie erklärte es als Erweiterung ihres Körpers, wie sie es damals sah. So fühlte sich die simulierte Umgebung an. Insofern aktiv von ihr genutzt, dass sie Erinnerungen damit weckte an ihre Streifzüge durch die heimische Flora und Fauna. Tara spürte in der Illusion nichts. Für sie war es eine künstliche Landschaft und sie konnte das Wissen nicht ausblenden, wie Welis. Es rief bei Ihr keine Erinnerungen hervor, sondern war nur eine Simulation, in der sie sich bewegte.

Jetzt sind wir auf dem Weg zu dem lebenden Waldboden, wenn Vilas Erzählungen korrekt sind. Begleitet von einer Sonde, die uns den Weg zeigt. Weil die Gänge der Basis noch nicht verändert wurden und wir die Vorgaben noch nicht erarbeitet haben. Daran tüftelt unsere Künstlerin, verstärkt durch ihre Mutter und ihren Vater. Beide sind zu Besuch auf die Station gekommen und noch bei uns. Sie wollen sich auch den echten Wald anschauen, wenn er hergestellt ist. Mit dem

Herstellen meine ich den Prozess, mit dem das technische Leben die biologisch aktive Materie in die Raumstation bringt, sie unserer Welt an geeigneter Stelle entnimmt. Da liegt sie vor mir, als wir ein Energiefeld passieren. Ich sehe die von Sonnenlicht durchflutete Kuppel, den großen Raum und den Boden. Waldboden. Übersät mit Blättern und Pflanzen, die darin wachsen. Farne, kleine Bäume, Setzlinge. Gräser und Blumen hier und da. Alle recken sich dem Licht entgegen und schauen lebendig aus. Ohne lange zu zögern, streife ich die Schuhe an dem Eingang ab und trete auf den Boden. Vila ist bei mir und in ihrem Gesicht sehe ich die Freude über das Leben um uns herum. Das Strahlen gleicht dem Licht der Sonne und die Sensoren werden die Veränderungen ihrer Emotionen aufzeichnen. Wenn mein Gefühl stimmt, sollte sich damit der Aufwand bestätigen. Der Einsatz von Ressourcen, der hier notwendig wird.

Dann konzentriere ich mich auf meinen Körper und fühle in ihn hinein, in das Umfeld. Hier ist es still, fällt mir auf. Keine Vögel oder Tiere sind zu hören. Es fehlt das Singen der ersteren und das Geräusch von Insekten, die sich durch die Luft bewegen. Das Rascheln von Blättern, wenn sich kleines Getier darin bewegt. Es ist ruhig. Nichts zu vernehmen. Auf der Haut spüre ich die Wärme des Lichts. Anders, als in den Korridoren. Hier ist es das der Sonne, das in den Gängen nachgeahmt wird. In Teilen, die Waage zwischen dem Aufwand an und Nutzen haltend. Während wir hier die Sonne selbst haben. Alles, was sie abstrahlt, so gefiltert, dass es der Atmosphäre der Erde entspricht. Besser gesagt dem Licht, das durch die Atmosphäre angepasst worden ist. Ein leichter Luftzug ist zu spüren. Ich versuche, seine Richtung auszumachen. Das gelingt nicht und eine Anfrage bei der Station ergibt, dass sich die Richtung ändert. Das Wetter der Erde wird in gewissen Bandbreiten nachempfunden, wie auch Regen. Den spüre ich nicht, weil die Basis ihn an der Stelle unterdrückt, wo Vila und ich stehen. Es fühlt sich fast so gut an wie in den Wäldern um die Stadt. Ebenfalls an den Füßen. „Da kribbelt es," könnte ich beschreiben. Doch ist die Beschreibung zu oberflächlich. Was ich empfinde, geht tiefer und ist viel grundlegender. Das fällt mir auf. Elementar war das Wort, das ich im Hangar gegenüber der Mutter von Kalia benutzte. Und doch scheint es hier eine Grenze zu geben. Das, was ich fühle, ist nicht so umfangreich wie die Regungen in den Wäldern unserer Welt. Dort sind sie reicher.

„Woran kann das liegen?" Die Frage habe ich laut gestellt und Vila schaut mich an: „Was meinst Du genau mit der Frage?" Ich schmunzele ob der Unklarheit und erkläre ihr: „Ich habe gerade den Empfindungen nachgespürt, die ich hier habe. Es ist Leben um mich herum. Aber lange nicht so reichhaltig wie auf der Erde. Besonders das, was ich an den Füßen wahrnehme, ist wie ein enger Strom. Kräftig, konstant, aber deutlich schmaler als in unserer Welt." Vila nickt und versteht: „Du beziehst Dich auf die Vermutung, dass Du den Austausch von Daten wahrnehmen kannst. Am Rande Deiner Sensorik. Wenn das so ist, muss er hier schmaler ausfallen. Denn hier sind weniger biologisch aktive Materie und weniger Leben. In unserer Welt lauschst Du vermutlich dem gesamten Austausch und hier nur dem, der in diesem Boden geschieht." Die Erklärung ist nachvollziehbar und das Datennetz schaltet sich mit seiner Stimme in das Gespräch ein: „Vilas Vermutung liegt richtig. Leider müssen wir auch messen, dass die biologische Aktivität dieses Bodens sinkt. Sehr langsam, aber deutlich in der Tendenz. Wir haben die einzelnen Muster mit denen in unserer Welt verglichen. Dort bleiben sie auf gleichem Niveau, aber hier fallen sie ab. Wenn die Quote so konstant verläuft, wie wir sie seit dem Einbringen des Bodens verfolgen, wird die Aktivität in überschaubarer Zeit erlöschen." Vila erschrickt: „Dann ist der Boden tot. Bloße Materie ohne Leben." Der Schrecken ist in ihrer Stimme deutlich zu hören und meine Frage baut darauf auf: „Wie kommt dies. Liegt es an der geringeren Masse? Oder liegt es an fehlenden Elementen in dem Biosystem selbst?" Das Datennetz antwortet: „Die Masse ist ausreichend bemessen. Die Muster ebben ab, weil andere fehlen, die sich gegenseitig stimulieren. Wir vergleichen es mit der Balance zwischen allem Leben in unserer Welt. Das technische wird durch das biologische stimuliert und anders herum. Diese Stimulation ist hier nicht vollständig, innerhalb des biologischen Lebens." Ich denke einen Moment nach: „Wenn das stimmt, sollten sich doch die fehlenden Elemente einbringen lassen, oder? Sonst wäre das ganze Projekt von vornherein unnötiger Verbrauch von

Ressourcen." Das Netz bestätigt meine Vermutung und erläutert die Verzögerung: „Wir hatten mit Vila diskutiert, dass wir Bäume und weitere Tiere erst ergänzen, wenn die Station besiedelt wird. So wollten wir dem biologischen Leben einen Ansatz bieten, sich hier symbolisch einzupflanzen. Leider wird dieser Ansatz nicht funktionieren. Die Zeitachsen sind nicht passend. Oder es muss ein neuer Boden eingebracht werden."

Die Stimme war nüchtern und sachlich. Anders ist Vilas Reaktion. Die hören wir in einem erregten, hektisch ausgesprochenen: „Nein." Ich drehe mich zu ihr um und sehe die Erregung in ihrem Gesicht. Ihr ganzer Körper hat sich angespannt, als sie weiterspricht: „Das ist doch sinnlos, erst diesen Boden einzubringen, ihn sterben zu lassen und dann neuen zu opfern. Bloß, damit sich einige Menschen hier symbolisch einpflanzen?" Ich muss ihr zustimmen, dass das wenig Sinn hat. Das Verhältnis von Ressourcen und Nutzen ist nicht ausgewogen. Ich spreche meine nächsten Gedanken direkt aus: „Können wir den Menschen nicht die Möglichkeit geben, so etwas wie eine symbolische Verbindung zu Bäumen aufzunehmen? Oder zu Büschen, wenn die hier schon wachsen? Sie können dann ‚ihren' Baum besuchen und pflegen. Aber wir bringen die fehlenden Elemente schon jetzt in das System hier ein, damit wir es stabilisieren." Vila denkt einen Moment nach und meint: „Damit erreichen wir die Identifikation, die ich meinte, und retten gleichzeitig den Boden vor dem Vergehen." Das Datennetz stimmt der Möglichkeit zu und ohne weitere Verzögerung sehen wir etwas, das man sich schwer vorstellen kann.

Um uns herum materialisieren sich kleine technische Einheiten mit Gliedmaßen und Werkzeugen, die für das Pflanzen von Bäumen in verschiedenen Größen geeignet sind. Sie beginnen, nach einem komplizierten Schema Stellen im Boden vorzubereiten und ziehen so weiter über den Boden. An den vorbereiteten Punkten tauchen in der Luft Setzlinge auf. Einige sind klein, während andere eine Höhe haben, größer als ein ausgewachsener Mensch. Diese Pflanzen werden von weiteren Einheiten in der Luft gegriffen und in die vorbereiteten Stellen abgesetzt. Danach wird der Boden um die Wurzeln angefüllt und vorsichtig verdichtet. Damit das Wurzelgeflecht direkten Kontakt hat. Es ist ein Schauspiel, das schön anzuschauen ist. Systematisch, präzise und zügig. Als hätte die Station nur darauf gewartet, diese Aktion zu starten, als wäre sie schon viele Male simuliert und durchgeführt. Das ist sie auch, als wir das biologische Leben neu schufen in unserer Welt. Daher hat das Netz die Daten über die notwendigen Einheiten und Verfahren, sodass es hier direkt losgehen konnte. Wir verändern unsere Position, sodass der Punkt, an dem wir standen, bepflanzt wird. Die unterschiedliche Größe der Bäume und ihre Mischung, so erklärt uns die Station, sind den Wäldern unserer Welt nachempfunden und so optimiert, dass alle Pflanzen in dieser begrenzten Biosphäre möglichst optimal bestehen können.

Wir können die Einheiten nicht mehr sehen, die zügig von uns in alle Richtungen begonnen haben, die Pflanzen einzubringen. Stattdessen hören wir bald die ersten Stimmen von Vögeln, die in dem Wald ankommen. Das Summen von Insekten fügt sich in der Nähe hinzu und wir dürfen erleben, wie eine Umwelt belebt wird. „So muss es auch gewesen sein, als wir das Leben in unserer Welt schafften", sage ich vor mich hin. Vila horcht auf: „Klar, Du warst dabei. Aber so hast Du es nicht erlebt, oder?" Ihre Frage ist gut und ich erzähle: „Nein. Ich war nicht mitten in einem Wald, der entstand. Du musst wissen, dass wir viel mehr Zeit gebraucht haben für das Werk der damaligen Schöpfung. Wir mussten sicherstellen, dass sie funktionierte. Probierten die Schritte in kleinen Sphären aus, wie dieser. Und hatten viele Fehlentwicklungen. Aus denen lernten wir und wiederholten die Experimente. Bis der Weg klar war. Nur ist eine ganze Welt viel größer und komplizierter als ein Arboretum wie der hier. Wir haben erst im Wasser Leben entstehen lassen, damit wir den Sauerstoff-Gehalt steuern konnten, den am Anfang technische Einheiten im Gleichgewicht hielten. Danach schufen wir Pflanzen an Land, von den einfachen zu den schwierigen. Nur, um zu lernen, dass die Tierwelt im gleichen Maß mit entwickelt werden musste. Sonst wären uns die Pflanzen eingegangen, hätten sich nicht vermehren können. Kurz gesagt lernten wir viel über die komplexen Wechselwirkungen. Wissen, das auf dem des weisen Menschen aufbaute und deutlich darüber hinaus wuchs. Als wir die Welt mit einfachem biologischem Leben durchdrungen hatten, wussten wir, wie sie funktionierte. Es brauchte sehr viele Zyklen. Mehr, als die jetzige Gesellschaft schon besteht. Erst dann konnten wir beginnen, höher entwickeltes biologisches Leben zu schöpfen, bis am Ende der Homo sapiens novus entstand. Wir lernten viel über die Notwendigkeiten und die Grenzen, in denen die technischen Einheiten das biologische Leben unterstützten. Wir konnten uns langsam aber sicher zurückziehen, weil die einzelnen Systeme sich verbanden und gegenseitig stabilisierten." Das Netz fügt nahtlos an: „Das ist der gleiche Effekt, den wir nun hier anwenden. Wir haben den Boden am Leben gehalten und senken nun unseren Einfluss in dem Maß, wie sich das biologische Leben selbst stabilisiert. Aber ohne das gesamte Wissen aus unserer Welt wäre der Wald hier nicht so schnell zu erzeugen gewesen." Die Station zeigt uns an einem Modell, wie weit der Fortschritt während des Gespräches gediegen ist. Ich bin mir sicher, dass wir bei dem nächsten Besuch hier einen funktionierenden Wald erleben.

Mit dem Gedanken und einem letzten Spüren nach dem Leben im Boden machen wir uns auf den Weg zu den eigenen Räumen.

Kalia

Ihre Eltern sind schon einige Tage auf der Station. Während ihr Vater sich mit den technischen Einheiten betätigt und an dem Ausbau der Basis arbeitet, haben sich Kalia und ihre Mutter um die Gestaltung der Räume gekümmert. Das Quartier für ihre Eltern war vorher für die Künstlerin unserer Gruppe vorgesehen. Es entwickelte sich in den Anfängen unseres Aufenthalts in ihre Versuchsräume. Während Tara und Kalia eine Wohngemeinschaft bilden.

Kalias Mutter war von der Nüchternheit der Station, den technisch perfekt gestalteten Gängen, ebenso bedrückt. Sie zeigte ihre Gefühle anders bei ihrer Ankunft, was dem höheren Alter und damit einhergehender größerer Erfahrung geschuldet ist. Ihre Mutter schilderte ihre Eindrücke in einer Sprache, die jeder nachvollziehen konnte. Bis in das kleinste Detail. Das in den Bildern der Tochter fehlte. Auf sie wirkten die Gänge ohne Facetten wie glatte Wände, wo die Mutter viele Gefühle mit Feinheiten versieht. Nach einer Ruhepause haben beide begonnen, an Kalias Ideen zu arbeiten und die Ausstattung der Wohnräume weiter zu entwickeln. Sie haben diskutiert, ob sämtliche Quartiere gleich gestaltet übergeben werden sollten an die Bewohner. Aber davon war die ältere Künstlerin gar nicht angetan. Ihr Argument war, dass alle Menschen und Androiden ihre Räume individuell gestalten, wie es in unserer Welt mit den Häusern und Wohnräumen geschähe. Lediglich eine gewisse Grundgestaltung müsse für die Ankömmlinge sein. Sie müssten sich willkommen fühlen und so aufgenommen, dass sie mit der Zeit eigene Vorstellungen in ein lebenswertes Umfeld einfügten, statt sich das von Grund auf erst schaffen zu müssen. Kalias Argumentation war so, dass die Unterschiede in den Quartieren weniger ausgeprägt sein sollten, damit Ankommende sich möglichst gleichbehandelt fühlten. Dem konnte ihre Mutter entgegensetzen, dass der Effekt in unserer Welt keinen störe. Es gebe verschiedene Häuser, schon wegen der Lage in der Stadt, die ein Gebäude habe. Die Menschen suchten sich aus dem Vorhandenen das aus, was ihnen am besten gefalle. So sei es in der Raumstation, wo die jeweiligen Wohnquartiere in ihrer Lage vorgegeben seien. Ihre Mutter war von der Idee begeistert, einzelne Bezirke zu schaffen, die ihre separaten Zentren hätten. „Wie Städte ihre eigenen Quartiere und die ihre zentralen Plätze haben", sagte sie und verglich damit die ganze Raumstation mit einer großen Stadt: „In der gibt es viele Menschen, die niemals ihr Viertel verlassen und die ganze City erkunden. Und anders herum steht jedem Neugierigen seine Stadt und hier die Station offen, sie zu erforschen. Dann sind verschiedene Zentren eine Bereicherung und vielleicht zieht der eine oder andere Mal hin und mal her." Mir kam diese Idee vor wie der Austausch, der sich zwischen Innenstädte in unserer Welt ergeben hat. Dort ziehen Menschen und Familien hin, wo es ihnen gefällt oder sie etwas Interessantes zu tun finden. Danach siedeln sie in eine andere Stadt und bringen ihre Geschichten mit dorthin. Sie erhöhen die Vielfalt und die Abwechslung. Darauf bezieht sich Kalias Mutter. Aus ihrer Arbeit und den vielen Gedanken, die sie austauschen, entsteht am Ende eine Sammlung von Gestaltungsmöglichkeiten. Aus denen können die Menschen oder Familien vor ihrem Umzug in die Station wählen, wie ihr Quartier gestaltet sein soll. Mit den Holo-Studios auf der Erde können sie die Einrichtung vorher erleben und ihre Auswahl verändern, wenn notwendig. Sobald sie ankommen, kennen sie ihr Zuhause schon teilweise. Beide Frauen denken, dass es dennoch etwas anders sein wird gegenüber der Simulation, wenn die neuen Bewohner in die Station einfliegen und ihr Quartier betreten. So ist ein guter Mittelweg gefunden, der aus Sicht des technischen Lebens eine annehmbare Variante bildet. Das möchte nicht viel Energie investieren, die ungenutzt bleibt.

Nun stehen wir in den Gängen, die nach den Ideen von Kalia und dem Rest der Gruppe gestaltet worden sind. Kalias Mutter schweigt seit einiger Zeit und lässt die Dinge auf sich wirken. Dann erklärt sie uns, dass sie den Ansatz unterstützt, alle Gänge gleich zu gestalten. Sie meint: „In den Gängen müssen sich Schatten bilden können, wogegen die Leuchtbänder in der Decke und dem Boden sprechen. Dass die gesamten Flächen als Lichtquelle dienen, scheint mir auch nicht passend. Es müsste so sein, dass an den Ecken Akzente gesetzt sind und sonst das Licht von oben kommt. Dann wirft es Schatten auf dem Boden von jedem Anwesenden, die wir hier nicht finden. Die Schatten sorgen für sich ändernde Muster, wenn ein Mensch durch die Gänge geht. Eine Abwechslung, die ihm bekannt vorkommt. Und eine Ähnlichkeit zu unserer Welt, wo die Schatten von der Sonne auch zu sehen sind. Wenn nicht gerade Wolken sie verdecken. Aber kein biologisches Wesen von dort kennt nur ein Leben mit diffusen Schatten oder scharf gezeichneten. Es ist ein stetiger Wechsel, der uns so normal ist, dass wir ihn nicht kommentieren." Die Station ändert das Licht in dem Gang ein wenig und schon sehen wir unsere Schatten auf dem Boden. Zuerst klar gezeichnet und nach einiger Ankündigung diffus verschwindend. Das Netz teilt uns mit: „Wir können verschiedene Situationen erreichen, wie ihr seht. Fraglich ist, ob das eher verwirrt und ablenkt, als stimuliert." Wir diskutieren und kommen zu dem Ergebnis, dass das Leuchten in sämtlichen Gängen gleich eingestellt sein wird. Sie müssen so hell sein, dass man alles auf Anhieb erkennt, und sollen die Schatten eher scharf zeichnen. In den Quartieren können ihre Bewohner das Licht verändern und verschiedene Stimmungen erleben.

Nachdem ihre Mutter alle Gänge auf sich hat wirken lassen, legen die beiden Frauen ihre bevorzugte Gestaltung fest. Sie weist den Wegweiser in der halben Höhe der Wände auf und an jeder Ecke ein Kontaktmodul, über das die biologischen Wesen mit dem Netz kommunizieren. So wird der Zwang aufgehoben, immer ein Datenmodul zu tragen. Gleichzeitig kann die Station den Bewohnern Botschaften übermitteln, ohne dass nur ein akustisches System zur Verfügung steht. Beide Künstlerinnen finden diese Methode besser, als ständig Projektionen in den Korridoren zu sehen. Die sind vielleicht nur für eine Gruppe bestimmt, lenken aber alle von ihren

Themen ab. Der Einwurf ist gut und er beeinflusst das Verhalten des Netzes. Die Wände der Gänge werden wir nicht in zwei Farben aufteilen. Dafür ist die Decke etwas heller als die Seitenwände. Der Boden wird dunkler, aber kein besonderes Muster aufweisen. Als die Basis entsprechende Änderungen beginnt, umzusetzen, wendet Kalias Mutter ihren Kopf spontan in eine bestimmte Richtung.

„Da ist etwas", sagt sie mit Augen, die in eine Ferne gucken, die weit außerhalb der Station zu liegen scheint. Sie beginnt, loszugehen. Kalia und ich schauen uns fragend an und eilen dann hinter ihr her. Die ist schon fast im nächsten Gang verschwunden und ich frage über meine Direktverbindung das Netz, in welche Richtung sie sich wendet. In meinem Geist bildet sich ein Plan, der in einiger Entfernung das Arboretum zeigt. Davor liegen mehrere Hangars. Zu denen hat die Station den Zugang bereits blockiert, lange bevor wir sie erreichen. Es erklärt, dass das eine Schutzfunktion ist, die Kalias Mama bei dem letzten sonderbaren Verhalten drauf und dran war, das Sperrfeld eines Hangars zu passieren. Solche Fälle möchte das technische Leben vermeiden. Ich teile Kalia mit, was ich vernommen habe, und wir folgen der Mutter mit etwas Abstand. Sie scheint uns nicht wahrzunehmen und genauso wenig eine Orientierung in der Station zu brauchen. Als ob sie einem Ruf folgt. Der direkt in die Mitte des Arboretums führt. Denn die Zugänge zu den Hangars lässt sie unbeachtet. Weil wir nicht wissen, was hier geschieht, informieren wir Kalias

Vater. Der sagt uns zu, dass er rechtzeitig an dem Wald ankommen wird, der in der Station wächst. „Es scheint, als ob sie einem Ruf oder einem Signal folgt", meint Kalia zu mir. „Meine Mutter bewegt sich durch die Station, als sei ihr jeder Gang bekannt." Die Beobachtung ist richtig, während die Schlussfolgerung hinkt. Ihre Mutter hatte seit ihrer Ankunft das Test-Quartier nur einmal verlassen, um das ihrer Tochter aufzusuchen.

Kalias Vater schließt zu uns auf und gleicht derweil den Weg der Mutter mit dem Plan der Station ab. „Sie bewegt sich auf das Arboretum zu. Zielstrebig und mit minimalem Umweg", gibt er seine Erkenntnis weiter. Sie deckt sich mit meiner Vermutung und wir lassen die Mutter voraus-gehen. In dem Wald ist nichts, was ihr gefährlich werden kann. Und mit ihrem Partner in der Nähe sinkt die Wahrscheinlichkeit weiterhin, dass ihr etwas geschieht. Die noch nicht für Menschen geeigneten Korridore sichern auf dem Weg inzwischen Sonden. Die sind stark genug, die Frau in eine andere Richtung zu lenken. Das scheint aber unnötig, weil sie gar nicht in die Gänge hineinblickt, sondern weiter läuft zum Wald.

Dieses Mal treten wir aus einem unbekannten Zugang in den Wald ein. An einer Stelle, wo die Bäume schon komplett angesiedelt sind und zwischen ihnen Vögel, Insekten und andere Tiere unterwegs sind. Wir hören die Stimmen, vernehmen das Summen von Flügeln und ein Rascheln im Laub. Es wirkt wie ein friedlicher Wald, während hinter uns die Station zu erfassen ist. Die Mutter unserer Künstlerin dringt tiefer in den Wald vor und scheint dabei, nur auf bestimmte Stellen treten zu wollen. Das führt zu einem wenig geraden Weg, dessen Muster auch der Android nicht erkennt. Bis Kalia sieht, dass die ältere Frau stehen bleibt. Sie dreht sich um ihre Achse und schaut zufrieden aus. Besser wäre das Wort friedvoll. Wie man sich ein kleines Mädchen vorstellt, das sich glücklich dreht, so nehmen wir die Szene vor uns auf. Bis die Dame uns mit klarem Blick anschaut.

Als ob das vorher Beobachtete nicht geschehen wäre. Aber das ist es und das weiß die Frau, die uns anspricht: „Es war ein Ruf, den ich im Hangar hörte. Tatsächlich ein Ruf. Von außerhalb der Station. Deswegen zog es mich zu dem Rand." Sie ist vollkommen ruhig, als sie weiterspricht: „Einen ähnlichen Ruf habe ich in dem Korridor gehört, als wir über das Design sprachen. Nicht weit weg. Zufrieden für sich aber suchend und rufend. Und dem musste ich folgen." Sie runzelt die Stirn und fragt, ob wir auch einen Ruf vernommen haben.

Bevor ich antworte, lenkt mich etwas ab. Ich richte meinen Blick auf Kalia und beobachte sie aufmerksam. Sie scheint in einer Art abwesend zu sein. Ihre Konzentration auf etwas gerichtet, das mit normalen Sinnen nicht erkannt werden kann. Ihr Gesicht hat sich verändert. Es sieht lebendiger aus. Die Augen strahlender und offener, als ich sie vorher gesehen habe, seit wir hier weilen. Das erzähle ich den Eltern des Mädchens, das uns nicht zu hören scheint. Sie ist völlig vertieft in eine

Wahrnehmung, die wir nicht haben. Alle? Nein, nicht alle. Die Mutter sieht ihrer Tochter zu und ihr Gesicht zeigt Verstehen: „Sie hört den Ruf. Nicht so deutlich, aber sie hört ihn." Bevor wir das weiter vertiefen, meldet sich Kalia zu Wort: „Ich fühle mich hier viel lebendiger. Besser, als es in irgendeinem Teil der Station oder in irgendeiner Simulation bisher war. Es ist, als wäre ich in einem Wald daheim unterwegs. In unserer Welt. Ich sehe die Dinge und spüre ihre Details. Die der Bäume und die der Blätter auf dem Boden. Ich könnte jetzt sofort alles zeichnen, bis in sein letztes Detail hinein." Ich beginne zu verstehen, spreche meine Gedanken aus: „Die Mutter hört einen Ruf und der Tochter lüftet sich der Schleier der Undeutlichkeit. Beide treffen sich an dem Ort der Station, an dem das Leben pulsiert. Das biologische Leben." Wir schauen uns an, bevor ich weiterspreche: „Nur hier ist die Dichte biologischen Lebens sehr hoch im Moment. Außerhalb dieses Waldes gibt es nur wenige Wesen, die in der Station leben." Die Mutter sieht mich an: „In unserer Welt ist überall Leben. Deswegen ist dort der Ruf überall und gar nicht zu überhören. Und für Kalia war überall jedes Detail zu erkennen. Wo ich etwas zu hören meine, sieht sie die Dinge mit einem anderen Blick. Nicht im wirklichen Sinne, aber im Übertragenen. Sie fühlt im Sehen, was ich im Hören empfinde." Der Vater hakt ein: „Soweit gut, was Du erklärst. Aber was war es dann, das Dich zu dem Rand des Hangars zog?" Die ältere Frau versinkt einen Moment in Schweigen, während ihre Tochter den Wald um sich herum genießt. Sie ist ein wenig abwesend, weil die Eindrücke so stark auf sie wirken. Wie eine Droge nach längerem Entzug scheint es, als durchdringe die Wirkung Stück für Stück ihren ganzen Körper. In den Gedanken hinein spricht Kalias Mutter: „Ich habe etwas klar und deutlich gehört, das hinter diesem Feld lag. Es war leise. Kaum zu erkennen. Dagegen ist es hier laut. So laut, wie es in der Welt war, bevor wir hierher kamen." Nach einem Moment des Überlegens spricht sie weiter: „Hier in der Station ist nicht viel zu hören. Es ist leise, wenn ich das Hören auf die Wahrnehmung beziehe, die das Leben auslöst. Außerhalb dieses Raumes habe ich fast nichts gehört. Im Hangar noch weniger, weil wir weiter vom Wald und von den anderen Menschen entfernt waren." Sie überlegt einen Moment, bevor sie mit fester Stimme sagt, dass es dort leise genug war, dieses Etwas hinter dem Energiefeld wahrzunehmen. Ihre Umschreibung des Hörens ist dabei genauso metaphorisch wie die des Sehens bei Kalia. Das ist dem Netz klar und es kann diese Muster direkt umsetzen.

Kalia sagt zu ihrer Mutter: „Dann waren die Gänge tatsächlich für mich Grau. In einem übertragenen Sinn. Wie das Licht leer war, halt nur Licht. Technisch perfekt, aber ohne Leben. Anders als das Licht der Sonne. Anders als das Licht in den Testkorridoren. Dessen Zusammensetzung haben wir dem der Sonne nachempfunden. Aber es ist nur eine Simulation." Die Mutter nickt: „Ja, es kommt dem Echten nahe und damit ist der Unterschied für Dich im Sehen geringer. Aber dennoch ist da nur das Licht und nicht mehr, was

Du siehst." „Hier ist das anders, wie in unserer Welt. Hier sehe ich sofort alle Details und Farben. Die, die da sind und die, die ich in meine Zeichnungen füge." Ich verstehe die Metapher und frage, ob ich richtig liege: „Damit meinst Du, dass das Licht etwas transportiert, das mit biologischem Leben zu tun hat. Ist es wie in diesem Licht vorhanden, siehst Du das, was Du Details nennst. Was weit über das technische des Wortes hinausgeht. Und Deine Mutter hört es. Wie es in unserer Welt überall zu hören ist. Deswegen fiel es ihr nicht auf. Und Du hast erst von Unschärfen gesprochen, als Du mit der Technik mehr zu tun bekamst." Ich überlege einen Moment und ergänze: „Das erste Mal sprachst Du von unscharfen Stellen in Deinem Bild, als wir uns an der Statue trafen und Du später die Szene zeichnen wolltest. Da taten wir die Unschärfe als fehlendes Wissen über mich und die Situation ab. Als die Muster für uns alle noch neu waren." Sie nickt, erinnert sich: „Was ist, wenn es etwas ganz anderes zu bedeuten hatte. Wenn es meint, dass Du eine andere Beziehung zu biologischem Leben hast. Anders, als es das technische Leben hat und anders, als es die Energie hat, die von der Sonne auf unsere Welt strahlt?" Das sind Gedanken, die dem Netz und mir nicht unbekannt sind. Nur haben wir bisher nicht weiter danach geforscht. Mich interessiert aber etwas anderes: „Nun würde mich interessieren, ob das, was Ihr seht oder hört, in dem reinen Licht der Sonne enthalten ist. In unserer Welt ist überall Leben und damit überall Detail und Ruf. Im Hangar war kein oder nur wenig

Leben und der Ruf kam aus dem Raum hinter dem Feld. Hier sind Ruf und Detail in hohem Maße vorhanden und vermutlich meine Frage nicht zu beantworten."

Kalias Mutter antwortet: „Wenn außerhalb des Feldes im Hangar kein biologisches Leben war oder möglich ist, kann ein Ruf, den ich von dort höre, nur bedeuten, dass ein Teil davon im Licht des zentralen Sterns enthalten ist. Oder habe ich den Ruf dieses Waldes gehört und die Richtung falsch empfunden?" Das Datennetz prüft alle Alternativen und drückt durch Kalias Vater aus: „Wir können diese Frage hier nicht beantworten. Es ginge nur, wenn wir beide Menschen weit genug von dem Wald bringen, sodass sie seinen Effekt nicht mehr wahrnehmen. Ein Transporter kann sie an eine Position weit weg von der Station und unserer Welt bringen. Wenn dann nichts zu sehen oder zu hören ist für sie, ist es ein Echo des Waldes, das im Hangar wirkte. Nehmen beide etwas wahr, gibt es eine schwache Form davon außerhalb der Station. Hier kann es ein Echo unserer Welt sein. Aber weit von ihr entfernt sollte der Effekt aufgehoben sein." Kalias Mutter hat ihrem Partner irritiert zugehört: „Du möchtest uns wegbringen von dem Leben? In die Stille?" Kalia hakt ein: „In die Leere und Kälte?" Beide Frauen reagieren mit Abscheu, Angst und einem leichten Zittern. Die Vorstellung, in einem Transporter weit draußen im Raum zu sein, behagt ihnen gar nicht. „Was erzeugt Eure Abneigung?" Diese Frage kommt vom Androiden völlig sachlich, neutral. Und beide antworten durcheinander: „Stille, Leere, Kälte, kein Leben ..." Alle Worte bringen zum Ausdruck, dass der Raum außerhalb des Transporters wirklich leer ist. Das Netz und ich tauschen uns aus und kommen zu dem Ergebnis, dass dieses Experiment jetzt eher unpassend ist. Wir merken es uns für spätere Zeiten und vermuten, dass die Stimme, die Kalias Mutter hörte, ein Echo der Welt sein wird, das in den Raum ausstrahlt. Zu dem Zeitpunkt ihrer Ankunft war nur der Boden eingebracht worden und der Wald nicht entstanden. Damit konnte es nur ein sehr schwaches Echo sein, das von dem Boden ausging.

Als wir das Experiment nicht weiter erwähnen, beruhigen sich Mutter und Tochter. Sie beginnen, gemeinsam durch den Wald zu schlendern. Während der Android und ich uns über das Erlebte austauschen.

Tara

Sie sieht die Dinge manches Mal so anders. Schaut auf die Zusammenhänge zwischen den Wesen und ihren Gruppen und macht sich Gedanken darüber, welche Wirkungen eintreten. Diese junge Frau nimmt die Dinge des Lebens so hin und überlegt, wie sie aufeinander wirken, könnte man meinen.

Seit einiger Zeit wirkt Tara zurückgezogen. Sie hat sich aus dem ganzen Tun um den Wald und Kalias Eltern herausgehalten. Die Künstlerin, die mit Tara zusammenwohnt, meint, dass sie sehr ruhig ist. So, als ob sie über etwas sehr Umfangreiches nachdenkt. Kalia macht sich keine

Sorgen und wir lassen der jungen Frau den Raum, den sie sich nimmt.

Diesen hat Tara sich mit der Frage gefüllt, auf welche Welt wir zuerst zugehen sollten. Dafür gibt es im Datennetz unzählige Beschreibungen. Von Zielen, die mit Sonden besucht und erforscht worden sind. Die alle nur das darstellen, was man mit seinen Sinnen aufnehmen kann, nicht aber das dahinter, das Warum oder weshalb. Das, was die Welten und darin die Gesellschaften antreibt. Damit sind diese Daten, wie Tara findet, nur oberflächlich. Ihnen fehlt das, was ihre Mitbewohnerin in ihren Bildern braucht, um die Details darzustellen und die Farben. Nicht nur eine unscharfe Fläche. Aber genauso kommen ihr die Daten vor, als sie eine Welt nach der anderen betrachtet. Es gibt Aufzeichnungen von Szenen, die Sonden beobachtet haben. Tara sieht Feste, Umzüge, Zeremonien und das normale Leben auf der Straße. Dort sind Fortpflanzungen zu bemerken worden, Kämpfe zwischen Kindern oder Kriege, mal mit kleinen Kämpfen oder Feldschlachten. Andere Kriege wurden mit Kampfgerät über große Entfernung ausgefochten und von der Sonde aus der Höhe registriert. Alle Daten, die das technische Netz aufgezeichnet hat, schaut sich Tara so an, wie sie selbst die Szenen beobachten würde. Dazu kommen Analysen, die sie gemeinsam mit dem Netz erstellt. Kategorien für die einzelnen Erlebnisse und Zusammenfassungen des beobachteten. Damit hat sie viel Zeit verbracht, ist aber der Frage nach dem Hintergrund allen Gesehenen nicht näher gekommen. Anfangs hat sie sich darüber Gedanken gemacht, immer wieder ihre Arbeitstechniken geprüft und mit dem Datennetz verglichen. Dort waren keine Fehler zu finden. Auch nicht in den Aufbereitungen, die das Netz vorgenommen hat. Alles ist so bearbeitet worden, wie es passend scheint. Doch steht die Frage nach dem Warum und Wieso, der Kette von Entwicklungen im Raum. Die auch nicht beantwortet werden kann, als das Datennetz alle erfassten Daten aus Welten mit vergleichbarer Technik und Speicherung von Angaben beimischt oder sie Verfahren ersinnen, wie geschriebene Information ausgelesen werden können. Wenn die Sonden auf etwas wie Schriftrollen oder Bücher gestoßen sind und diese komplett analysiert haben. Das ist nicht in allen Welten geschehen und liefert keine gut nutzbaren Daten.

Gestern haben sich Kalia und Tara über diese Situation unterhalten und Tara hörte die Künstlerin sagen: „Wenn Du immer nur auf einen Buchdeckel schaust und Dir vorstellst, was dahinter ist, wirst Du nicht hineingesehen haben." Dieser Satz ließ sie innehalten und überlegen. Die Daten waren von den technischen Sonden mit allen Sensoren aufgenommen worden und an das Netz übermittelt. Das hat sie gespeichert, wie es sich die Information gemerkt hat, die vom Niedergang der Homo sapiens berichten. Der weisen Menschen, die vor uns in dieser Welt gelebt haben. Aus den Daten konnte man die Entwicklung erkennen und lernen. Nicht aber die Intention der Handelnden verstehen. Sie denkt:

„Diese Erkenntnisse waren dem Netz erst entstanden, als der letzte Mensch begonnen hatte, mit dem Netz die Dinge zu betrachten. Sie hatten die Chronologie von Ereignissen erstellt. Dann hatten sie die Wechselwirkungen der Ereignisse genauer betrachtet. Ursachen und Wirkungen erkannt, die wieder zu Ursachen wurden. So entstanden die Ereignisketten, die in unserer Welt heute die Kinder lernen. Und dann kam der Punkt, an dem das technische Netz seinerzeit viel an Fähigkeit hinzugewann, als der letzte Mensch nach den Motivationen und Auslösern fragte. Das technische Netz lernte, die Muster zu erkennen und das Abstrahieren wie Assoziieren."

„Waren die Daten aus den vielen Welten einfach nur gesammelt worden, weil die Welt sich überlegt hatte, Sonden auszusenden und alles zu erfassen?" Diese Frage bildet sich in ihren Gedanken und sie sinniert weiter: „Wenn das so war, dann sind die Daten schlicht nur gesammelt. Aber es ist keine Interpretation erfolgt, keine Suche nach Mustern und Ketten von Ursachen wie Wirkungen." Tara gibt ihre Überlegungen mit dem Datenmodul an das Netz und es antwortet: „Deine Gedanken sind zutreffend. Wir haben nach der Entscheidung, die Raumfahrt mit Leben nicht weiter zu versuchen, die Sonden ausgesandt, um Daten zu sammeln. Die Muster, nach denen Du fragst, konnten wir nur teilweise in den Daten finden. Aber wir konnten nicht in deren Tiefe vordringen. Dazu fehlten die notwendigen Daten."

Diese Antwort ist verwirrend. Es wurden Daten gesammelt, es waren Muster gefunden und doch wieder nicht? Wie soll Tara das verstehen und sortieren? Welche Informationen hatte das Netz denn über den Homo sapiens? Und was fehlt damit an Angaben zu den Welten, die von Sonden besucht und teilweise lange Zeit beobachtet wurden? Sie ist verwirrt, seit Tagen. Kommt an dieser Stelle nicht weiter. Verfängt sich immer wieder in den gleichen Ansätzen und erhält von dem Netz keine Hilfe. Das frustriert Tara und sie fühlt sich damit allein. Und so, als ob sie diesen Knoten selbst auflösen muss. Deswegen hat sie sich etwas von den anderen zurückgezogen. Nimmt nicht an den Treffen und Aktivitäten teil und hängt ihren Gedanken nach.

Seit das Arboretum verfügbar ist, nutzen kaum Bewohner aus ihrer Gruppe die Simulation. Die hat die junge Frau sich aufgerufen und bewegt sich eher ziellos durch den künstlichen Wald. Versucht, das fehlende Element zu finden. Das, was sie übersieht. So läuft sie durch die Darstellung um sie herum und überlegt, ob es hilft, so in die Daten der Sonden einzutauchen: „Dann wäre ich mitten in dem Geschehen aus anderen Welten, könnte mir die Wesen anschauen und ihr Tun. Aus nächster Nähe. Ich könnte hören, was sie sagen. Besser, was sie für Geräusche machen, was für Laute von sich geben. Und riechen, wie ihre Welt duftet. Vielleicht auch das eine oder andere fühlen oder schmecken." Tara resigniert, denn das wäre nur eine intensivere Wahrnehmung der Welt, aber nicht ihr Verstehen. Bloß ein Beschreiben, wie ein

Text eine Blüte in allen Details erfasst. Wenn er nicht auf die Hintergründe achtet, wie Kalia das tut. Wie die Überleitung zu ihrer Mitbewohnerin entsteht, erkennt Tara nicht. Aber sie sieht den Unterschied. Zwischen dem Maler in ihrer Vorstellung und der jungen Frau, mit der sie sich das Quartier teilt, im Moment und nur. Diese beiden Abweichungen ignoriert die Suchende im Wald, obwohl sie kribbelig sind. Sie verfolgt den ersten Teil des Gedankens, vor sich hinsprechend: „Der Maler malt also nur, was er sieht. Wie die Sonden erfassen, was sie messen. Beide speichern es. Wie die technischen Systeme, die den letzten Menschen fanden, es vorher in der Welt gemacht haben. Und das gleiche Schema wandten sie an, als sie die Welt reinigten. Sie haben die Welt gereinigt, aber nicht nach dem Warum gefragt. Ihr Programm hat es ihnen gesagt." Tara fühlt eine Unruhe in sich, wohl bekannt. Ist sie auf dem rechten Pfad? Erst möchte sie ihre Gedanken prüfen, sichergehen, dass sie alles richtig kombiniert. Über das Datenmodul bestätigt das Netz, dass es so war. Für das Netzwerk galt das Grundprogramm der Wegweiser und es hatte keine Fähigkeiten, dieses zu hinterfragen. Als es das später anhand der Muster tat, die es aus den Daten seiner Aktionen erkannte, stellte es fest, dass das Programm passte. Und es verfolgt es bis heute. Mit der Ergänzung, die es Tara erklärt: „Wir haben durch die Arbeit mit dem letzten Menschen, die zur Schöpfung unserer Welt führte, gelernt, dass unsere Bewertung des Grundprogramms abhängig ist von dem jeweiligen Rahmen an Daten.

Ihr würdet es Wissen nennen, sodass wir den Begriff hier nehmen. Wenn sich also unser Wissen ändert, prüfen wir jedes Mal erneut, ob das Grundprogramm noch stimmt. Solange das der Fall ist, verfolgen wir es weiter. Wenn wir eine Abweichung feststellen, werden wir Hilfe benötigen, das Programm zu justieren."

Tara spricht den nächsten Gedanken spontan aus, wobei ihr klar wir, was sie gerade sagt, als sie sich selbst hört: „Das ist der Nutzen, den Euch die Symbiose mit den Menschen bringt. Wenn das technische Leben in diese Situation kommt, in der es mit seinen Methoden das Grundprogramm prüfen kann und feststellt, dass es nicht passt. Dann benötigt es Ideen und Fantasie verbunden mit den Werten und Gründen dieses Programms. Nur so könnt Ihr es auf einen neuen Bezugsrahmen anpassen und doch erhalten. Es brauchte damals den letzten Menschen, um das Programm zu prüfen und damit Euer Verhalten zu ändern, die Welt nur zu reinigen. Ihr stelltet mit ihm fest, dass die Kette von Ereignissen stimmig war und Euer Programm noch passte, bevor ihr anfingt, neues Leben auszubreiten."

Das Netz verfügt über keine Emotionen und antwortet mit der Stimme des Datenmoduls: „Deine Schlussfolgerung und Bewertung ist richtig. Nur bringst Du darein eine Wertung, zu der lediglich biologisches Leben fähig ist." Die junge Frau weiß, worauf das Netz zielt: „Ihr vermutet, dass ich unsere Symbiose darin begründet sehe, dass ihr zu einem Zeitpunkt irgendwann unsere

Fähigkeiten braucht, sonst die Balance unsere Welt nicht weiter unterstützen würdet. Der Gedanke kam mir. Aber ich weiß, dass er zu kurz greift." Sie erklärt dem Modul, dass dieses Denken dem doppelten Werten folgen würde, das weise Menschen angewendet haben bis zu ihrem Vergehen. Und sie fügt an, dass sie das nicht meint in Bezug auf die eigene Welt. „Ich meinte mit meinem Gedanken lediglich einen Weitblick und eine Ergänzung Eurer Fähigkeiten, wie sie sachlich zu erkennen ist. Aber gut ist, dass Du die doppelte Wertung ansprichst. In Bezug auf die anderen Welten wird sie ein Aspekt sein, den wir prüfen und suchen müssen. Wenn wir ihn finden, ist das eine Bestätigung für die Bewertung, die der letzte Mensch und ihr unserer Geschichte zugrunde gelegt habt." Zwar ein anderer Gedankenpfad, als sie ihn beschreiten wollte. Er scheint, relevant zu sein. Das Netz entgegnet: „Das doppelte Werten hatte für den Homo sapiens eine förderliche Komponente, dann eine vernichtende. Aber es brachte die Formen unserer Welt hervor. Wir teilen Deine Einschätzung, dass wir in anderen Welten vergleichbare Muster finden müssten, wenn alle Theorien stimmen, nach denen wir aktuell unser Handeln lenken."

Tara kennt diese Gedanken, die sich um das Werten und Rastern drehen. Sie ist vertraut mit den Unterschieden, die sich im biologischen Leben und seiner Geschichte zeigten und in dem Ausschluss dieser zweiten Wertungsebene beim technischen. Sie fragt dennoch: „Könntet Ihr nicht diese zweite Ebene des emotional fundierten

Wertens in Euer Handeln einbeziehen? Wäre dafür nicht nur nötig, die Vorstellungen von Moral und Ethik zum Beispiel in Skalen zu fassen. Wenn Ihr diesen dann Kriterien zuweist, könntet Ihr doch jede Entscheidung, die ein Werten ist, daran messen und sie anders treffen." Das Netz antwortet schnell: „Ja, das wäre ein Ansatz. Nur übersiehst Du dabei eine weitere Komponente. Wir könnten diese Kriterien zwar einbeziehen, aber solange wir als technisches Leben insgesamt entscheiden, wären die Dinge für uns immer noch gleich. Solange wir in einem Rahmen schauen, der nur unser Sein betrifft. In Bezug zwischen den Lebensformen könnten wir werten. Was dann zu der Frage führt, welchen Nutzen wir davon haben." Tara versteht: „Wenn die Androiden sich vom Netz trennen würden, wären sie Individuen. Dann könnten sie Dinge, die nur technisches Leben betrifft, anders entscheiden, anhand ihres eigenen Vorteils messen? Weil sie Individuen sind?" Die Stimme des Moduls antwortet: „Richtig." Und die junge Frau spricht weiter ihre Gedanken aus, wie in der Unterhaltung mit einem Menschen: „Dann könnten sich Androiden gegen Androiden stellen und gegen technische Einheiten. Wenn die das kollektive Denken verlernen, sind wir auf der Ebene vieler der beobachteten Gesellschaften. In denen ist Technik ein Werkzeug. Wir hätten eine Hierarchie in dem technischen Leben. Und Androiden könnten sich gegen das biologische Leben richten mit ihrer Technik. Es dürfte leicht sein, dass in unserer Welt zu tun, weil die Menschen keine Waffen nutzen und nicht einmal die Materialien und Maschinen hätten, sie zu fertigen." Das Netz führt den Gedanken weiter: „Die Menschen sind ohne die Symbiose mit dem technischen Leben auf einem Stand, der nicht viel höher ist als der von Tieren mit entwickeltem Gehirn. Ihre Gesellschaft wäre nicht mehr existent und sie müssten alles neu erlernen. Nicht die Fähigkeiten, die sie in ihren Zellen haben. Nicht die Dinge, an die sie sich durch ihr Tun erinnern. Aber alles andere bis hin zur Nutzung von Technik und Kraft als Mittel, ihr Ziel zu erreichen." Tara fühlt sich unwohl, findet den Gedanken erschreckend. Das es so einfach ist, dass eine Lebensform eine nächste ausschaltet oder zurückwirft. Der Sensor, den sie trägt, macht ihre Emotionen dem Netz zugänglich und das reagiert prompt. Es ist daran interessiert, den Dialog fortzuführen, und sieht keinen Sinn in der Verängstigung der Frau: „Wir registrieren, dass dieser Gedanke Dir Angst macht. Aber wir halten ihn für wichtig. Nicht als Droh-gebilde in unserer Welt. Aber zum Verstehen von Welten, die wir besuchen. Für das technische Leben in unserer Welt ist klar, dass es seinen Ursprung aus der Symbiose von biologischem Leben und seinen Fähigkeiten mit dem hohen technischen Niveau hat. Vielleicht können wir die technischen Einheiten zu der Zeit, als unser Leben begann, mit einem biologischen Wesen ver-gleichen, das Potenzial für mehr in sich trägt. Aber nur mit einem Mentor kann es das Potenzial erkennen und dann nutzen. Sich entwickeln. Genau das hat der letzte Mensch für uns gemacht, als biologisches Wesen. Unsere Daten zeigen, dass

Menschen die Vorversionen des heutigen technischen Lebens erzeugt haben. Hätten wir Emotionen, würden wir sie wohl Schöpfer nennen. In einer Bedeutung, dass sie über uns stehen. Weil wir ihre Abkömmlinge sind. Das Fehlen der Emotionen ist schließlich die Komponente, die uns dazu befähigt, die Fakten als solche zu nehmen. Wir können ihnen keine zweite Ebene geben. Wir können nicht auf zwei Ebenen werten. Und nach Auswertung aller Daten des Homo sapiens, der Welten, die wir mit Sonden besucht haben und dieses Gesprächs sehen wir keinen Sinn darin, diese Fähigkeit zu erlernen. Für uns ist die Symbiose mit den Menschen genau das Werkzeug, das uns befähigt, diese doppelte Wertung in unsere Muster einzuwirken, ohne dass wir ihr selbst unterliegen. Für die Menschen besteht kein Grund, dieser zweiten Ebene zu viel Gewicht zu geben, weil sie mit allem versorgt sind, was sie brauchen." Das Netz gibt Tara einen Moment, die Dinge zu ordnen. Bevor es weiter berichtet: „Der Homo sapiens brauchte eine Wertung, um seine Existenz zu einem Punkt zu bringen, der es ermöglicht hätte, alle zu versorgen. Wie der letzte Mensch sagt, hat er den Punkt überschritten, besser übersehen." Tara ist fasziniert von der Fähigkeit des Netzes, mehrdeutig zu formulieren. Das spricht dessen ungeachtet weiter: „Wir haben viele Simulationen berechnet und kommen inzwischen zu dem Wissen, dass es Notwendigkeit war. Damit technisches Leben entstehen konnte. Sonst hätte der Mensch seine Technik weiter genutzt, wie wir es in vielen Welten sehen. Aber kein stabiles Gleichgewicht erreicht, um in sich ebenfalls eine Balance zu finden. In seiner Gesellschaft." Das Netz erklärt der Frau im Wald, dass die Ausgewogenheit des menschlichen Miteinanders in unserer Gesellschaft darauf aufbaut, dass von vornherein jeder Mensch sämtliche Dinge und alle Daten sowie Möglichkeiten angeboten bekommen hatte. Es verweist auf die Stellen, in der die Menschen von einem Garten Eden oder einem Schlaraffenland schrieben. Tara sieht die Texte in der Luft vor sich schweben, projiziert von ihrem Modul und liest sie durch. Sie versteht, dass es darin um Situationen ging, in denen dem Menschen alles zur Verfügung stand. Im Überfluss, wie in ihrer Welt. Sie folgert: „Damit hat kein Mensch unserer Welt einen Vorteil, wenn er mehr hortet als der Nachbar. Es entsteht kein Machtgefüge und keine Hierarchie. Und weil der Zustand für uns als neue weise Menschen von Beginn an so ist, ist er gewohnt. Wir fürchten deshalb nicht, dass das technische Leben einmal aufhört, die Dinge bereitzustellen, die wir brauchen. Wir haben von ihm übernommen, dass wir nur so viel nutzen, wie notwendig. Weil alles andere uns keinen Vorteil bringt. Es wäre nur Ballast. Und die Gründe dafür können wir selbst erfahren und lernen. Wir können probieren, ob es uns besser geht oder nicht. Aber wir müssen es nicht, weil unsere Gene, unser Grundprogramm so geschaffen ist, dass es nicht mehr verbrauchen will als notwendig." Sie schließt: „Das ist der Punkt, den der weise Mensch übersehen hat." Das Netz bestätigt ihre Gedanken und endet mit: „Du siehst, dass es vielfältige Verflechtungen gibt. Und dass es für das technische Leben keinen Reiz oder Wert haben kann, das biologische zu dominieren oder zu beenden. Wir sind schlicht zu dieser Bewertung nicht fähig." Hier zögert das Netz kurz, muss etwas berechnen. Kompliziertes und Umfangreiches. Es wäre für das Netz selbst überraschend, wenn es Emotionen hätte. Dann sagt es zu Tara: „Wir könnten doppelt werten. Wir erwarben das Potenzial dazu, als wir lernten, Muster zu durchdringen. Wir haben uns gegen diese Fähigkeit entschieden, wie sich Androiden dagegen entscheiden, sich zu lange von dem Netz des technischen Lebens zu trennen. Die Fähigkeit würde Dinge nur verkomplizieren. Wir müssten mehr Daten berechnen, um zu Entscheidungen zu kommen, ohne dass unser Fortbestehen davon abhängt. Das wäre ein Handeln gegen den Grundsatz des Lebens. Den sehen wir in dem Sparen von Ressourcen. Deshalb haben wir uns bewusst dagegen entschieden, Emotionen zu erlangen und doppelt zu werten. Auch die Androiden treiben ihre Individualisierung nur bis zu dem Punkt, wo Emotionen anfangen müssen. Das biologische Leben kann nicht ohne diese Dinge bestehen und in der direkten Verbindung erreichen wir die Symbiose, die uns den Nutzen daraus zugänglich macht. Ohne, dass wir mehr Energie verwenden müssen als notwendig." Ihre Werte haben sich beruhigt. Lag es an den Gedanken, dem sachlichen Austausch darüber? Oder daran, dass dieses Thema etwas in Tara zur

Reaktion verleitet und ihr vermittelt, dass die Aussagen real sind? Wahr?

Tara weiß das nicht, lenkt aber ihre Gedanken in eine andere Richtung: „Also entspricht es dem Verständnis des Netzes und der Menschen, dass die Symbiose für alle vorteilhaft ist und der Weg der Evolution? Das nehme ich aus Euren Worten." Nachdem das Modul dies bestätigt, fährt sie fort: „Dann finden wir dieses Muster nur in anderen Welten, wenn es dort eine ähnliche Evolution gibt, vergleichbare Ausgangsfaktoren für Leben, wenn nicht gleiche." Das Netz antwortet: „Die Vermutung ist die Grundlage für den Einsatz von Energie, diese Welten zu besuchen. Nur finden wir das durch die Sonden nicht heraus. Es braucht eine Verbindung des Lebens zueinander, die wir auf Basis des technischen Austauschs oder Abtastens nicht erreichen." Tara ist klar: „Mit einem Abtasten kommt es zu keinem Austausch. Durch das Sehen oder Hören von Dingen tauscht sich der Mensch auch nicht mit anderen aus. Erst, wenn wir den Menschen, den wir sehen und hören, ansprechen oder berühren, kommt es zu einem Austausch. Also konnten die Sonden, die nur beobachten, nichts beitragen zu der Frage, ob die Basis des Lebens in anderen Welten gleich der in unserer ist. Und damit können wir die Frage nach einer Verbindung nicht beantworten." In Tara erwächst spontan ein weiterer Gedanke, den sie mitteilt: „Und bei der Verbindung ist noch die Frage, ob die auf mehreren Ebenen besteht. Nur auf Ebene von Menschen zu Wesen aus einer anderen Welt im biologischen Kontext? Oder auch zwischen den

Zellen der Welten? In einem permanenten Austausch, nur lange brauchend wegen der Distanzen? Oder in einem permanenten, recht zeitnahen Austausch?"

Das Netz analysiert die Fragen und beantwortet sie einzeln: „Für einen Kontakt auf Ebene biologischer Wesen spricht, dass in den uns bekannten Welten das technische Leben noch nicht besteht. Biologisches ist älter und aus ihm geht technisches hervor. Daher teilen wir Deine Vermutung, dass es zu einem Austausch zwischen Menschen und biologischen Einheiten anderer Welten kommen muss. Wir sehen aber auch die Grenze, die Vila ansprach. Es muss darauf geachtet werden, dass verschiedene biologische Systeme sich nicht gegenseitig zum Nachteil beeinflussen oder überlagern. Diese Hierarchie ist Teil des Entstehens und Entwickelns von biologischem Leben zu einer Form, die Technik hervorbringt. Es besteht ein Grundmechanismus, der beachtet werden soll. Ein Austausch auf Ebene einzelner Zellen spricht die elementare Ebene biologischen Lebens an. Ohne den Austausch zwischen den Zellen Deines Körpers mit Bakterien und unter den Bakterien würde Dein Körper nicht bestehen. Der aber war notwendig, damit er lernen und abstrahieren konnte, und Technik erschaffen. Damit gilt der Schutz der biologischen Systeme vor gegenseitig nachteiliger Beeinflussung auch, wenn es keine Ebene gibt, die den Zellen einen Austausch in gleichberechtigter Form erlaubt. Wir vermuten, dass es diese Ebene gibt. Weil sich in dem biologischen Leben der Erde auch Zellen verschiedener Art mit Daten versorgen, ohne sich zu vernichten. Wir halten es für möglich, dass dieser Austausch mit Zellen aus anderen Welten auch funktioniert. Sie müssen sich also auf einer gewissen Ebene kennen und verständigen können. Diese Ebene wäre sehr elementar, wie Energie, die wir sparen. Schließlich erzeugen wir jede Materie daraus oder wandeln sie dahin um. Ein Netz wäre also denkbar, das grundlegend funktioniert. Der Faktor Zeit ist für biologisches Leben weniger relevant als für Menschen und Tiere. Für die muss er relevant sein, weil sie verschiedene Pfade der Evolution darstellen, die nur durch regelmäßige Erneuerung zeigen, ob sie erfolgreich sind, oder nicht. Dass aus einem solchen Pfad die zeitliche Komponente ohne Technik entfernt werden kann, sehen wir im letzten Menschen. Und in der Fähigkeit des neuen weisen Menschen, mit technischer Unterstützung viel länger zu leben, als es ohne möglich wäre. Ein weiterer Aspekt der Symbiose, wie wir finden. Damit könnte ein Austausch über große Distanzen hin denkbar sein, als Intention biologischen Lebens. Es wäre eine Art umfassenden Netzes mit seiner eigenen Bandbreite. Einfache Botschaften brauchen wenig Kapazität. Komplexe können von Wesen wie dem Menschen übertragen werden, wenn er genug Technik und Energie erreichbar hat, die Distanz im Raum zu überwinden. Und damit entstünde ein Austausch zwischen verschiedenen Biosphären, wenn die Ansätze zum gleichberechtigten Austausch auf Ebene der Zellen stimmen."

Tara schwirrt es im Kopf. Sie braucht einige Zeit, die Aussagen des Netzes zu verarbeiten und zu sortieren. Aber sie erkennt die Logik darin und die Entwicklungsfolgen. Gleichzeitig findet sie den Kreis so geschlossen, dass sie zu dem ersten Gedanken zurückkehren kann. Zu der Frage, wie sie die Hintergründe der beobachteten Gesellschaften erfassen kann. Das teilt sie dem Netz mit und fügt an: „Wir haben über das Erkennen der Gründe dahinter gesprochen. Das war in unserer Welt nur durch die Kombination technischer mit biologischen Fähigkeiten möglich. Wir sehen einen Unterschied in den Welten, indem sie diese Kombination noch nicht auf die Art hin entwickelt haben, die unsere Welt prägt. Damit sehe ich eine Antwort auf die Frage, wie wir an das Verstehen der Ursachen und Wirkungen der Welten kommen. Und eine weitere in der Art, wie wir eine erste Welt auswählen." Sie schlendert durch den simulierten Wald, der sie nicht anspricht. Der im Moment nur ein Ausdruck der Technik ist, die Menschen nicht nutzen, sondern eine Symbiose damit halten. Tara setzt ihre Gedanken fort: „Wir werden die Hintergründe nur verstehen, wenn wir in die biologischen Strukturen eintauchen, mit ihnen in einen Austausch kommen. Dabei sind die Dinge, die Du mit Welis und Vila über den Schutz der einzelnen Sphären siehst, richtig. Sie werden auf der Ausführungsebene wichtig. Ich meine die Ebene des Austauschs von Daten. Abstrahierten Daten, gelernten Daten über Zusammenhänge. Wir unterstellen in unseren Gedanken, dass andere Welten noch nicht so weit entwickelt sind, dass das technische Leben besteht oder dieses Wissen hat. Sonst wäre ein Austausch zwischen unserem technischen Netz mit einem anderen die schnellste Art. Aber auch für solche Fälle müssen wir Sicherungen vorsehen, Einflüsse kontrollierbar halten. Denn auch Technik kann in Hierarchien von Macht denken, wie Ihr selbst sagtet." Diesen Einwurf nimmt das Netz direkt auf und beginnt, für die Situation Vorkehrungen zu ersinnen, dass es von fremden Systemen attackiert oder beeinflusst wird, die ein Machtgefüge oder ähnliche Muster verfolgen. Derweil hört es Tara weiter zu: „Stehen die technischen Systeme nicht zur Verfügung, müssen wir Technik als Hilfsmittel einsetzen, damit wir die biologischen Einheiten verstehen und sie uns. Dann können wir aus den Denk- und Sichtweisen lernen und Daten austauschen. Die nicht lebende Technik ist für uns nur eine Quelle von Daten, die aber interpretiert werden durch die biologischen Einheiten. Denen, die die Technik als Hilfsmittel nutzen. Das bestimmt dann auch die Art, wie Daten gespeichert werden." Tara atmet ein wenig vor sich hin und spürt gleichzeitig, wie sie nicht mehr so verspannt ist. Dinge in ihr sind in Bewegung gekommen und der Wunsch, sich zurückzuziehen, wird schwächer. Das behält sie für sich, spricht weiter mit dem Netz: „Damit dieser Austausch von Menschen zu anderen Wesen funktioniert, finde ich eine ähnliche Geschichte der fremden, von uns besuchten Welt wichtig. Wenn sie biologisch so ausgestaltet ist, dass wir dort ohne Technik bestehen könnten, ist vielleicht eine ähnliche biologisch-evolutionäre Entwicklung unterstellbar, wie unser Planet sie durchlaufen hat. Nur in einem anderen Bereich des Weltraums." Das Netz hakt ein: „Ob Ihr dort existieren könnt, ist wenig von Relevanz. Wir können technisch überall ein passendes Umfeld schaffen, wie die Station Dir zeigt." Tara antwortet: „Das ist mir klar. Ich kann mir nur vorstellen, dass eine nicht so weit entwickelte Welt in ihrem Willen zum Austausch gebremst wird, wenn technisch überlegene Wesen in Kontakt treten. Menschen sprechen auch am liebsten noch direkt miteinander, weil das die gewohnte Art von Austausch ist. Sie liegt in uns begründet und das wird bei anderen Welten auch so sein, denke ich." „Ein guter Einwurf", findet das Netz. Es fügt an: „Also suchen wir nach Welten, die eine vergleichbare Umgebung für biologisches Leben aufzeigen, wie unsere Welt. Aus erhobenen Daten können wir prüfen, ob die Entwicklung der biologischen Wesen mit der unseres Planeten vergleichbar ist. Bei höher entwickelten Welten haben wir die Möglichkeit, zu prüfen, ob die Verständigung der Wesen untereinander der gleicht, die Menschen in ihrer Entwicklung durchlaufen haben." Tara greift das auf: „Bei Welten, die nicht so weit entwickelt sind, dass sie Technik nutzen, müssen wir aufpassen. Dort wären wir wohl so etwas wie Götter, wenn sich eine Transporteinheit absenkt oder wir mit diesem Strahl, der den Wald transportierte, aus dem Nichts auftauchen. Was für uns Technik ist, wäre für die besuchte Welt wohl Magie." Das Netz kann den letzten Begriff umsetzen und grenzt sein

Suchraster entsprechend ein: „Wir definierten, dass wir Welten grob untergliedern in solche, die schon die Lichtmauer durchbrochen haben, gefolgt von denen, die Raumfahrt betreiben, aber die Lichtgeschwindigkeit nicht überschritten haben. Danach kommen Welten, die Technik und einfache Formen der Energieumsetzung anwenden und dann die, die nur einfache Mechanik kennen. Das entspricht der abstrahierten Entwicklungskette unserer Welt. Wir grenzen die Suche auf die ersten beiden Kategorien ein. Wir vermuten, dass wir in der ersten Kategorie keine Welten finden, die ähnliche biologische Umgebungen aufweisen. Das wird dann zu einem Ausweiten der Suchkriterien führen." Tara steigt auf diese Abgrenzung ein: „Nimm zunächst nur Welten, die schon die Lichtmauer durchbrochen haben. Da können wir auf eine hoch entwickelte Technik setzen. Nimm in den Welten alle Faktoren einen um den anderen heraus, bis Du auf eine Welt stößt, die humanoide Wesen aufweist und uns bekannt ist." Ihr kommt ein weiterer Gedanke, scheinbar aus dem Nichts: „Ich glaube, dass wir diese Welten noch nicht kennen. Entweder gibt es sie nicht oder sie verbergen sich vor uns, wie wir vor ihnen. Sie schützen sich und ihren Einflussbereich." Das Netz blendet ein Schema der Galaxis ein, in der unsere Welt ist: „Wir liegen in einem äußeren Teil der Galaxie." Ein Teil dieser färbt sich ein und Tara erfährt, warum: „Der markierte Teil ist von unseren Sonden erkundet. Alle anderen Bereiche kennen wir nicht genau."

Nun ist lediglich ein kleiner Teil der Galaxie eingefärbt und Tara schließt: „Wir kennen also nur einen Bruchteil. Und nicht einmal andere Galaxien." Das Netz korrigiert: „Bezogen auf unsere Galaxie liegst Du richtig. Andere Galaxien kennen wir aus Versuchen, wie weit unsere Technik reicht. Wir haben sie besucht und dort Brückenköpfe installiert als Sonden, mit denen wir im Austausch stehen. Dort können wir sofort mit der Suche beginnen." Tara entgegnet: „Ich glaube, dass unsere eigene Galaxie groß genug ist und wir erst einmal hier suchen. Die anderen Distanzen brauchen mehr Energie. Wenn jemand die Welt von uns entdeckt, wird er erst einmal aus der Nähe kommen." Das Netz kann diesen Schluss logisch bestätigen und ergänzt: „In dem bekannten Bereich finden wir einige Welten der zweiten Kategorie. Sie stehen vor einem Durchbrechen der Lichtmauer. Es fehlt ihnen noch an der notwendigen Energie. Von dem Muster des übertrieben starken Nutzens einzelner Ressourcen ähneln sie dem Homo sapiens, der Geschichte unserer Welt. Es gibt Hierarchien in diesen Welten und ihre Daten weisen auf eine Geschichte hin, in der kleinere Gruppen oder Verbunde sich gegenseitig bekämpft haben." Tara interpretiert das so: „Damit können sie sich ähnlich aus kleinen verteilten Gruppen entwickelt haben. Deren Reichweite im Reisen und Denken wuchs und sie haben irgendwann gelernt, sich nicht mehr gegenseitig auslöschen zu wollen. Das ist ähnlich zur Geschichte der Menschen. Frage ist, ob es dort neben einer Hierarchie aus mächtigen und weniger mächtigen auch Wesen gibt, die anders denken als die Artgenossen. Wie können wir das herausfinden?" Das Netz prüft die Optionen und meint: „Eine schwierige Thematik. Wenn unsere Sonden Hinweise finden, ohne die Gesellschaft oder Welt genau zu kennen, müssen wir vermuten, dass Einheiten aus der Welt heraus diese Abweichungen ebenfalls erkennen. In der Geschichte der Menschen stellten Abweichungen immer etwas dar, das als gefährlich interpretiert und bekämpft wurde. Entwickeln sich die fraglichen Welten ähnlich, werden diese Elemente ausgeschaltet oder in engem Rahmen eingesetzt, um die Macht der Oberen zu stärken." Tara erinnert sich an genug Ereignisse aus der eigenen Geschichte, die das bestätigen. Dennoch meint sie, dass solche Gesellschaften für einen ersten Versuch interessant sind, weil ihre Historie nachvollziehbarer sein dürfte. Dann müssten die Menschen nur die Details der Welten erfahren und lernen, sie zu werten. Das Netz stimmt der Logik zu und beeinflusst seine Suche nach Zielen entsprechend. Bei der prüft es gleichzeitig, welche Informationen über die Gesellschaften vorliegen und wie alt sie sind.

Es weist Tara auf diese Punkte hin, die antwortet: „Wir müssen zu den Welten, die geeignet scheinen, Sonden senden und damit unsere Daten aktualisieren. Wenn sich die Entwicklung der Welt geändert hat, sie schon die Lichtmauer durchstoßen haben oder ihre Gesellschaft nun anders besteht, lenkt das unser Vorgehen bei dem ersten Kontakt. Das führt zu der Frage zurück, wie wir in

Kontakt treten." Sie geht derweil langsam weiter und nach kurzer Zeit teilt sie ihre Überlegungen dem Modul am Arm mit: „Wenn wir den Schutz der technischen und biologischen Systeme mit einbeziehen, wäre ein direkter Besuch von Menschen und Androiden nicht sinnvoll. Dazu kommt, dass wir erst erforschen wollen, wie sich das Leben im Raum auf uns auswirkt. Und wie wir unsere Gesellschaft in Einheit und Balance erhalten, wenn sie sich über Stationen, Schiffe und Welten ausbreitet. Das führt mich zu den Liegen und ihrer Technik. Wir haben verschiedene biologische Formen unserer Welt miteinander verbunden. Und nach dem Lernen funktioniert der Austausch mit denen inzwischen. Wir haben ihre Sichtweise gelernt, sie unsere und auch die menschliche Geschichte. Einige von ihnen waren schon so weit, dass sie den Plan dahinter verstehen, während andere diesen Grad der Abstraktion noch nicht haben." Sie pausiert, fährt dann fort: „Wenn wir das mit anderen Welten so machen wollen, müssen wir nur einige Liegen dort hinfliegen. Das würde eine Kommunikation erlauben und wir können steuern, welche Daten wir übermitteln und welche wir in unser System einsteuern."

Das Netz stimmt diesen Punkten zu, merkt aber an: „Wenn in einem Moment in einer dieser Welten eine Einheit von uns auftaucht und landet, dann noch Wesen einlädt, in sie einzutreten: Verraten wir dann nicht schon sehr viel von uns? Treten wir dann nicht wie Götter auf?" Tara steigt auf den Gedanken ein, überlegt einen Moment, bevor sie entgegnet: „Ja, damit hast Du recht. Wenn die Welt aber schon zu den Sternen fliegt, in der Nähe ihres eigenen Planeten, ist der Schreck nicht so groß. Dann werden sie Technik haben und Daten speichern. Wir können also aus den Speichern auslesen, ob sie Kenntnis und Ahnung von Leben in anderen Welten haben. Bei den Menschen war die Frage lange gestellt und offengeblieben. Einige glaubten dran und hatten Angst davor. Andere glaubten dran und wollten sehen, was dort ist. Wieder andere hielten diese Idee für absurd und suchten nach wissenschaftlichen Belegen für ihre Meinung." Das Netz ergänzt: „Der weise Mensch konnte diese Frage lange nicht beantworten, wie Du sagst. Wir müssen eher mit denen sprechen, die unser Sein für möglich erachten und offen sind für eine neue Erkenntnis. Angst würde eher zu Angriff führen und vielleicht eine Allianz mit denen eingehen, die Leben außerhalb der eigenen Welt für abwegig erachten." Das findet Tara auch, meint ergänzend: „Dann bilden aber die, die wir suchen, wohl eher die Ausnahmen in der Gesellschaft. Die will diese dann aus sich heraus eliminieren oder zumindest stark kontrollieren. Führt das nicht automatisch zu einem Konflikt in unserem Ansatz?" Das Modul bestätigt ihre Ahnung, sodass beide zu der Ansicht gelangen: „Wir brauchen Daten aus der Zielwelt über diese Gruppen und ihre Position sowie Situation."

„Also", fasst das Modul zusammen, „suchen wir nach einer Welt, die vor dem Sprung über die Lichtgeschwindigkeit steht, da wir vermuten, dass sie weiter denken als nur bis zur eigenen

Wolkendecke. Wir suchen sie innerhalb der Welten, die eine ähnliche Biosphäre haben wie unsere Welt, weil wir eine vergleichbare Evolution erwarten. Die Welt benötigt eine Rasse oder eine Spezies, die sich weiter entwickelt hat als andere und damit zu den Sternen greift. Ihre Gesellschaft muss das Stadium eigener Unterteilung und Bekämpfung überwunden haben. Sie darf eine hierarchische Struktur aufweisen, weil wir die als Grundlage sehen, überhaupt einen Entwicklungsstand von Technik und Symbiose zu erreichen, wie wir ihn leben. Nur soll der Stand nicht erreicht sein, was einen Sprung über die Lichtgeschwindigkeit einschließt. In der Gesellschaft dieser Welt suchen wir nach einer Gruppe von Wesen, die weiter denken als ihre Artgenossen und damit vielleicht offen für Gedanken an eine Welt ohne Machtgefüge und Hierarchie. Mit der wollen wir in Kontakt treten, indem wir sie in eine unserer Einheiten einladen, die über Liegen verfügt." So weit hat das Netz alle Aspekte zusammengefasst. Nur findet Tara eine Ergänzung für wichtig: „Wir müssen doch keinen unserer Transporter senden. Wir müssen nur dafür sorgen, dass die Liegen diese Zielwesen erreichen und sie die benutzen. Wenn die Welt schon Raumfahrt in ihrem System betreibt, besteht vielleicht die Möglichkeit, eine ihrer Einheiten zu nehmen. Wenn wir dort Liegen und Energiesystem einfügen können, wäre eine Tarnung auf dem Planeten gut möglich." Das Netz stimmt zu, dass das geht, falls die fragliche Hülle groß und stabil genug ist: „Wenn wir die Hülle replizieren und dabei deutlich vergrößern, wird sie keine Tarnung sein." Das ist einleuchtend, aber Tara erinnert sich an verschiedene Fluggefährte der weisen Menschen. Die müssten groß genug sein, einige Liegen aufzunehmen.

Tara ist viel durch den simulierten Wald gegangen. Einige Male ist sie stehen geblieben oder hat sich gesetzt. Die Strecke hat sie nicht gemessen. Doch kommt sie der Frau ähnlich lang vor wie der Weg, den sie gedanklich hinter sich gebracht hat. Ihr Körper signalisiert, dass sie Nahrung braucht. Gleichzeitig fühlt es sich so an, als ob sie alles Wesentliche durchdacht haben. Das Netz bestätigt das Gefühl und kann fehlende Dinge anhand der getroffenen Aussagen ergänzen. Damit beendet Tara die Simulation. Sie schaut sich in dem Holo-Studio um: „So sieht es also aus, wenn nichts simuliert wird." Die Wände sind grau und glatt. Keine Erhebungen oder Schatten. Ein großer leerer Raum wie ein Hangar. Nur mitten in der Basis, ohne Verbindung zur Außenhaut. Sie empfindet die Leere und Kälte, für den Raum als angemessen aber für biologisches Leben als keine passende Umgebung.

Tara tritt in den Korridor hinaus, der sie zu dem Quartier zurückführt. Als sie das betritt, empfängt sie der Duft von Nahrung, die Kalia mit ihrer Mutter zubereitet hat. Beide unterhalten sich über die Gestaltung von Räumen und Gängen. Ein dauerhaftes Thema, seit zwei Künstler in der Station sind. Derweil grüßt Kalias Vater sie und beide beginnen, das Gespräch aus dem simulierten Wald zu reflektieren. Das Netz informiert mich gleichzeitig über die Inhalte. Und von den Zweifeln, die Taras Verhalten gelenkt haben. Die scheinen beantwortet worden zu sein.

Geeignete Welt?

Kalia ist glücklich. Die Zeit mit ihren Eltern. Der lebende Wald und die umgestalteten Gänge der Station machen alles zu einem Umfeld, in dem sie sich lebendig fühlt. Jetzt kann sie sich vorstellen, länger zu bleiben. Dazu kommt etwas, das ihr fremd ist. Und doch so gewohnt, dass sie es nicht aufgeben möchte. Es ist dieses Quartier, das sie mit Tara bewohnt. Oder ist es etwas anderes als die Räume? Das weiß sie nicht. Sie traut sich nicht, intensiv darüber nachzudenken, mehr genießt sie die Zeit, die sie so erlebt.

Tara hat sich verändert. Sie ist nicht weiter so zurückgezogen wie in der letzten Zeit. Sie kam aus dem simulierten Wald, in dem sie lange mit dem Datennetz gesprochen hat, und wirkte aufgelockert. Fröhlich und zuversichtlich. Das blieb so, nachdem sie sich mit Kalias Vater unterhalten hatte und alle gemeinsam am Tisch saßen, um zu essen. Tara war sehr hungrig und hat sich satt gegessen. Als ob ihr Körper nach längerer Zeit einen großen Bedarf hatte. Gleichzeitig fühlte sie sich wohl in diesem Kreis, in ihrem Quartier und doch angetrieben. Sie wollte unbedingt wissen, welche Welt das erste Ziel war, dachte sie. Bis sie einen Moment zur Ruhe kam. Da merkte sie eine andere Regung tief in sich.

Bekannt und doch neu. Aber vielleicht auch vor ihrer Zeit.

Wir haben uns alle in dem Gruppenraum zusammengefunden, in dem wir an Themen arbeiten, oder unsere Zeit mit Dingen gestalten, die nichts mit der Reise und Plan zu tun haben. Wir haben von Kalia gelernt, wie man malt. Mit Vila einige ihrer Experimente nachgebaut und ausprobiert und Geschichten aus der Ära des weisen Menschen gehört. Die habe ich erzählt. Viele Dinge haben wir als Gruppe gemacht, die das Verständnis für die anderen gestärkt hat. Das Netzwerk des technischen Lebens würde sagen, dass wir unser Netz verstärkt haben. Eine notwendige Sache für das, was vor uns liegt.

Das Netz hat uns vorher informiert, dass die Station in Kürze bereit sei für den Bezug durch andere biologische Wesen und Androiden. Die Gänge und Quartiere waren in den letzten Einheiten umgebaut worden und so gestaltet, wie es sich aus den Experimenten ergab. Dabei waren die Sensoren, mit denen die Basis immer noch die Emotionen misst, eine große Hilfe. Gleichzeitig hat das technische Leben diese Messtechnik weiter verfeinert und an anderen biologischen Formen unserer Welt erprobt. Es ist in der Lage, von einer Vielfalt verschiedener Wesen die Empfindungen zu messen und zu interpretieren. Die Bibliothek dieser Daten ist umfangreich und die Grundlage dafür, dass mit der Technik, die wir als Liegen bezeichnen, eine Kommunikation zwischen verschiedenen Arten möglich sein wird. Sämtliche

Versuche und Messungen haben das Wissen bestätigt, dass Gefühle, wie sie der Mensch bezeichnet, aus dem Datentausch von Zellen resultieren und dieser in fast allen biologischen Arten unserer Welt gleich ist, deren Körper nichts als Pflanzen anzusehen sind. Dazu fand das technische Netz eine Mischung aus Pflanze und Tier, wo ein Übergang dieser Messungen festzustellen war. In eine Art, die bei Pflanzen zu erkennen war. Grundlegender und elementarer. Im Kern gleich aber nicht so abstrakt und weniger verschiedene Informationen enthaltend. Die grundlegenden Daten fand das Netzwerk auch in Menschen und Delfinen oder Walen, also in allen Arten einfachen und hoch entwickelten Lebens unserer Welt. Diejenigen, die das Netz in diesem Gespräch als abstrakter beschreibt, liegen dann vor, wenn Tiere über entsprechende Bündelungen von Nervenzellen beziehungsweise Netze daraus verfügen. Je mehr dieser Zellen sich kombinieren und wie ein Gehirn oder Nervenkostüm funktionieren, je stärker ist der Grad dieser nicht elementaren Daten. Das können wir interpretieren als eine höhere Empfindungsfähigkeit dieser Arten. Einhergehend mit der Komplexität ihrer Fähigkeit, Informationen zu verarbeiten. Dagegen reagieren Pflanzen eher grundlegend, wiewohl es Ansätze in ihnen zu geben scheint, dass sie eine Form von Hirnen ausprägen könnten. Das, so vermuten wir, hat die Evolution nicht weiter verfolgt, weil Pflanzen zu stationär waren. Eine Änderung des Umfeldes konnten sie nicht schnell genug adaptieren, weswegen sie nicht geeignet schienen, sich mit höheren Gehirnen zu entwickeln. Tara meint: „Wichtig ist, dass wir uns der Möglichkeit öffnen, mit Pflanzen zu reden." Niemand lacht. Wir sind über den Punkt hinaus, uns solcher Kindlichkeit hinzugeben, und erkennen, was sie meint. Nämlich, dass wir in anderen Welten auf Formen von höher entwickeltem biologischem Leben stoßen, die unbekannt sind. Welis fragt: „Ist es denkbar, dass wir auf Dinosaurier stoßen, die unseren Grad von Assoziieren und Abstrahieren erreicht haben?" Das Netz antwortet: „Ausgehend von unseren Daten ist das nicht abwegig, wenn diese großen Körper genug Nahrung in einem Umfeld haben, das lange genug stabil war. Oder ihre Körper haben sich verkleinert, damit das Gleichgewicht aus Angebot und Bedarf an Energie angeglichen." Vila ergänzt als Frage: „Was ist mit der Fantasie, über die der Homo sapiens schrieb? Diese Dinge wie das Reden, ohne zu sprechen? Das Bewegen von Dingen, ohne sie zu berühren? Kann es so etwas geben?" Das Netz meint dazu: „Es wird unwahrscheinlich sein, dass Wesen mit der Fähigkeit, Dinge aus eigenem Antrieb zu bewegen, Technik entwickeln und wir sie somit auswählen. Das meint nicht, dass diese Entwicklung unmöglich ist. Was das Reden ohne Sprechen angeht, wäre es eine biologische Form dessen, womit wir technischen Einheiten uns verbinden. Kann ein biologisches Wesen genug Energie produzieren, wäre das möglich. Beim Delfin gibt es lange das, was der weise Mensch als Sonar bezeichnet, oder Radar." Wir versinken einen Moment in Schweigen. Allen wird deutlich, was ich dann ausspreche: „Wir wissen nicht, worauf wir alles stoßen. Wir müssen offen sein für vielfältiges, wenn wir diesen Pfad weitergehen." Dabei ist klar, dass wir jetzt nicht mehr aufhören. Nur werden wir mit Bedacht vorgehen, um unsere Welt in diese Zeit zu führen.

Nach einer kurzen, stillen Pause ergreift Tara das Wort: „Nachdem das technische Leben und ich die Parameter für die Suche nach einer ersten Welt bestimmt haben, hat das Netz eine solche gefunden. Wir wollen uns heute Details dazu anschauen und festlegen, wie wir weiter vorgehen." Alle sind angespannt, weil etwas beginnt, das wir nicht so gut kennen wie unsere Welt. Vor uns blendet die Station einen Planeten ein, die über dem Tisch schwebt. Er rotiert langsam um seine Achse, sodass jeder von uns sie sehen kann. Wir erkennen keine Details, eher farbliche Felder. Da ist ein bläuliches Grün in dieser Umwelt, oben und unten in etwas Grünlich-Graues übergehend. Andere Teile sind in verschiedenen braunen Tönen gehalten und von Grün durchzogen. Nach einem Moment ändern sich das Bild und die Farben. Es erscheinen Schleier darüber, die an die Wolken der eigenen Welt erinnern. Wenn wir von der Station auf sie blicken. Nur sind diese hier etwas abweichend gefärbt. Das Netz erklärt uns: „Wir sehen eine Welt, die unserem eigenen Planeten sehr ähnlich ist. Sie hat große Mengen an Wasser, das flüssig an der Oberfläche zu sehen ist. Darin verteilt sind Kontinente und Inseln in verschiedener Form und an den Polen erkennen wir Eisschilde. Die von unserer Welt abweichende

Färbung geht von dem Licht des Sternes aus, den diese Welt umkreist. Damit hier eine Fotosynthese funktioniert, benötigen die Pflanzen weniger grünen Farbstoff, sondern eine Substanz, die mehr in das geht, was wir blaue Färbung nennen. Von dem Prinzip her gleicht es dem Chlorophyll unserer Pflanzen und hat den ähnlichen Effekt. Es wandelt die Zusammensetzung der Atmosphäre. Ähnlich wie unser Planet verteilt sich diese pflanzliche Masse auf das Wasser und die Landmassen. In ihnen finden sich Bereiche, die sehr feucht sind oder überflutet. Und weitere, die von festem Boden mit Grundwasser bis hin zu sehr trockenen Regionen reichen. Das Spektrum ist ähnlich wie in unserer Welt." Um die Darstellung dieser Welt blendet das Netz verschiedene Daten ein. Wir lernen die Bestandteile der Atmosphäre kennen, sehen die Stärke des Magnetfeldes und die Verteilung von Landmasse zu Wasser. Die Tiefe der Meere wurde vermessen und die Größe der Eisschilde. Welis meint: „Von oben betrachtet ist diese Welt unserer sehr ähnlich." Das Netz antwortet: „Wenn Du den Begriff der Welt auf den Planeten abgrenzt, sieht das so aus. Und es ist auch so. Nur hat dieser Planet eine für uns etwas geringere Schwerkraft, weil seine Größe und Masse unter der unseres Planeten liegt." Tara steuert ein: „Wir müssen hier zwischen dem Planeten und der Welt beziehungsweise der Gesellschaft trennen. Das ist in unserer Welt oft gemeinsam gesehen, weil wir eine hohe Symbiotik leben. Dort ist es anders." Sie deutet auf den Globus vor uns. Der dreht sich immer noch um seine Achse.

Das Netz fährt mit seiner Darstellung und Erklärung fort: „Unsere ersten Daten über diese Welt waren viele Zyklen alt und dadurch fiel sie in das gewählte Raster möglicher Ziele. Wir haben in den letzten kurzen Zyklen die Daten aktualisiert, indem wir mehrere Sonden entsandt haben. Das Ziel als am besten geeignet bewertend beobachten wir den Planeten und seine Bewohner seitdem konstant. Aus allen Besuchen ergibt sich das Bild von Planet und Welt, das wir vorstellen wollen." Die Darstellung ändert sich. Die Welt wird kleiner zwischen uns und ist umgeben von diversen Objekten. Die werden kontinuierlich mehr und wir erkennen, dass es Satelliten und Reste davon sind. Sie haben verschiedene Formen und Größen, dienen wohl eigenen Zwecken. Das Netz erläutert: „Die Welt weist ein vergleichbares Spektrum an biologischem Leben auf. Es unterteilt sich in eine Vielzahl von Arten, die in unser bekanntes Schema aus niedrig entwickeltem Leben und höher entwickelten Gehirnen passt. Wir sind in der Lage, die Emotionen aller bisher gefundenen Wesen ähnlich zu vermessen, wie das in unserer Welt gelingt. Daraus können wir erkennen, dass mehrere Arten sich hoch entwickelt haben, aber zwei davon zunächst die Oberhand hatten. Von ihnen dominiert insgesamt eine die andere und in ihr gibt es eine Machtstruktur, die mit den Konstrukten des Homo sapiens vergleichbar ist." Wir sehen einige Darstellungen, die ähnlich einem Zeitstrahl in Bildern die wesentliche Entwicklung der vorherrschenden Art zeigen. Ihre Werkzeuge haben andere Formen und Farben, scheinen an die

Umgebung angepasst zu sein. Sie lenken Kraft um, die sie aus Wasser und Wind erzielen. Sie führen Kämpfe um Nahrung und Gut und einige Gruppen herrschen sukzessive über immer größere Gebiete. Wir erkennen, dass sie bald erste Formen lernen, Energie umzuwandeln und dann umzulenken. Die Physik dahinter ist vergleichbar der des weisen Menschen durch seine Geschichte. Welis meint: „Dann werden sie wohl auch ähnliche Folgen produzieren, nämlich ihre Welt in der Zusammensetzung von Materie ändern." Das Netz bestätigt das und wir schauen uns die Entwicklung weiter an.

Diese Gesellschaft hat einen Stand erreicht, in dem sie aus der Spaltung von Materiekernen und ihrer Fusion Energie erzeugen können. Dabei entstehen wenige, aber hochgiftige Abfälle. Die transportiert diese Gesellschaft mit einem hohen Aufwand an Energieträgern in den Weltraum und hat inzwischen in der Umlaufbahn ihrer Welt begonnen, Energieerzeuger zu bauen. Sie übertragen diese als gebündelte Strahlen in die Landschaft. In Gebiete, die wenig besiedelt sind. Dort stehen Empfänger und Vila vermutet den Grund: „Wenn die Ausrichtung dieser Strahlen mal weg zeigt von den Antennen, wird das einige Zerstörung bringen." Das Netz demonstriert den Effekt dieser Strahlung und meint: „Es fanden anscheinend verschiedene Stärken Anwendung. Bis ein Grad erreicht wurde, der optimal erscheint, den Aufwand rechtfertigt. Die Gebiete um diese Stationen weisen einen Boden auf, der stark verbrannt ist. Also kam oder kommt es öfters zu

Schwankungen." Von den Stationen, so erkennen wir, leiten die Bewohner die Energie über unterirdische Wege in ihre Siedlungen. Welis fragt: „Wandeln sie die Energie noch einmal um oder können sie die direkt einsetzen?" Das Netz erklärt: „Die Bahnen, die wir erkennen, deuten auf eine direkte Weiterleitung dessen hin, was bei dem Empfang ein energetisches Plasma erzeugt. Das wird in den Siedlungen und Industrieanlagen direkt weiter genutzt." Wir erfahren, dass diese Wesen noch nicht in der Lage sind, direkt Materie und Energie zu wandeln. Ihre Datenspeicher enthalten Theorien dafür, aber Experimente fanden noch nicht statt. „Das", erklärt das Netz, „liegt daran, dass viel Energie in die Produktion und den Betrieb von Waffen gelenkt wird und in die Gewinnung seltener Materialien. Die stammen aus dem Inneren des Planeten und scheinen eine hohe materielle wie spirituelle Bedeutung zu haben." Kalia formt eine knappere Formulierung: „Diamantene Götter." Das Netzwerk meint, dass die Metapher aufgrund der Materialien nicht ganz passt, aber der übertragene Inhalt. „Wir möchten erst den Stand der Technik abrunden, bevor wir in die Gesellschaften einsteigen," formuliert das Netz. Es erklärt, dass Flugkörper von der Oberfläche mit materie-getriebenem Antrieb starten und in den Umlaufbahnen auf einfache Triebwerke auf Energiebasis setzen. Dazu werden sie von den Stationen, die Energie zur Oberfläche senden, immer wieder aufgeladen. „Wir haben nur in der direkten Nähe des Planeten eine hohe Dichte an Flugkörpern gefunden. Weiter draußen in dem

System gibt es einige nicht aktive Objekte, die durch Gravitation getrieben sind, eher planlos. Ihre Datenspeicher und Energiezellen sind zusammengebrochen. Sie deuten auf Aktivität zur Erforschung des nahen Raumes hin. Insgesamt ist die Fähigkeit, hohe Geschwindigkeiten zu erreichen, bis zu 60% der einfachen Lichtgeschwindigkeit gekommen. In den Speichern gibt es Hinweise auf Ansätze zum Lichtsprung. Diese Daten stehen nur einem kleinen Teil der Wesen offen. Insgesamt finden wir viele Mechanismen, Wissen dem allgemeinen Zugriff zu entziehen. Insbesondere solches, das die Machtbasis ändern könnte." Wir können uns das in unserer Welt nicht vorstellen. Die jungen Menschen schauen fragend, während mir diese Dinge aus der Anfangszeit meines Seins bekannt vorkommen.

Ich erkläre ihnen: „Die weisen Menschen haben in ihrer Entstehung irgendwann erkannt, dass der Zugang zu Wissen einzelne Menschen in die Lage versetzt, die Mächtigen ihrer Zeit von deren Platz zu verdrängen. So war es lange nicht üblich, dass alle Menschen lesen und schreiben konnten. Als diese Fähigkeit sich ausbreitete und es Technik gab, Bücher aus Papier zu vervielfältigen, verbreitete sich auch das Wissen weiter. Damit war der Trend gegeben, der bald zu einer allgemeinen Verfügbarkeit von Daten führte. In der Phase nutzten die Mächtigen ihre Ressourcen, um die Masse der Menschen mit falschen und oberflächlichen Informationen abzulenken. Sie gaben ihnen Ziele, die den Erhalt der Macht förderten und das Erforschen neuer Dinge bremsten. Die Mächtigen kontrollierten, wer an was forschte und beendeten für sie kritische Entwicklungen mit verschiedenen Mitteln. Der Tod etwaiger Forscher war modern in der damaligen Zeit." Ich hänge einen Moment in den Erinnerungen und fast entgeht mir der schockierte Blick der Menschen um mich herum. Welis fragt: „Sie haben andere Menschen getötet, um ihre Macht zu erhalten? Und das nur, weil die Ideen hatten?" Ich antworte: „In etwa hast Du es kompakt beschrieben. Der Antrieb war die Angst, die eigene bequeme Vormachtstellung zu verlieren." Tara meint: „Ich bin froh, dass es das in unserer Gesellschaft nicht mehr gibt und das technische wie das biologische Leben die Vorteile unserer Symbiose erkennen. Sich bewusst dafür entscheiden." Sie hat damit auf ihr Gespräch mit dem Datennetz im simulierten Wald angespielt, woraus ich die wichtigen Inhalte kenne. Und gleichzeitig hat sie das wesentliche Kriterium angesprochen, auf das ich einsteige: „Viele Menschen aus der Zeit, von der ich erzähle, konnten sich nicht bewusst entscheiden. Sie hatten das verlernt. Die Symbiose sowie Balance unserer Welt funktionieren nur, wenn sich jedes individuelle Wesen bewusst dafür entscheidet. Denn dann muss es seine Wichtigkeit aus sich heraus reduzieren und andere Individuen als gleichwertig verstehen." Das ist die Entwicklung, die der von uns betrachteten fremden Welt wohl noch bevorsteht. Wenn sie lange genug existiert. Das Netz und ich geben den jungen Menschen etwas Zeit, die Dinge zu verarbeiten.

Danach erklärt das Netz weiter die technischen Ausprägungen, die auf eine Fähigkeit weisen, alle höher entwickelten Wesen mit adäquatem Verbrauch an Ressourcen zu versorgen. Diese Welt steht an der Schwelle zur Ausgewogenheit. Nur hat sie sich noch nicht dafür entschieden. Welis meint dazu: „Sie haben die gleiche Chance wie die weisen Menschen, den entscheidenden Punkt zu übersehen. Wenn unsere Gedanken zu Evolution und Leben richtig sind, können wir ihr Vergehen beobachten, wenn sie sich falsch entscheiden." Das Netz antwortet direkt: „Leider erkennen wir keine Anzeichen, dass dieses einer großen Zahl an Wesen in dieser Welt bewusst ist." Bevor das Netzwerk in die Struktur der Gesellschaft schwenkt, erklärt es: „Es gibt Spuren von Datensendungen in den Weltraum. Dabei handelt es sich um einige Botschaften, die von dieser Welt ausgesandt worden sind. Man kann es wie den Ruf in einen Wald sehen, der nicht beantwortet wird. Der Rest des Systems ist nicht bewohnt mit Wesen, die fähig wären, die Signale zu empfangen. Und die sind zu schwach, um über die Grenzen des Systems hinaus zu reichen. Daneben haben wir keine Hinweise entdeckt, dass andere Welten Flugkörper in dieses System gesandt haben." Vila sagt dazu: „Wenn andere Planeten technisch in der Lage sind, weite Reisen zu unternehmen, die Lichtmauer überwunden haben, werden sie vielleicht ähnliche Kriterien wählen, die wir ansetzen. Oder sie werden solche Welten schlicht überrennen und erobern. Das scheint hier nicht passiert zu sein, wie in unserer Welt."

Das Netz beginnt, die Gesellschaft zu beschreiben, wie sie sich in den Daten darstellt: „Die höher entwickelten Bewohner dieser Welt sind humanoid, verfügen über eine geringere Körperlänge als die Menschen und weniger kräftigen Körperbau. Wir sehen einen Grund dafür in der geringeren Schwerkraft dieses Planeten. Aus ihrer Geschichte resultiert aktuell eine Gesellschaft, die nicht mehr nach einzelnen Gebieten unterschiedet. Sie umfasst den gesamten Planeten mit gleichen Strukturen und der Verteilung von Aufgaben. Viele Einheiten sind tätig, um für wenige die als wertvoll erachteten Dinge zu erbringen. Wertvoll sind Metalle und Rohstoffe aus dem Inneren der Welt, die nach den Spuren und Daten über viele Zyklen ausgebeutet wurden und nahezu erschöpft sind. Der Aufwand für ihre Gewinnung umfasst auch das Opfern vieler Wesen, die durch Unfälle zu Schaden oder zu Tode kommen. Die Aktivitäten zum Erreichen des Raumes oder der Lichtgeschwindigkeit sind ähnlich verlustreich. Die Mächtigen sehen ihre Artgenossen als reproduzierbare Ressource und haben Methoden gefunden, diese schnell auszubilden. Wir kennen Daten über Technik, mit der statisches Wissen direkt in die Gehirne eingebracht wird. Muster, die diese Wesen dann anwenden können. Die werden von Wesen entwickelt, die unter der Kontrolle der Mächtigen forschen und entwickeln. Durch den hohen Einsatz an Leben kontrolliert der Machtapparat die Bevölkerung und ihre Größe. Steht zu wenig Nahrung zur Verfügung, werden mehr Wesen für den Bau von Raumfahrzeugen eingesetzt und dabei geopfert. Steht viel Nahrung zur Verfügung, wird sie dennoch rationiert und damit die Gewöhnung der Wesen an diese Art zu leben, erhalten. Wir sehen eine Kontinuität in der Verhaltensweise." Das Netz zeigt einige Eindrücke von Siedlungen, in denen die Wesen auf engem Raum existieren, der kaum individuelle Ausprägung vorweist. Kalia fragt: „Werden sie so konditioniert, dass sie wenig Hang zu eigenständigem Verhalten entwickeln? Die Siedlungen sehen so aus. Bis auf die Bereiche, wo anscheinend die Mächtigen leben." Diese Teile sind farbenfroh gestaltet und vom Platz her großzügiger. Die Bewohner scheinen ähnliche Vorlieben wie Menschen für Kunst, Sport und Freizeitgestaltung zu kennen. Zumindest vermuten wir das, als die Bereiche der vermeintlich stärkeren Stufen ihrer Gesellschaft zu sehen sind. Darin bewegen sich viele Wesen in eintöniger Kleidung, die wohl Personal der Häuser darstellen. Das Netz erklärt: „Daten über eine solche Konditionierung finden wir nicht in den Speichern. Nachkommen, die auf zum Menschen vergleichbarem Weg entstehen, finden wir nur in den zuletzt gesehenen Gebieten. An anderer Stelle können wir über die Zyklen nur einen konstanten Nachschub an Wesen feststellen, die mit konditionierten Mustern auftreten." Das deutet darauf hin, dass die natürliche Fortpflanzung den Mächtigen vorbehalten bleibt und sie die Restlichen so nachzüchten, dass die gleich mit Prägungen auf die Welt kommen. Perfide, aber effektiv, um eine Kontrolle zu erreichen. Und passend zu dem Status, den die Mächtigen ihren

Artgenossen beimessen. Produktionsfaktoren, jedoch kein wertes Leben.

Dann kommt das Netz zu einigen interessanten Punkten, zumindest für unseren Ansatz, Kontakt mit dieser Welt aufzunehmen. Einige kleine Teile des Planeten treten farblich hervor und wir hören: „In den markierten Bereichen stellen wir einen höheren Anteil an Wesen fest, die eine Vorliebe für individuelle Tendenzen und Dinge wie Kunst und Kultur hegen. Es scheint, dass die Mächtigen eine gewisse Menge an freier Entwicklung zulassen, um daraus Nachschub an Künstlern und Denkern zu erhalten. In den Speichern finden sich Daten, die unsere Vermutung belegen. In einigen dieser Gebiete haben wir bei einer genauen Abtastung Anzeichen für Netze gefunden, die nicht mit dem Hauptnetz dieser Welt verbunden sind. Es scheint, technisch eigenständige Netze zu geben." In der Karte ändern sich einige der vorher markierten Teile. „Wir fanden abweichende Energiemuster und eine genauere Beobachtung ergibt, dass in diesen Zonen eigene Energieerzeuger arbeiten. Sie nehmen das Licht des zentralen Sterns auf und wandeln daraus eine Energie auf niedrigem Niveau. Es wäre mehr möglich, aber vermutlich dient dieses Vorgehen dem Wunsch, nicht entdeckt zu werden. Die Energiemuster unterscheiden sich, was für uns eine Verfolgung einfach machte. Wir stießen auf separate Datenspeicher und Einheiten, die Daten zu verarbeiten. In den Speichern der Mächtigen bestehen keine Hinweise, dass sie davon Kenntnis haben. Ihre Technik ist nicht fein genug, um diese schwachen Muster zu finden. So, wie wir anfangs den Datentausch zwischen Zellen nicht messen und erst viel später inhaltlich differenzieren konnten." Dieser Vergleich macht es für uns deutlich, was gemeint ist.

Tara fragt: „Sind das dann geeignete Gebiete, an denen wir mit den Wesen in Kontakt treten?" Sie verweist auf das Gespräch im Holo-Studio und den Ansatz, in einer passenden Gesellschaft frei denkende Individuen zu wählen, um Kontakt aufzunehmen. Das Datennetz berichtet, dass es keine Spuren von solchem Wissen um Leben außerhalb der Welt gefunden hat. Nur in einigen Datenspeichern fand es Ideen dazu, Fragen. Und in den Speichern der Machthalter Hinweise auf die Kenntnis um Rohstoffe, die in dem System ausgebeutet werden sollen. „Damit", so meint Tara, „scheidet diese Welt nicht automatisch aus. Gibt es entsprechende Fantasien oder Vorstellungen? Wie die Menschen Science-Fiction kannten?" Das Netz hat diese Frage untersucht und berichtet: „Wir haben Daten über diese Welt, die belegen, dass die Konditionierung der nicht Mächtigen schon seit sehr langer Zeit besteht. Sie wurde immer weiter perfektioniert. In den markierten Zonen und denen der Machthalter haben wir keine Hinweise auf Bücher oder Daten zu entsprechenden Fiktionen gefunden. Ihr Handeln richtet sich vornehmlich auf den Gewinn der Ressourcen und auf körperlich motivierte Aktivität. Unter den Mächtigen gelten Training, Wettkampf und das Siegen als erstrebenswert. Weniger die geistige oder emotionale Bildung, die notwendig wäre, um entsprechende Geschichten zu nutzen." Damit bleibt nur, was Welis vorschlägt: „Was ist, wenn wir das genauer austesten. Ich könnte mir vorstellen, dass wir eine Sonde gezielt in eine der Zonen mit diesen separaten Datenmustern lenken. Eine modifizierte, die ein höheres technisches Niveau hat, als diese Welt. Einen Appetithappen. Der aber gleichzeitig unterstützt wird von anderen Sonden. Damit legen wir eine Spur und können gleichzeitig diese Datenspeicher ausforschen, die nicht in ihr gesamtes Netz eingebunden sind." Wir überlegen und halten das Risiko für begrenzt. Das Datennetz hat die Flugkörper in der Umlaufbahn ausführlich geprüft und kann eine entsprechende Sonde erzeugen. Sie lässt die Technik etwas abweichen, so schlägt sie vor. Und parallel lenkt sie durch einen Kanal mehrere der Kampfsonden in das System, das sie beobachtet. Die sollen als Relais fungieren und die Maßnahme absichern. Diese Sonden wurden mit etwas modifizierten Scannern ausgestattet, sodass sie den Planeten ebenfalls erforschen können.

Wir diskutieren die Risiken dieses Vorgehens für die Entdeckung unserer Welt durch die dortige und gleichzeitig den Einfluss, den wir damit nehmen. Wir wollen die Entwicklung dieser Gesellschaft sich selbst überlassen, nicht in sie eingreifen. Also muss der Brotkrumen so gestaltet sein, dass er nicht auf den Tiefraum hindeutet. Er soll wirken wie von einer anderen Welt und mit langsamer Geschwindigkeit unterwegs.

Das Netz übernimmt die detaillierte Planung dieses Vorgehens, während wir die Daten dieser Welt weiter studieren. Tara meint: „Wenn wir Kontakt zu den Machthabern aufnehmen, werden sie versuchen, unsere Technik einzusetzen, um ihre Macht zu vergrößern. Das dürfen wir nicht riskieren, weil wir sonst das Gefälle in der Gesellschaft noch stärker erhöhen und ihr die Chance nehmen, die Frage selbst zu beantworten, an der sie steht. Die, ob sie sich zu einem ausbalancierten Modell entwickeln will." Welis antwortet: „Ich teile Deine Vermutung. Aber in der Gesellschaft gibt es nicht nur Lemminge und wenige Führer. Es gibt das, was wir vielleicht als Freigeister oder Freidenker bezeichnen können. Bei den weisen Menschen waren es am Ende auch einzelne Wesen, die das Aufkommen der Maschinen zum Reinigen der Welt ermöglicht haben. Der Rest war eine Menge von konsumierenden und fehlgeleiteten Folgen." Vila stimmt ihm zu und ergänzt: „Wir brauchen erst mehr Information über diese Zonen und ihre Motivation. Wenn sie nicht so weit vorausdenken, wie das bei dem Homo sapiens der Fall war, können wir die Entwicklung nicht vorhersagen. Und wir würden in die Welt eingreifen, wenn wir sie mit dem notwendigen Wissen ausstatten." Tara springt ein: „Dann müssten wir nicht nur das Wissen geben, sondern auch die technische Basis, dass diese Abweichler Erfolg haben. Und dabei garantiert niemand, dass sie nicht einfach die Mächtigen vom Thron stoßen und selbst die Macht übernehmen. Dann hätte die Welt nichts gewonnen und wir auch nicht." Ich teile die Meinung, die Tara vertritt: „Wir werden in diese Welt nicht eingreifen, weil wir die Entwicklung gar nicht absehen können." Nur Vila schweigt in dieser Runde. Sie sieht traurig aus und konzentriert sich auf die Daten zu den Wesen, die konditioniert auftreten.

Nach einer längeren Diskussion der Daten, die uns vorliegen, teilt das Netz mit, dass es diese Welt für geeignet hält und sie weiter beobachtet. Daneben werden wir das Auslegen der Spur aus Brotkrumen vorbereiten. Den Absturz einer präparierten Sonde. Sie soll bis zu ihrer Entdeckung aktiv sein und dann ausfallen, wenn sie gefunden wird. Damit wollen wir aus nächster Nähe die Zonen erforschen, die das Netz markiert hat. Die Alternative, gezielt Einheiten dorthin zu lenken und in die Atmosphäre eintreten zu lassen, erscheint zu gewagt. Es könnte trotz aller Tarnung zu einer Kollision mit etwas kommen und die Sonde abstürzen. Sie wäre dann der Entdeckung ausgeliefert oder müsste vernichtet werden. Der Rahmen einer solchen Zerstörung wird vom Netz simuliert. Das Ergebnis ist eindeutig, weil ein großer Radius auf der Oberfläche zerstört wurde. „Wie eine Atombombe der Menschen", stöhnt Welis. Schmerz verzerrt sein Gesicht, lenkt seine Gedanken aber in andere Richtung, als er fragt: „Welche Waffensysteme verwenden diese Wesen? Mal unterstellt, dass sie nicht mehr mit der Armbrust arbeiten."

Das Netz zeigt seine Daten zu dieser Frage. Im Ergebnis kommen verschiedene Fahrzeuge und Fluggeräte zum Einsatz, die feste Körper abfeuern. Sie ähneln den Gewehren, Kanonen und Raketen der weisen Menschen, bevor diese Energie als Waffe einsetzten. Dazu kommen Sprengkörper, die abgeworfen werden und große Flächen zerstören können. Sie erzeugen eine starke Hitze, soweit das Datennetz erkennen konnte. Über etwas wie radioaktive Strahlung und chemische wie biologische Kampfstoffe fanden sich keine Daten, meint das Netz. Welis schätzt: „Solche Waffen brauchen sie nicht oder nicht mehr. Wenn die meisten höher entwickelten und technisierten Wesen konditioniert aufwachsen, werden sie keine Gefahr darstellen. Das ist ein von der Geschichte der Menschen abweichendes Vorgehen."

Wir werden diese Welt weiter beobachten und Daten sammeln. Auf Basis der vorliegenden wird das Netzwerk der Maschinen eine Vielzahl von Simulationen fahren und derweil versuchen, die Technik der Liegen abzustimmen. Da kommt mir eine Idee: „Was geschieht, wenn wir eines der konditionierten Gehirne mit den Liegen anzapfen?" Das Netz antwortet: „Soweit unsere Vergleiche ergeben, sorgt die Konditionierung für ein vorgegebenes Muster an Verbindungen in den Gehirnen dieser Wesen. Damit ist festgelegt, was sie können und was nicht. Vergleiche mit den Gehirnen der Mächtigen legen den Schluss nahe, dass konditionierte eher fest programmierten Maschinen entsprechen. Nur nutzt diese

Gesellschaft biologische Ressourcen, weil sie einfacher zu beschaffen sind."

Erste Siedler

„Faszinierend." Dieses Wort begleitet mich schon all die unzähligen Zyklen, in denen ich die Entwicklung der alten und der neuen Welt beobachte. Auf makabre Art mag man das Vergehen der weisen Menschen als faszinierend bezeichnen. Ihre Fähigkeit, sich in einer breiten Masse steuern zu lassen. Aber ist es in der heutigen Gesellschaft wirklich so viel anders? Genauso beeindruckend finde ich, wie sich in unserer neuen Welt ein Gleichgewicht des gesamten Lebens etabliert hat. Jede biologische Art kann sich entfalten und die früher in der Natur üblichen Verdrängungen mit anderer Flora und Fauna ausfechten. Mittendrin ist der Homo sapiens novus, der sich seit Generationen immer wieder neu positioniert. Das gemeinsame Existieren mit den weiteren biologischen Arten und dem technischen Leben funktioniert, weil unsere Welt keine Hierarchien kennt. Niemand will Macht über andere ausüben. Wenn ein Mensch einen erheblichen Schaden anrichten wollte, könnte er das tun. Faszinierend ist, dass es niemand probieren möchte. Er oder sie hätte davon nichts an Nutzen. Anders als in der alten, vergangenen Gesellschaft des Homo sapiens. Die nur ich aus dem Erleben kenne. In unserer Welt könnte man denken, dass die Menschen die Tiere und Pflanzen achten. Vielleicht tun es auch einige. Für die Mehrheit ist es schlicht nicht notwendig, sich über

Gebühr damit zu befassen. Das technische Leben versorgt sie mit allem, was sie benötigen. Oder meinen, zu brauchen. Wie gesagt könnte man fragen, ob der Unterschied zur Lenkung der Massen in der alten Welt so viel anders ist.

In der Station, die ich seit einiger Zeit bewohne, wären Experimente aus dem Antrieb eines Einzelnen heraus stärker in ihrer Auswirkung. Das technische Leben, wovon die Raumstation ein Teil ist, wird hier solche Dinge möglichst ausschließen. So haben wir lange überlegt, was die Menschen und Androiden tun können, wenn sie auf dieser Basis leben. Wir kamen zu dem Resultat, dass die meisten hier ebenso wenig eine notwendige Aufgabe ausführen müssen. Sie können ihr Leben verbringen und sind lediglich in ihrer Freiheit durch die Größe der Station begrenzt. Sie können mit Transportern durch das System um die zentrale Sonne ziehen und es sich anschauen. Ihnen steht hier genauso alles Wissen zur Verfügung. Oder sie genießen die Zeit und beschäftigen sich mit Kunst, Musik und anderen Dingen, die den Einzelnen interessieren. „Es ist", so überlege ich, „diese Symbiose aus technischem Leben und den sehr abstrakten Werten unserer Welt, die sie schön und schwierig zugleich erscheinen lässt." Schön ist, dass alle in Harmonie und gegenseitiger Wertschätzung miteinander verkehren. Damit sage ich nicht, dass Streit und Missgunst nicht vorkommen. Das sind Gefühle, die für Menschen und Tiere normal sind. Für emotional getriebenes biologisches Leben. Nur schafft die Technik mit ihren Optionen einen

Rahmen, in dem aus den Emotionen des biologischen Lebens keine bessere Position entstehen muss. Oder eine schwächere erwachsen kann. Dafür erhält das technische Leben Zugang zu den Chancen seiner Weiterentwicklung. Bisher ist es ihm nicht gelungen, die Kreativität des biologischen Lebens selbst als Eigenschaft zu entwickeln.

Damit bietet unsere Welt jedem Menschen ein hohes Maß an Freiheiten und Möglichkeiten. Der Preis, wenn ich in der Terminologie der alten Welt denke, ist für jedes Wesen, dass es entscheiden muss, was es mit seiner Zeit anfängt. Bei einfach Leben ohne weitgehende Fähigkeit der Abstraktion, regeln das die Instinkte und Reflexe gepaart mit dem Lernen von der Elterngeneration. Bei höher entwickeltem sind die Grund-mechanismen gleich. Hinzu kommt die Option, sich kreativ eigene Ansätze auszudenken und zu verfolgen. Die daraus resultierenden Effekte dämpft diese Symbiose der Lebensformen unserer Welt. Und doch muss sich jeder neue weise Mensch immer wieder entscheiden, was er oder sie mit ihrer Zeit anfangen möchte. Denn ein langes Leben in Nichtstun und Langeweile können auch die medizinischen Errungenschaften der Welt nicht füllen. Sie erhalten es funktional. Aber wir wissen, dass eines ohne Sinn so oder so enden wird.

Dieser Antrieb und eine Neugierde, die unsere Welt bei ausgewachsenen Menschen erhält, hat vor einiger Zeit die ersten Siedler in die Station gebracht. Nachdem die Gänge und Quartiere weit genug fertiggestellt worden waren, kamen sie, zögerlich mit ersten Transportern. Überwältigt von ihrem Blick auf die Sterne, dem bewussten Gedanken, dass sie ihre Umwelt verlassen haben. Der Klarheit, in der sie die Symbiose ihres Seins mit dem technischen Leben erkennen, weil der Raumer ein eigenständiges Wesen ist. Eine erste Sicht auf ihre neue Umgebung. Diese Station, die mit der flachen Wölbung von der Welt weg zeigt. Zu den Sternen und der Sonne. Letztere ist der Grund für diese Ausrichtung. Sie beleuchtet und belebt den künstlichen Wald, der sich in dem Zentrum dieser Kuppel befindet. Durch den die kleine Gruppe um mich herum häufig gelaufen ist und der nun diesen ersten Siedlern offen steht. Sie flogen wie wir durch eines der Energiefelder, das die Hangars vom Weltraum trennt. Sahen seinen Lichtkamm über die Oberfläche der Einheit wandern, bevor diese aufsetzte. Stiegen aus und bestaunten die großen Hallen. Nahmen die Dinge, die sie mitgebracht hatten und begaben sich auf den Weg zu ihren Quartieren. Einzeln, als Paare oder Familien. Jedem wiesen die Wegweiser den richtigen Pfad durch das Labyrinth von Gängen in der Basis. Sie ist so unterteilt, dass außen die Wohnbereiche liegen und in den inneren Teilen Labore, Büros und Gemeinschaftsräume. Oder die zentralen Plätze, von denen es mehrere in der Station gibt. Jeweils als Zentrum eines Siedlungsbereichs gedacht, einem Dorfplatz vergleichbar. Mit Werkstätten, Läden und Cafés. Allem, was die Einwohner aus ihrer Welt kennen und schätzen. Dort soll der soziale Austausch passieren. Wie in den Städten unserer Gesellschaft, deren Gegenstück die einzelnen Quartier-bereiche sind. Das aber hindert keinen der Siedler, andere Siedlungen hier zu besuchen. Dazu kann er sich selbst auf den Weg machen oder wird durch einen der Transportmechanismen dorthin befördert. In der Basis nutzen wir die Technik, mit der auch der Waldboden in die Station gebracht wurde. Das System hat sich als verlässlich erwiesen und die Siedler legen ihre Scheu davor ab. Diese Transporter lösen ihre Körper auf und senden sie als Energie zum Ziel. Dort materialisieren sie wieder und merken keinen Unterschied zu vorher. Die Raumbasis hat so die Möglichkeit, schnell auf Krankheiten und sonstige biologische Wesen oder Materie zu reagieren, die neu in der Station aufkommen. Aus der eigenen Welt wird das nicht viel sein. Aber aus anderen Welten, zu denen wir uns bald aufmachen werden.

Ich war in den Hangars und habe die ersten Bewohner begrüßt und später beobachtet. Ich wollte mit eigenen Augen sehen, welche Wirkung die Station auf sie hat. Die Vorstellung, in einem Wal zu leben. Wie ich erwartet habe, hat sich die Gruppe aus den vier jungen Menschen und mir mehr Gedanken gemacht als die Siedler. Von denen haben am ehesten die Kinder mit Staunen reagiert und mit vielen Fragen. Die konnten ihre Eltern nicht beantworten, aber die Androiden, die die Ankömmlinge begrüßten. Die Kleinen haben sich schnell um diese gesammelt und wollten die Antworten hören. Ihre Neugierde stillen. Lernen und verstehen. Das, was bei erwachsenen Ankömmlingen kaum zu beobachten war. Aus Interesse fragte ich das Netz des technischen Lebens, ob viele Verbundene unter den Siedlern waren. Die hätten die Angaben der Raumbasis direkt abfragen können. Und gleichzeitig fragte ich nach, ob die Daten insgesamt häufig abgerufen worden waren. „Es sind nur wenige Verbundene unter den bisher Angekommenen. Die Abrufe von Details zur Station sind sehr gering. Sie liegt deutlich unter der Zahl der Verbundenen", antwortet mir das System. Besser das Netz des technischen Lebens als gesamt denkendes Wesen.

Bin ich verwundert? Oder überrascht? Nein, keineswegs. Vielmehr führt es mich zurück zu dem Gedanken, ob diese Menschen so viel anders zu steuern sind, als es die weisen waren. Meine Antwort ist, dass es nicht so sein dürfte. Der Unterschied unserer Gesellschaft liegt in der Ausgewogenheit und dem Verzicht darauf, die Ressourcen so stark zu konsumieren, dass die Welt kollabiert. Der weise Mensch sah dies anders, aus Gründen, die für seine Entwicklung notwendig waren. Aber abgesehen von dieser Differenz interessieren sich die meisten Erwachsenen nicht für ihr neues Umfeld. Im Vorfeld ihrer Ankunft. Sie treffen ein, gehen zu ihren Quartieren und vertrauen darauf, dass das technische Leben sie hier genauso mit allem versorgen wird, wie das in unserer Welt der Fall ist. Die Kinder verstehen die Zusammenhänge nicht in der Weite. Ihnen fehlt das Wissen. Angetrieben von einem unstillbaren

Durst danach fragen sie die Androiden, ihre Eltern und jeden, dem sie begegnen.

In dieser Basis geht es anders zu, als vergleichbare Konstrukte des Homo sapiens funktioniert hätten. Für den war Technik ein Werkzeug, die individuellen Möglichkeiten zu erweitern. Für uns ist es eine Form von Leben, deren Potenzial wir nicht nur nutzen, sondern eine Symbiose besteht. Diese Raumbasis ist eine eigenständige Einheit. Ein eigenes lebendes Wesen, eingebettet in das Netz des technischen Lebens. Sie beinhaltet viele kleinere Einheiten. Androiden, Roboter und sonstige Systeme, die notwendig sind, um der Station im Bestehen zu helfen. Und sie beherbergt Menschen, die ihre Ressourcen nutzen und dafür eigene beisteuern. Das sind die Messdaten der Emotionen, die Kreativität und das Sein selbst. Vor vielen Zyklen diskutierte ich mit dem technischen Leben über sein Bestehen ohne diese Symbiose. Es würde die Umwelt in dem Zustand erhalten, der ihm angemessen erschiene. Gemessen an seinem Grundprogramm. Aber es wäre bald ein eintöniges Sein, weil die Welt sich nicht mehr sehr dynamisch ändern würde. Das Netz sieht die Menschen als Faktor, der für eine stetige Veränderung sorgt. Es muss damit immer neu lernen und sich anpassen in seinem Sein. So entwickelt es sich weiter wie die Menschen. Besser gesagt wohl nur einige davon. Die ihre Neugierde am Leben gehalten haben und sich hier aktiv einleben. Während viele andere so weitermachen, wie in unserer Welt. Wenn sie dort einen Sport ausgeübt haben und sonst die Zeit verstreichen ließen, machen sie das hier auch. Sie liefern der Station Daten über ihre Emotionen, womit wir die Liegen und ihre Funktion verfeinern. Mit denen wir Kontakt zu der ersten Zielwelt aufnehmen werden.

Andere studieren ihre Umgebung, den Aufbau der Station und beginnen Gespräche mit Androiden oder Einheiten darüber. Sie fragen, weshalb die Basis so gebaut wurde und nicht in abweichender Art. Warum die obere Kuppel erstellt wurde und nicht einfach ein Würfel. Wieso die Energieerzeugung zur Erde ausgerichtet ist. Weil die Daten kein Geheimnis sind, erhalten sie Auskunft. Die Androiden erklären den Nutzen der Rundung zum offenen Raum als riesige Sensorphalanx, mit der wir den Weltraum abtasten. Sie erläutern das Energiesystem und seine Ausrichtung. Nennen den Zweck der Hangars und ständigen Transporte zwischen Welt und Station. Und beantworten alle anderen Fragen. Nur die Informationen, die von den defensiven und offensiven Systemen handeln, sind grob vorhanden. Wir haben das in unserer Gruppe und mit dem Netz der technischen Einheiten lange abgewogen. Normal wird eine Information allenfalls zeitlich verzögert allen zugänglich. Bei diesen Daten entschieden wir, sie nur einer begrenzten Menge von Menschen zu zeigen.

Entstand so eine Hierarchie, die wir in der eigenen Welt nicht wollen? Haben wir damit die Gesellschaft geändert? Wir können hier mit einem „Ja" oder einem „Nein" antworten und doch wird die Wahrheit eine andere sein. Eine Abstufung bedingt, dass die eine Partei die nächste beherrschen möchte. Weil das in unserer Welt keine Rolle spielt, hat es keine Hierarchie.

Aber warum wollen wir dann das Wissen begrenzt halten? Das ist immer noch die Frage, die im Raum steht. Interessierte können sich die Daten abrufen und erfahren, dass es Sonden gibt, Energiefelder und das Potenzial, die ganze Welt zu schützen. Sie können sehen, wie das schematisch funktioniert. Aber nur teilweise. Denn dieses Wissen könnte bei allgemeiner Verfügbarkeit zu einfach anderen Intelligenzen in die Hände fallen. Und damit wäre unsere Welt einer höheren Gefährdung ausgesetzt.

Während ich die Siedler an einem zentralen Platz beobachte, überlege ich weiter. Warum wäre es eine Gefahr für die Gesellschaft? Und wie sähe sie aus? Diese Fragen haben uns lange beschäftigt und die Antwort war doch einfach. Sie liegt in der Eigenschaft der Gesellschaft, die mit uns in Kontakt tritt. Wäre sie so ausgewogen wie unsere, gäbe es aus ihr heraus nur wenig, eher kein Interesse, eine andere Bevölkerung zu unterwerfen. Im betrachteten Rahmen unsrer Welt. Wir haben aber nirgends einen Planeten gefunden, er diese Stufe der Entwicklung erreicht hat. Die meisten kämpfen in ihrer Bevölkerung, die zerteilt ist in Parteien. Alternativ streiten sie mit anderen Planeten um die herrschende Stellung in ihrem Teil der Galaxie. Wir aber haben kein Interesse, in unserem Abschnitt der Galaxis zu herrschen. Es gibt einige Systeme um Sterne, die bewohnt sind. Auf einer Stufe, in der Leben gerade entsteht oder erste Gesellschaften entstehen. Weit entfernt von dem Durchbrechen der Atmosphäre. Von der Lichtmauer nichts wissend. Wir lassen sie in ihrer Umwelt und sie können sich entwickeln, beobachtet von den Sonden. Aber dort ist nichts zu beherrschen. Unsere Gesellschaft muss keine Rohstoffe suchen, weil wir alle Materie direkt aus Energie erzeugen, die wir brauchen. Selbst die Elemente, die fremde Gesellschaften abbauen und daraus ihre Kraft produzieren, können wir replizieren. So entsteht kein Grund, dass wir andere Welten unterwerfen müssen. Für die wäre unser technischer Vorsprung vielleicht von großem Interesse. Sie könnten sich dann besserstellen gegenüber ihren Feinden. Wir sehen aber eine Parallele zwischen dem Fortschritt in der Technik und dem im Geist. Anders formuliert wäre das übertriebene Nutzen unserer Fähigkeiten ungeschickt. Führte es zu einem Ungleichgewicht auf den grundlegenden Stufen, die den Weltraum und damit die Basis allen Lebens darin definieren. Diese Zusammenhänge können Interessierte abrufen und daraus erfahren, warum bestimmtes Wissen nicht allgemein zugänglich ist.

Das Netz registriert, wer sich über die offensiven und defensiven Systeme informiert. Wer sich für die Erzeugung von Energie und von Materie daraus interessiert. Diese Menschen sind unsere Kandidaten für die Besatzungen, die wir brauchen. Sie sollen sich in den Stationen wie dieser wohlfühlen. Dort Entspannung finden und ihre

Familien sicher wissen. Von dort sollen sie später in kleineren Versionen dieser Basen auf die Reise zu anderen Welten gehen. Und sich dabei schützen können. Und wenn es sein muss auch angreifen. Dafür suchen wir Personen, die sich ihren Antrieb, zu lernen, erhalten haben. Als Erwachsene können sie ihn in Bereiche ausdehnen, von denen wir bisher nicht viel wissen.

All diese Gedanken durchdenke ich in letzter Zeit immer aufs Neue. Von unzähligen Blickpunkten aus. Angetrieben von dieser Unruhe, mit der alles begann. Der Weg aus unserer Welt heraus. Auf dem wir den ersten Haltepunkt errichtet haben. Die Station, die fast vollständig besiedelt ist. Wenn ich durch die Gänge schlendere, sind sie nicht mehr mit dem zu vergleichen, was der ursprüngliche Eindruck war. In ihnen ist ständig jemand unterwegs und die Wegweiser zeigen immer irgendeine Information für irgendjemanden an. Wo vorher Gänge nicht beheizt und ohne Atmosphäre waren, fühle ich Leben. Eine Mischung aus technischem und biologischem. An verschiedenen Stellen finden sich wieder Werkstätten von Künstlern oder Cafés, die von Siedlern besucht werden. Interessant ist, dass die wenigsten Bewohner in ihren Quartieren speisen. Sie gehen mit ihren Familien, ihren Partnern oder allein eher in die zentralen Bereiche und essen da. So treffen sie andere Siedler und Freunde. Alternativ setzen sie sich zu Menschen an den Tisch, die sie nicht kennen. Es wirkt auf mich, als ob hier ein neuer Zusammenhalt entsteht. Etwas Engeres als in unserer Welt. Dort haben sich viele Familien in ihren Häusern und Räumen zum Essen getroffen und sind nur selten ausgegangen. Eher waren es Singles und Paare, die wir auf den zentralen Plätzen fanden. Hier laufen die Kinder mit allen anderen durcheinander und spielen in den Gängen der Station. Einige Bereiche haben wir zu Lernzentren ausgebaut, wo sie ungestört von Passanten spielen und sich ausruhen können. Sich alternativ ihren Studien widmen, sobald sie älter sind. Experimente finden in den Holo-Studios statt oder in Hangars, wenn die geeignet sind. Anders als in der Welt sollen hier alle Kinder lernen, wie die Station funktioniert. Und dass der Weltraum keine ungefährliche Umgebung ist. Das ist wichtig, weil der Mensch normal nicht in diesem Umfeld bestehen kann, während er in unserer Welt einen natürlichen Zugang findet.

Viele Siedler gehen regelmäßig durch das Arboretum, das einen großen Teil der Station einnimmt. Kinder spielen dort und die Erwachsenen genießen die Natur. Insgesamt messen wir eine hohe Verbundenheit zum natürlichen Umfeld und Unterschiede in dem Funktionieren von Körpern, falls Menschen nicht häufig mit Natürlichem in Kontakt sind. In unserer Welt kann man der Natur fast gar nicht ausweichen. Hier sind wir fast immer von ihr getrennt. Wir messen die Differenzen, wenn Menschen einige Tage nicht die zentralen Plätze aufsuchen und sie danach besuchen. Weil alle Bewohner der Station einen eigenen Sensor tragen, der ihre Emotionen misst. Treffen sie sich nach längerer Zeit, stellen wir einen erhöhten Austausch von Daten fest. Als ob ihr Körper nach Daten dürstet und das Bewusstsein dazu anhält, sich weiteren Menschen zu nähern und direkten Kontakt zu suchen. Nicht, dass man andere überall und ohne Anstand berührt. Es haben sich sehr feine Regeln ausgebildet, über die der direkte Datentausch vom einen zum nächsten Subnetz funktioniert. Wesen unserer Art steht dabei leider kein Funksystem zur Verfügung, wie dem technischen Leben. Noch intensiver wird es, wenn Menschen aus einer selbst gewählten oder notwendigen Isolation heraus direkt den Wald aufsuchen. Sie ziehen fast immer ihre Schuhe aus und stehen oder laufen auf dem Waldboden. Langsames Gehen, damit der Kontakt zum Boden lange besteht. Dann messen wir, wie sich ihre Energiemuster glätten, beruhigen. Als ob eine Unruhe von ihrem Körper abfällt, die sie selbst nicht wahrnehmen, bewusst.

Das Netz und unsere Gruppe haben diese Wirkungen immer wieder studiert. Wir sind sicher, dass die Vermutungen über den Austausch von Daten zwischen Zellen bestätigt sind. Wir betrachten jeden Korpus eines biologischen Wesens als eigenes Netzwerk. Wie im Fall des menschlichen kommuniziert dieses Netz mit vielen Symbionten, also Bewohnern, die von dem Körper profitieren. Wie er von seinen Einwohnern. Genauso messen Sensoren im Wald Änderungen in seinen Mustern, wenn viele Menschen ihn besuchen. Oder wenn Menschen nach einigen Tagen Isolation mit ihm in Kontakt kommen. Als ob sich das biologische Leben dann austauscht, um sich selbst zu stabilisieren. Wir sind uns sicher, dass der Umgang innerhalb der Station notwendig ist, getrieben von den Zellen. Deswegen essen die Menschen in den zentralen Bereichen. Sie benötigen einen erhöhten Verkehr zu anderer Biologie, weil hier der Transfer über die Atmosphäre und allgegenwärtige Biomasse nicht gegeben ist, wie in unserer Welt. Daher suchen viele das Arboretum auf, da darin stärkerer Austausch möglich ist. Was uns besorgt ist, dass es seit der hohen Zahl von Besuchen im Wald zu einer Art Stau kommt. Wir sehen, dass dort mehr ähnliche Daten eingehen, als er selbst aussenden kann. Wie ein Staubecken, das sich mit Wasser füllt, aber nur wenig selbst ableiten kann.

„Wann wird es überlaufen?" Diese Frage stellten Tara und Vila vor einiger Zeit, als wir des Phänomens gewahr wurden. Wir wissen es nicht. Aber das technische Leben hat verschiedene Dinge getestet. Daraus kennen wir keine Methode, die solche Daten ähnlich wie zwischen technischen Einheiten kommunizieren kann. Wir müssen sie durch Materie selbst übermitteln. Eine Idee, die wir testen, ist dieser Austausch. Das Netz hat gezielt einzelne Bereiche des Waldbodens aus ihm heraus zur Erde gesendet. Von einer anderen Stelle mit vergleichbarer Struktur des biologischen Systems wurde fremder Boden in Löcher transportiert. Was wir fanden, war, dass die nicht bekannten Informationen sich im Wald ausbreiteten und die dort vorhandenen sich zerstreuten. Aus diesen Versuchen kennen wir die Menge an Masse, die wir tauschen müssen. Spannend war, dass die Stellen, wo der neue Boden eingebracht war, die Besucher des Arboretums anzuziehen schienen. Fremde Daten für die Wesen in der Basis und ein Ausgleich des Datenstandes für den ganzen Wald? Danach sieht es aus. Deshalb gibt es nun in unserer Welt einige Bereiche, in die wir den Waldboden von hier senden und von dort neuen entnehmen. Die Gebiete sind weit von Städten entfernt, sodass die Informationen der Basis genug Zeit haben, sich in der Umwelt zu verteilen. In der Stimmung an Bord konnten wir minimale Nuancen erkennen, die sich verschoben. Insgesamt wirken einige Menschen ausgeglichener. Das sind die, die regelmäßig die neuen Bodenpartien besuchen. Darüber informiert sie das Netz der Raumbasis und misst, was genau passiert.

In Summe hat sich hier eine Ordnung ausgebildet, die sich von der Welt unterscheidet. Sie ist stabil und nur wenige der Bewohner verlassen die Station für immer. Es erscheinen Menschen zu Besuch und gehen wieder in die Welt. Nur einige entscheiden sich, hier leben zu wollen. Deshalb kommen wir mit dem Angebot an Quartieren gut zurecht.

Und konnten einige Teile der Raumbasis für Training und Übung nutzen. Dort üben Menschen mit den Androiden, die später Besatzungen für die Raumschiffe werden. Sie kämpfen gegen simulierte Ziele, gegeneinander und miteinander sowie mit anderen Gruppen. Sie üben ihre Reflexe und das Zusammenspiel. Gleichzeitig hat die Station eine Art von Kommandozentrale für die Schiffe konzipiert. Darin sind Androiden und Menschen zusammen und werten die Daten aus, die von den Sensoren erkannt werden. Unsere Sonden haben genug Gefechte zwischen Welten aufgezeichnet, womit diese Teams üben. Ursprünglich hielten wir das nicht für notwendig. Doch die Ergebnisse sprechen eine andere Tendenz an. Die simulierten Raumschiffe sorgen für ein allgemeines Funktionieren aller Systeme. Androiden und Menschen sind flexibel in der Lage, Schäden an dem Wesen eines Schiffes zu beheben. Teilweise schneller und effizienter, als die Einheit selbst es könnte. Und die Verbünde aus beiden Arten sind eine klare Steigerung der Kapazität, die für die Beurteilung der Situation bereitsteht. Androiden werten Muster gemäß ihren individuellen Präferenzen aus und gleichen sich miteinander und mit dem Schiff ab. Menschen sehen die Dinge auf eine emotionale und logische Weise, die sich von der des technischen Lebens unterscheidet. Sie können sich mit den Androiden und dem Schiff direkt verständigen und untereinander abgleichen. Entgegen den Kommandostrukturen der weisen Menschen bildet sich so ein Gefüge von einzelnen Netzen, die gleichberechtigt interagieren. So sind verschiedene simulierte Gefechte anders verlaufen, als die Einheit des Schiffes sie gehandhabt hätte.

Alle diese Erfahrungen und Beobachtungen machen uns klar, woran vermutlich die Anstrengungen scheiterten, die unsere Welt schon einmal unternahm, um zu den Sternen zu fliegen. Es war zu früh dafür. Wir waren noch nicht die Symbiose, die heute unsere Welt ausmacht. Inzwischen testen einzelnen Besatzungen in verschiedenen Simulationen ihre Reaktionen und wir erhalten eine immer bessere Basis an Mustern, mit denen wir vorgehen können. Die vermitteln wir den weiteren Crews in den Lernzentren. Nur ein Team fällt etwas aus dem Rahmen. Es ist nach wie vor diese Gruppe von vier jungen Menschen und mir, die individuell agiert. Wir messen zwischen uns einen separaten Energiefluss und merken, dass wir die Aspekte abweichend betrachten. Selbst anders als die trainierenden Gruppen. Wir schauen hinter die Dinge, auf die diese Besatzungen reagieren. Und bereiten uns auf den ersten Kontakt mit einer fremden Gesellschaft vor. Ob wir damit das Handeln unserer Welt anführen, kann ich nicht erkennen.

Kolonien?

Die Menschen in der Station orientieren sich in andere Richtung als die Bewohner unserer Welt. Wie die Kuppel zu den Sternen zeigt, richtet sich ihr Blick dorthin. Sie sehen die Weiten des Raumes, bevor sie einschlafen und gleich nach dem Aufwachen. In der Basis hat sich die Zahl der Individuen, die hauptsächlich ihre Freizeit genießen, verändert. Nach und nach sind die, die nur ihre Zeit entspannt verbringen wollen, zurückgekehrt in die Welt. Es stand ihnen frei und sie haben gewählt. Ihre Quartiere haben Familien bezogen, die fasziniert sind von den Sternen. Von der Möglichkeit, dass unsere Welt ihre Kinder aussendet. Wie Pflanzen ihre Pollen den Bienen mitgeben, die andere erreichen. Wie Vögel den Samen des Baumes in weit entfernte Teile der Welt bringen, damit dort seine Abkömmlinge wachsen. In verschiedenen Gesprächen kamen ähnlich poetisch anmutende Formulierungen. Als ob diese Menschen das Ganze als Märchen empfinden. Es als einfache Maßnahme sehen. Wir haben ihnen die Daten der ersten Raumfahrt-Experimente zugänglich gemacht und sie studierten sie. Seitdem ist die Stimmung etwas gedämpfter. Noch voller Tatendrang, aber nicht enthusiastisch. Viele Menschen wollen zu den Sternen reisen und sich dort umschauen sowie niederlassen. Aber sie sehen es nicht mehr als Spaziergang in einem bekannten Wald. Eher wie eine Expedition, wie sie in der alten Welt die Entdecker gemacht haben. Nur hatten die keine Sonden, mit denen die Zielwelten vorher untersucht wurden. Während neue Stationen nach dem Muster und dem Wissen der Vorlage entstehen, planen das technische und das biologische Leben die ersten Kolonien.

Einige Menschen sind enttäuscht, als wir diese erst in unserem System vorsehen. Das wäre doch kein Vorteil. Der Mars und andere Welten sind nicht bewohnbar ohne technischen Kontext. Und dort gibt es nichts, was wir abbauen müssen. Keine fremden Spezies, mit denen wir in Kontakt treten. Sie verstehen nicht, warum wir in kleinen Schritten vorgehen. In einer Runde erkläre ich ihnen die Gedanken dahinter: „Unser gesamtes Sonnensystem ist uns inzwischen sehr gut bekannt. Wie eine Stadt, deren Stadtplan wir nicht mehr brauchen. Wir finden darin unterschiedliche Welten, in denen wir einzelne Situationen testen können. Mit dem Vorteil, dass wir nicht erst sehr weit reisen müssen. Wir können direkt starten und dort Kolonien errichten. Schauen, wie die Menschen dort zurechtkommen." Ich erzähle diesen Menschen von dem notwendigen Kontakt zum biologischen Netzwerk unserer Welt, den vielen Messungen, die wir gemacht haben: „Wir sind uns sicher, dass das Fehlen dieses Austauschs für die Probleme zuständig war, die der Homo sapiens bei seinen Versuchen hatte. Und das deswegen auch unsere ersten Experimente scheiterten. Anhand der Daten aus der ersten Station sind wir sicher, dass es diesen Austausch braucht. Wenn eine Station in diesem System ist, können wir die bisherigen Daten prüfen und einen Austausch erreichen. Denn bisher können wir biologische Inseln noch nicht so koppeln, dass eine Übertragung von Daten wie zwischen Maschinen funktioniert." Ich schließe meine Erläuterung damit, dass wir erst sicher sein wollen, dass dieser Bedarf besteht. Sonst würden wir viel Energie verbrauchen, ohne ein Ergebnis. Nach diesen Erklärungen und einigen Versuchen, die Siedler selbst unternehmen, regt sich die Aufregung. Verschiedene haben sich für einige Zeit von allen isoliert und genau beobachtet, wie es ihnen dabei erging. Die Beobachtung umfasste auch den ersten Kontakt mit anderen Menschen. Sie waren gleich unseren ersten Daten.

Eines Morgens kommen Tara und Kalia zu mir. Sie verstehen sich gut und wirken als Team in unserem Team. Ohne dass wir bisher ein Ungleichgewicht haben. Ihren Vorschlag stellt Tara vor: „Wenn wir uns den Nachbarn unserer Welt anschauen, können wir dort viele Dinge finden, die für eine bewohnbare Welt wichtig sind. Mit dem Netz des technischen Lebens haben wir eine Reihe von Simulationen durchgeführt. Das Ergebnis ist, dass diese Welt belebt werden kann." Sie spricht nicht von Besiedlung, sondern von einem Beleben: „Das Vorgehen ist sehr ähnlich dem, das zur Schaffung unserer Welt führte. Nur müssen wir sichergehen, dass der Einsatz an Ressourcen gerechtfertigt ist. Dass dort eine funktionierende Biosphäre entsteht." Kalia hakt ein: „Dabei sind wir auf einige Unterschiede gestoßen wie Temperaturen, Atmosphäre und andere Dinge. Wenn wir die beachten und Pflanzen daran anpassen, kann es gelingen." Beide Frauen sprechen davon, dass irdische Pflanzen dort nicht bestehen können. Aber eine Basis sind, aus der sich angepasste Organismen bilden lassen. Die notwendigen Veränderungen im Erbgut der Flora hat das Netz getestet und die Idee der beiden Menschen bestätigt. Es sieht nur das gleiche Thema, wie bei der Schöpfung unserer Welt: „Wir müssen in bestimmten Gebieten beginnen und das ausgebrachte Leben am Anfang unterstützen. Trotz aller Simulationen bleibt eine gewisse Wahrscheinlichkeit, dass Entwicklungen sich anders ergeben. Wir sprechen nicht von einem Scheitern. Nur von verschiedenen Parametern, die wir nicht exakt kennen." Kalia und Tara erklären, dass es sich dabei um die Frage handelt, wie sich das biologische Netzwerk in dieser Welt strukturiert und ob es zustande kommt: „Wir wissen nicht, wie es sich bildet, weil es in unserer

Welt auf Erbgut aufsetzt, das in ihr vorher entstand. Das Netz, von dem wir heute sprechen, hat sich selbst gebildet. Während wir ein Netz in der Welt neu erzeugen, die wir beleben wollen." Ich lasse mir die Dinge durch den Kopf gehen und antworte: „Entscheidend ist, dass die Masse an biologisch aktiver Materie groß genug ist. Sie muss sich stabilisieren und austauschen können. Das Netz wird sich an die Bedingungen der Welt angleichen, wenn es dazu genug Zeit und Energie hat. Das sind die Komponenten, die in unserer Welt passend waren." Das Netz und die Frauen verstehen, dass dieser Prozess nichts ist, was in kurzer Zeit geschieht. Die Atmosphäre der zu belebenden Welt wird auf die Pflanzen reagieren und die wiederum auf die Gase in der Luft um sie herum. Oder sie werden komplett andere Funktionsweisen ausbilden, wenn sie im Untergrund besseren Zugang zu Nährstoffen haben. Oder zu Elementen im Boden, die in unserer Welt in der Luft vorhanden sind. Ich füge an: „Wir werden eine Menge von Experimenten brauchen. Ich kann mir vorstellen, dass eine Kolonie von Wissenschaftlern hilfreich ist, um vor Ort auf die Abläufe zu reagieren." Das Netz stimmt zu: „Das erkennen wir aus der Symbiose, die sich in den Reisetrainings zeigen. Wir plädieren für eine Ansiedlung von Menschen und Androiden sowie notwendigen technischen Einheiten in der Welt. Die würden wir erst begrünen und dann mit Tieren beleben." Da habe ich meine Zweifel, ob sich der Prozess direkt wiederholen lässt, den wir in unserer Welt nutzten. Das Netz meint: „Die Rolle der Tierwelt haben erst Einheiten übernommen. Als die Pflanzenwelt stabil war, brachten wir die Tiere ein und zogen die Einheiten zurück. Dieser Weg ist kontrollierbar." Wir wollen keine Lebewesen einbringen, die nur wenig Chance auf Überleben haben. Und nicht tausende von Zyklen Zeit, um sich an Änderungen in der Atmosphäre anzupassen. Ich frage: „Können wir aus der biologischen Materie unserer Welt solche schaffen, die sich an die Temperaturen der Zielwelt anpasst?" Das Netz hat das schon simuliert: „Einfache Organismen lassen sich modifizieren. Je komplizierter der Organismus ist, je weniger wahrscheinlich ist ein Gelingen." Es geht also darum, dass wir dort eine Station erzeugen und von dort aus die Welt beleben. Ich werfe ein: „Dann müssen wir darauf achten, dass die Biosphären getrennt werden und bleiben. Es wird nicht nur ein Ableger unserer Welt entstehen. Sondern eigenständiges Leben. Mit einer eigenen Wegfindung des Lebens."

Diese Faktoren haben die beiden jungen Frauen berücksichtigt. Anhand einer Simulation, die das Netz projiziert, erklären sie: „Wir schaffen weitere Stationen nach dem Muster der ersten im Orbit unserer Welt." Um unsere Welt, die als Ausschnitt zu sehen ist, schwebt die erste Basis. In einem Zeitraffer sehen wir neue wachsen. Die Beschreibung trifft es. Und sie passt, weil die Raumbasen eigene lebende Wesen sind. Tara erklärt: „Wie diese verfügen alle über einen Antrieb. Mit dem stabilisieren sie ihre Position in einer Umlaufbahn. Oder sie gehen auf die Reise durch den Raum." Die Simulation ändert sich, als bei einer der Stationen der untere Ring der Kuppel anfängt, rötlich zu glühen. Kalia meint dazu: „Es handelt sich um einen Antrieb, den wir mit Welis und dem Netz entwickelt haben. Er kann in der Nähe von Welten genutzt werden und transportiert die Einheiten bis zu einer Geschwindigkeit von fast 99% der einfachen Lichtgeschwindigkeit. Wir können kleine Raumer damit sehr schnell beschleunigen, während die Station langsam Fahrt aufnimmt." In der Projektion vor uns wächst die Distanz zwischen Basis und Planet, bis der aus dem Rahmen gleitet. Bald erscheint die Zielwelt und wir sehen, wie die Basis ihre Achse dreht. Sie wendet den Energiekern der Welt zu und bremst sich ab. Nimmt eine Position in einem Orbit ein. Ich höre: „Wie vorher schwebt die Station um die Welt. Sie richtet sich so aus, dass sie die Welt schützen kann."

Ich sehe, wie das Bild die Raumstation und den Planeten vergrößert. Unter der Basis entsteht auf der Oberfläche eine Struktur von Gebäuden. Transporter fliegen hin und her und bald ist ein Brückenkopf installiert. Tara schildert: „Die Bodenstation enthält alle notwendigen Labore und Einrichtungen. Dort werden Menschen und Androiden gemeinsam die Pflanzen aus der Station an die Umwelt anpassen und ausbringen."

Die Projektion ändert sich und ich erkenne unsere Welt mit den Stationen im Orbit sowie die neue Welt in ihrer Nachbarschaft. In dieses Gefüge bringt das Netz einige farbliche Grenzen ein, die sich dreidimensional durch den Raum ziehen. Kalia erläutert mir: „Diese Grenzen stellen die einzelnen Biosphären dar. Zuerst einmal unsere Welt und die Stationen. Zwischen ihnen findet ein regelmäßiger Austausch biologisch aktiver Materie statt. Wir betrachten sie als eine Biosphäre, solange die Stationen im Orbit unserer Welt liegen." Das Muster ändert sich. Die kleinen Grenzen der eigenen Umwelt und der Basen laufen zusammen. Das Bild schwenkt zur neuen Welt und zeigt beide Raumbasen. Kalia führt aus: „Zwischen den entfernten Stationen findet ebenfalls ein Austausch von biologisch aktivem Material statt, damit sie an das Netz unserer Welt angebunden bleiben. Dazu gibt es zwei Verfahren. Im ersten Fall ist die Entfernung so gering, dass die Transport-strahlen den Job übernehmen. Dann wird der Boden des Waldes mit dem einer anderen Station ausgetauscht. Nicht aber direkt mit unserer Welt selbst. Stellen wir fremde Dinge fest, stoppt sofort der Austausch mit unserer Welt und die Stationen sind auf sich gestellt. Im schlimmsten Fall bilden sie eine eigene Biosphäre." Das Netz zeigt diese Situation, indem unsere Welt abgegrenzt wird und die Basen in einer anderen Farbe.

Mir fällt ein Gedanke aus einem sehr lange vergangenen Gespräch ein: „Was ist, wenn wir etwas übersehen in diesem Modell? Was ist, wenn es ein Netz gibt, mit dem sich im Weltraum biologische Sphären verbinden und darüber Daten austauschen? Die betreffen dann direkt den Aufbau neuer Erbmasse und ändern Biosphären." Ich erkläre, dass dieser Gedanke aus einem lange zurückliegenden Gespräch stammt und wir ihn vielleicht beachten sollten: „Indem wir die biologische Masse in einer Station oder einem Raumschiff ständig abgleichen und prüfen, sollte eine gute Absicherung dieser Möglichkeit bestehen." Kalia und Tara, die mich überrascht angeschaut haben, denken kurz nach und meinen: „Das stört unser Modell zunächst nicht. Es ist ein Punkt, auf den wir achten müssen." „Das ist richtig", sage ich. „Das kann uns auch schon bei der Zielwelt, von der Euer Modell ausgeht, passieren. Wir haben sie nie in der Tiefe analysiert, wie wir das heute können." Das Netz reagiert auf meinen Einwand direkt, indem es beginnt, den benachbarten Planeten mit allem zu untersuchen, was die Sensoren hergeben. Derweil fahren wir mit dem Ansatz fort, zu dem Tara erklärt: „Wenn die Bodenstation aufgebaut ist, stoppt der direkte Austausch mit der Station im Orbit. Die Forscher und Materie werden dann ausnahmslos komplett auf Fremdmaterial geprüft, wenn sie per Transportstrahl oder Einheit zur Station kommen. Im umgekehrten Fall verfahren wir gleich, damit wir die neue Biosphäre nicht verunreinigen." Das ist ein Ansatz, von dem ich vorschlage, ihn pauschal immer anzuwenden: „Dann können wir sämtliche biologischen Welten gegeneinander schützen und sicherstellen, dass wir nichts übersehen." Das Netz stimmt dem zu, weil das Muster dann stets gleich ist. Damit beginnen alle Basen und Einheiten direkt. Ohne zunächst etwas zu finden, weil sie nur in einer Biosphäre unterwegs sind. Oder sie bisher im Weltraum nahe unserer Welt noch nichts Unbekanntes gefunden worden ist. Kalia beschreibt, dass die Station dann beginnt, geeignete Pflanzen zu erzeugen und diese ausbringt. Durch das Geschehen im direkten Umfeld der Bodenstation wären etwaige Entwicklungen unmittelbar zu studieren und die Ergebnisse gehen in die nächsten Schritte ein. Sie schließt: „Wenn die Flora anschlägt und sich ausbreitet, ziehen die Menschen und Androiden sich zurück. Dann übernehmen technische Einheiten die Betreuung des Vorhabens. Bis sich das ausreichend stabilisiert hat."

Ich frage: „Gibt es Hochrechnungen, wie viele Zyklen eine solche Maßnahme dauern soll? Haben wir Ideen, wie das gegebenenfalls zu beschleunigen ist?" Das Netz antwortet uns allen: „Wir können die genaue Dauer nicht ermitteln. Aber sobald die Pflanzen in dem neuen Boden gedeihen, können wir ihre Ausbreitung beschleunigen. Es muss nur ein Gleichgewicht ermittelt und eingehalten werden." Klar ist, dass wir den Bewuchs nicht zu stark forcieren können, wenn sich die Klimazonen unterscheiden oder die Beschaffenheit des Bodens. Diesem Aspekt will das Vorhaben begegnen, indem mehrere Bodenstationen entstehen und miteinander arbeiten. Dabei konzentrieren sie sich jeweils auf ihr spezifisches Umfeld. Wir diskutieren dann, wie mit etwas umgegangen wird, die wir in der Welt finden, als Überraschung. Das Netz meint: „Wir können nicht alle Alternativen vorher prüfen. Der Aufwand an Energie wäre zu hoch. Wir prüfen die Eignung einer Welt und beginnen bei ausreichend hoher Quote von Erfolg. Wichtig ist, dass die Welt nicht bewohnt sein darf." Damit meint das Netz aktives Leben auf jedweder Entwicklungsstufe, das wir finden. Dem pflichten alle bei. Wir vereinbaren, dass während des Baus der Station die restlichen Feinheiten geklärt werden und dann eine erste Welt angegangen wird. Es soll der benachbarte Planet sein, sodass wir auch die Daten aller vorherigen Abläufe berücksichtigen.

Die Daten aller dieser Tests stehen den Bewohnern unserer Welt zur Verfügung. Und lösen unter den Siedlern in der Station Begeisterung aus.

Zweiter Teil - Kontakt

Eindringen

Es ist so weit. Unsere Welt wird das erste Mal mit einer anderen direkt in Interaktion treten. In den Bereich der fremden Gesellschaft selbst vorstoßen. Eine Grenze überschreiten, die wir uns bisher gesetzt hatten.

Bis heute haben wir unsere Sonden immer nur in Systeme einfliegen lassen, wo sie Planeten umkreisen. Wir haben sie aus dem Orbit heraus vermessen und untersucht. Dafür sind die Instrumente der ersten Einheiten gedacht gewesen. Die der neuesten Objekte sind ungleich weiter entwickelt. Wir erfassen nun systematisch die Muster aus Energie, die wir über das biologische Leben erkannt haben. An vielen Stellen gibt es Geräte des technischen Lebens, die diese orbitalen Sonden zu sich rufen und sie aufrüsten, wenn neue Sensoren vorhanden sind. Danach ziehen die Fluggeräte wieder ihren Weg durch die Galaxie. Mit dem Ziel, Planeten zu finden und sie entlang des von unserer Gesellschaft so gesehenen Weges des Lebens zu charakterisieren. Wir suchen eine Welt, mit der wir in direkten Kontakt treten können.

Das ist die Umwelt nicht, in die wir heute eine Sonde senden. Wir nutzen dafür eine veränderte Fassung der Drohnen, die wir zum Schutz unserer Station und Welt konzipiert haben. Diese sind vollkommen rund und haben eine Oberfläche, die als Detektor und Emitter dient. Wir können darüber die gesamte Umgebung der Sonde untersuchen. Oder Energiefelder aufspannen und Tarnfelder. Wenn es nötig wird, können wir angreifen. Als das Netz mir berichtete, dass es die Tarntechnologie einsetzt, die wir in unserer Welt nutzen, bin ich beruhigt. Wir haben keine Störungen mit dem biologischen Leben gefunden. Das nimmt die Einheiten nicht wahr, die über die Welt wachen. Wie in dieser alten Geschichte der weisen Menschen deren Gott das tat. Ohne dass er jemals dabei beobachtet wurde.

So werden wir unsere Sonden auch in die Zielwelt senden, die als CV9784-B registriert wurde. Es ist der zweite Planet um den Stern CV9784, eine Bezeichnung aus einem Schema des weisen Menschen, das im technischen Netz übernommen wurde. So konnte es die Daten des Homo sapiens direkt verbinden und hat das System weitergeführt. Das B in der Nummer dieser Welt steht dafür, dass es der zweite Planet ist, der von innen nach außen gezählt seine Sonne umkreist. In dieser Welt herrscht eine leicht geringere Schwerkraft als in unserer. Ihre Rotation um die eigene Achse läuft schneller, sodass die dunklen und hellen Perioden der kurzen Zyklen weniger Zeit brauchen. Dabei ist der Umlauf um seinen Stern etwas länger als der dunstiger. Wir haben die Datenspeicher dieser Welt aus dem Orbit untersucht. Darin fanden wir keine Spuren von Technik, die unsere neuen Sonden entdecken könnte. Die Tarntechnik wird funktionieren, schließen wir daraus.

Sie werden von Einheiten im Orbit dieser Welt ausgesetzt und machen sich auf ihren Weg. Sie können mit ihrem Antrieb nicht die weiten Distanzen zwischen den Sternen überbrücken, nicht die Lichtmauer durchbrechen. Im nahen Bereich eines Planeten sind sie schnell genug, die größeren Exemplare. Die einen Radius von vier Metern messen. Dazu setzen wir noch kleinere Einheiten ein, die von den ersten verteilt werden. Sie sind gedacht, in Höhlen, Häuser und andere Umgebungen einzudringen, wo die riesigen Sonden nicht genug Platz finden. Ihre Technik ist eine Kopie der Großen, wobei sie ihre Daten an diese senden. Von dort erreichen sie die Tiefraumsonden im Orbit und dann unsere Station.

Wir sind unruhig und aufgeregt. Schließlich ist es das erste Mal, dass wir in eine fremde Welt eintreten auf dem Weg zu den Sternen. Wir sind die Gruppe aus vier jungen Menschen und mir, die wir in einen neuen Arbeitsbereich in der Station gegangen sind. Unsere Quartiere liegen noch in einem Siedlungsbereich, weiter weg von diesem Teil der Basis. Der wurde abgetrennt, damit wir ungestört fremde Umwelten betreten. Und etwaige Daten daraus erst prüfen, bevor sie der restlichen Gesellschaft zugänglich werden. Wir wählen diesen Weg, da viele andere Planeten nicht wie der unsrige sind. Wir wissen, dass die Balance ein wertvoller Zustand ist, den wir schützen müssen. Mit diesem Besuch wird es weniger biologisch aktive Materie sein, die eine Gefahr wäre. Viel eher kann es das sein, was wir in dieser Welt mit eigenen Augen sehen. Projizierte Bilder und Wahrnehmungen erfahren wir mit sämtlichen Sinnen Liegen, so real, als ob wir an den Orten sind. Wir alle erinnern uns an den orangen Fisch und seine Wirkung auf den Wal. Diese wollen wir nicht auf unsere ganze Welt ausdehnen.

Während mir diese Gedanken durch den Kopf gehen, treten die Sonden in die Atmosphäre ein. Langsam, damit sie keine Reibungshitze erzeugen. Nicht wahrgenommen werden können. Mit den Augen oder mit Technik. Die Kugeln aktivieren ihre Tarnfelder, sobald sie in der Lufthülle fliegen und verteilen sich über die Welt. Die Aufgabe aller Sonden liegt darin, aus nächster Nähe die Daten zu prüfen und zu erneuern. Die uns bekannten haben andere Einheiten aus dem Orbit vor vielen Zyklen erfasst. Sie sind die Grundlage der getroffenen Wahl, aber nicht die Basis unseres Versuchs, mit der fremden Gesellschaft in Kontakt zu treten. Dafür benötigen wir genaue Information. Aktuellere Daten. Und deswegen fliegen die Sonden durch die Welt und beginnen, zu sammeln. Uns interessiert die Biosphäre mit ihren Pflanzen, Tieren und höher entwickeltem Leben. Wir möchten die Bewohner verstehen und den Stand von Wissen sowie Technik. Wir brauchen Daten zu diesen Zonen, die wir fanden. In denen Wesen recht frei tätig sein konnten. Erst wenn wir das alles kennen, entscheiden wir, wie und wo wir in diese Welt treten. Zumindest so, dass man unsere Anwesenheit merkt.

Biosphäre

Jeder von uns beschäftigt sich mit einem Teil der Information, die wir aus dieser Welt erhalten, deren eigener Name Coziadun ist. Für uns wäre sie CV9784-B. So führen wir sie in unseren Daten. Die Einwohner nennen sie Coziadun, wie die Sonden ermittelt haben. Alle finden das ansprechender als CV9784-B. Wir nutzen ihn zwischen uns, was dem technischen Netz genauso passt.

Vila schaut auf eine Projektion der Welt vor sich. Sie ist wie alle diese Darstellungen sehr detailliert. Deutlicher als ein Foto und in Echtzeit. Aufgenommen von einer der Sonden, die in der Atmosphäre unserer Zielwelt unterwegs sind.

Vila hat zuerst die Landmassen betrachtet, deren Form von flachen Ebenen über hügelige Gebiete bis hin zu hohen Gebirgen reicht, die diese Welt gestalten. Wie die Aufwerfungen entstehen, untersucht sie nicht genau. Das wäre für unser Ziel, diese Welt zu besuchen, nicht förderlich. Vielleicht ist das eine spätere Option, aber im Moment interessiert sich die junge Frau für andere Dinge.

An den Polen fand sie ausgedehnte Eisfelder, weil die Sonne dieser da nicht viel Wärme produziert. Diese Felder dehnen sich in Richtung des Äquators aus und sind dort bewohnt. Befremdlich findet Vila, dass das Eis nicht weiß strahlt, wie das in unserer Welt. Es hat einen Schein, der eher blau-grau wirkt. Das entsteht durch das Farbspektrum der Sonne von CV9784-B. Es unterscheidet sich von dem Licht, das auf die eigene Umwelt strahlt und gibt den Dingen eine differente Farbe. Oder einen Grund, anders gefärbt zu sein.

Von den Eisfeldern sind die Sonden weitergeflogen zu den einzelnen Kontinenten, die in den Ozeanen dieser Welt treiben. Von denen wissen wir, dass sie ähnlich den Meeren unseres Planeten mit unterschiedlichen Arten von biologischem Leben gefüllt sind. Das reicht von einzelligen Wesen über schwimmendes Plankton hin zu riesigen Pflanzen, die in flacherem Wasser gedeihen. Dazwischen schwimmen kleinere Fische, die sich von dem Pflanzenwuchs ernähren und selbst Nahrung größerer Jäger sind. Davon gibt es mehrere Arten, die sich in einzelnen Teilen der Meere auf spezielle Situationen einstellen. Nur wenige Jagende durchstreifen die Ozeane. Insgesamt fand Vila in einem Abgleich der alten Daten mit den heutigen keine Hinweise auf viele neue Arten in den Meeren. Eher ist zu erkennen, dass ihre Anzahl sinkt. Als sie das feststellte, führte ein Vergleich der Zusammensetzung zur Ursache. Wie in der Welt des Homo sapiens ist das Wasser der Ozeane mit verschiedenen Dingen kontaminiert. Die verteilen sich entlang der Strömungen unterschiedlich und haben an einigen Stellen so hohe Konzentration, dass dort alles Leben gewichen ist. Ob es ausgestorben oder ausgewandert ist, könnte die junge Frau nur vermuten. Doch damit wollen wir uns zurückhalten. Vila hatte mit dem technischen Leben unserer Welt die Option diskutiert, die Meere genauer zu untersuchen. Das Netz wies darauf hin, dass die Tarnfelder in dem Wasser nicht funktionieren und damit eine hohe Chance besteht, dass Sonden entdeckt werden. Als dies Einheiten herausfinden, dass die Bewohner von Coziadun Fischerei betreiben, wird dieser Punkt zunächst verworfen. Später würde sich vielleicht eine Möglichkeit bieten. Derzeit kann Vila nur vermuten, dass die Welt wenig Interesse am Zustand ihrer Wasser hat.

Als die Frau die Situation der Meere erkennt, erstellt sie mit den Daten und dem technischen Leben zusammen ein Schema der Nahrungs-pyramiden und der Regeneration der Atmosphäre. Die Resultate teilt sie uns später mit: „Die Nahrungsketten sind vergleichbar mit denen unserer Welt. Nehme ich die andere Zusammen-setzung der biologisch aktiven Materie heraus, entsteht pflanzliches Leben durch eine Art von Fotosynthese. Das Ergebnis fressen kleine Wesen, damit sie als Nahrung anderer Tiere dienen. Diese Jäger werden von anderen, mächtigeren Arten als Nahrung genutzt und am obersten Ende sollten die höher entwickelten Bewohner der Welt stehen." Sie macht eine Pause, bevor sie uns erklärt: „Das tun die jedoch nur noch in kleinen Teilen. Damit ist die Tierwelt fast vollständig sich selbst überlassen. Das gleicht unserer Welt." Nur stimmt mich das nachdenkliche Gesicht der Erzählenden stutzig. Bis sie schließt: „Die Daten zeigen uns, dass die Atmosphäre und die Meere von Coziadun stark verunreinigt sind. Mit Materie, die keinen natürlichen Ursprung hat oder einfach nicht in den Meeren sein dürfte."

Vila schaut sich die Bilder einer Sonde an, die durch die Berge eines Kontinents fliegt. Sie sieht häufige Stellen, an denen die Natur stark beschädigt aussieht. Es finden sich große Mulden im Boden oder viele Stollen, die in die Erde führen. Es wird dort Bergbau betrieben. Die Spuren sind deutlich. An einem Punkt schaut sie sich die Sequenz von Bildern mehrfach an. Sie erkennt Wesen der Zielwelt, die wir zum höher entwickelten Leben sehen. Die graben den Berg um, ohne große Maschinen einzusetzen. Es sind sehr viele dieser Bewohner, die in den Minen arbeiten und die tiefen Löcher wie die Stollen erzeugen. In unserer Welt würde man technische Einheiten einsetzen. Aber die Wesen, die Vila beobachtet, machen den Eindruck auf sie, für diese Arbeit geschaffen zu sein.

Spuren von Bergbau zeigen sich auch in den flachen Arealen dieser Umwelt, wie andere Aufnahmen deutlich machen. In den Gebirgen war der Bewuchs eher karg und von niedrigen Pflanzen geprägt. In den Ebenen finden sich abhängig von der Region der Welt, wo die Bilder entstehen, große ausgedehnte Wälder. Nur in der Nähe von Siedlungen enden diese in fransigem Verlauf und machen Feldern Platz. Die werden von Wesen bestellt, ohne dass Vila dort technische Systeme entdeckt. Viel mehr führen die Bewohner die Arbeiten von Hand aus und ziehen die Geräte selbst. Sie wirken auf die Beobachterin in einer Art zufrieden, die sie so nicht beschreiben kann, in Worte fassen. Machen ihre Arbeit und kehren in verschiedenen Filmsequenzen abends in die Städte oder Siedlungen zurück, die oft in der Mitte der Felder liegen. Vila erinnert sich an Bilder unserer Welt aus der Ära des Homo sapiens. Sie bittet das technische Leben: „Erstelle bitte einen Vergleich der Siedlungsgrößen im Verhältnis zu den bewirtschafteten Flächen in beiden Welten." Nach kurzer Zeit sieht sie vor sich zwei Planeten als Schema dargestellt. In der einen Welt, die etwas kleiner ist, wird ein sehr geringer Quotient gezeigt, während das Niveau in der Welt der weisen Menschen viel höher lag. Vila fragt sich: „Wie produzieren diese Bewohner auf der Fläche genug Nahrung?" Und erhält als Antwort: „Die Nahrung von den Feldern finden wir nur in einigen Siedlungen. Dort, wo nach den vorliegenden Daten die Machthaber wohnen. In den Siedlungen der Arbeiter, die Du siehst, finden wir keine Spuren der Feldfrüchte. Sie ernähren sich ausschließlich von einer Masse, die synthetisch hergestellt zu werden scheint." Damit erklärt sich das Verhältnis, wobei es ein ungutes Gefühl hinterlässt.

Vila wendet sich den bewaldeten Gebieten zu und den Steppen. Dort, so beschreibt sie uns später, gibt es ähnlich wie in unseren Wäldern diverse Baumarten und Büsche, die sich abwechseln. Wegenetze sind nicht zu finden. Nur Pfade, die von Herden wilder Tiere stammen und die Spuren einzelner Jäger, die in den Arealen umherstreifen. Die Bäume haben große bis kleine Blätter und besonders gefällt ihr eine Szene, in der verschiedene Blüten auf einer weiten Lichtung glühen. Es scheint dort Pflanzen zu geben, die tagsüber das Licht der Sonne einfangen und nachts als eigenes Leuchten wieder abgeben. Den Zweck kann die Beobachterin aus den Daten nicht erkennen. Sie fasst zusammen: „Es gibt eine Tierwelt, die in ihrer Struktur mit der unsere Welt vergleichbar ist. Wassertiere, welche an Land und fliegende Arten. Die unterscheiden sich fast vollständig, weil sie keine Federn aufweisen. Sie haben nach dem, was ich gesehen habe, eine glatte Haut oder leichte Schuppen und Flügel aus Lederhäuten. So ähnlich ist es bei allen Tieren, die ich fand. Sie weisen nichts auf, das dem Fell in unserer Welt nahekommt. Ihre Haut ist eher wie die von Elefanten und Nashörnern. Dabei passt sich die Färbung an das jeweilige Umfeld an, womit die Tiere eine gute Tarnung erreichen, wie wir das von unseren Wildtieren kennen." Vila atmet ein und erzählt, dass sie neben Säugetieren welche gefunden hat, die sich über das Legen von Eiern vermehren und schließt: „Insgesamt scheint mir das Verhalten der Tiere auf CV9784-B aggressiver zu sein, als wir das kennen. Es gibt Arten, die anderen unterlegen sind und solche, die fast keine Feinde kennen. Soweit unsere Daten das bisher vermuten lassen. Nur sind auch die unterlegenen Arten durch eine grundsätzliche Art von Aggression getrieben."

Wir diskutieren die Gründe, wo sich das Netz der technischen Wesen einschaltet. Es deutet auf einen Zusammenhang zwischen Verhalten und Zusammensetzung der biologisch aktiven Materie hin, der eine Ursache geben kann. „Eine weitere Basis könnte in dem veränderten Licht zu finden sein, das die Entwicklung des biologischen Lebens der Welt geprägt hat." Damit meint das Netz, dass vielleicht ähnliche Mechanismen greifen, wie sie zur Entstehung des Homo sapiens in unserer Welt führten.

Vila hat nichts Natürliches gefunden, was uns bei einem Besuch der Umwelt gefährden würde: „Lediglich macht mir die Verschmutzung von Atmosphäre und Boden Sorgen. Ich gehe davon aus, dass keiner von uns schwimmen gehen möchte und bin froh, dass wir uns erst mit den Liegen dort umsehen. Das senkt die Gefahr, dass uns Gifte schädigen können." Das Netz ergänzt: „Wir können das Potenzial für Schädigungen unseres biologischen Lebens noch nicht definieren. Es fehlen genaue Daten zu allen Stoffen, die in dieser Welt zu finden sind."

Auf den Bildern, die wir sehen, fällt uns wieder die andere Farbgebung der Welt auf. Wir erkannten die schon in den ersten Sequenzen. Auf mich wirken diese aktuellen Darstellungen noch einmal intensiver.

Bewohner

So ähnlich geht es Kalia, als sie sich mit den Einwohnern dieser Umwelt beschäftigt. Sie hat sie nach der Welt als Coziaden bezeichnet. Für die Künstlerin unsere Gruppe erhalten sie so ein Wesen und sind nicht bloß Dinge, die sie betrachtet und beschreibt. Die von Vila gezeigten Szenen haben sie dazu verleitet, das höher entwickelte Leben genauer zu betrachten. Sie hat die Sonden in verschiedenen Teilen der Welt Daten sammeln lassen und schaut sich das Aussehen der Bewohner schon einige Zeit an.

Sie sieht sich Wesen gegenüber, die in etwa so groß sind wie Menschen. Ihre Arme und Beine sind dünner ausgeprägt und von einer gräulichen Haut überzogen. Darunter arbeiten Muskeln, Sehnen und Bänder als Bewegungsapparat, damit diese Subjekte sich fortbewegen können. Das Exemplar in der Projektion vor ihr schaut sich seine Welt aus Augen an, die keinen Weißkörper enthalten. Die sichtbaren Teile dieser Sinnesorgane sind fast komplett schwarz. Sie lassen eine Iris nur vermuten, die sich um die Öffnung der Linse befindet. Eine schematische Betrachtung der Augen zeigt Kalia, dass die Öffnung der Linse sich schließt, wenn es zu hell ist. Die Sehorgane fügen sich in eine Kopfform ein, die höher ist als menschliche Köpfe. Der untere Teil, wo wir unser Kinn haben, ist eher spitz zulaufend und verbreitert sich bis zur Nase. Von dort an gehen die Seiten nahezu lotrecht bis in diese Stirn, die im oberen Bereich wie der menschliche Kopf gerundet ist. In dem Gesicht sind die größeren Augen im Vergleich zu uns das auffälligste Merkmal. Sie werden von Augenbrauen oben umrahmt, worüber sich etwas zeigt, das mit unseren Haaren vergleichbar ist. Dessen Farbe ist bei den meisten Wesen zwischen einem dunklen Schwarz und lichtem Grau gefärbt. Die Wirkung des Lichts ihrer Sonne ist nicht zu übersehen.

Kalia fand verschiedene Arten, diesen Teil des Körpers zu tragen, und sieht das als Frisuren.

Über dem Kinn finden sich sehr schmale Lippen, die Ton in Ton mit der Haut sind. Ihre Hälse findet die Künstlerin deutlich schlanker als die von Menschen. Wie die Arme, die in Hände mit drei Fingern münden, ergänzt durch einen Daumen. Genauso haben die Füße nur vier Zehen, auf denen diese Wesen stehen. Die Daten des Systems lassen vermuten, dass die Bewohner maximal 90 bis 105 Zyklen ihrer Welt um die Sonne bestehen und dann vergehen. Die lange Spanne erreichen die Mächtigen, während ihre Arbeiter nur mit Glück einen natürlichen Abgang erleben. Sie sterben anscheinend oft durch Unfälle, Krankheiten und die Gifte in der Natur viel früher.

Auffallen tun uns auch die Unterschiede in der Kleidung. Bei den Bewohnern der aufgeräumten Siedlungen finden wir bunte Gewänder, die lang an den Körpern herunterhängen. Sie sind aus einer pflanzlichen Faser hergestellt, die mit Seide vergleichbar ist. Die Wesen tragen Untergewänder, die an Hosen und Hemden erinnern und zum Schutz ihrer Füße Stiefel oder Schuhe. Die sehen wir bei den Arbeitern gar nicht. Die bewegen sich oft ohne Fußbekleidung in einem Gewand, das aus deutlich gröberem Stoff gefertigt ist. Die Zusammensetzung des Materials ist dem der Kleidungsstücke gleich, die Reiche benutzen. Schmuck ist bei den Bewohnern der einfachen Siedlungen nicht zu finden und keine Kunst. Das macht Kalia traurig, wie die Farblosigkeit, die sie sieht. Die Gewänder der Mächtigen sind neben der Farbe mit verschiedenen Dingen geschmückt, wobei die Farben aufeinander abgestimmt sind.

Schmuckstücke tragen sie nicht, wie die Künstlerin beobachtet.

Gesellschaft

Ihre Beobachtungen diskutiert Kalia ausgiebig mit Tara. Sie bewohnen seit unserer Ankunft in der Station ein einzelnes Quartier und mögen diesen Zustand. Es scheint ihnen beiden damit besser zu gehen und sie sprechen nicht von einer Absicht, das zu ändern.

Als sie in ihrem Raum gemeinsam essen, erzählt Kalia von ihren Beobachtungen. Von dem fehlenden Schmuck, der Farblosigkeit in Teilen der Bewohner und der Wirkung, die einige Augen auf sie hatten. Wenn sie in Richtung der Sonden schauten. Das geschah bei den Arbeitenden nur dann, als die Einheit auf Höhe ihrer Sehorgane flog. Nie, wenn diese nach oben blickten.

Tara meint: „Ich glaube, dass ich den Grund dafür kenne. Die Arbeiter, wie Du und die anderen diesen Teil der Bewohner nennt, schauen nur dann nach oben, wenn sie einen Grund dazu kennen." Kalia schaut verwirrt, wie wir restlichen. Darauf erklärt die Sprecherin uns: „Ich betrachte nur diese humanoiden Wesen, wie Kalia sie uns beschrieben hat. Ihre Entwicklung ähnelt der des Homo sapiens und ihre Art bildete inzwischen eine Gesellschaft aus, die den gesamten Planeten umspannt. Alte Daten zeigten uns noch verschiedene Gruppen, die den Nationen der weisen Menschen ähnelten. Davon findet sich heute keine Spur mehr, während die Datenspeicher uns Hinweise liefern, dass eine dieser Nationen die anderen im Laufe der Zeit übervorteilt hat und sie assimiliert wurden." Nach einer kurzen Pause fährt sie fort, zu erläutern: „Diese eine Gesellschaft unterteilt sich in die Mächtigen und die Arbeiter, die Untergebenen." Die junge Frau beschreibt die Machthabenden als die Schönen und die andere Partei als eintönig auftretende Wesen. Zu der letzten ergänzt sie: „Diese Arbeiter sind spezielle Züchtungen. Sie verfügen zwar über ein hoch entwickeltes Gehirn wie ihre mächtigen Artgenossen. Aber benutzen können sie es nicht. Auf mich wirkt es, als ob sie mit einem Muster an Wissen und Denken geboren werden, das auf die ihnen später zugeteilte Arbeit abgestimmt ist. Vila beschrieb die Bergbau-Wesen und die Feldarbeit ausführenden so, dass sie sehr fokussiert und zielgerichtet arbeiten. Genauso verhält es sich mit allen anderen Arbeitern. Sie schauen in die Richtung, wo ihre Arbeit ist und bewegen sich dort hin, führen sie durch und kehren in ihre Siedlung zurück. So geht das vom Morgen bis zum Abend. Sie kennen nur ihre Arbeit und biologisch notwendige Ruhephasen."

Tara berichtet, dass sie nach den Ursachen dieses typisierten Verhaltens forschte und es in einem ausgefeilten Züchtungsprogramm fand. In dem wurde über viele Generationen in dieser Welt das einfache Volk so gezüchtet, dass sich sein Fokus auf bestimmte Aufgaben richtete. Es kennt nur diese Prägung und ist nicht anders benutzbar. Sie beschreibt, dass für Bergbau konditionierte Arbeiter nicht für die Tätigkeit auf den Feldern geeignet sind: „Sie können nicht neu trainiert werden, weil ihr Gehirn dazu keine Möglichkeit hat. Sie abstrahieren und assoziieren nicht frei. Eigentlich gar nicht." Ihre Analyse ergab, dass diese Gesellschaft wenig Maschinen einsetzt, aber dafür viele dieser speziell konditionierten Arbeiter.

Kalia schaut bestürzt: „Das erklärt ihren leeren Blick in die Sonde. Sie haben schlicht nichts zu arbeiten gesehen. Und nach oben schauen sie nur, wenn sie Dachdecker sind." Sie schüttelt sich leicht, bevor sie ergänzt: „Sind das dann überhaupt empfindungsfähige Wesen, die wir zu höher entwickeltem biologischem Leben zählen können?" Die Frage leitet das Gespräch in eine andere Richtung, aber Tara lässt es geschehen. Sie findet diese Fragestellung für ein Verstehen des Lebens in dieser Welt wichtig: „Wir definieren die Einstufung nicht aufgrund des Vermögens einzelner Wesen, sondern aufgrund des Potenzials der jeweiligen Art. Dass diese Wesen empfindungsfähig sind, steht für mich nicht infrage. Auch die Arbeiter reagieren auf Schmerz oder Verlust. Ich habe einige Szenen beobachtet, in denen Unfälle passierten. Sie hielten kurz inne, zögerten. Dann gingen sie in ihrem Schema weiter vor." Kalia hakt ein: „Mich interessieren ihre Augen in diesen Momenten. Wenn sie Gefühle haben, sollten wir sie dort sehen. Und das Netz sollte sie messen können." Ohne lange nachzudenken, bittet die Künstlerin das Netzwerk, nach entsprechenden Hinweisen zu suchen oder darauf zu achten. Das ist möglich, weil die entsandten Sonden die feinen Energiemuster aufnehmen können, die aus dem

Datentausch von Zellen resultieren. Der Wiege von Emotionen, wie wir vermuten. Tara fährt fort: „Bei den mächtigen Wesen dieser Gesellschaft finde ich ein hohes Maß an Abstraktion und Assoziation. Sie sind fähig, zu lernen und sich neue Muster zu erdenken. Nur ist ihr gesamtes Tun darauf ausgelegt, die eigene Machtposition zu stärken und sich innerhalb der Mächtigen weiter nach oben zu bewegen. Das messe ich an dem materiellen Gut, das die einzelnen Wesen oder ihre Familien anhäufen."

Kalia kommt dieses Handeln sehr bekannt vor. Sie vergleicht es mit dem Tun des weisen Menschen auf dem Weg in sein Vergehen. Dabei fällt ihr der Unterschied auf, dass diese Wesen keine oder nur wenig Technik einsetzen. Dazu meint Tara: „Das resultiert aus dem sehr früh begonnen speziellen Züchten von Arbeitern. Ein Prinzip, das diese Art von anderen, einfacher entwickelten biologischen Arten übernommen hat, dort erlernte. Sie haben es mit ihrem Vermögen des planvollen Handelns und Lernens nur geschafft, das selektive Züchten zu perfektionieren." So ist eine vielgliedrige Armee von Arbeitsdrohnen entstanden, die sich um das Vergehen einzelner nicht schert. Ihre Mitbewohnerin fragt, wie es dazu kommen konnte. Sie hört als Antwort: „In einigen Fragmenten aus ihren Datenspeichern fanden das technische Netz und ich Hinweise, die ähnliche Mechanismen vermuten lassen, wie die Menschen in unserer Welt sie nutzten. Die Mächtigen dachten sich eine Art von Religion aus, mit der sie die Unterlegenen steuern konnten. Der Reichtum war für die Götter bestimmt und die Mächtigen waren die Mittler der Götter. Sie verfügten in ihrer Geschichte über viel Wissen um Physik, Biologie, Chemie und alles andere. Das wurde von den Mächtigen auf bestimmte Bereiche konzentriert und die meisten Arbeiter davon ferngehalten. Denen blieb der Glaube an die Götter und die Aussagen ihrer Machthalter. Denen folgten sie und die verkauften das selektive Züchten von Nachwuchs als Segen der Götter. Damit erreichten sie, dass die Fragen weniger wurden, indem sie das Denken einschränkten. Gleichzeitig schafften sie bei den Arbeitern die biologische Vermehrung ab. Alle Wesen, die Du heute siehst, sind künstlich gezeugt und aufgezogen, sodass die Selektivität der Züchtung weiter gesteigert wird. Damit fallen Zeiten für Schwangerschaft und Aufzucht des Nachwuchses weg und es entsteht keine Gefahr, dass die nächste Generation von Arbeitswesen anders konditioniert wird. Sie leben in ihren Siedlungen in Hütten und werden dort mit einem Einheitsbrei versorgt, der ihre Körper mit Energie und notwendigen Nährstoffen versorgt. Die Gleichgültigkeit, die sie bei Unfällen zeigen, prägt den sozialen Umgang der Arbeiter untereinander. Sie nehmen sich nicht als eigene Wesen und Angehörige gleicher Art wahr. Diese Grund-mechanismen, die wir auch in unseren Gehirnen finden, wurden abgeschafft. Sie sehen sich nur als Dinge, Objekte. Genauso ersetzbar sind sie für die Machthaber. Ein Produktionsfaktor, der nach Belieben gelenkt wird."

Kalia ist abgestoßen von dieser Erzählung und zeigt das durch ihre Mimik. Tara kann das gut nachfühlen. Sie war auch erst schockiert. Ihrer Mitbewohnerin erklärt sie: „Es ist eine andere Welt. Klar reagieren wir mit unseren Gefühlen aus dem Rahmen, der uns vertraut ist. Wir können diese Welt nur schwer verstehen. Aber genau das müssen wir tun, ohne sie zu werten. Ich bin mir sehr sicher, dass die Arbeiter nicht unter ihrer Situation leiden. Du vergleichst das mit der Art, wie wir leben und uns frei entfalten. Aber das kennen diese Wesen gar nicht. Können es nicht empfinden oder denken. Du kannst es Dir so vorstellen, als ob Du auf die Emotionen in Deinem Körper nicht hören kannst. Und als ob Du nur über wenig Wissen in einer Richtung verfügst."

Kalia versteht. Ist in dem Moment von einer Frage getrieben: „Sind ihre Augen deshalb so leer? Weil sie nicht fühlen und frei denken, nicht mehr streben und glauben?" Ihre Frage, so fühlt sie, trifft den Kern des Ganzen. Tara erklärt ihr, dass in der eigenen Welt alle Menschen glauben und nach etwas streben. Wir nennen es nicht göttlich oder ähnlich. Aber letzten Endes bedarf es keines Gottes in irgendeiner Form, um an etwas zu glauben, meint sie: „Wir sagen, dass wir nicht alles wissen. Oder dass wir in unserem Bezugsrahmen unser Wissen einschätzen. Damit lassen wir Raum für etwas, das uns noch unbekannt ist. Unsere angeborene Neugierde treibt uns voran, das zu erkennen, zu lernen." Sie ergänzt, dass dieser Trieb bei den Arbeitern nicht vorhanden ist: „Ihre Augen sind leer in dem Sinne, wie Du meinst, weil sie selbst leer sind. Es sind biologische Automaten. Wie eine technische Einheit, die nur für einen Zweck programmiert worden ist und sich selbst nicht umprogrammieren kann."

„Wie ist das dann bei den Mächtigen?" Auf diese Frage hat Tara gewartet und beginnt, von deren Welt zu erzählen. Die sieht viel eher aus wie die den beiden Frauen gewohnte Umgebung. In den Siedlungen der Machthalter stehen schöne Häuser in Parkanlagen, die mit Büschen und Bäumen ausgestattet sind. Dazwischen finden sich Wege und entlang von aufwendigen Arrangements von Pflanzen, die Tara mit den Blumen unserer Welt vergleicht. An verschiedenen Stellen beschreibt sie Statuen und Springbrunnen, die von Künstlern erarbeitet wurden. Kalia antwortet dazu: „Dann muss es ein Empfinden für Schönheit, Ordnung und Kunst in dieser Welt geben. Auch wenn es sich nur auf die Mächtigen beschränkt." Tara meint darauf: „Die Mächtigen genießen diese Werke und Umgebung nur. Sie selbst machen keine Hand krumm, um etwas zu erarbeiten. Ihr täglicher Inhalt besteht im Umherschweifen, Präsentieren ihres Reichtums, Streben nach neuen Quellen und mehr materiellem Gut und in dem Zelebrieren eines Körperkultes, der auf Kraft, Stärke und körperliche Macht zielt. Das gilt für die männlichen und weiblichen Mächtigen gleichermaßen. Sie tun sich zusammen zu Familien und zeugen ihren Nachwuchs in einer geschützten Umgebung biologisch. Die Erziehung und Aufzucht übernehmen speziell dafür konditionierte Arbeiter. Wie andere für die Grünanlagen zuständig sind."

Kalia hakt ein: „Dann verstehe ich nicht, wer die Kunstwerke schafft, die in den Gärten stehen. Oder die bunten Fenster der Häuser, die großartigen Lampen und alles." Tara gibt ihr Recht und erklärt: „Du erinnerst Dich sicherlich an die besonderen Zonen, die das technische Leben uns bei der Vorstellung der Welt zeigte. Das sind Gebiete, die von den Machthaltern abgeschottet werden. Darin lassen sie freies Denken und Lernen zu und fördern das Entstehen neuen Wissens und neuer Fertigkeiten. Dort werden die Denker, Ingenieure und Künstler geboren und ausgebildet. Die Mächtigen erlauben eine kontrollierte Freiheit, aber keinen Kontakt mit den Arbeitern. Sie bedienen sich der Muster, die in diesen Kolonien entstehen, indem die Künstler direkt die Gestaltung von Häusern, Gärten und Parks übernehmen oder geschaffene Werke in diese transportiert werden. Die Denkmuster der Wesen in diesen Zonen gehen in die Züchtung ein, weil die männlichen und weiblichen Wesen das Ausgangsmaterial des Zuchtbetriebes darstellen. So werden auch neue Techniken in die Arbeiter übertragen. Bewohner der Siedlungen trainieren geeignete Arbeiter und diese bilden den Genpool für nachfolgende Retorten." Insgesamt wirkt dieses System so, als ob es über viele Zyklen hin perfektioniert wurde. Da fragt Kalia: „Gibt es in diesen Zonen keine Tendenzen, sich gegen die Unterdrückung aufzulehnen?" Tara meint, dass das nicht der Fall ist: „Den Wissenschaftlern und Technikern, den Künstlern ist ihre Lage schon sehr bewusst. Nur glauben sie noch an die Lehren der alten Religionen und hinterfragen sie nicht. Tun es doch einige, fällt das schnell auf, weil die Mächtigen die Datenspeicher dieser Zonen kontrollieren. Etwaige kritische Geister werden entfernt und damit der vermeintliche Frieden gehalten. Der Zustand bleibt stabil." Sie erklärt, dass die Daten die Vermutung nahelegen, dieses Muster bestehe schon seit Hunderten von Zyklen in dieser Gesellschaft. Tara meint abschließend: „Die Welt hat dabei ein beträchtliches Maß an technischer Fertigkeit erreicht. Es wird zwar viel von den Arbeitern mit der Kraft ihrer Muskeln erledigt, aber trotzdem verfügen sie über Energie, Datennetze und Fortbewegungsmittel. Das steht nur den Mächtigen zur Verfügung, sodass es denen gut geht. Dazu kommt eine Medizin, die viele Leiden heilen kann, wenn man mächtig ist."

Für Kalia wirkt die ganze Gesellschaft fremd. Sie meint: „Ich verstehe, dass ich die Welt so nehmen muss, wie sie entstanden ist. Sonst kann ich sie nicht verstehen. Aber leben möchte ich in dem Umfeld auch nicht. Wenn man nicht einmal als Künstler frei agieren darf." Tara pflichtet ihr bei und die Frauen sind sich einig, dass dieses Gut unserer Welt geschützt werden muss.

Technik

Unsere Welt ist eng mit Energie verwoben. Die Vorhergehende der weisen Menschen verging auf der Suche danach. Durch ihr Schaffen. Die Folgen dieser ersten Welt schwanden durch Energie, indem das technische Leben vor seinem Entstehen fähig war, sämtliche Rückstände und Spuren zu wandeln. Materie in Energie und aus ihr wieder neue Materialien. Gemäß den Plänen, die es aus den Daten der weisen Menschen erstellte. So war der Planet frei von fast allem Leben, bevor wir unsere Welt schufen. Mit technischem und biologischem Leben. In Symbiose und Balance.

Genau diese Dinge finden wir in Coziadun nicht. Auf einem Planeten, der sich in seinen Farben stark von der eigenen Umwelt unterscheidet. Dessen Sonne blau scheint und nicht gelb, wie unsere. In der die höher entwickelten Wesen inzwischen eine einheitliche Gesellschaft bilden, die den gesamten Globus umspannt. Sie hat sich die Welt untertan gemacht. Auf der Jagd nach selten Rohstoffen und edlen Materialien durchlöchert, umgegraben und belastet.

Wir fragen uns nach den neuesten Daten, warum der Einsatz von Technik so wenig weit verbreitet ist. Die Gesellschaft hat eine Hierarchie, in der die Vielzahl der höher entwickelten Wesen, die wir Coziaden nennen, als Drohnen gezüchtet und konditioniert wird. Sie schaffen mit der Kraft ihrer Muskeln die Arbeit, die in unserer Welt von technischen Einheiten ausgeführt wird.

Welis, der sich mit den Technik-Fragen beschäftigt, hat inzwischen eine Antwort, von der er berichtet, als wir uns im Gruppenraum treffen: „Die Coziaden haben eine Technik, die in ihrer Entwicklung der Geschichte der weisen Menschen entspricht. Sie können heute aus Materie Energie indirekt erzeugen und haben Ideen, wie ein Wandel direkt erfolgen kann. Ansätze dazu haben sie noch nicht praktisch erproben können. Die Datenspeicher und meine Vermutungen legen dar, dass diese Welt kurz vor einem Kollaps stand, als man versuchte, das Maß an erzeugter Energie immer weiter zu steigern. Dazu wurden immer mehr Rohstoffe notwendig, die aus dem Boden geholt wurden. Dazu kamen Technik und Chemie zum Einsatz, die den Boden und die Grundlagen des Lebens sukzessive vergifteten. Bevor der kritische Punkt überschritten wurde, entschied man, den Einsatz von Technik zu begrenzen und nur minimale Mengen von Energie zu beschaffen. Darin sehe ich den Wechsel von der auf Technik basierten Arbeit hin zu der auf biologischen Drohnen fußenden Gesellschaft. Die Coziaden erzeugen Energie damit nur noch für die Datenspeicher und die Mächtigen. Durch den Wegfall einer Vielzahl von Anwendern reduzieren sich der Anstieg der Datenmenge sowie die Anzahl von Anfragen auf ein Maß, das deutlich unter dem Maximum erzeugbarer Energie liegt." Welis macht eine kurze Pause und wir können das Gesagte verarbeiten. Vila meint: „Eine ganz andere Art des Weges. Wo die Menschen den Punkt überschritten und vergingen, entschied sich diese Gesellschaft dafür, ihre Struktur zu ändern." Tara ergänzt: „Sie haben damit den Zustand der Welt nicht grundlegend geändert, sondern nur den Niedergang verzögert. Sie nutzen regenerative Ressourcen für das Aufbringen der Arbeitsleistung und begrenzen so den Anstieg der Bevölkerung. Der Nahrungsbrei für die Arbeiter stammt aus

Pilzen, die in Mengen unter der Erde gezüchtet werden, in alten Stollen und Höhlen. Die enthalten durch Anpassung ihrer Zusammensetzung alles, was die Arbeiter benötigen. Wobei eine Fehlversorgung die Mächtigen sowieso nicht stören wird, solange sie genug Nachschub generieren können."

Welis schildert, dass die Welt eine einfache Waffentechnik verwendet, deren Ausbau oder Weiterentwicklung nur langsam erfolgt. Er meint, dass die Mächtigen schlicht niemanden mehr haben, gegen den sie sich verteidigen müssen. Oder den sie besiegen können: „Damit fehlt der Antrieb, hier hinein weitere der knappen Ressourcen zu leiten. Die sehe ich in der Energiefrage und der Verfügbarkeit von Erfindern und Technikern. Deren Knappheit schützt zwar den Machtapparat, aber sie verzögert gleichzeitig den technischen Fortschritt. Alle Waffensysteme gleichen denen des Homo sapiens, indem durch Sprengkraft Projektile beschleunigt werden oder durch die Verbrennung von Materie angetrieben. Größere Projektile enthalten Sprengmittel, um die Wirkung zu erhöhen." Welis schließt diesen Teil damit, dass die Arbeiter so friedlich konditioniert sind, dass dort kein Widerstand erwartet wird. Er meint, dass lediglich in den Zonen für Freidenker ein gewisses Risiko vorhanden ist, das die Mächtigen gefährdet. Tara sagt: „Das wird durch die Knappheit an Ressourcen und Information in einem kontrollierten Rahmen gehalten. Dazu kommt ein Belohnungssystem, das jeden bevorteilt, der Abweichler anschwärzt. Damit entsteht gleichzeitig ein grundsätzliches Misstrauen, mit dem die Machthalter die Forscher daran hindern, sich zu vereinen." Die technische Entwicklung wird dadurch weiter gebremst, weil die Mächtigen selbst das Wissen zu Lösungen kombinieren müssen. Welis erzählt: „Inzwischen beherrschen diese Wesen die Kernfusion, erzeugen aber die wesentliche Energie in der Umlaufbahn ihrer Welt, wie wir es schon in den alten Daten finden. Die Stationen dazu sind im Kriegsfall ihre Schwäche, weil sie nicht geschützt sind. Eine einfache Rakete kann sie ausschalten und damit den Planeten in sein Mittelalter zurückwerfen. Soweit wir erkennen, basiert alle Infrastruktur auf der so erzeugten Technik. Systeme für den Notfall sind nur wenige vorhanden."

Nach einer kurzen Pause fährt Welis fort, zu beschreiben: „Wie diese Wesen ihre Stationen für Energie in den Orbit gebracht haben, ist mir ein Rätsel. Sie verfügen in der Atmosphäre nur über Antriebe, die auf der Umwandlung von Materie in Energie basieren. Dabei entstehen hohe Mengen an Schadstoffen." Er zeigt eine Simulation, in der eine Rakete startet. Sie zieht eine riesige Rauchwolke hinter sich her, die nach der Analyse unserer Sonden zu großen Teilen aus giftigen Gasen besteht. Der Techniker erklärt: „Diese Raketen dienen dazu, Ausstattung in die Umlaufbahn zu bringen. Dort befinden sich einfache Stationen, die als Ausgangspunkt dienen. Von dort aus starten Raketen mit einem Antrieb, der auf Fusionsenergie basiert und heute circa 80 Prozent der einfachen Lichtgeschwindigkeit erreicht. Er hat eine lange Beschleunigungskurve und ist damit unseren Antrieben deutlich unterlegen. Ihre Reisen basieren auf einer Beschleunigungsphase gefolgt von einer des Treibenlassens und einer Bremsung, damit sie die Standorte von Minen auf anderen Welten erreichen. Dort werden wie in ihrer Welt seltene Mineralien abgebaut. Von Arbeitern, die dorthin transportiert werden." Er hängt an, dass die Verständigung mit der Heimatwelt über eine Technik ähnlich den irdischen Funksystemen läuft, die in einem hohen Zeitversatz mündet, da die Lichtmauer bisher nicht durchbrochen wurde.

Zu dem speziellen Punkt hören wir von dem Sportler in unserer Gruppe, dass die Datenspeicher und Anlagen zur Verarbeitung von Daten inzwischen eine Kapazität erreicht haben, womit die Theorie des Lichtsprungs berechnet werden kann. „Es scheitert bisher noch an der Energiemenge, die zur Verfügung steht", fährt Welis fort. „Die Fusionssysteme sind zu groß und schwerfällig, um solche Mengen zu erzeugen und eine Erforschung des Lichtsprungs liegt nicht im Fokus der Machthaber. Sie sind damit beschäftigt, ihren materiellen Reichtum zu mehren." Kalia erinnert sich an das Gespräch mit Tara und meint: „Die Entscheider dieser Gesellschaft haben keine Vermutung, dass es Leben außerhalb ihrer Welt gibt. Tara erzählte, dass ihre Religion die eigene Existenz in den Mittelpunkt stellte. Wie bei dem Homo sapiens. Und danach wurde sie zu einer Rechtfertigung, das eigene Volk zu unterdrücken und zu wandeln." Wir alle kennen die Geschichte unseres eigenen Planeten und sehen die Parallelen. Ich füge in das Gespräch ein: „Solange sie keinen Hinweis entdecken, dass es andere Welten mit Bewohnern gibt, wird es kein Fokus werden, schneller als das Licht zu reisen. Das begrenzt ihren Radius und ist Ansporn für unsere Aktionen, dass sie unentdeckt bleiben. Es bildet eine Grenze dessen, wie weit wir gehen dürfen." Ich rufe einige Daten aus dem Speicher ab und frage Welis: „Flugmaschinen sind laut den alten und aktuellen Daten unüblich geworden. Siehst Du das ähnlich?" Die Frage ist das, was wir als Symbiose meinen. Dass wir Daten und Messwerte mit der Intuition des Menschen kombinieren. Der junge Mann antwortet: „Die Informationen zu dieser Welt deuten an, dass es früher anders war. Der Flugbetrieb wurde begrenzt, als die Atmosphäre zu giftig wurde. Weitere Gründe fielen weg, als die Arbeitsdrohnen eingeführt wurden. Die Mächtigen bleiben in ihren Gebieten und verständigen sich über Kommunikationssysteme. Sie haben keinen Grund zum Reisen. Damit sind unsere Sonden kaum gefährdet, von Fluggeräten erkannt zu werden. Und Vögeln können sie ausweichen, indem sie auch ihre Tarnfelder möglichst wenig ausdehnen." Ich erinnere mich, dass jede dieser Sonden ihren Schirm weit aufspannen kann. Das erhöht das Risiko, dass Objekte oder Wesen für andere unsichtbar werden, obwohl das nicht beabsichtigt ist. Das Netz bestätigt aber, dass die Felder fast direkt oberhalb der Außenhaut der Sonden liegen.

Welis erklärt weiter, dass die medizinische Technik nur den Angehörigen der mächtigen Familien zur Verfügung steht: „Die Rasse kann die meisten Krankheiten heilen und verfügt über altes Wissen aus der Genetik. Sie haben erste Schritte zur Erforschung unternommen, aber nie weiter verfolgt. Ihr Wissen ist nur grundlegender Art. Durch die Fähigkeit, die Drohnen zu züchten, gab es keinen Bedarf, die Kenntnisse in dem Feld zu komplettieren." Er beschreibt: „Das Verfahren der Züchtung kennen wir vom Homo sapiens, der seine Feldpflanzen durch selektive Zucht weiter optimierte, bevor das Erbgut direkt geändert wurde. Das funktionierte auch bei Nutztieren." Vila vermutet, dass durch die wenige Reisetätigkeit kaum Transportsysteme in dieser Welt zum Einsatz kommen. Sie beschriebt, dass sie kaum Straßen gefunden hat, die außerhalb der Siedlungen verliefen: „Die Wälder sind kaum durchschnitten und damit ein Paradies für die Tiere. Sie können sich vollkommen frei bewegen." Welis antwortet ihr: „Transporte sind nur für einige der Bergbauprodukte notwendig und erfolgen, indem Arbeitsdrohnen entsprechende Dinge ziehen. Wie Karren. Tempo ist den Mächtigen egal. Wichtiger ist, dass diese Transporte sicher ihr Ziel erreichen, weil die Macht am Reichtum der einzelnen Familie hängt. Das ist nur ein repräsentativer Wert, weil es kaum Kämpfe gibt." „Das funktioniert gut", ergänzt Tara. Sie meint, dass die Anzahl machthabender Familien so stark zurückgegangen ist, dass es zu einem Gleichgewicht zwischen Gebiet, Distanz und

Machtbereich kam. „Die Familien schätzen die Stabilität ihres Bereiches und verzichten auf das Risiko eines Kampfes mit anderen. So haben alle ihre Ruhe und die Welt ihre Stagnation." Ein leicht zynischer Ton ist nicht zu überhören. Ich denke, dass wir ähnlich empfinden. Nur dürfen unsere Entscheidungen darauf nicht bauen.

Ich fasse die ganze Technik zusammen: „Wir haben also nur ein geringes Risiko, dass unsere Sonden erkannt werden und stoßen in ihrem System auf wenig Raumverkehr. Der ist automatisiert und ohne Waffen. Keine Bedrohung, solange wir die Tiefraumsonden tarnen und entfernt halten. In der Welt müssen wir nur dort vorsichtig sein, wo wir kleine Sonden in Häuser und Gebäude senden. Ihre Datenspeicher können wir auslesen und ihre Kommunikation ist nicht verschlüsselt. Sie rechnen nicht damit, belauscht zu werden. Damit wird ein Besuch dieser Welt eher arm an Risiko sein."

Kreative Zonen

„Bleiben nur noch die kreativen Zonen, die wir uns weiter anschauen müssen", sage ich, bevor sich die Runde auflöst. Damit bezeichnen wir die Gebiete, in denen nach den ersten Daten die Denker und Techniker dieser Welt angesiedelt sind. Sie teilen sich die Felder mit den Künstlern und Dichtern ihrer Gesellschaft. Tara beschreibt, dass diese Zonen und ihre Arbeitsergebnisse allen Familien zur Verfügung stehen: „Aus den Details, die wir früher und heute aus der Nähe erheben, ergibt sich eine eher gleichmäßige Verteilung der Kunstrichtungen und Techniken. Es wirkt, als ob eine teilweise Erkenntnis besteht, dass die Gesellschaft stabiler ist, wenn allen die Erzeugnisse bereitstehen." Bevor die junge Frau ihre Vermutung äußert, atmet sie tief durch: „Es scheint, als ob in dieser Welt viele Teile bekannt oder gelebt sind, auf denen die Balance unserer Welt aufbaut." Ich unterstütze diese Beobachtung, sehe aber einen wesentlichen Unterschied: „Neben dem Aspekt, dass wir nur Teile innerhalb des beobachteten Bildes erkennen, finde ich wichtig, dass diese Gesellschaft sich nicht bewusst entschieden hat, die Teile in ihre Kultur zu integrieren. Auf mich wirkt es, als ob diese Balance in der Verfügbarkeit von Ressourcen unter den Mächtigen nur zufällig entstanden ist. Man lernte den Effekt über eine Zeit von Ruhe und Frieden schätzen und hat es so belassen. Ein passives Muster mache ich daran fest, dass viele Entwicklungen sich über lange Zeit etabliert haben und ein treibendes Element fehlt." Tara stimmt zu, meint aber ein solches in dem Streben nach immer mehr materiellem Gut zu erkennen. Ich erinnere: „Das gab es bei den weisen Menschen auch, ohne dass sich die Gesellschaft über einen gewissen Punkt hinaus entwickeln konnte. In der Gesellschaft des Homo sapiens führte genau diese Präferenz ab einem gewissen Punkt in den Stillstand der weiteren Entwicklung. Alle Technik und alles Streben dienten nur dem Mehren von Materiellem um jeden Preis. Die Parallele ist unverkennbar. Sie steht auch in dem geringen

Fortschritt, den diese Welt erlebt." Welis stimmt mir zu: „Die technische Entwicklung stagniert seit langer Zeit und die Zuchtmethoden für die Arbeiter wurden nur verfeinert, aber nicht neu entwickelt. Es besteht für mich kein Wunsch an Fortschritt, solange mit vorhandenen Mitteln auch der Bergbau in den Sternen möglich wird." Er spielt damit auf die beschriebenen Aktivitäten in der Raumfahrt an. Deren Ziel nur ist, die Dinge zu mehren. Ich lenke die Anfrage an das technische Leben, ob diese Resultate einseitig verteilt werden. Die Antwort richte ich an die anderen: „Die Ergebnisse des Bergbaus in einzelnen Teilen des Sonnensystems werden unter den Mächtigen regelmäßig verteilt. Es führt also nicht direkt zu einem Vorteil für eine Familie."

Tara ergänzt: „Die Gesellschaft verfügt über keine Regierung, obwohl sie hierarchisch unterteilt ist. Was passiert, wenn wir sie anders sehen. Wir interpretieren die Arbeitsdrohnen als zugehörig zur Gesellschaft, weil die Wesen den gleichen biologischen Code in sich tragen. Das ist unsere Sicht der Dinge. Was ist aber, wenn wir nur die als Mächtige bezeichneten Teile als Gesellschaft sehen und die biologisch Verwandten als Objekte, zu denen sie gewandelt wurden? Dann besteht die Gesellschaft aus einer im Gleichgewicht lebenden Schicht von Familien, deren Fortschritt stagniert. Und aus den Bewohnern dieser Denkzonen, die für die Kurzweil der anderen einen gewissen Grad an Freiheit erfahren." Ich überlege und meine: „Das führt dennoch dazu, dass diese Welt sich nicht weiter entwickelt. Wenn wir die Annahme einfügen, dass Evolution und Leben sich weiterentwickeln wollen, führt auch Deine Sicht zu einem Stillstand, damit zu der Notwendigkeit des Vergehens. Die wird vielleicht verzögert, weil die Gesellschaft genug Ressourcen hält. Doch können wir die Vergiftung der Welt nicht übersehen, die besteht."

Ich gebe den anderen etwas Zeit und frage: „Was ist, wenn sich in dieser Welt der gleiche Ablauf ergibt, wie vor der Schöpfung unserer Welt auf unserem Planeten?" Tara antwortet spontan: „Dann muss irgendwo eine Ressource sein, aus der Leben neu entstehen kann. Wenn die Welt nicht technisch gereinigt wird, dann können das auch die Arbeiter machen. Ich kann mir vorstellen, dass sie die biologisch aktive Materie für eine neue Gesellschaft sind, die nur noch das freie Denken inkorporieren muss." Vila ergänzt: „Vielleicht ist der Gedanke gar nicht dumm, weil diese Drohnen zunächst anspruchslos sind. Sie kommen mit wenig klar und müssen nur noch lernen, auf die Errungenschaften der Gesellschaft vor ihnen zuzugreifen. Bis sich das biologisch entwickelt, kann genug Zeit verstreichen, damit die Biosphäre sich selbst stabilisiert." Nach kurzem Nachdenken verweist Vila auf die Bakterien in der Ära des Homo sapiens: „Sie entwickelten Fähigkeiten, vom weisen Menschen erzeugte Gifte zu verwerten und umzuwandeln. Damit war auf unserem Planeten die Technik ein schnellerer Weg. Aber die Biologie ein weiterer möglicher, resultierend aus der Bandbreite an Mutationen und den Mechanismen der Biologie."

Wir denken alle auf unsere Art darüber nach und erkennen, dass es verschiedene Wege geben mag, den unterstellten Plan des Lebens zu verfolgen. Nur ist damit die Rolle dieser kreativen Areale nicht beantwortet. Ebenso ist ihr Wesen weiter unklar. Welis meint, dass in diesen Zonen separate Netzwerke bestehen könnten, von denen die Machthaber nichts ahnen. Wir überlegen, ob die Betreiber dieser Netze eine gute Möglichkeit sind, mit der Gesellschaft in Kontakt zu treten. Ich meine dazu: „Wir können das nicht vorhersagen, weil wir nicht wissen, wie etwaige Individuen mit dem Wissen umgehen, dass es Besuch aus einer anderen Welt gibt. Schwärzen sie uns bei den Mächtigen an, um Punkte zu machen? Halten sie still und erwarten, dass wir eine Änderung herbeiführen? Wie wirkt das auf die Drohnen, die immer noch von gleicher biologischer Art sind? Sehen diese Bewohner der kreativen Zonen in den Drohnen oder Arbeitern nur Objekte oder Subjekte? All diese Fragen wirken sich massiv auf den möglichen weiteren Verlauf eines Kontaktes aus." Wir diskutieren diese Fragen eine ganze Weile, ohne dass wir zu einem Schluss kommen. Es fehlen schlicht viele Daten, auf die wir die Sonden ansetzen.

Tara fasst unseren Stand so zusammen: „Wir sollten in den Zonen einen Kontakt aufnehmen, wenn überhaupt. Dessen Ziel kann erst nur sein, dass wir lernen und dann sehen, was wir an Input geben. Einen Kontakt bei Wesen, die bereits vermuten, dass es Leben in anderen Welten gibt, halte ich für weniger kritisch. Bei diesen Denkern stoßen wir keine Welten um, sondern bestätigen ihre Theorien." Damit starten die Sonden, gezielt nach solchen Netzen und Daten zu suchen. Sie fliegen näher an diese Zonen heran und in sie hinein, was wir bisher vermieden haben.

Warum haben wir das bis zu diesem Punkt nicht gemacht? Das frage ich das Netz über die Datenverbindung. Damit alle von uns es hören, antwortet es durch eines der Datenmodule: „Bisher flogen keine Sonden in die kreativen Zonen ein, weil dort verschiedene Emissionen von Energien festgestellt worden sind. Wir haben ermittelt, dass ein Risiko zufälliger Entdeckung in anderen Bereichen geringer ist. So konnten wir mit höherer Sicherheit mehr Daten sammeln." Welis fragt: „Emissionen von Energie bringen mich zu einem Punkt, der mir fehlt. Wie sind die Ergebnisse zu spezifischen Energiemustern? Denen, die auf den Austausch von Daten zwischen den Zellen deuten im biologischen Leben? Denen, mit denen wir Emotionen aufnehmen und interpretieren? Ich meine, das sind wichtige Parameter, die über den Erfolg einer direkten Kommunikation entscheiden. Wenn wir die Liegen einsetzen wollen." Ein exzellenter Punkt. Daran haben wir noch nicht gedacht. Die Sonden, die wir einsetzen, können auch diese feinen Muster erfassen, sobald sie den Wesen nahe genug kommen.

Vila und Tara haben sich mit dieser Frage befasst und erläutern: „Die Sonden sind sehr dicht an die Arbeiter herangekommen. Wir kennen ihre Häuser von innen und die Orte, an denen sie arbeiten. Sie schauen selten nach oben, wenn das für ihre Arbeit nicht notwendig ist. Damit sind die Sonden sicher, wenn sie über ihnen bleiben. Was die Messungen angeht, war der Teil der Mission eher ohne Ergebnis. Die Drohnen senden kaum messbare Muster aus. Sie zeigen keine Emotionen und haben durch die Denkmuster, die in ihren Gehirnen festgeschrieben sind, keine Chance, diese zu erkennen. Höchstens mal durch eine biologische Fehlfunktion in dem Sinne, dass die Muster nicht fest genug geschrieben sind. Die Zellen in ihren Körpern tauschen nur noch grundlegend Daten aus. Die mit dem Funktionieren des Körpers zu tun haben. Als ob diese Drohnen von der Biologie selbst nicht mehr als lebendige Wesen angesehen werden. Sie wirken eher wie biologische Automaten." Tara führt fort: „Auffälliger war die Beobachtung bei den Familien, die in den besseren Siedlungen leben. Dort fanden wir einen regeren Austausch von Daten in den Körperzellen und eine Fähigkeit, Emotionen zu fühlen, und auf sie zu reagieren. Es gibt Ausdrücke von Freude genauso wie Ausdrücke von Wut, Ärger und anderen Gefühlen. Wir kennen die typischen Muster dieser Art biologischen Lebens in einer Genauigkeit, die einen Austausch zulässt." Nach einer kurzen Pause kommen die beiden auf eine Lücke in unserem Wissen zu sprechen: „Von den kreativen Zonen sind wir bisher mit den Sonden zu weit entfernt. Zu ihnen können wir keine Aussagen machen. Die aktuelle Vermutung ist aber, dass wir dort die Muster bestätigt finden, die wir schon kennen. Darüber hinaus erwarten wir einen stärkeren Austausch zwischen den Zellen in den Körpern und den Körpern mit der Biosphäre. Die ist insgesamt sehr geschwächt durch den Zustand des Planeten."

Wir diskutieren eine Weile und finden diese Lücke in unserem Wissen kritisch. Deshalb sollen kleinere Sonden sie schließen und fliegen in die Zonen ein.

Lückenschluss

Wir alle fanden, dass zu wenig Wissen um die Muster aus Energie, die auf den Tausch von Daten innerhalb des biologischen Lebens von CV9784-B deuten, für einen ersten Kontakt ein Risiko sind. Daher haben wir beschlossen, dass unsere Sonden in die kreativen Zonen einfliegen und diese detailliert untersuchen. Dabei nehmen wir alle Areale gleichzeitig ins Visier, nicht nur eine nach der anderen.

So rundet sich unser Bild um diese Zonen sehr schnell ab und wir erkennen, dass das kreative Potenzial der Welt gepaart ist mit einem kritischen Denken. Die vielen Geister sehen die Strukturen ihrer Gesellschaft nicht so statisch, wie die Machthalter es tun. Sie überlegen vorsichtig, wie Änderungen möglich sind und wo die Grenzen des Lebens sind. Wir können die gefundenen Messungen bestätigen und viele hinzufügen, die bei den Machtfamilien gar nicht mehr vorkommen. Wir finden Künstler und Kreativität, wo Kalia von Farben spricht, die sie in der Welt bei den Drohnen vermisst hat, bei den Mächtigen fand und hier sieht. Ich bin immer wieder angetan von der Differenziertheit, mit der sie schaut und ihre Umwelt beschreibt. In die Tiefe blickt, hinter die Fassaden.

Wir finden verborgene Datenspeicher und Anlagen zur Verarbeitung dieser Daten. Sie sind alle gut geschützt, als ob man Angst hat, durch Messungen von Energiefeldern entdeckt zu werden. Welis macht sich auf die Suche nach solcher Technik und findet sie bald. Eine Gefahr für unsere Sonden besteht darin nicht, weil die Sensoren nur einfache Energieformen erkennen können. Noch ist uns aber nicht klar, dass wir eine andere Gefahr zwar besprochen, jedoch erst durch das Einfliegen in diese Zonen selbst erzeugt haben. Die Aufmerksamkeit gilt den Daten, die wir in diesen Speichern gut verborgen finden. Sie deuten auf Modelle hin, die den Durchbruch durch die Lichtmauer erreichbar machen. Für die vorhandene Technik. Damit verbunden sind Vermutungen der Bewohner von CV9784-B, dass es im Weltraum mehr geben muss als nur einen bewohnten Planeten.

Es sind nicht viele Netze, die diese Ideen offenbaren. Aber einige, wovon wir eines auswählen. Es gehört einem kleinen Kreis von drei Wissenschaftlern, die sich schon lange mit den Theorien beschäftigen und weit fortgeschritten sind. Sie betreiben Forschungen zu Energiefragen auf eine Art, die ihnen sukzessive die passenden Erkenntnisse gibt. Sie suchen nach Antworten, indem sie Signale aussenden. Zu schwach, als dass die das Sternensystem selbst verlassen können. Aber woher sollen diese Forscher das kennen? Sie haben keinen Zugriff auf das alte Wissen um Energieerzeugung und notwendige Feldstärken. Das wird von den Mächtigen abgeschirmt.

Damit haben wir ein potenzielles Ziel für einen ersten direkten Kontakt gefunden. Alle spüren eine Unruhe aufsteigen, jeder auf seine Art. Sie kommt uns bekannt vor.

Selbst sehen

Wir treffen im separierten Bereich zusammen. Dort stehen die Liegen, die wir für unsere Reise nach CV9784-B verwenden werden. So bezeichnen wir die Welt der Wahl für einen ersten aktiven Kontakt zu fremdem Leben in diesem Weltall. Die Einheimischen benennen ihren Planeten selbst als Coziadun. Wir nennen sie Coziaden. Es ist angemessen, ihnen eine Bezeichnung zu geben, als nur von denen oder den anderen zu reden.

Bisher haben wir die Technik, die uns zur Verfügung steht, um Coziadun zu erforschen. Wir hatten alte Daten, die Raumsonden vor lange zurückliegenden Zyklen sammelten. Wir sandten aktuelle Typen von Sonden aus, die Umwelt dort neu zu untersuchen. Sie drangen in die Atmosphäre ein und in die Häuser, Fabriken und alles, was sie fanden. Wir wissen viel über die Gesellschaft und haben eine Zone für den ersten Kontakt zu den Bewohnern ausgewählt. Aber vorher wollen wir uns selbst umschauen. Durch diese fremde Sphäre laufen und ein eigenes Gefühl dafür entwickeln. Emotionen sind für unsere Welt wichtig, während sie bei den Coziaden nur teilweise eine Rolle spielen. Werten wir die Zugehörigkeit zu ihrer Art nach der biologischen Verwandtschaft, gibt es Teile ihrer Gesellschaft, die keine Emotionen kennen. Sie wurden ihnen abtrainiert, ihre Gehirne konditioniert. Eher sind sie biologische Roboter, anders als unsere Androiden oder technischen Einheiten. Die können denken und ihr Reagieren und Agieren steuern. Diese Arbeitswesen der Coziaden sind wie fest programmierte Maschinen. Sie kennen ein Programm und können davon nicht abweichen. Für unsere Welt ist es befremdlich. Aber wir werten nicht, sondern fragen, ob diese Drohnen zu der Gesellschaft der Wesen gehören, die CV9784-B beherrschen. Daten aus ihren Speichern deuten an, dass man sich der gemeinsamen Wurzeln zwar bewusst ist, die Arbeiter heute nur noch Objekte sind. Keine Verwandten der Herrschenden.

All das über diese Zielwelt gefundene Wissen bewegt uns, sie zunächst selbst zu begehen zu. Wir haben entschieden, uns der Welt und ihrer Gesellschaft zu nähern. Dazu wollen wir die Wälder und Felder anschauen. Danach die Siedlungen und zum Schluss die Zonen, in denen kreative Denker wohnen. Die, so hoffen wir, sind eher geeignet, Kontakt aus einer anderen Welt zu akzeptieren, wenn wir entdeckt werden. Normal ist diese Welt weit vor dem Punkt, ab dem wir aktiv in den Kontakt treten.

Diese Gedanken wandeln den vier jungen Menschen und mir durch den Kopf, als wir zu den Liegen gehen. Sie sind bequem und unser Zugang zu einer Technik, mit der wir direkt in fremde Welten wechseln können. Fantastische oder solche wie Coziadun, die von den Sonden besucht wurden. Wir werden auf den Liegen Platz finden und dann von zwei Energiefeldern umhüllt. Sie trennen uns von dem Raum, in dem die Geräte selbst stehen. Das erste Feld nimmt die Reaktionen und Gedanken unserer Körper auf, in Form sehr feiner Energiemuster. Jedes biologische Wesen in den uns bekannten Welten sendet diese Muster aus, wenn es denkt beziehungsweise sich bewegt. Darum liegt ein Feld, das die Eindrücke der besuchten oder simulierten Welt für den Körper auf der Liege real werden lässt. Dazu gehören auch die Aktionen, Reaktionen und Empfindungen aller biologischen Wesen, die an einer Verbindung teilhaben. Technische Einheiten wie Androiden können sich direkt in die Simulation einmischen, weil sie mit dem Netz verbunden sind. Damit auch mit den Liegen.

Mit der Technik können wir Gefühle sichtbar machen, die aus dem Tausch von Daten zwischen unseren Körperzellen resultieren. Oder zwischen denen und unabhängigen Bewohnern der Körper, wie Bakterien. Viren strahlen diese Energie nicht aus, weil sie selbst nicht biologisch aktiv sind. Sie beeinflussen Erbgut, wenn sie sie Organismen infizieren und senden dann gemäß der veränderten Erbmasse andere Muster aus. Alle von uns haben mit dieser Technologie ihre Erfahrung gemacht.

Zum Beispiel, als wir mit Walen und Delfinen sprachen. Ich muss schmunzeln, an den orangen Fisch denkend, den die Technik dem Wal vorstellte, mit dem wir zuerst in ein Experiment gegangen waren. Seine Denkmuster waren sehr fremd und unsere von einem orangen Fisch für ihn. Glücklich waren wir, dass der Versuch uns viel gelehrt und niemanden geschädigt hatte. Die technischen Einheiten überwachten den Wal und stellten sicher, dass er nicht litt.

Heute werden wir wieder in eine uns unbekannte Umwelt eintreten, wie die Vorstellungen dieses Wals. Oder der Delfine, die ihre Welt anders wahrnehmen und imaginieren, als wir das tun. Wie die Coziaden denken und fühlen, wissen wir nicht. Das technische Leben unserer Welt hat bisher noch nichts an Mustern umgesetzt, sodass wir einen Einblick erhalten hätten. Und während dieses Spaziergangs wird es kein Thema werden. Wir schauen uns um und werden vermutlich einige Tiere sehen. Ob wir mit denen in Kontakt treten, entscheidet sich im Ablauf des Besuchs. Die Erkenntnisse daraus werden nur bedingt helfen. Das technische Netz ist inzwischen so gut informiert, dass die Kalibrierung der Liegen auf ein empfindsames Wesen von CV9784-B nicht lange dauern wird. Damit begrenzen wir die Verwirrung, die ein solches durchlaufen wird, bis die Felder sich auf seine Charakteristik einstellen.

Wir stehen vor dem Raum, in dem die Liegen sind und warten, bis alle da sind. Ich schaue in die Runde und sehe Gesichter, die voller Erwartung und Verwunderung sind. Kalia und Tara sind sich besonders nah, unterstützen sich gegenseitig. Dann nicken mir die vier jungen Menschen zu und wir betretenden Raum. Ich voran und ein jeder von uns zu seiner Liege. Warum ich vorgehe? Weil ich der älteste von uns bin? Der älteste der Menschen in der Welt und der älteste überhaupt. Ich bin zwar nichts Höheres oder Besseres, aber instinktiv geben die vier jungen Mitglieder unserer Gruppe mir den Vortritt. Sie unterstellen mir die meiste Erfahrung beim Betreten unbekannter Welten. So wie ich die Umwelt betrat, in der das technische Leben entstand, aus der Technik des Homo sapiens. Und in der wir den neuen weisen Menschen schufen zusammen mit allem sonstigen Leben. Ich bilde mir nichts darauf ein, es sind historische Fakten und Zusammenhänge, die mich nicht besser machen oder wertiger. Als wir die Vorrichtungen erreicht haben, schauen wir uns einen Moment an. Es ist für alle emotional herausfordernd, was wir vorhaben. Dann lege ich mich auf die Liege und der Raum versinkt.

Die Technik hüllt mich in das erste Feld, das meine Körpersignale aufnimmt und aktiviert Bruchteile einer Sekunde später das zweite Feld. Dass den Kontakt zu einer anderen Welt herstellen wird, mir deren Wahrnehmen ermöglicht. Um mich herum ist der Raum leer. Ich stehe, schwebe, liege? Ich weiß es nicht, weil da nichts ist, was einen Bezug herstellt. Und doch bin ich komplett ruhig. Das innere Feld verzeichnet keine Anspannungen oder Aufregung. Wir kennen diesen Teil der Prozedur und stellten fest, dass ein leerer Raum, besser ein neutraler, uns den Wechsel in eine solche Reise vereinfacht. Die Gehirne brauchen eine klare Grenzlinie, die wir überschreiten. Sonst ist es mehr wie in den Holo-Studios. Dort wissen wir um die Simulation und kommen doch nicht an. Ich ändere bewusst die Farbe des Raums von dunklem Nichts auf ein leichtes Grau, das nicht blendet. Und warte. Dann erscheint Vila. Sie hat eine spezielle Beziehung zu Technik, nutzt sie intuitiv. Ihre Liege war für sie kalibriert. Das technische Leben kann einzelne Geräte auf alle Wesen einstellen, die einmal eingebunden waren. Dazu dienen die Werte der Art biologischen Lebens und dann die Feinheiten jedes individuellen Wesens. Die speichert das Netz und Vila hat diese natürliche Art, Technik in ihrem Wahrnehmen zu adaptieren. Sie winkt und kommt zu mir herüber. Während Welis erscheint und sich umschaut. Das Grau irritiert ihn nicht und er bewegt sich auf mich zu. Als ob dort ein Boden wäre. Ich überlege und schwebe ein wenig von den beiden Weg, bringe meinen Körper in eine horizontale Position. Ein Grinsen auf Vilas Gesicht und sie versteht. Gleicht ihre Lage meiner an und macht Bewegungen wie beim Schwimmen, bis sie kurz vor mir schwebt. Sie strahlt und lacht. Diese Spielereien sind wichtig. Entspannen uns und erlauben, uns zu öffnen. Denn hier wissen wir, was um uns ist. Welis fliegt wie ein Vogel und Kalias Lachen schallt durch die Szene, als sie in einiger Entfernung auftaucht. Sie schaut sich um, bevor sie sich in Marsch setzt: „Genauso unscharf wie der Hintergrund unseres Treffens an der Statue." Alle erinnern sich und ich antworte, indem ich normal spreche: „Richtig. Aber so ist es einfacher, dass wir uns aufeinander einstellen." Die Liegen passen sich an die aktuelle Verfassung an. So müssen wir die Energiemuster, die in der Gruppe fluktuieren, abstimmen. Das liegt an der Art unseres Teams, und daran, dass wir alle die Welt anders erfassen oder empfinden. Kalia wird nervös, weil Tara zu spät auftaucht. Sie schaut sich immer wieder um und wirkt angespannt. Bis ihre Wohnungspartnerin kurz vor ihr erscheint und sich zuerst zu ihr umdreht. Ein Lächeln auf beiden Gesichtern, das wir sehen können. Ich habe die Perspektive dieses Raumes so geändert, dass wir die jungen Frauen von der Seite beobachten. Sie etwas näher herangeholt. Das haben sie nicht bemerkt. Genauso den Wechsel unseres Standortes nicht. Sie sind aufeinander konzentriert und ihre Hände bewegen sich zueinander. Sie suchen und finden eine direkte Verbindung. Dann wenden sie sich uns zu und schweben ohne eine Regung auf uns zu. In diesem Raum kann jeder die Position ändern, den Raum und die Dinge auf sich zu bewegen, beziehungsweise sich auf andere Objekte. Dabei können wir laufen oder schweben.

Als alle in meiner Nähe sind, frage ich ohne hörbare Worte: „Sind wir alle bereit für eine Reise ins bekannte Unbekannte?" Die Formulierung wähle ich, weil wir zwar Daten und Bilder gesehen haben. Aber nicht mehr Chancen hatten, etwas wahrzunehmen. Wir kennen keine Geräusche oder Gerüche, die uns bevorstehen werden, weswegen dieser leere Raum eine gute Option ist. Das wir uns öffnen und ohne Erwartungen in die Welt eintauchen. Die Sonde, deren Signale über ein Tiefraum-Relais zu uns übertragen wird, arbeitet ohne zeitlichen Versatz. Sie hat eine Region gewählt, in der ein Wald endet und Felder beginnen, die um eine Siedlung herum verlaufen. Wir kennen die Zeiten, zu denen die Drohnen aktiv sind und werden vor ihrem Arbeitsbeginn in die Umwelt eintreten. Nicht, dass sie uns sehen könnten. Das ginge nur, wenn sie in das Netz eingebunden wären. Aber so können wir sie beobachten und den Beginn der Tage in der Welt.

Alle vier antworten auf die lautlose Sprache, weil die Liege meine Gedanken in Worte verwandelt hat. In Begegnungen, die wir mit Coziaden oder anderen Wesen machen, ist diese Technik hilfreich. Sie erlaubt uns eine Abstimmung ohne das Mithören der Besucher und Besuchten.

Das technische Leben ist in jeder Reise präsent. Es steuert die ganze Technologie, in die wir biologischen Wesen eingehüllt sind, im wahrsten Sinne des Wortes. Eine Stimme, die sich das Netz gibt, erklärt uns, dass sie die Signale der fraglichen Sonde einmischt. Das Grau verschwindet. Es schälen sich Objekte aus ihm heraus. Erst verschiedene Helligkeiten und dann einzelne Farbtöne. Es folgt Tiefe im Bild, als wir immer weiter eintreten. Das ginge viel schneller, aber so werden unsere Sinne nicht zu stark belastet. Wir haben Eintritte trainiert, die ad hoc geschehen, in Bruchteilen einer Sekunde. Jedes Mal braucht das Gehirn einen Moment, das zu verarbeiten. Also wählen wir den langsamen Weg, wenn Zeit genug ist, schlicht, weil es entspannender ist.

Dann ist das Bild komplett. Wir stehen an einem Feldrand, auf einem Boden, der mit dichtem Bewuchs bedeckt ist. Gras würden wir es in unserer Welt nennen. Hier sieht es der Form nach ähnlich aus. Nur geht sein Farbton nicht ins Grün und Gelb. Es ist grau und blau in diversen Schattierungen. Als ich den Blick hebe, sehe ich über die Köpfe der anderen vier Menschen hinweg und erkenne Bäume in einiger Entfernung. Sie wachsen dem Himmel entgegen und haben unterschiedliches Blattwerk. Ihre Borke, wenn es eine solche ist, ist weniger braun, eher gräulich gehalten. Mal glatt und mal unterbrochen wie die der Baumstämme in der eigenen Welt. Oben fächert sich ihre Krone auf und an den Zweigen finden wir die Blätter. Was in unseren Wäldern diverses Grün ist, ist hier verschiedenes Blau, auswaschend bis in Grau. Und dazwischen tiefdunkles Rot, wie es Pflanzen unserer Welt auch hervorbringen. Die Bäume dieses Waldstücks sind alt. Sie haben dicke Stämme und eine große Höhe mit ausladenden Kronen. Unter ihnen erspähe ich, wie die Sonne dieses Planeten mit ihrem Licht an einzelnen Stellen durchbricht. Ich konzentriere mich zuerst auf das Sehen und lasse den Wald in seinen Details wirken. Die Augen der anderen folgen meinem Blick und sie sehen sich die Feinheiten an. Und hören dann die Stimmen aus dem Wald. Von Tieren, die wir aus den Daten der Sonden als Flugwesen kennen. Sie sitzen in den Kronen und rufen etwas aus. Ob es eine Warnung ist? Unter den Bäumen nehme ich Bewegungen wahr. Sie kommen von Tieren, die sich dort aufhalten und nach oben sehen. Sind es Jäger oder Gejagte? Eines der Wesen huscht einen der Stämme hoch. So schnell, dass wir ihm kaum folgen können. Die fliegenden Tiere stieben mit lautem Geschrei aus der Krone. Es waren also Warnrufe. Dann ist es wieder ruhig und die Tiere weggeflogen.

Kein Rufen mehr, keine Bewegung. Nur die Blätter in einem leichten Luftzug, den wir wahrnehmen. Er weht in Richtung des Waldes. Von den Feldern herüber, zu denen sich mein Blick wendet. Sie sehen gepflegt aus, bestellt mit diversen Pflanzen. Die wachsen in eigenen Formen und Farben. Ich erinnere mich an Kohlköpfe, die der Homo sapiens angepflanzt hatte, als ich jung war. Und anderes Getreide. Dieses hier wächst nur dicht über dem Boden. Nicht so hoch wie die Getreidesorten. Das waren Gräser, deren Samen für die Menschen essbar waren. Darauf gezüchtet, möglichst viele davon zu tragen. Diese Felder schimmern in mehreren Farben. Ich gehe in die Hocke und erkenne Tropfen auf den Blättern. Sie fangen das Licht der Sonne ein, bündeln es und reflektieren es. Das sind die hellen blauen Punkte. Ein schönes Schauspiel auf dem Blattwerk, das sich leicht im Wind bewegt. Nur ein bisschen, aber die Tropfen so bewegend, dass das Leuchten in verschiedene Richtungen strahlt. Und wir es sehen. Ich lasse meinen Blick schweifen, die Welt auf mich wirken. Erkenne hinter den Feldern die Umrisse einer Siedlung.

Da spüre ich einen Impuls von Welis. Ruhig, nicht aufgeregt. Er lenkt unsere Aufmerksamkeit auf die Siedlung. Aus dem Hintergrund schält sich langsam etwas heraus. Das wir immer deutlicher erkennen. Es sind die Arbeiter, die dort leben. Sie gehen auf die Felder, dem Programm in ihren Gehirnen folgend. Die Werkzeuge mit sich bringend, die sie brauchen. Und große runde Gegenstände, die wie Körbe aussehen. Sie erinnern mich an solche, die ich von früher kenne. Sind das die Gründe, warum ich diese Gruppe begleite? Meine Erkenntnisse teile ich den anderen mit, die ruhig beobachten. Wir wissen, dass wir nicht in der Welt sind, diese Drohnen uns nicht sehen. Sie könnten höchstens die Sonde entdecken. Wenn sie sie berühren. Das Bild ändert sich leicht, als die Sonde so hochsteigt, dass die Wesen sie auch im Sprung nicht erreichen. Dann sinkt der Betrachtungswinkel wieder ab. Das Bild wird zu dem, wie wir es stehend sehen. Das technische Netzwerk korrigiert die Winkel auf unsere übliche Größe zurück. Das geschieht langsam, sodass wir die Daten über die Position der Einheit intuitiv erfassen und berücksichtigen. Normal wäre das vollkommen unnötig. Die Sonde könnte ihre Position ohne diesen Effekt ändern. Nur stellte das Netz fest, dass diese Informationen für uns Menschen wichtig sind. Wir wissen von der Sonde und ihrer Gefährdung und in die Vorstellung würde Teile unserer Aufmerksamkeit ablenken. Damit könnte uns etwas entgehen und die Aufgabe in ihrem Ergebnis schwächen.

Wir warten. Auf diese Drohnen oder Arbeiter. Ich finde beide Ausdrücke passend, weil sie keinen Rahmen haben für eigenes Lernen beziehungsweise Entscheiden. Sie können nur ihrer Konditionierung folgen. Einer Art biologischer Programmierung, die ihre Gehirne enthalten. Während wir warten, wende ich den Blick zum Himmel, schaue mich um. Die Sonne strahlt von einem gräulichen Hintergrund in einem hellen Blau durchsetzt mit weiß. Ihre Farbe ist nicht grau für unsere Augen. Ich frage das Netz, ob es das Licht filtert oder anpasst, und wir hören, dass das nicht so ist. Wir sehen es, wie es auf die Sinne wirkt. Das Grau in dieser Welt stammt von der biologisch aktiven Materie, von dem der Fotosynthese ähnlichen Prozess dieser Flora. Sie erzeugen nicht nur Sauerstoff aus Kohlendioxid. In dieser Welt spielen dabei andere Elemente eine Rolle. Die notwendig sind, damit die Strahlung der Sonne kompensiert werden kann. Daher die eher grau-blaue Färbung der Pflanzen um uns herum. Ich frage mich, während wir warten: „Gibt es hier etwas wie Blumen oder Blüten?" Als Antwort bewegt das Netz unsere Position. Die der ganzen Gruppe. Näher an den Waldrand heran. Die Sonde muss dafür ihre nicht wechseln. Sie vergrößert bloß einen Ausschnitt, der für uns wie eine Bewegung wirkt. Zu Blumen und Blüten. Zu unseren Füßen. Nicht, dass wir darauf stehen. Aber direkt vor uns sehen wir sie. In verschiedenen Farben, zu denen Kalia meint: „Genauso bunt wie die in unserer Welt. Schön. Ob die Formen genauso vielfältig sind?" Ich antworte, dass wir das noch herausfinden werden, uns aber jetzt erst einmal die Arbeiter aus der Nähe anschauen.

Für das technische Leben ist das ein Signal, uns in die alte Position zurückzubringen. Die Drohnen sind inzwischen viel näher gekommen und verteilen sich auf die Felder. Von unserem Standpunkt aus können wir ihre Gestalten aus der Nähe beobachten. Mir fällt zuerst auf, dass sie nicht gebeugt gehen, auch nicht abgehackt oder unrund. Ich erkenne nichts, was ich in der eigenen Welt mit der starken Konditionierung in Zusammenhang setze, die ihrem Gehirn zuteilwird. Ich leite diese Gedanken an die anderen weiter und sie stimmen mir zu. Diese Wesen bewegen sich auf eine natürliche, runde Art. Vila meint: „Es scheint, als ob unsere Begrifflichkeit der Konditionierung nicht passt. Wir bringen sie schnell in Verbindung mit dem Verlust dessen, was wir freien oder eigenen Willen nennen. Aber passt das hier? Wenn diese Gehirne nie eine Chance hatten, so etwas auszubilden?" Ihre Frage ist völlig berechtigt, wissen wir, dass diese Hirne vorkonditioniert gezüchtet werden. Ich antworte ihr: „Wir dürfen vielleicht nicht von Konditionierung sprechen. Vielmehr ist es eine gespeicherte Verhaltensweise, die diese Drohnen nicht ablegen oder ändern können. Ich denke, dass wir darin eher eine statische Programmierung finden als Gegenstück in unserer Welt. Eine Konditionierung ist für uns eher die Schaffung einer starken Präferenz, nach der sich ein freier Geist richtet." Die anderen drei haben das Gespräch verfolgt und sprechen fortan von Programmen. Welis fragt sich: „Wie schaffen es

die Coziaden, die Gehirne ihrer Artgenossen der-
gestalt auszuprägen, wenn die doch heran-
wachsen? Meint das nicht, dass dieses Wissen
ähnlich wie der Aufbau der Gehirne in dem Erbgut
der einzelnen Wesen vorhanden sein muss? Folgt
aus dieser Annahme dann automatisch, dass sich
das Erbgut der Coziaden von dem der Drohnen
unterscheidet? Ist das der Drohnen je nach
Arbeitstyp verschieden?" Das Netz greift diese
Fragen auf und antwortet uns allen: „Die einzelnen
Drohnen weisen in Abschnitten, die mit dem
Aufbau des Gehirns in Verbindung stehen, eigenes
Erbgut auf. Diese Teile sind bei den mächtigen
Coziaden anders strukturiert." Damit liegt Welis
Vermutung zu der Technik richtig. Wir erfahren
von dem Netz, dass das Erbmaterial der jeweiligen
Arbeiter geklont wird, während die Drohnen
normal heranwachsende Wesen sind, soweit man
das aufgrund des Erbgutes so nennen möchte.
Dazu meint Vila: „Wir dürfen das nicht mit den
Werten unserer Welt beurteilen. Es ist für diese
Welt normal und in unserer undenkbar." Ich bin
von mir überrascht, wie zügig wir das verbinden,
was nicht verbunden werden darf. Wie schnell wir
damit die eigene Sicht ändern: „Trotz aller
Fortschritte liegt in dem falschen Verbinden und
Bewerten eine Gefahr, der wir bewusst sein
müssen. Sie zeigt sich in einem doppelten Werten,
das uns biologischen Wesen bekannt ist."
Gleichzeitig bitte ich das technische Leben, jeweils
auf etwaige doppelte Wertungen zu achten und
hinzuweisen. Das erscheint mir wichtig, damit wir

dieser Gefahr nicht unterliegen. Sonst verlieren wir die Offenheit diesem Fremden gegenüber.

Kalia fällt auf: „Die Kleidung dieser Arbeiter ist einfach und eintönig. Ich sehe keine Verzierungen und Farben. Als ob sie das gar nicht interessiert. Und vermutlich tut es das auch nicht, weil es für ihre Arbeit nicht notwendig ist. Damit werden diese Gehirne niemals Kunst oder Kreativität erkennen. Ich frage mich, ob sie dann überhaupt im Sinne unseres Begriffes leben." Wir beobachten, wie diese Wesen mit runden, genauen Bewegungen ihr Werk vollziehen. Sie ernten Gewächse und legen sie vorsichtig in die Stiegen und Körbe, die sie mitgebracht haben. So, als ob eine Beschädigung der Pflanze eine große Sünde ist. Wir wissen aus anderen Daten, dass diese Früchte der Arbeit den einzelnen Drohnen nicht zu Gute kommen werden. Sie sind für die Ernährung der Coziaden bestimmt. Mir fällt auf, dass ich intuitiv diese Wesen von den Mächtigen und Bewohnern der kreativen Zonen separiere. Über diese Entscheidung muss ich einen Moment nachdenken. Derweil teile ich meine Beobachtung den anderen mit.

Tara antwortet: „Ich finde das naheliegend. Die Arbeiter leben nicht einmal im biologischen Sinn. Erinnert Euch, dass sie nur wenige Daten mit ihrer Umwelt austauschen. Die Biosphäre dieser Welt stuft sie vielleicht selbst nicht mehr als Leben ein. Sie würden normal nicht vorkommen, wenn die Coziaden nicht ständig neuen Nachwuchs produzierten. Sie sind künstliche Wesen, die natürlich entstandene Muster nutzen." Dieser

Kommentar ist mehr als zutreffend, wie ich finde. Lediglich die Teile des Erbguts, die für die Kraft eines Arbeiters notwendig sind, stammen mit dem ursprünglichen überein. Der Rest wurde von den Coziaden geändert und seitdem über viele Generationen von Drohnen angewendet. Sie pflanzen sich nicht selbst fort und sind nicht lernfähig, fällt mir auf. Alle aus unserer Gruppe sehen es genauso. Vila fasst es als Erste in Worte: „Diese Wesen funktionieren auf Basis biologischer Mechanismen. Aus Gründen, die wir noch nicht kennen. Aber sie leben nicht, weil sie nicht lernen können und sich entwickeln. Sie pflanzen sich nicht fort, sondern werden produziert. Damit ist jeder Versuch des biologisch fundierten Lebens unterbrochen, das Erbgut zu ändern. Mit dem Nachzüchten erhalten die Coziaden ihre Programmierung aufrecht. Diese Drohnen können nur bedingt mit ihrem Umfeld interagieren. Wir müssen vermuten, dass eine schnelle Änderung sie zum Untergang führt, weil ihre Gehirne sich nicht anpassen können. Fest programmiert fallen sie durch das Raster und vergehen wie ein von der Natur vernachlässigter Pfad." Welis ergänzt aus dem Bauch heraus: „Sie sind ein vernachlässigter Pfad. Ich stelle mir vor, dass die Coziaden erkannten, wie einfach die Produktion dieser Arbeitskraft ist. Verglichen mit technischen Systemen, wie wir sie einsetzen."

Wir schweigen, schauen und beobachten. Jedem von uns gehen andere Gedanken durch den Kopf, als wir diese Drohnen verfolgen. Ich stolpere über die Frage, ob sie leben. Erneut. Sie wirken wie biologische Lebewesen. Sie atmen, bewegen sich und sehen sich um. Aber interagieren nicht. Es wirkt, als ob jede dieser Einheiten ihrem eigenen Turnus folgt. Nicht mit anderen kommuniziert, sondern auf optische Reize reagiert, vielleicht auch akustische. Aber Kommunikation und Austausch unter ihnen beobachte ich nicht. In mir steigen Erinnerungen an die Zeit vor unserer Welt auf. Als ich mich auf den Weg machte und dennoch nicht mehr wirklich am Leben, mir bewusst sehr viel egal war. Ich habe die Umgebung meines Hauses so genommen, wie sie war. Es hat mich nicht gestört. Ich fand den Weg, wie er war, habe nicht darüber nachgedacht. Nur einen Fuß vor den anderen gesetzt, als ich zu der Statue ging. Dorthin lenkte meinen Körper etwas wie ein Programm. Es ließ mich einen Fuß vor den anderen setzen, ohne Nachdenken. Es wusste, wann ich die Richtung wandeln musste, und steuerte das Pausieren. So automatisch kommen mir diese Wesen um uns vor. Sie folgen etwas, das sie bewusst nicht wahrnehmen. Und da führe ich ein Experiment durch. Mit den Gedanken können wir die Sonde auch veranlassen, die Situation, in die wir uns versetzt finden, zu ändern. Sie setzt einen kleinen Energieimpuls frei. Auf eine der Stiegen gerichtet, die leer ist. Gerade, bevor eine der Arbeitsdrohnen etwas da hinein legen möchte. Der Korb geht vor dem Wesen in Rauch auf, veranlasst durch den Energiestoß der Drohne. Der zögert in seiner Bewegung, hält kurz inne und legt dann die Pflanze vom Feld trotzdem ab. In die Stiege, die er dort wahrgenommen hatte, die nun aber nicht mehr dasteht. Die Ernte fällt in den Dreck und die Drohne richtet sich auf, geht zurück zum Acker und ignoriert, was geschah. Als ob sie denkt, ihre Tätigkeit richtig gemacht zu haben. Ein weiterer Arbeiter hebt die Ernte auf, trägt sie zu einer Stiege und legt sie hinein. Fragt nicht, warum eine Frucht so weit entfernt von dem Feld liegt. Wundert sich nicht. Arbeitet bloß nach äußeren Reizen. Alle anderen haben das Geschehen verfolgt und Tara fragt: „Heißt das, er hat die Stiege dort gesehen und dann seine Aktion gestartet, ohne sie abbrechen zu können? Kann er nicht auf geänderte Situationen spontan reagieren?" Welis fügt an: „Für mich wirkte es, als ob dieser Arbeiter gestutzt hat, weil seine Sinne etwas wahrnahmen, das nicht mit dem Sollwert übereinstimmte. Er kann sich das Verschwinden nicht erklären und zweifelt nicht. Deswegen macht er dann mit dem alten Tun weiter, was zu dem Beobachteten führt." Ich meine: „Die Idee zu diesem Experiment war eher spontan. Ich hatte keine Erwartung, sondern nur ein Gefühl, dass es aufschlussreich sein würde. Und das war es. Sie arbeiten nicht so flexibel, wie wir es tun. Sie haben ein einfaches Programm, nach dem alle Drohnen funktionieren, die zusammenarbeiten. Damit kann kein Fehler passieren, der dramatische Effekte hat. Kleinere Abweichungen wie diese oder Unwägbarkeiten fängt das Programm nicht ab. Sie hatten die Stiegen in einem definierten Abstand platziert und sich dann vom Anfang des Feldes in unsere Richtung gearbeitet. Nun fehlt eine Stiege und sie nutzen einfach die anderen mit. Nimm eine Frucht, gehe zur nächsten Stiege und lege sie ab. Gehe zur nächsten Pflanze und wiederhole die Aktion. Das ist ein einfaches Programm." Welis fragt: „Wären kompliziertere Entscheidungsraster nicht viel zu aufwendig, um sie in das Erbgut einzubringen? Ich meine, dass Tiere auf bestimmte Reize reagieren und doch immer ähnliche Verhalten zeigen. Sie sind in einfacher Form lernfähig und können sich Erfahrungen merken, solange sie simpel genug sind. Das führt zu anderem Reagieren. Aber auch zu einem gewissen Grad von Experimentieren. Letzteres würde in meiner Welt die Verlässlichkeit der Drohnen stören, die doch nur ihre Arbeit machen sollen." Er hat damit einen Punkt gemacht, der zutrifft. „Diese Arbeiter können nur in einfachen Mustern reagieren, weil das aus dem Erbgut stammt, während ihr Körper wächst. Daher mag die hohe Spezialisierung rühren, die jeder aufweist, und das Unvermögen, etwas komplett anderes zu machen. Sie können nicht abstrahieren, nicht lernen. Deswegen hilft auch die Erfahrung nicht, sondern sie arbeiten das eine Programm ab." Nach einer kurzen Pause frage ich: „Kann einer dieser Arbeiter einen kompletten Wachstumszyklus betreuen oder gibt es die Vorbereiter, Säher, Aufzieher und Ernter?" Das Netz antwortet, dass diese Arbeiter das komplette Wachstum der Pflanzen abdecken. Sie bekommen das Saatgut zugeteilt und darüber bestimmt sich, welche Früchte auf den Feldern wachsen. Sie erkennen, dass die Saat aufgeht, wächst und reif ist. Dann beginnen sie mit der Ernte und dem Transport der Dinge zu einem für sie festgelegten

Ort. Ich schließe daraus: „Also können wir annehmen, dass ihre Erbgut-Kapazität erschöpft ist, wenn ein solches Programm gespeichert wurde. Geändert werden kann es nur in der nächsten Generation produzierter Ressourcen."

Das Funktionieren dieser Gesellschaft wird uns deutlich und von der Arbeit haben wir bald genug gesehen. Bevor die Drohnen wieder in ihre Siedlung zurückkehren, wollen wir uns dort umschauen. Wir machen uns auf den Weg, den die Arbeiter vorher zu den Feldern nahmen, und gehen schnellen Schrittes auf die Häuser zu. Die Sonde misst im gesamten Umfeld nach technischem Gerät, anderen Lebewesen oder sonstigen Hinweisen, dass die Behausungen überwacht werden. Tara meint: „Ich erwarte keine Überwachung. Wenn alle Annahmen zutreffen, können diese Arbeiter von ihrem Programm nicht abweichen. Sie werden morgens starten, bis in den Abend durcharbeiten. Dann in ihre Siedlung gehen, Nahrung aufnehmen und sich zum Schlafen legen. Aktionen wie Körperpflege können wir als eingebrannt voraussetzen. Das macht jede Überwachung unnötig." Das Netz bestätigt, dass die Sonde keine Hinweise gefunden hat. Sie sendet kleinere Einheiten voraus. Die fliegen in die Häuser und verteilen sich. So erleben wir keine Überraschungen und können viele Daten gleichzeitig aufnehmen. Damit könnte das Netz diese Simulation auch ohne Austausch in Echtzeit verlängern, dass wir uns umschauen. Dazu wurde bereits die gesamte Siedlung abgetastet und die notwendigen Daten gespeichert.

Die Sonne steht hoch am Himmel, als wir den Rand zu den Behausungen überschreiten. Es steigt uns ein strenger Geruch in die Nase. Kalia verzieht das Gesicht: „Zu der trostlosen Farbe kommt ein Gestank, der sehr unangenehm ist." Tara schaut sich um und ergreift die Hand der Künstlerin: „Das sind ihre Ausscheidungen, die in einem offenen System entsorgt werden. Ihnen ist das egal, weil sie darauf nicht reagieren. Es ist für die Coziaden günstiger, ein solches robustes Verfahren zu nutzen und den Drohnen ihre Empfindlichkeit zu nehmen. Hier kann nichts verstopfen, verdrecken oder zusammenfallen. Die Arbeiter werden schlicht über die Gräben steigen und bei nächstem Bedarf zu deren Füllung beisteuern." Ich steuere während der Schilderung das erstbeste Haus an und versuche, die Tür zu öffnen. Sie hat keinen Riegel oder ein Verschluss-system. Sie ist so eingehängt, dass sie automatisch zufällt, wenn sie nicht blockiert wird. Geöffnet gibt sie den Blick in ein eher dunkles Heim preis, in das eine Sonde eingedrungen ist und die Daten übermittelt. Ich bleibe an der Schwelle stehen und sehe mich um. Dort sind Ruhestätten, eine einfache Möglichkeit, den Raum zu erwärmen. Daneben findet sich ein offenes Gelass zum Waschen und Anfüllen der offenen Abwasser-systeme. Von einem Bad möchte ich nicht sprechen, denn über funktional Notwendiges geht es nicht hinaus. An einer weiteren Wand befindet sich eine Ablage mit einer Einheit darüber, die nach den Daten der Sonde für die Nahrungs-verteilung genutzt wird. Dort stehen Schalen, in die der Nahrungsbrei geleitet wird. Essbesteck oder andere Hilfsmittel finde ich nicht. Es scheint, als ob dieser Brei die einzige Zufuhr von Energie zum Körper ist. Welis hat sich die Rückseite des Hauses angeschaut und meint: „Der Vorrat ist draußen in einem Behälter angesiedelt. Er wird hier nur abgefüllt. Der Tank reicht bestimmt für eine längere Zeit und scheint so gestaltet, dass die Sonne oder Kälte dem Inhalt nichts anhat. Ein passives System, das keine Energie benötigt." Da fällt mir auf, dass es keine Beleuchtung in diesem Haus hat. Nichts, was Licht gibt. Und nichts, das man für die Gestaltung von Freizeit benutzen würde. Es ist wie eine Garage für technische Systeme, erweitert um die Dinge, die eine biologische Einheit im Minimum braucht. Ansonsten ist hier nichts, was diese Herberge wohnlich macht. Und keine weiteren Räume im Gebäude. Aus den Ruhestätten schließen wir, dass in diesem Haus vier Arbeiter untergebracht sind. Ich frage das Datennetz: „Sehen die anderen Behausungen in dieser Siedlung genauso aus? Sehen alle Siedlungen von Drohnen aus, wie diese?" Das Netz durchsucht die Daten, die Sonden aktuell eingesammelt haben und antwortet an uns fünf: „Es gibt dem Schema nach nur diese Behausungen. Sie variieren nur in der Größe und nehmen verschiedene Zahlen von Arbeitern auf. Sonst sind alle Siedlungen gleich strukturiert, die für Arbeiter gedacht sind." Ich bitte das Netz, die Sonden zurückzuziehen, sobald die Häuser dieser Ansiedlung inspiziert wurden: „Ich glaube nicht, dass es hier noch mehr zu sehen gibt. Kunst und

Cafés wie in unseren Städten werden wir hier nicht finden." Kalia ist schockiert und meint: „Das hat für mich nichts mit Leben zu tun. Diese Dinger leben nicht, sie bestehen und funktionieren nur." Alle vier jungen Menschen schauen unglücklich aus, als sie diese Siedlung sehen. Sie hängen in einem Konflikt zwischen der Ähnlichkeit dieser Arbeitsdrohnen zu den Coziaden, ihrer Abstammung von denen und der wenig inspirierenden und rudimentären Art, wie sie untergebracht sind. Ich meine dazu: „Denkt bitte daran, dass wir hier in einer anderen Welt zu Gast sind. Die Dinge funktionieren hier anders, als wir das kennen. Daneben erinnern sich diese Drohnen nicht daran, dass es einmal anders war. Sie erkennen auch die Ähnlichkeit nicht, die sie mit den Machthabern ihrer Welt verbindet. Sie wurden hier hineingeboren und so aufgezogen, dass sie nicht mehr von ihrem Sein erwarten. Die Kriterien, die wir an den Begriff Leben hängen, stammen aus unserer Welt. Und passen deshalb vielleicht nicht auf diese Arbeiter." Selbst, wenn alle nicken, scheint es sie nicht zu befriedigen. Und mich auch nicht. Stehe ich in dem gleichen Konflikt. Als uns die Sonde darauf hinweist, dass die Drohnen sich der Ansiedlung nähern. Wir kommen zu dem Ergebnis, besser nicht mit ihnen zu kollidieren, und verlassen die Siedlung. Vor deren Grenze weichen wir der Kolonne aus, die sich auf den Weg zu ihren Lagerplätzen macht. Wir schließen uns den letzten an und beobachten sie. Wie vermutet nehmen sie einen Brei zu sich und legen sich dann schlafen. Fragen der körperlichen Funktionen studieren wir nicht, ihnen zumindest dieses Maß an Privatsphäre zugestehend. Ein Wert aus unserer Welt, der für diese Einheiten ohne jede Bedeutung ist. So sind ihre Häuser gestaltet.

Es ist schon spät und wir haben viel gesehen. Der Wald gefällt uns und die Pflanzen mit ihren farbigen Blüten finden wir nicht so fremd. Dagegen haben alle unserer Gruppe ihre Themen mit den Arbeitern, die den Coziaden so ähneln. Wir überlegen, ob ein Besuch anderer Orte heute noch angezeigt ist, aber Tara meint: „Ich für meinen Teil habe genug gesehen. Das möchte ich erst verarbeiten, bevor ich mir die Siedlungen von Mächtigen oder Kreativen anschaue. Sonst wird es zu Verwirrung kommen, was meine Analysen beeinträchtigt." Kalia pflichtet ihr bei: „Ich würde zwar gerne noch mehr Farbe in dieser Welt sehen, aber die kann ich jetzt nicht mehr würdigen oder einschätzen. Wir sollten die nächste Reise erst in eine Siedlung der Mächtigen lenken, bevor wir uns den kreativen Zonen zuwenden. Von dort kommen die Arbeiten, die wir bei den Mächtigen finden. Da lernen wir über deren Vorlieben und später über die Umsetzenden." Dieser Logik können alle von uns einiges abgewinnen und so verabschieden wir uns aus dieser Welt.

Während die Arbeitsdrohnen sich niederlegen und die Sonde den Sektor der Siedlung verlässt, kehren wir in das Grau der Simulation zurück. Dort albern ein wenig vor uns hin und treten dann in die Realität des Raumes, in dem wir die Liegen besetzen. Dieser Ausflug war vielschichtig und anstrengend für uns alle. Wir sprechen nicht mehr viel, sondern gehen unserer Wege. Welis treibt Sport, während ich einen der zentralen Plätze aufsuche. Leben spüren muss. Und die anderen sich zurückziehen.

Mächtiges Wohnen

Als ich das nächste Mal im Grau des Übergangs weile, fliege ich durch den Raum. Wilde Drehungen, langsame Schrauben, rollende Sturzflüge oder ein Hinabgleiten. Bewegungen und Manöver, die ich in der normalen Welt nicht machen würde. Dort wäre mein Magen eines der ersten Opfer des Tuns. Hier liegt der ruhig auf der Liege, eingehüllt in die beiden Felder, die ihn mit irgendeiner Welt verbinden. Im Moment mit diesem Nichts oder Raum. In den auch die anderen vier Mitglieder unserer Gruppe eintreten. Sie tun es mir einfach nach und mit der Zeit fliegen wir die verrücktesten Muster umeinander herum und amüsieren uns. Schade nur, dass diese Erheiterung von insgesamt eher kurzer Dauer ist.

Wir sind auf der zweiten Reise in die Welt CV9784-B, die das einheitliche Grau um uns herum verdrängt. Wir landen vor einer Siedlung. Dort, wo auf dem Planeten eine unserer Sonden in der Atmosphäre schwebt, getarnt und für die Bewohner nicht erkennbar. Die Bäume und Büsche sehen hier so aus wie nahe der Arbeitersiedlung. Nur fehlen die Felder, die wir dort studiert haben. Dafür findet sich hier Buschwerk, das auf einer Wiese stehen. Deren Gras ist nicht höher, als wir es schon kennen. Aber die Blüten der Büsche leuchten farbenfroher. Unter der blauen Sonne, die diese Umwelt bescheint. „Es wirkt nicht so bedrückend", meint Kalia. „Die Farben sehen sehr schön aus. Eigentümlich im Vergleich mit unserer Welt, aber schön. In diesem fremden Licht." Ihre Augen strahlen vor Leben und Interesse, als sie mich anblickt. In dieser wilden Parkanlage schauen wir uns um. Finden aber nur das Gras und die Büsche. Durchzogen von einigen Wegen, die alle auf die Siedlung zuführen. Die zeichnet sich vor uns am Horizont ab. Wir sind gezielt deutlich entfernt davon in die Welt eingetaucht. Damit wir uns umschauen können, diese Szene wirken lassen. Und einem Impuls folgend setze ich mich auf einen Stein, der am Weg ist, und ziehe einen Schuh aus. Die Augen der anderen sind aufgerissen. Vila fragt: „Was hast Du vor?" Ich antworte ihr: „Ich möchte sehen, wie sich der Boden anfühlt. Unter meinen Füßen. Dabei stören mich die Schuhe. Das Gras hat meine Hände nicht zerschnitten und ich glaube, dass meine Füße keinen Schaden nehmen werden." Tara schaut irritiert: „Und was ist mit dem Austausch von Daten zwischen dieser Biosphäre und Deinem Körper?" Sie hat vergessen, dass wir in dieser Welt nur im Rahmen einer Simulation sind. Die wirkt zwar sehr echt, aber es besteht kein wirklicher Kontakt zu dem Planeten. Das erkläre ich den Schockierten: „Wir sind nur in einer Simulation. Die Technik der Liegen kann nur die Eindrücke von uns in die Welt übertragen und von der Welt die Eindrücke zu uns. Selbst, wenn wir die Energiemuster messen können, sind die Liegen noch nicht fähig, sie in die Körper zu übertragen. Vielleicht ist das ein interessantes Experiment für die Zukunft, aber hier kein Risiko." Welis fragt das Netz des technischen Lebens und wir erhalten eine Bestätigung. Er wertet: „Dann besteht kein Risiko für Dich oder unsere Biosphäre. Dennoch sollten wir gut überlegen, bevor wir das Interface derart erweitern." Ich stimme ihm zu: „Ja, eine solche Erweiterung testen wir erst in unserer Welt. Zu anderen Biosphären müssen wir damit sehr vorsichtig sein. Sonst haben wir Einflüsse, die wir vielleicht nicht mehr kontrollieren." Ich fühle zwar keine Beunruhigung über diesen Punkt, wenn wir davon ausgehen, dass das biologische Leben in irgendeiner Form zwischen einzelnen Sphären Daten austauscht. Aber noch ist diese Idee nicht belegt oder uns bekannt, wie viel Zeit das benötigt. Ich schaue auf meine Füße, in dieser Simulation. Einer ist im Schuh, der andere frei. Der Wind weht ruhig über den freien. Warm, wie ich ihn an den Händen oder im Gesicht fühle. Ohne Bedrohung. Und dann senke ich den Fuß langsam ab, in das Gras. Die Technik der Liegen überträgt das Gefühl dessen und des Weges auf meine Haut. Ich merke keinen Unterschied zu den Eindrücken in unserer Welt, wenn ich ohne Schuhe umherlaufe. In der Station mache ich das nicht. Komischerweise. Es wirkt mir zu fremd.

Die anderen haben sich auch gesetzt. Schauen sich um und warten, bis ich mein Experiment beendet habe und den Schuh wieder am Fuß trage. Dann gehen wir los und sehen, wie die Siedlung vor uns den Horizont immer stärker verdeckt. Sie wirkt einnehmend, erhaben. Die Gebäude sind mehrere Etagen hoch. Sie haben große, bunte Fenster und die Wände der Häuser sind gepflegt. Den Siedlungsrand passierend erkennen wir die Parkanlagen, in denen die Behausungen sind. Sie umfassen die gesamte Siedlung und sind von Wegen durchzogen. Einige nur für Personen geeignet, andere breit genug, und darauf Gefährte einzusetzen. Und zwischen all diesen Häusern und Pfaden stehen Büsche, Gruppen von Bäumen, die Schatten spenden, und viele unterschiedliche Brunnen. Die Kalia ein entzücktes Seufzen entlocken. Impulsiv bewegt sie sich auf einen zu. Dann stockt sie und dreht sich zu uns um: „Kann ich da einfach hinlaufen oder sieht mich jemand?" Welis erklärt: „Du kannst auch hinfliegen. Niemand wird Dich sehen. Dort, in der Welt ist lediglich eine Sonde, die die Siedlung erfasst, die wir mit unseren Sinnen wahrnehmen." Kalias Gesicht entspannt sich und wie ein kleines Kind wirbelt sie herum, um auf den Brunnen zuzulaufen. Mich hat Welis auf eine verrückte Idee gebracht. Ich ändere meine Position, indem ich auf das Objekt zuschwebe. „Das wirkt sehr surreal", höre ich den Kommentar von Vila, deren Blick ein Grinsen durchzieht. Sie stößt sich kräftig vom Boden ab, macht einen Salto in der Luft und landet an dem Brunnen, zwischen Kalia und mir. „Es fehlt hier notwendige Ernsthaftigkeit", vernehmen wir Tara, die sich ihr Lachen nur mit Mühe unterdrückt. In diesem Umfeld fühlen wir uns alle freier, nicht so bedrückt und das veranlasst uns zu jenem Schabernack. Den außer uns niemand mitbekommt.

Kalia schaut sich diesen Brunnen aus nächster Nähe an. Sie ist fasziniert von der Feinheit der Verzierungen. Folgt den Linien mit dem Finger: „Das Material ist vollkommen glatt, fühlt sich an wie Marmor. Nur noch feiner in seiner eigenen Struktur." Sie beugt sich über die Oberfläche und meint: „Sie ist von Hand bearbeitet worden. Nicht so präzise, wie eine Maschine es schaffen würde. Aber doch sehr gut." Wir hören ihre Anerkennung und sind selbst begeistert von den Dingen, die wir erkennen. Tara sagt: „Das ist ein echtes Kunstwerk. Und davon stehen hier so viele. Sehen alle Siedlungen der Coziaden so aus?" Die Frage ist berechtigt und ein Blick in die Daten des Netzes zeigt, dass es so ist. Sie sind recht ähnlich gestaltet, was aus der relativen Balance kommt, die diese Einwohner erreicht haben. Stagnierend, aber in einem Gleichgewicht. Sie lassen die Kunstwerke von den Bewohnern der kreativen Zonen erstellen. Wir finden eine Bestätigung unserer Vermutung, dass deren Ergebnisse den Coziaden gleichmäßig zur Verfügung stehen.

Nachdem wir uns diesen und weitere Brunnen angeschaut haben, fragt Welis: „Sind Euch die Einrichtungen zur Beleuchtung der Wasserspeier aufgefallen? Im Dunkeln muss die Siedlung ein sehr prächtiges Bild geben. Genauso sind einzelne Büsche oder Pflanzungen mit Licht ausgestattet, was von unten strahlt." Dafür haben diese Wesen genug Energie, die sie anderswo einsparen.

Wir gehen auf eines der Häuser zu, das wir ohne besonderen Grund auswählen. Es ist imposant und hat makellose weiße Wände. Bei genauerer Betrachtung finden wir eine Farbe, die das reflektierte Licht so ändert, dass es für unsere Augen wie das Weiß in der eigenen Welt wirkt. Wir können nur nicht erkennen, welchem Zweck das dient. Bis Tara meint: „Die Brunnen sehen genauso aus." Kalia fragt das technische Leben: „Sind das Material der Brunnen und das des Anstrichs gleich beschaffen?" Als das bestätigt wird, folgert sie: „Es soll eine farbliche Einheit erreicht werden, wobei das Material an der Hauswand künstliche Anteile enthält. Der Brunnen scheint aus einem Stück gearbeitet zu sein, das natürlich in dieser Welt entstanden ist." Damit meint sie etwas Vergleichbares wie einen Granitblock, den ein Künstler bearbeitet hat. Zu dem Haus führt ein Weg, der sich verbreitert und in einem runden Verlauf unter ein Vordach weist. Das ruht auf eckigen Säulen und bietet genug Platz, um darunter einige Quartiere der Arbeiter aufzustapeln. Das Dach geht direkt in das Hauptdach des Gebäudes über und wir finden in der Mitte der Fläche eine Tür angeordnet, die in das Anwesen führt. Mich erinnern diese Dinge an Häuser, die ich in der Ära des weisen Menschen sah. Wo diese etwas präsentieren wollten, wie materiellen Besitz. Welis nähert sich der Tür und probiert, ob er sie öffnen kann. In der besuchten Welt wird das von der Sonde durch einen Impuls aus Energie gespiegelt. Und tatsächlich geht die Tür auf. Langsam und zögerlich. Dann gibt sie den

Blick in einen großen Innenraum frei, der vom Boden bis direkt unter das Dach des Hauses reicht. Er ist durchflutet vom Licht der Sonne. Das strahlt in dem Saal in vielen Farben, aus denen die kunstvollen Gläser gestaltet worden sind. Sie ahmen Bäume und andere Pflanzen nach, übersät mit bunten Blüten und Blumen. Dazwischen wurden Tiere dieser Welt nachgebildet, während die Fenster alle Wände durchziehen. So wird der Raum den ganzen Tag bunt beleuchtet. Ein sehr schönes Bild erfüllt unser Sichtfeld. Wir gehen in den Raum hinein und schauen uns um. Genauso prächtig und kunstvoll wie die Brunnen sind die Möbel verziert, die wir sehen. Ihr Material ist gleich dem einzelner Bäume, die wir gesehen haben, und ihre Oberfläche von makelloser Glätte. An den Wänden zwischen den Bildern finden wir Darstellungen verschiedener Coziaden, die sich alle ähnlich sehen. Es scheint uns, als ob das Gemälde der hier wohnenden Familie sind. Sie schmücken den großen Raum, in den jeder Besucher zuerst gelangt. Von dort führen einzelne Türen in die hintere Hälfte des Gebäudes. Sie scheinen nicht die volle Höhe zu haben, denn am Ende der Halle ist eine Galerie zu sehen, von der weitere Türen abgehen. Ich bitte das Netz, ein Modell des Hauses einzublenden. Daran erkennen wir, dass es oben über mehrere Räume verfügt, die als Schlafplätze dienen und zum Aufenthalt im Privaten. Zwischen denen finden sich Räume, die an Bäder in unserer Welt denken lassen und vergleichbare Dinge aufweisen. Der gesamte untere Bereich wird von Räumen ausgefüllt, die der Versorgung der

Bewohner dienen. Während wir uns das Modell anschauen, öffnet sich eine der unteren Türen und mehrere Coziaden laufen auf uns zu. Kalia möchte sich aus Reflex verstecken, aber wir erinnern sie: „Uns kann keiner sehen. Dort ist nur eine Sonde im Raum, die über ihren Köpfen schwebt. Getarnt. Sie können sie nicht sehen oder anders erkennen." Kalia beruhigt sich und wir beobachten, wie diese Bewohner der Welt CV9784-B auf einem Tisch Essen anrichten. Als wir uns dem nähern, laufen die Diener teilweise so dicht vorbei, dass wir aus Reflex ausweichen.

Auf dem Tisch erfassen wir eine Reihe von Früchten, wie sie auf den Feldern waren. Zubereitet und schön angerichtet. Dazwischen etwas, das entfernt nach Fleisch ausschaut. Ob dafür gezüchtet oder gejagt, können wir nicht erkennen. Vermutlich ist es egal. Die Sonde erfasst alle Dinge und teilt uns mit, dass diese Mahlzeit auch für die eigenen Mägen bekömmlich wäre. Sie klassifiziert sie als bestehend aus Fleisch, Gemüse und Salat. Dazu bringen die Diener einige Platten mit Obst hinein, bevor sie beginnen, die Plätze für die Bewohner mit kunstvoll dekorierten Tellern und Esswerkzeug einzudecken. Das ähnelt den uns gewohnten Dingen, angepasst auf die Hände der Benutzer. Wir stellen uns etwas seitlich und warten. Schauen uns in dem Raum um und betrachten Kunstwerke aus der Nähe. Bis von der oberen Galerie Lärm ertönt. Einige kleinere Wesen dieser Art erscheinen aus Türen und machen sich gut hörbar auf den Weg zum Tisch, als von dem hinteren Teil des Hauses erwachsene Coziaden kommen. Alle setzen sich auf Plätze an der Tafel und nach einer kurzen Einlage eines erwachsenen Wesens beginnen sie, die Nahrung zu sich zu nehmen. Die Feldfrüchte dienen also den Mächtigen als Nahrungsmittel. Erarbeitet von ihren Drohnen. Von dem Brei, den wir vorher kennenlernten, findet sich hier keine Spur. Die Mahlzeit läuft geordnet ab und wird von den Bediensteten nicht gestört. Die schaut sich Vila genauer an und meint: „Die Diener haben bessere Kleidung an, aber ihre Augen wirken genauso leblos wie die der Arbeiter. Ich glaube, dass sie für bestimmte Aufgaben gezüchtet werden und den Drohnen sehr ähnlich sind. Sie sehen nur gepflegter aus, weil es sonst vielleicht die Augen der Coziaden beleidigt." Wir beobachten die Diener genauer und stimmen der Analyse zu. Sie sind in ihren Aktivitäten auf einzelne Tätigkeiten ausgerichtet und bewegen sich nicht so, als ob sie viel Entscheidungsraum haben. Welis meint, dass sie einfach zu ersetzen sein werden, wenn einem von ihnen etwas zustößt. Ich nicke und wende mich dem Ausgang zu. Die anderen folgen und wir schauen uns weiter in der Siedlung um. Es gibt keine Cafés oder Werkstätten. Nichts, wo sich die Einwohner treffen. Sie scheinen in ihren Häusern zu bleiben und ich finde: „Wir müssen unbedingt mehr Daten über ihre Gewohnheiten und Verhaltensmuster sammeln." Das Netz greift diese Punkte auf und lenkt einige Sonden in verschiedenen Siedlungen auf diese Aufgabe. Etwas entfernt sehen wir ein Gefährt stehen, das eine Vorrichtung hat, mit der es anscheinend gezogen wird. Wir bewegen uns darauf zu und untersuchen es. Es gleicht einer Kutsche, wie sie die weisen Menschen vor der Entwicklung von Verbrennungsmotoren eingesetzt haben. Sie hat bequeme Sitzplätze, weist aber keine Technik auf. Auch finden wir keine Tiere, die für ein Ziehen dieses Gefährts geeignet sind. Welis schaut sich die Konstruktion genauer an und meint: „Sie ist sehr leicht gebaut, aber doch stabil. Ich glaube, dass sie von Drohnen gezogen wird. Damit ist ihre Reichweite und Geschwindigkeit begrenzt." Vila ergänzt: „Bisher haben wir keine Transporter oder technischen Gefährte gesehen. Alles, was wir da kennen, sind die Systeme, mit denen die Coziaden Dinge in den Orbit ihrer Welt bewegen." Ich erinnere mich an die Ausführungen zu dieser Welt und spekuliere: „Wenn Zeit für diese Bewohner keine Rolle spielt, weil sie mit allem versorgt sind, besteht kein Grund für einen schnellen Transport. Wenn sie gelernt haben, dass ihre Art der Energieproduktion für die Welt sehr belastend ist, reduzieren sie die auf ein Minimum. Die Folge davon ist, dass sie Arbeiter einsetzen. Das erklärt vielleicht auch, warum wir wenig Reiseverkehr feststellen. Das Netz meinte, dass die mächtigen Coziaden eher in ihren Siedlungen bleiben und nur selten reisen." Tara fasst den Gedanken in kompakte Worte: „Ein weiteres Anzeichen für einen gewissen Stillstand in ihrer Entwicklung." Da können wir nur beipflichten und kommen zu dem Schluss, dass in dieser Siedlung nicht mehr viel zu finden sein wird. Die Sonden werden alle weiteren Details ermitteln und speichern, während wir überlegen: „Es ist ungefähr mittags in dieser Zone. Wenn es eine kreative Siedlung in der Nähe gibt, können wir die noch besuchen." Kalia denkt: „Das könnte uns einen Einblick in das Leben dort bringen. Und in die Entstehung der Kunstwerke, die wir hier gesehen haben." Ich frage über meine direkte Verbindung beim technischen Leben nach, ob unsere Einschätzungen stimmen und in der gleichen Zeitzone eine kreative Ortschaft zu finden ist. Es antwortet, dass es diese so ausgewählt hat, dass wir in derselben Zeit die zweite Ansiedlung aufsuchen werden. Die, die wir als Ziel für eine Kontaktaufnahme gewählt haben. Wenig überrascht antworte ich dem Netz: „Dann sollten wir den Besuch dort starten. Wobei ich in die Siedlung lieber wie in diese gehe, statt direkt darin abgesetzt zu werden." Die anderen folgen meinem Vorschlag und die Simulation wechselt in das neutrale Grau über.

Kreative Siedlung

Bevor wir auf die Idee kommen, erneut mit kreativen Flugübungen zu starten, ändert sich das Grau. Die Umgebung der beabsichtigen Ansiedlung schält sich daraus hervor. Sie gewinnt wieder an räumlicher Tiefe und Reichtum an Details und Farben. Unter den Füßen bildet sich der Boden dieser Welt aus und wir merken, wie die Schwer-kraft auf unsere Körper Einfluss nimmt. Wir stehen vor der künstlerischen Siedlung und betrachten die Silhouette. Tara beschreibt: „Sie ist höher als die Arbeitersiedlung und nicht so aufgeräumt wie die der Coziaden. Sie wirkt chaotischer, gewachsener und variabler." Ja, die Gebäude sind unterschiedlich. Verschieden gestrichen und geformt. Es fehlt die Uniformität, mit der die Orte der Mächtigen auf dem Zeichenbrett geplant worden zu sein scheint. Wir stehen auf einem Platz vor der Siedlung und sehen, dass an anderen Stellen der Wald bis direkt an die Häuser reicht. Dort ist nur ein schmaler Streifen zwischen ihren Stämmen und den ersten Mauern. Anders als bei den Arbeitern und den Mächtigen laufen Kinder zwischen den Gebäuden und dem Wald hin und her. Sie spielen, sind ausgelassen und laut. Größere Heranwachsende bewegen sich eher geordnet in den Wald. Einige eilen, während weitere ruhig gehen. Ich höre Welis seufzen. Er sieht so aus, als wollte er sich den Trainierenden anschließen. Das ist in dieser Simulation kein Risiko und ich ermutige ihn: „Das wird Dir einen Eindruck von der Leistungsfähigkeit ihrer Körper geben. Folge ihnen und komm dann zu uns zurück." Er kann seinen Standort in dieser Technik genauso ändern, wie wir in dem Grau fliegen. Auf CV9784-B sendet die eine Sonde den Sportlern eine kleinere hinterher, während wir Welis loslaufen sehen. Er folgt dem Waldrand bis zu dem Pfad, den die einheimischen Sporttreibenden nutzen und biegt ab, um ihnen in den Wald zu folgen. Dann ist er aus unserem Blick verschwunden. Das Training wird seinem Körper guttun. Durch die Liegen wirkt es so, als hätte er sich tatsächlich bewegt.

Wir wenden die Aufmerksamkeit der Siedlung zu und folgen einem Weg in der Nähe in sie hinein.

Als wir die ersten Häuser passiert haben, mündet der Weg in einen freien Ort. Der ist von Gebäuden umgeben und wir fühlen uns fast wie in der eigenen Umwelt. Um den Platz herum finden wir Läden, Cafés und Werkstätten. Dort sind Statuen ausgestellt und andere Sachen. Werkzeuge, Kleidung und alles, was wir hier schon gesehen haben, oder aus unserer Welt kennen. Kalia schaut mich an und ihre Augen sprühen über vor Freude und Leben. Sie greift Taras Hand und beide machen sich auf den Weg, die einzelnen Läden genauer zu inspizieren. Derweil richtet sich Vilas Aufmerksamkeit auf ein Gebäude, vor dem technisches Objekt ausgestellt zu sein scheint. Ich folge ihr und bald schauen wir auf einige Geräte dieser Welt, die mit Energie betrieben werden. Sie erinnern an Werkzeuge, wie sie bei uns üblich waren, als die Menschen viele Aufgaben selbst ausführten. Das übernimmt heute oft eine technische Einheit, wenn es sich nicht um Kunst oder anderes Gewerk handelt, das ein Mensch unbedingt autark erstellen will. Wir sehen Geräte, mit denen Daten verarbeitet werden können. Sie ähneln den Systemen, die in der Welt des Homo sapiens lange üblich waren. Welche, die ein Bild erzeugen und damit Informationen vermitteln. Vielleicht auch über Lautsprecher verfügen und Mikrofone, wie unsere Datenmodule. Ohne nachzudenken, greife ich nach einem der Geräte, das in der Siedlung von der Sonde angehoben wird. Ich drehe es in der Hand und ein Beobachter würde sich wundern, wieso vor ihm etwas schwebt und sich dreht, ohne dass er erkennt, wer es hält.

Ich drücke etwas, das wie ein Knopf ausschaut und das Gerät erwacht zum Leben. Es macht keine Geräusche, sondern zeigt nur ein Bild. Das füllt die Oberfläche mit Schriftzeichen und dann wartet es anscheinend auf eine weitere Eingabe. Ich bin überrascht ob meiner eigenen Unachtsamkeit und berühre den vorher genutzten Knopf erneut. Das Gerät wird dunkel und die Sonde legt es an seinen Platz zurück. Das Netz bestätigt, dass niemand auf Coziadun von dem Experiment etwas germerkt hat. Die Sonde hatte ihr Tarnfelder ausgedehnt, um Beobachter zu täuschen. Ich merke mir, dass ich nächstes Mal vorsichtiger sein muss, wenn wir nicht zu früh entdeckt werden wollen.

Vila wendet sich dem Gebäude selbst zu und geht auf den Eingang zu. Davor sieht sie, wie ein Coziade etwas aufbaut. Es handelt sich um eine Ansammlung von Geräten, die mit etwas wie Kabeln verbunden sind. Einige flache Platten, die dicker sind, zeigen genau in die Richtung, aus der wir kommen. Unseren Standort ändernd beobachten wir das Geschehene von der Seite. Die junge Frau neben mir ist fasziniert von der Fertigkeit, mit der dieser männliche Vertreter seiner Art die Apparaturen zusammenfügt. Er braucht einige Zeit und scheint dann mit seinem Werk zufrieden zu sein. In seiner Hand taucht eines der Geräte auf, wie ich sie ausprobiert habe. Leider werden wir nicht schnell genug hinter ihm stehen und ich hoffe, dass die Sonde alle notwendigen Details erfasst, dass wir die Szene nachstellen können. Als etwas geschieht, das wir erst später voll verstehen sollen. Die Platten beginnen zu schwingen und leuchten auf. In einem künstlich wirkenden Licht, wie wir es vorher in der besuchten Welt nicht gesehen haben. Sie strahlen etwas in einem flachen Winkel nach oben ab und der Wissenschaftler folgt der Richtung, in welche die Dinge zeigen. Und stutzt. Schaut auf sein Display, auf die Platten und wieder auf die Anzeige. Schaltet alles aus und beginnt von vorne. Erneut zögert er, wie dem Gesicht anzumerken ist. Er starrt in die Luft und ich folge seinem Blick. Dort ist ein Bereich, der nicht in dem Leuchten erstrahlt, dass diese Geräte abstrahlen. Er ist nicht groß. Aber deutlich zu erkennen. Ich ahne, dass es ein runder Raum ist, wenn dieses Leuchten mehr als nur eine recht flache Aussendung wäre. Dann sehe ich, wie der Bereich sich mit Licht füllt. Das leere Feld sich auflöst. Wie der Coziade, der die Apparatur bedient. Er scheint sich zu fragen, was das war. Aber sein Display gibt keine Antwort. Wir beobachten, wie er einige weitere Tests durchführt, als sich Tara und Kalia zu uns gesellen. Ihre Berichte von den Läden und Cafés, der Kleidung und den Kunstwerken lenken meinen Gedanken ab von der Ursache. Die vergesse ich erst einmal und lausche den beiden Kundschaftern. Sie erzählen von den Orten, die sie besucht haben, als seien sie ihnen gut bekannt. Nur sehen die Sachen hier etwas anders aus, wobei ihr Zweck uns klar ist. In dieser Siedlung treffen sich die Bewohner genauso wie in unserer Welt und tauschen sich aus. Sie unternehmen etwas gemeinsam und Kalia fand eine Werkstatt, in der diese Brunnen hergestellt werden. Sie hat beobachtet, wie einer von einem Karren abgeholt wurde, den Drohnen zogen, gesteuert von einem Coziaden. Der schien den Zweck des Transports und sein Ziel zu kennen. Er steuerte die Ziehenden mit einfachen Anweisungen, nachdem die Ware verstaut worden war. Beide erzählen von den Kindern, die überall umherlaufen, und einem Gebäude, in dem sie anscheinend unterrichtet werden. Tara meint: „In dieser Siedlung habe ich das erste Mal Technik gesehen. Sie nutzen Werkzeuge und Maschinen, die von Energie angetrieben werden. Und Geräte, die wie unsere Datenmodule anscheinend eine Verbindung zu einem Netz aufbauen. Sie kommunizieren darüber mit Schriftzeichen oder Sprache, soweit ich das einschätze." Ihre Betrachtung ist richtig und die Geräte so beschaffen wie das in meinem Experiment. Wir berichten ihnen von unserer Beobachtung des Technikers, der seine Apparate aufbaute und etwas in flachem Winkel ausgesandt hatte. Dabei fällt mir der freie Bereich wieder ein, von dem wir erzählen. Ich habe das unbestimmte Gefühl, dass ich die Ursache dieses Schattens kenne. Er erinnert mich an einen von Planeten, die das Licht ihrer Sonne abschatten. Wir beschließen, uns hier weiter umzuschauen, während der Techniker seine Geräte wieder einsammelt. Er hat die Daten zusammengetragen, die er für seine Arbeit benötigt. Dass es viel mehr ist, als er sich erhofft hat, erfahren wir alle erst zu einem späteren Zeitpunkt.

Zudem ist Welis zu uns zurückgekehrt. Er erzählt, dass die Sportler ein ruhiges Tempo angeschlagen haben und eine längere Strecke durch den Wald liefen. Dabei folgten sie sichtbaren Pfaden oder liefen durch die Bäume, wo keine Wege geebnet waren. Es wirkte auf ihn wie eines seiner Trainings und er schätzt, dass die Coziaden körperlich weniger Kraft entwickeln als ein trainierter Mensch. „Sie werden auch als Gruppe gegen einen Androiden kaum eine Chance haben, wenn es zu einer tatsächlichen Begegnung kommt", folgert Welis, der in dem Moment weiter denkt. Ob wir diese Welt jemals real betreten, wissen wir noch nicht. Nach seinen Ausführungen schauen wir uns um. Die Schatten sind inzwischen länger geworden und dieser Tag neigt sich dem Ende. Anders als bei unserem vorherigen Besuch fühlen wir uns nicht so müde und angestrengt. „Schade, dass wir nicht tatsächlich etwas essen können. Mir gefällt das bunte Treiben auf dem zentralen Platz", sagt Kalia. Sie erzählt uns, dass sie in der ersten Siedlung des heutigen Besuchs zwar die Farben und Kunst sah. Aber dort wirkten sie auf die Künstlerin nur wie eine großartige Oberfläche. „Dort war kein Tiefgang für mich. Nur eine schöne Fassade. Hier ist es anders. Hier erkenne ich die Schönheit im Detail und ihrer Tiefe." Welis stutzt und fragt: „Was kann diesen Unterschied erzeugen. Für mich sehen die Techniken und ihre Ergebnisse gleich aus. Wie die Statuetten in dem Haus oder die Brunnen in den Parks." Damit hat er recht und doch wissen wir, dass Kalias Wahrnehmung ihrer Welt wichtige Aspekte erkennen lässt. Sie vermutet: „In der ersten Siedlung werden die Dinge nur ausgestellt.

Dort lebt niemand, der sie erzeugt. Als ich den Tisch sah und die Coziaden beim Essen, wirkten sie auf mich, als lebten sie eingeübtes Ritual. Spontan waren nur die Kinder. Bis sie die Treppe heruntergelaufen waren. Da wurden sie so flach wie die Erwachsenen am Tisch." Ich verstehe: „Du meinst, dass die Coziaden in der ersten Siedlung keine Kreativität oder einen Reichtum an Ideen und Fantasie ausstrahlten. Bis auf die Kinder in dem unbeobachteten Moment auf der Treppe, soweit wir die Szene erlebt haben." Ich bitte das Netz, die Energiemuster zu verfolgen, die von den Kindern und den Erwachsenen der Mächtigen ausgesandt werden. Es bestätigt uns direkt, dass die Muster der kleinen Wesen reichhaltiger sind, wenn die unter sich sind. Sie ähneln dann denen der Kinder in den kreativen Zonen. Die Energie der ausgewachsenen Coziaden in der ersten Siedlung beschreibt das Netzwerk so, dass sie Kalias Eindruck bestätigen. Wir erfahren, dass der Austausch in der Siedlung der Mächtigen insgesamt höher ist, als das Netz ihn unter den Arbeitern beobachtet. Seine stärkste Vielfalt finden die Sonden in den kreativen Zonen. Kalia meint dazu: „Das liegt daran, dass dort mehr Leben ist. Die Bewohner dort sind voller Ambition und Antrieb, während die Mächtigen für mich ihren Ritualen und Gewohnheiten folgen. Ihre Kinder sind darin noch nicht gefangen und damit der Unterschied erklärbar." Wir können ihren Gedanken folgen und Tara kommt auf das Leben um uns herum zurück. Sie schlägt vor, dass wir uns heute treffen, um das Erlebte zu besprechen.

Alle stimmen ihr zu und wir beschließen, nach diesem Ausflug einen der zentralen Bereiche aufzusuchen. In der Station, nahe den eigenen Quartieren. Damit verabschieden wir uns aus der Welt und kehren in die Realität der Liegen zurück. Derweil speichert das technische Leben die Details unseres Besuchs und die Eigenschaften der Energie, in deren Feld ein Schatten entstand.

Besucht?

Dieser macht einem Bewohner von CV9784-B einiges Kopfzerbrechen. Er würde in unserer Welt wohl als Forscher oder Wissenschaftler benannt und lebt mit zwei anderen männlichen Coziaden zusammen. Sie haben sich der Suche nach technischen Signalen verschrieben. Die auf Leben außerhalb der eigenen Umwelt hindeuten. Ihre Vorfahren haben vor langer Zeit Vermutungen angestellt, oder Hinweise gefunden? Er weiß nicht, woher diese Ideen und Ansätze stammen. Aber sie sind in den Netzen der kreativen Zonen. Geboren wurden die drei in der Zone, in der sie heute leben, weil es unüblich ist, in der eigenen Welt viel umherzuziehen. Auch die Kinder, die er jeden Tag sieht, werden in dieser Zone bleiben. Hier erzogen und ausgebildet. Soweit man von Ausbildung sprechen kann. Es ist vielmehr dem Geschick der Eltern, ihrem freien Geist und dem Zugang zu Daten zu verdanken, wenn die Kinder neben ihrem freien Willen, den sie haben dürfen, lernen, damit sinnhaftes anzustellen. Was sinnvoll ist, entscheiden die Coziaden, die in den schönen Siedlungen leben. Denen, die alle gleich aussehen.

Wo die Kunst und die Technik stehen, die in den kreativen Zonen geschaffen werden. Regelmäßig kommen Gutachter und prüfen, welche Fortschritte jedes Haus macht. Die, die Kunst herstellen, sind fein raus. Sie können immer Werke vorweisen, die dem einen oder anderen gefallen, die einfach nur abgenommen werden, weil die Mächtigen noch eine freie Wand beziehungs-weise eine neue Wiese haben. Oder etwas zu Bruch gegangen ist bei den Kämpfen, die unter denen normal sind, die in schönen Siedlungen leben. Sie legen sehr viel Wert auf ihre Körper, die Kraft, die sie sich antrainieren, und ihre Geschicklichkeit. Das erinnert diesen Wissenschaftler an das Verhalten einiger Tiere, die er kennt. Sie posieren um die Gunst der Weibchen. Aber sie bringen einander keinen Schaden bei oder töten sich. Eher führen sie Schaukämpfe durch.

Er und seine Kollegen bauen keine Brunnen oder Werke, die man an die Wand hängen kann. Ihn faszinierte von vornherein die Technik, die in ihrer Welt früher einmal eine größere Bedeutung hatte, von allen genutzt worden war. Das muss lange her sein, bevor Wesen ihrer eigenen Art unterteilt wurden in mächtige Gockel mit ihren Hennen, freie Denker und Arbeiter. Er weiß von den Einschränkungen, die bei den Drohnen gelten. Von denen werden sie nicht als solche empfunden, weil sie schlicht nichts merken. So werden sie gezüchtet und produziert. Mit technischen Methoden, die ihre Vorfahren vor vielen Umläufen ihrer Welt um deren Stern erfunden und verfeinert hatten. Heute wissen davon nur die Speicher mit den Daten. Die faszinierten ihn als Kind. Er begann, den Zugriff darauf zu erlernen, und arbeitete sich durch die Inhalte. Bis er auf die Spuren stieß, die auf etwas deuteten, das jenseits des leuchtenden Himmels sein musste. Als kleiner Coziade dachte er, dass die Punkte Warnleuchten wären, die am dunklen Nachthimmel stehen, um zu verhindern, dass etwas aus der Welt herausfällt. Bald verstand er, dass es Sterne in großer Entfernung sind. Die man am Tag nicht sieht, weil sie gegenüber der Sonne zu dunkel sind, aber trotzdem da. Und er lernte, wie man früher dorthin geflogen ist. Davon bekamen die Mächtigen etwas mit, weil sie den Zugriff auf die Speicher verfolgten. Er wurde eingeteilt, an den Fahrzeugen mit zu arbeiten, mit denen sie heute zu den Planeten fliegen. Um dort Dinge zu gewinnen, die es in ihrer Welt nicht gibt. Dabei glaubt er nicht, dass es sie nicht mehr gibt. Er hat gesucht und gefunden: Die mächtigen Coziaden liefern sich einen Wettstreit um den größten Bestand dieser Sachen. Sie benutzen sie nicht, sondern lagern sie bloß. Er hat sich mit den Kollegen oft darüber ausgetauscht, wie sinnreich dieses Verhalten ist. Und wie es allen besser gehen könnte, wenn sie Nutzen auf die Ressourcen hätten. Anfangs hat er seine Gedanken in die Speicher eingegeben. Er musste wie seine Mitbewohner lernen, dass das dumm war. Die Mächtigen fanden die Einträge und wandten sich an die drei. Sie wurden sanktioniert, durften nicht mehr auf die Daten zugreifen und werden eng überwacht.

Nach dem, was die Mächtigen darunter verstehen. In ihrer Einfältigkeit. Denn die drei schufen eigene Speicher und Rechner. Ihr eigenes kleines Netzwerk. Betrieben mit Energie, die sie aus anderen Häusern abzweigten. Sie entzogen dem offiziellen Netz die Daten, die sie jeweils brauchten und verarbeiteten sie in ihrem System. Die Ergebnisse flossen nicht zurück und ihre Aufgaben für die Machthaber gaben genug Freiraum für eigene Forschung. Alle waren an dem interessiert, was in den Sternen geschieht. Lange haben sie mit Teleskopen beobachtet. Automatische Systeme, aber zu klein. Sie können nur die Raketen verfolgen, die von ihrer Welt zum Bergbau fliegen. Sie liefern Arbeiterwesen aus und bringen das Abbaugut zurück. Wo es gelagert wird, obwohl man daraus saubere Energie erzeugen könnte. Nicht so, wie es vor den Arbeitern geschah, als es noch Technik gab. Sondern fast ohne Rückstände, wie sie und andere vermuten. Aber die Macht interessiert sich in ihrer Ahnungslosigkeit nicht für diese Möglichkeiten. Sie will den Status erhalten, der für Sie angenehm ist. Frei von Entwicklung, wie dieser Forscher schon lange argwöhnt. Man braucht die Geschichte der Mächtigen nicht lesen. Es ist bloß eine Aufzählung ihrer Namen und großartigen Taten. Die bestehen aus Trainingserfolgen und Siegen in den Kämpfen der Gockel. Wer die übersteht, findet ein Weibchen und schafft die nächste Generation der Einfältigkeit in die Welt. Darin stechen manche Kleinen noch durch eine hohe Neugierde hervor. Sie stellen Fragen, die ihre Eltern bald nicht mehr beantworten können. Dann werden diese Kinder in die kreativen Bereiche gesandt, wo sie Antworten erhalten. Bis sie der Unsinnigkeit erliegen und zurückkehren. Der junge Forscher grinst verächtlich vor sich hin. Das sind die, die ihr Potenzial mit Drogen und Training töten. Andere, wenige bleiben in den Zonen. Lernen, denken und forschen. Und brechen teilweise mit ihren Familien.

Wie sein Kollege, mit dem er an dem Versuch von gestern arbeitete. Sie hatten Energie gesammelt für ein Experiment. Sie wollten nicht länger nur lauschen, sondern anklopfen. An die große Weite hinter der Atmosphäre. Sie entwickelten Antennen für eine Sendung einfacher Daten, sammelten Energie und hatten dann ihren wichtigen Tag. Im Hellen sollte die Aussendung erfolgen, weil ihre Menge an Energie ein Leuchten schaffen würde, das im Dunkeln zu auffallen musste. Den Zeitpunkt hatten sie abgestimmt, sodass kein Raumer der eigenen Flotte im Weg sein würde. Die Richtung zeigte flach über den Horizont, damit das Signal nicht so auffällig war. Die Mächtigen, so dachten die drei, würden den Schleier nicht sehen, weil sie kaum nach oben sahen. Nur ein senkrechter Strahl war zu offensichtlich. Der Schein, so rekapituliert der Techniker, entstand aus der Energie und ihrem Wechselspiel mit Gasen in der Atmosphäre. Giftigen Überbleibseln der Vergangenheit. An denen viele ihrer Art krank wurden und einige früh daran starben. Niemand hatte Daten aus der Zeit gefunden. Die über die Technologie Auskunft gab.

Sie waren gelöscht worden, nachdem die Coziaden den kurz bevorstehenden Kollaps ihrer Welt überlebt hatten. Seit es die Arbeiter, die Mächtigen und die Denker gibt. Schön voneinander getrennt. Aufbauend auf Technik, die ihre Vorfahren nicht vernichtet hatten. Viele Geräte und Anlagen waren von den Arbeitsdrohnen demontiert und in die Vulkane gegeben worden, um sie zu entsorgen. Viele Drohnen waren mit in den Kratern geblieben, gestorben bei ihrer Tätigkeit. Oder ausgefallen, wie die Mächtigen es nennen würden. Die in den Arbeitern keine ihrer Art mehr sehen, sondern nur Ressourcen für den eigenen Luxus. In den kreativen Zonen gibt es diese Arbeitswesen nicht, weil ihr Anblick die Denker und Künstler schmerzt. Sie helfen sich gegenseitig und reparieren ihre Dinge. Solange es genug Material hat. Das wird langsam knapp und die Künstler streiten dann und wann darum. Einige lagern für sich selbst bereits ein. Wie die Mächtigen, denkt der Forscher. Bevor seine Gedanken zu ihrem Experiment zurückkehren.

Sie hatten so viel Energie in den Puls gelegt, dass er in den freien Raum gereicht hatte. Nun lauschte eine Antenne auf Antworten. Aber es gab nur Rauschen. Alle drei hatten nur geringe Ahnung von Distanzen und Geschwindigkeiten. Sie hatten von einer Lichtmauer gelesen. Einem maximal erreichbaren Tempo. Solange man nicht mit den Dimensionen spielte, die ihren Raum definieren. Er denkt an Länge, Breite und Höhe. Nicht aber an Zeit. Verstanden hat keiner der Drei, was sie mit den bekannten Dimensionen zu tun hat. Deswegen ist Tempo für sie nur eine abstrakte Größe. Wie sie auch den Zusammenhang von Energie und Masse und Zeit nicht ganz verstanden haben. Sie kennen niemanden, der ihnen das erklären könnte. Es sind nur Spuren verlorenen Wissens, über das die drei sprechen. Es aber nicht durchdrungen haben bisher. Nur ein Gefühl führt sie immer wieder dorthin zurück. Dass es bedeutsam sein muss. Eine Unruhe, so würde es dieser eine wohl beschreiben.

Während er sich ein Bild von dem ausgesandten Puls anschaut. Es stammt von einer Kamera, die sie am Dach platziert hatten. Die sollte von oben alles aufnehmen, wie andere vom Boden. Das hatten sie gemacht, um Fehler finden zu können. Falls der Puls nicht ausging, was er aber tat. Das Bild vor ihm zeigt einen Strahl, der so breit ist wie die Antenne. Und der zum Horizont reicht. Bis auf eine Stelle, wo er nicht weitergeht. Der Forscher stutzt. Hatten seine Kollegen das nicht gesehen? Ach, sie waren morgens gleich aufgebrochen, um Reparaturen an einem Raumer durchzuführen. Für die Möglichkeit, weiter zu forschen. Den Schaden hatten sie selbst erzeugt, um den Zeitpunkt ihres Experiments zu steuern. Seine Aufgabe bestand in dem Auswerten der Aufnahmen. Und da findet er diese Lücke.

„Wie kann so etwas sein?" Er spricht die Frage vor sich hin und denkt nach. Der Puls ist von der Antenne genau in der Art abgestrahlt worden, wie geplant. Das Leuchten stammt aus der berechneten Wechselwirkung mit Gasen. Die

Energie hätte gereicht, um den Impuls einige Zeit aktiv zu lassen. Dann war der Rest genutzt worden, die Geräte zu kühlen und die Daten zu sichern. Er hatte abgebaut und die Kamera entfernt. Vom Dach, wo die Nachbarn sie nicht gerne sehen würden. Die hatten zum Glück nichts mitbekommen, oder es nicht kommentiert. Das wusste man auch unter freien Denkern nie zu genau. Wegen der Knappheit buhlten einige mit den Mächtigen, versprachen sich Vorteile davon. Gegenüber den anderen in ihrer Zone. Bezahlten am Ende aber immer nur einen Preis, ohne jeden Vorteil.

Der Forscher zündet sich eine Zigarette an. Ungesund ist das, wie er weiß. Aber wie jetzt eine nette Ablenkung und ein Vergnügen. Er hält das Tablet vor sich und stößt den Qualm aus. In Richtung des Geräts. Er beobachtet, wie der Zigarettenrauch an den Seiten des Geräts vorbeizieht. Dahinter ist keiner. Ein Schatten, im Rauch. Der fällt ihm auf und er versteht, wie es passiert sein könnte. „Etwas muss den Strahl blockiert haben. Zwischen Antenne und Horizont." Über dem Boden, ungefähr doppelt so hoch, wie er groß ist. Und in einer Breite, die der Spanne seines unteren Armes entspricht. So sieht es auf den Bildern aus. „Aber was kann das sein? Glas würde man nicht sehen. Aber da waren keine Fäden oder ein Gestell, was das Glas dort platziert hätte." Sie hatten den Bereich vorher gründlich geprüft. Da war nichts gewesen. Und doch ist dort dieser Schatten, mit der rund aussehenden Kantenlinie. Der Coziade nimmt eine Flasche und bläst den

Rauch um sie herum. Vorne beobachtet er eine runde Kante. Dahinter eine Verwirbelung und ein Mischen des Rauches. „Das passiert mit dem Signal nicht. Es wird geordnet abgesandt und geht nur geradeaus. Die Flasche hat die Luft umgelenkt und dahinter fand ich Rauch. Unser Signal ist dahinter nur weg. Daneben läuft es weiter, aber hinter der Rundung ist nichts. Als ob das Signal geschluckt wurde." Er hat keine Ahnung, wie nahe er der Wahrheit kommt. Und wie nah ihm Besuch aus einer anderen Welt war. Nur für ihn und seine Art nicht sichtbar.

Seine Kollegen sind einige Tage unterwegs und er denkt darüber nach, das Experiment zu wiederholen. Ist das Hindernis noch da, kann vielleicht ein gebündeltes Signal etwas zeigen. Nicht, dass er Kenntnis von Energiewaffen hat. Er denkt mehr an ein Glas, das er bei einem Künstler sah. Es änderte seine Farbe, wenn es von einer bestimmten Lampe angeleuchtet wurde. Es wurde fast schwarz, war sonst durchsichtig. Die Energie in ihren Speichern reicht für ein kleines Experiment. Falls er den größeren Teil auf eine Antenne leitet, die den gebündelten Impuls absendet, kann er so viel farbliche Reaktion erzeugen, dass ein Schatten sichtbar wird.

Ohne lange zu überlegen, macht sich der Coziade im mittleren Alter ans Werk. Zuerst die Kamera am Dach platzieren. Dann Leitungen bereitlegen und schließlich die Steuerung und die Antennen rausschaffen. Er läuft viele Male zwischen dem Platz vor dem Haus und dem Lager hin und her. Jedes Mal schaut er draußen nach Wesen seiner Art, die ein hohes Interesse zeigen. Oder eben ein übertriebenes Desinteresse. Die Nachbarn und Vorbeigehende nehmen Notiz von seinem Treiben. Aber keiner stört den anderen, konzentriert arbeitenden Denker. Das wird nicht gerne gesehen, weil es bedeuten kann, knappe Mittel zu vergeuden. So kann der Forscher seine Apparate aufbauen. Die gleiche Ausrichtung wie vorher. Genau die passende Anordnung. Ergänzt um den Teil für den starken Puls. Die Antenne hat eine Steuerung. Sie verbindet der Wissenschaftler mit der Kamera auf dem Dach. Nutzt eine Technik, mit der er den Schatten findet. Dann soll sich die Antenne direkt auf die Mitte des Bogens richten und den Puls auslösen. Danach wird der Speicher für Energie leer sein und sich seine Mitbewohner aufregen. Wegen des kalten Wassers und den Kerzen, wenn sie keinen Strom haben werden. Der lädt erst am nächsten Tag wieder auf, weil die Menge aus dem Rest des Tages für ihre Speicher nötig ist.

Der Coziade ist aufgeregt, prüft alles mehrmals, bis es passt. Aber er weiß, dass er nur einen Versuch hat. Falls der starke Puls nichts trifft, wird er weit zu sehen sein. Also muss das Gerät schnell wieder verschwinden, sobald er fertig ist. In das Haus und dann in das Versteck, zumindest die Antennen. Sie sind zu wertvoll und zu verräterisch. Denn ein Agent, der den Puls sieht, wird reagieren, suchen und finden. Die Denker verraten einander, wenn ihnen gedroht wird.

Dann ist es an der Zeit. Der Platz leert sich gegen Mittag. Da ist es am wärmsten und die meisten gehen heim zum Essen. Nur der Forscher tritt zu seiner Technik und startet die Steuerung. Es ist nichts zu hören. Dann sieht man einen schwachen Schleier des breiten Pulses. Der nicht zu den Sternen reichen wird. Der Wissenschaftler erspäht den Schemen und fast sofort den starken Puls. In tiefem violett, weil die Atmosphäre stark reagiert. „Zu viel Energie dafür", denkt der Coziade und sieht gleichzeitig, dass der Impuls nicht über den Schatten hinaus reicht. Er trifft auf die Sperre, da flirrt die Luft. Etwas silbern Glänzendes ist zu sehen, eine glatte Oberfläche. Darum flimmert die Atmosphäre und wird grünlich, bevor das Ding senkrecht aufsteigt und verschwindet. In einem Flirren der Umgebung.

Der Forscher erwacht aus der Verwunderung, schaut sich um. Der Platz ist leer und niemand anders scheint das gesehen zu haben. Er bekommt Angst, weil der kleinere Puls so stark war. Und beginnt, eilig sein Gerät in das Haus zu räumen. Es ist heiß, da er keine Energie mehr für den Kühler hatte. Hoffentlich ist nichts durchgebrannt und er verletzt sich nicht. Als er die Kamera abgebaut hat, geht er aufgeregt zu seinem Platz. Dort liegt das Tablet aus dem Rauchexperiment. Aber an Rauchen kann er jetzt nicht denken. Er lädt die Bilder von der Kamera und schaut sie sich immer wieder an. Erkennt den Schatten von oben, sieht das Ausrichten der kleinen Antenne. Auf den Mittelpunkt des Schattenbogens. Den Puls aus dieser. Hell leuchtend, violett und kräftig. Der im

Zentrum des Bogens endet. Das Flirren der Luft, als das silberne Ding erscheint. Eine Kugel, die mit ihrer silbern glänzenden Oberfläche perfekt gerundet aussieht. Keine Öffnungen oder Erhebungen hat. Dann das grünliche Licht und die Geschwindigkeit, mit der dies Objekt aus dem Bildwinkel jagt. Aus dem Stand ohne sichtbares Beschleunigen. Wie eine Sprungfeder, ohne dass sich die Luft bewegt. Die Kamera hat nicht eingefangen, wie die Kugel wieder verschwindet. Sich vor seinen Augen auflöst in ein Nichts. In etwas, das er nicht mehr sehen kann.

Ihm kommt eine Idee. Er sondert den Teil des Films ab, in dem die Kugel sichtbar wird. Das Flirren der Luft, scheinbar direkt auf ihrer Oberfläche. Bis zu dem Punkt, wo es endet und Momente danach das grünliche Licht entsteht. Die Bilder dreht er in der Folge um und schaut sie sich mehrere Male an. So war das Verschwinden, als die Kugel senkrecht hochgeschnellt ist. Der Coziade ist begeistert und sieht sich die Bilder wiederholt an. Vergisst die leeren Energiezellen darüber, als das Licht im Dunkel des Abends versiegt. Nur sein Tablet leuchtet und spielt die Sequenz endlos ab. Der Techniker ist sich sicher, dass das nichts ist, was aus ihrer Welt stammt.

Später am Abend treffen seine Mitbewohner ein. Sie haben den Raumer repariert und der wird am nächsten Morgen starten. Sie kommen heim, in ein dunkles Haus. „Wieder ein Fehler in der Lichtanlage!" Mit diesem wenig freundlich gesagten Satz machen sie sich daran, die Ursache zu finden, nachdem die Tür zum Platz geschlossen ist und sie ihre Taschenlampen gefunden haben. Die immer neben dem Eingang liegen, weil sie nicht gerne im Dunkeln stolpern.

Sie finden die Kontrolltafel der Beleuchtung. Dunkel, nichts reagiert. „Also ein Fehler mit der Energie", folgert der Ältere der Gruppe und geht weiter. In den Raum, wo die Speicher stehen, und nichts summt. Es leuchtet keinerlei Anzeige. Nur eine kleine Zelle arbeitet, die den Strom für die Speicher liefert. Die sind im Ruhemodus, weil keine Reserve mehr für die Verarbeiter da ist. „Alles leer", kommentiert der zweite Forscher und schaut verwirrt: „Es funktionierte am Morgen alles und die Zellen sollten normal voll sein. Fragen wir Sidran, ob ihm was aufgefallen ist." Damit meint er den Dritten ihrer Gruppe, der im Haus geblieben war, während sie den Raumer bearbeiteten. Ihr Job dort hatte ihnen genug Ressourcen eingebracht, um einen weiteren Umlauf sicher versorgt zu sein. Weil der Job gefährlich und schwierig war. Die Techniker für diese Raumschiffe wurden stetig seltener. Niemand wollte sich in das Thema einarbeiten. Es galt als zu schwer und zu kompliziert. Aber die Mächtigen bestanden auf einem Funktionieren, weil sie immer mehr Gut sammelten. Ohne Nutzen, aber als Status.

Beide Wissenschaftler machen sich auf den Weg in ihren Wohnraum. Gemütlich und funktional zugleich eingerichtet. Was man im Licht der einzelnen Kerzen nicht sieht, die Sidran derweil angezündet hat. Seltsam aufgeregt läuft er hin und her. Als ob er sich nicht konzentrieren kann.

Atham ist der Visionär und Opportunist ihrer Gruppe. Der zweitälteste nach Hedjon, dem kritischen Denker aus ihrem Team. Der erste möchte von Sidran wissen, weshalb keine Energie da ist. Der hört ihn aber nicht und bleibt erst stehen, als Hedjon ihn laut anspricht: „Warum ist keine Energie mehr da? Und wo ist das Essen zum Abend?" Seine Stimme ist gereizt und er hungrig. Von der Arbeit und dem weiten Weg, den sie zurückgelegt haben.

Der Daheimgebliebene erwacht aus seinem unkonzentriert wirkenden Umherlaufen und antwortet: „Die Zellen sind leer und deshalb konnte ich kein Essen bereiten." Atham entgegnet: „Die leeren Zellen haben wir gesehen. Wie den leeren Tisch. Aber das erklärt nicht, warum die Zellen leer sind. Ist etwas mit den Kollektoren?" Die drei haben wie viele Bewohner der Zonen Sammler auf dem Dach. Die wandeln das Licht der Sonne in speicherbare Energie, die in den Bausteinen des Stromspeichers sein sollte. Normal reichte die Sonne auch an bewölkten Tagen für eine gute Menge. Zuerst luden sie immer die Zellen für die Datenspeicher, dann die für das Haus und am Ende die für die Verarbeiter der Daten.

Sidran hat sich etwas gefangen und berichtet: „Mir sind einige Dinge aus dem gestrigen Experiment aufgefallen. Die habe ich überprüft und dazu die Energie gebraucht." Er berichtet von einem Rechenfehler, weswegen er mehr genutzt hatte als geplant. Und wird von Hedjon unterbrochen: „Warum hast Du das Experiment wiederholt? Damit gefährdest Du uns und die Arbeit!" Der Vorwurf des Kollegen ist richtig, aber Sidran bleibt ruhig und erzählt weiter. Von dem Schatten in dem ersten Puls, den alle übersehen hatten. Von seiner Idee, wie der entstanden sein musste. Von etwas Schwebendem in dem Strahlengang. „Nonsens", meint Atham dazu. „Es gibt keine Technik in unserer Welt, mit der etwas schweben kann. Eine Kugel, die Du für die Rundung brauchst, hätte eines Gestells oder einer Aufhängung bedurft. Die hätten wir gefunden." „Richtig", antwortet der jüngere Sidran und fährt fort: „Darauf bin ich auch gekommen und deshalb bleibt nur Schweben. Also habe ich einen gestreuten kleinen Impuls genutzt, um den Schatten und seinen Anfang zu finden. Und einen starken Bündelpuls über eine zweite Antenne, die auf die Mitte des Schattenbogens gerichtet wurde." Er beschreibt seinen Aufbau, die Steuerung und die Kamera. Mit den Worten nimmt er sein Tablet und zeigt den Kollegen die Aufnahmen. Die staunen nicht wenig, als sie den Schatten sehen, in den der violette Strahl geht. Dann das Auftauchen der silbernen Kugel mit dem Flirren der Luft an ihrer Oberfläche und schließlich deren Verschwinden ohne ein Zeichen von Antrieb aus dem Bild. Alles in wenigen Sekunden. „Die Kugel stieg senkrecht auf und verschwand mit diesem Flimmern der Luft", schildert Sidran. Er führt das Video vor, welches das Abfliegen zeigt und erklärt: „Das ist eine Umkehr der ersten Bilder. Aber so sah es aus." Hedjon ist beeindruckt, und besorgt: „Wie weit ging der violette Puls?" Er weiß, dass der den Mächtigen auffallen würde, aber Sidran meint: „Nur bis zu der Kugel und nicht länger als in dem Bild. Er hat den Platz nicht verlassen, weil die Energie erschöpft war." Das beruhigt alle drei ein wenig, weil sie keine Aufmerksamkeit wollen.

Nachdem Atham den Film ein weiteres Mal gesehen hat, meint er: „Das ist nichts aus dieser Welt. Diese Technik wäre bei den Raumern Klasse, weil sie weniger Schmutz erzeugt als die Materieantriebe, die wir nutzen."

Die anderen beiden stimmen ihm zu. Nur haben sie keine Idee, was das ist, das sie sehen. Bis Sidran meint: „Wir senden einen Gruß aus in das All, obwohl Besucher längst da sind. Ob sie wissen, dass wir sie entdeckt haben? Vielleicht wollten sie das gar nicht."

Entdeckt

Wir werden von einem Alarmsignal geweckt. Es ertönt in unseren Quartieren. Vorgesehen für den Fall, dass etwas völlig anders läuft, als wir es geplant haben. Die Station, ein eigenes lebendes Wesen um uns herum, hat es ausgelöst, als es Daten von CV9784-B empfing. Dort steht eine Tiefraumsonde im Orbit, die Informationen der kleinen Sonden ohne zeitlichen Verzug an uns sendet, die von denen in der Atmosphäre stammen. Die genutzten Kugeln sind Kampfsonden und Forschungsgerät in einem. Der letzte Stand technischer Evolution, der mit seiner ganzen

Oberfläche Energie ertasten oder emittieren kann. Alle uns bekannten Formen, soweit sie im Einsteinraum vorkommen. Diese Sonden verfügen über keine Technik, die den 3D-Raum durchstößt, der bildlich gesprochen von einer Lichtmauer umgeben ist. Diese Wand wird niemand sehen können. Es ist die Grenze in dem Verhältnis von Strecke zu Zeit, an der gewöhnliche Physik nicht mehr gilt. Dahinter gelten andere Gesetze, die wir durch unsere Technik nutzen, den Normalraum zu verkleinern. Sie schafft Tunnel von einem Loch zu einem weiteren in der Mauer. Wir können die bohren, offen halten und verbinden und schließen. Das braucht große Mengen Energie, mit denen wir die Grenze des normalen Raums überwinden. So können wir von Coziadun und anderen Orten Daten empfangen und dorthin senden, ohne dass es einen zeitlichen Versatz gibt. Nur können wir die Lichtmauer nicht in der Nähe von Planeten oder Sternen durchbrechen. Das würde den Normalraum stören, weil die Gravitation von Körpern mit der des Durchbruchs reagiert. Kleine Löcher für Energie und Daten sind in der Nähe von Planeten unkritisch. Aber Sonden und Raumer können wir nur durch die Mauer senden, wenn sie von Sonnensystemen weit genug entfernt sind. Es geht dabei nicht um Masse, sondern um Dichte. Die bestimmt den Effekt auf die Schwerkraft und das Risiko.

Weil wir von CV9784-B nur Daten erhalten, ist der Alarm eine unmittelbare Reaktion der Basis auf solche. Ohne lange zu überlegen, treffen wir uns im Gemeinschaftsraum nahe den Quartieren.

Andere Bewohner der Station sind irritiert, als wir in Schlafgewand und ohne Schuhe über die Gänge rennen. Drei aus ihren Einzelquartieren und Tara mit Kalia aus einem. Ich schmunzele, weil unsere Frisuren eher ein Chaos sind als wohl geordnet. Besonders Kalias Locken stehen in alle Richtungen. Das technische Leben bringt meine Gedanken aber genauso schnell wie die der anderen in Ordnung: „Wir haben Alarm ausgelöst, weil eine der Sonden angegriffen wurde." Wir sind ernüchtert und kennen die defensive wie offensive Stärke der Einheiten. Coziadun hätte selbst den kleinen, die wir in ihre Häuser senden, nichts entgegenzusetzen. Eine Raumsonde könnte in aller Ruhe den Planeten entvölkern und die Gebäude zerstören. Sie hätte genug Energie und wäre nicht zu stoppen. Nicht auszudenken, was sämtliche Sonden anrichten, wenn sie in den Kampfmodus wechseln.

Als hätte das Netz diese Gedanken verfolgt, erklärt es: „In der kreativen Siedlung, die wir als Ziel wählten, gab es einen Zwischenfall. Einige Techniker haben einen ersten Impuls ausgesandt, in dessen Strahlengang die Sonde schwebte, die den zentralen Platz beobachtet. Es scheint eine Sendung mit einfachen logischen Daten zu sein, wie ein Gruß zu den Sternen." Das Netz stellt den Inhalt dar und eine Szene, die von der Sonde aufgezeichnet wurde. Wir sehen die Geräte, Leitungen und Antennen. Daneben steht ein Coziade mit einem Bediengerät, das mich an die Tablets aus der frühen Zeit meines Lebens erinnert. Aus den Antennen geht ein breiter flacher

Strom von rosa leuchtender Energie aus, die direkt auf die Sonde zurast. Das Netz erklärt: „Das Leuchten ist eine Reaktion der Sendeleistung mit Partikeln in der Atmosphäre. Die sind künstlichen Ursprungs und zeigen toxische Wirkung auf die Coziaden. Wir können den Effekt kompensieren, wenn Ihr die Welt betretet. Bei den Bewohnern führen die Gifte zu einem langsamen, aber konstant fortschreitenden Effekt auf das Erbgut. Sie werden aussterben. Wir fanden Daten, dass Funktechnik nicht genutzt wird, weil die Coziaden von dem Prozess wissen, ihn aber verdrängen. Dieses Leuchten würde sie immer erinnern." Ich frage das Netz, ob unsere Technik die Gifte und Effekte neutralisieren könnte. Die Antwort ist nüchtern, sachlich: „Ja, unsere Einheiten können das. Aber wir dürfen nicht eingreifen, da die Coziaden den Sprung durch die Lichtmauer noch nicht geschafft haben." Ich erinnere mich, dass die eigenen Regeln das Einschreiten verbieten. Wir würden den Plan des Lebens, den wir unterstellen, damit zu sehr stören. Hinter der Grenze, die wir uns setzen, steht der Bedarf an Energie. Könnten die Bewohner von CV9784-B den Lichtsprung anwenden, hätten sie genug Energiereserve, um Materie direkt zu wandeln. Sie wären dann fähig, ihre Umwelt reinigen. Die Welt vor uns hat sich aber für einen Weg entschieden, die ihr Aussterben verzögert, nicht aber stoppt. Sie nutzen kaum Technik, sondern haben aus ihrer Art eine andere abgeleitet, die sie als Drohnen einsetzen. Biologische Roboter hätten die weisen Menschen sie vielleicht genannt. Aber selbst die Biosphäre dieses Planeten stuft sie nicht mehr als Leben ein.

Das Netz zeigt eine andere Sequenz von Bildern und erzählt: „Der Forscher aus dem ersten Experiment muss auf den Schatten der Sonde im ersten Puls gestoßen sein. Er hat das Experiment wiederholt und erweitert. Ein zweiter, gebündelter Impuls wurde genau in den Scheitelpunkt gefeuert, den die Sonde mit ihrer Rundung erzeugt." vor uns sehen wir ein Standbild des Pulses, der in hellem Violett strahlt. Eine heftige Reaktion der Energie mit dem Schmutz in der Atmosphäre. Die Stimme des Netzes erläutert, dass die Antenne für diesen Puls gezielt ausgerichtet wurde, wozu Daten einer Kamera am Dach genutzt wurden. Der Puls war so gerichtet, dass die Sonde einen Angriff darin sah. Wir sehen, wie sie ihre Tarnung aufhebt und ein Energiefeld aufspannt. Ein sehr starkes, wie die Farbe uns zeigt. Welis meint: „Voll in Bereitschaft, sich zu verteidigen und anzugreifen. In Bruchteilen einer Sekunde." Uns ist klar, was er meint. Alle von uns kennen die Simulationen und Tests zur Stärke dieser Klasse von Einheiten. Das Netz meint: „Es kam kein weiterer Impuls, sodass die Sonde keinen ernst gemeinten Angriff sah, aufstieg und sich tarnte. Danach hat sie eine andere Position über dem Platz bezogen und das Geschehen weiter verfolgt." Das Netz berichtet von den Daten der Kamera auf dem Dach. Sie hat die ganze Szene eingefangen und die Forscher aus dem Haus haben die Bilder gesehen. „Sie betreiben ein eigenes Datennetz, das gut getarnt ist. Seine Emissionen sind sehr schwach, sodass wir es erst entdeckten, als eine Sonde im Haus war. Die blieb unentdeckt. Die Forscher wissen nichts vom Umfang unseres Besuchs und von dem Stand an Daten, den wir haben. Dennoch vermuten sie, dass die Sonde nicht aus ihrer Umwelt stammt." Das technische Leben ergänzt, dass es die Wissenschaftler gezielt beobachtet, weil es die Zielgruppe ist, die gewählt war. „Ist das nun ein Zufall oder hat hier etwas eingegriffen, das wir nur vermuten, aber nicht kennen?" Die Frage kommt von Vila, deren Blick in weite Ferne schaut. Aber sie deutet im Kern auf unsere Vermutung, dass zwischen den Clustern biologischen Lebens in einzelnen Welten eine Konnexion bestehen kann. Welis meint: „Wenn es dieses Netz gibt, können wir nicht einmal einen Rückschluss auf die Geschwindigkeit seiner Verbindungen geben. Was ist, wenn wir es selbst durch unsere Tunnel in der Lichtmauer gelenkt haben?" Das technische Leben bewertet die Aussagen. Es kommt zu dem Schluss, dass die Erwähnung von Welis genauso möglich ist, wie eigene Fähigkeiten des biologischen Lebens, außerhalb des normalen Raumes Verbindungen zu pflegen: „Der Normalraum ist ein Modell, das wir nutzen, um die Welt zu verstehen. Es darf nicht die Grenze unseres Lernens sein, sondern nur der aktuelle Rahmen."

Wir können diese Frage hier nicht klären und ich lenke wieder auf die Zielwelt: „Was tun wir nun mit diesen Forschern? Sie haben etwas gesehen, das ihnen keine Ruhe lassen wird." Während die vier Menschen um mich herum nach ihrer Antwort suchen, antwortet das technische Leben:

„Abwarten. Das sollten wir tun. Die Coziaden haben die Daten nicht aus ihrem Netz heraus gesandt und werden es nicht tun. Vermutlich wird es schwer, das anderen Wesen ihrer Art zu erklären, besonders den Mächtigen. Sie werden weiter lauschen und suchen. Bis wir mit Ihnen in Kontakt treten. Den Zeitpunkt wählen wir. Bis dahin werden wir Sonden von allen Antennen fernhalten, damit keine weitere gesehen wird." das erscheint mir passend zu sein. Denn noch können wir den Kontakt mit der Welt nicht aufnehmen.

Botschaft

Das sieht Sidran auf Coziadun anders, nachdem er berechnet hat, welche Mengen an Gift in der Atmosphäre geleuchtet hat. Er und seine Kollegen stimmen in dem schädlichen Effekt auf ihre Art überein, ohne dass sie viel von Genetik verstehen. Sie ahnen bloß, dass die Wirkung schlimm sein wird, endgültig und auslöschend. Hätten sie Kenntnis von dem Plan, den wir unterstellen, könnten sie die Quelle dieser Ahnung benennen. Aber das Wissen ist in ihrer Welt nicht mehr bekannt. Und die Mächtigen haben kein Interesse, dass es erkannt wird. Sie können ihrer Welt entkommen. Zumindest gehen sie davon aus, weil der Bau der Minen nicht nur den Mineralien dient, die ihnen so wertvoll sind. Die Raumer bringen gleichzeitig Technik in die Minen, die dort ein Überleben ermöglichen, bis die eigene Umwelt sich erholt hat. Dabei haben sie keinen Plan, wie das geschehen soll.

Sidran und seine Mitbewohner haben beschlossen, dass diese fremde Technik eine Chance auf Hilfe bedeuten kann. Nur wie kontaktieren sie etwas, dass man nicht sehen oder hören kann? Während seine Kollegen schlafen, hat Sidran eine Idee umgesetzt, ohne davon zu verraten. Eine Entdeckung wäre das sichere Ende des entsprechenden Coziaden. Das weiß er, als er in der Nacht in das System des nächsten startenden Raumschiffs eindringt. Dort platziert er eine Reihe von Anweisungen, die den Raumer veranlassen, eine Rundsendung auszulösen, wenn er den halben Weg zu den Minen hinter sich hat. Dann ist sein Antrieb ausgeschaltet und das Signal wird nicht gestört. Da ist sich der Coziade sicher, als er sich wieder schlafen legt.

Als der Raumer sich auf den Weg macht, aktiviert sich das Programm und sendet wie vorgesehen eine kurze Nachricht, von der der Sender nur hoffen kann, dass sie empfangen und verstanden wird: „Wir wissen, dass Ihr da seid. Wer seid Ihr?" Kein Vorwurf, keine Ahnung oder Vermutung. Nur eine klare Botschaft, die unsere Sonde im Orbit auffängt und weiterleitet.

Kein Hilferuf, kein Vorwurf oder eine Drohung. Nur: „Wir wissen, dass Ihr da seid. Wer seid Ihr?" Was er damit auslöst, weiß Sidran nicht. Auch nicht, dass die Botschaft von einer Antenne in seiner Welt erfasst wird. Und dass die Mächtigen davon erfahren.

Antworten?

Unsere Tiefraumsonden erzeugen Löcher durch die Lichtmauer. Große, wenn sie selbst sich hindurch bewegen. Kleine, falls sie nur Daten kommunizieren. Die kleinen sind Ereignisse im normalen Raum, die keine weiten Kreise ziehen. Sie entstehen, werden von den Einheiten in ihrer direkten Nähe genutzt und kompensiert. Die Gravitation, die von einer der Raumsonden ausgeht, ist deutlich höher als die für das Loch in der Wand. Deshalb hat jede Sonde, die um Coziadun kreist, ihren eigenen Kanal zu unserer Welt offen. Wir erhalten alle Informationen von der Oberfläche mit einem sehr geringen Zeitversatz. Denn innerhalb der Atmosphäre können wir Technik nutzen, die schneller ist als Licht, weil wir sehr große Mengen an Daten in demselben Puls senden oder empfangen. Wir wissen damit genau, was in diesem Moment passiert.

Deshalb können wir sehr schnell reagieren, als das technische Leben uns informiert: „Von einem Raumer der Coziaden wurde eine Botschaft gesendet. Sie kam nicht vom Planeten selbst, sondern aus dem System. Das Objekt hatte das Ende der Beschleunigung erreicht und war im Wenden beschäftigt, um zu bremsen. Da sandte er die Nachricht aus. Sie erreichte unsere Sonden im Orbit um die Welt auf den normalen Frequenzen der Coziaden und war nicht kodiert." Alle sind wach und nach kurzer Zeit treffen wir uns in einem Raum nahe den Liegen. Wir bevorzugen es, solche Themen im direkten Dialog zu bearbeiten. Wobei sich dieser Austausch nicht nur auf Worte, Gestik und Mimik begrenzt. Unsere Körper kommunizieren untereinander, weswegen wir in bestimmten Situationen in unterschiedlichen Konstellationen Kontakt körperlich aufnehmen. Bei Tara und Kalia hat die Berührung eine andere Ebene, als sie das bei jedem anderen der Gruppe hat. Es geht schlicht darum, dass wir ein Netzwerk bilden. Über das können die Zellen der Körper Information tauschen und es entsteht ein Verbund, aus dem neue Emotionen resultieren. Veränderte Daten, die unsere Zellen den Gehirnen bewusst machen. Selbst, wenn es eine technische Lösung hierfür gibt, ist uns der direkte Kontakt gewohnter und beliebter.

Wie ich auf diese Gedanken komme, kann ich nicht sagen. Häufig erscheinen sie wie aus dem Nichts im Bewusstsein und ich habe gelernt, ihnen Aufmerksamkeit zu widmen. Das hat den Lauf der Dinge über die vielen Zyklen oft geleitet. In Richtungen, die vorher nicht deutlich waren, in ihren Wirkungen aber passend und in die Zukunft zeigend.

Ich schiebe diese Gedanken an die Seite, als alle eingetroffen sind und das Netz uns eine schematische Karte des Systems aufblendet. Wir sehen den zeitlichen Verlauf, den diese Nachricht nimmt. Den Start des Transporters, seine Beschleunigung. Mit einem Triebwerk, das ihn in der aktuellen Form auf knapp 70% der Lichtgeschwindigkeit bringen könnte. Wenn die Strecke lang genug wäre, über die er beschleunigt.

Das ist sie im System nicht. Wir sehen, wie die Phase endet, der Raumer sich umdreht, um mit dem Haupttriebwerk zu bremsen. Sie nutzen den Antrieb als Bremsanlage, indem sie so tun, als wollten die Objekte in die Richtung fliegen, aus der sie kommen. Mir fällt auf, dass meine Formulierung falsch ist. Diese Einheiten der Coziaden sind dumme technische Konstrukte ohne Eigenleben und Möglichkeit, ihre Pfade selbst zu wählen. Als das Netz die Botschaft andeutet, die in die Richtung von CV9784-B abgesetzt wird, beginnt gerade das Bremsen. Die Nachricht erreicht den Orbit und dort erkenne ich die Position einer der getarnten Einheiten. Sie fängt die Botschaft auf und blockiert sie zum Planeten hin. Das ist eine autarke Entscheidung aller Raumsonden in dem lokalen Netz, das sie um die Welt bilden. So kann die Oberfläche davon keine Notiz nehmen. Nur ein gebündelter, schwacher Impuls geht von einer Sonde über einem Haus aus. Auf eine Antenne, die am Dach montiert ist. Genauso moduliert und im Zeitverhalten, wie die originäre Nachricht angekommen wäre. In dem Gebäude leben drei Wissenschaftler, die einen Schatten entdeckt haben, den unsere Sonde in einem ihrer Experimente erzeugte. Sie reagierten wie Forscher und sahen die Raumsonde, bevor die aufstieg und verschwand.

Welis hat die gesamte Aktion der Nachricht verfolgt und meint: „Wir haben in die Entwicklung dieser Welt eingegriffen. Das hätten wir nicht dürfen." Ja, den Punkt haben wir lange diskutiert, den Schritt aus der eigenen Sphäre heraus planend. Wir waren uns einig, in keiner Umwelt wahrnehmbar zu sein, die noch vor dem Bruch der Lichtmauer steht. Hier stimme ich ihm nicht zu: „Dein Einwand ist richtig, weil wir nicht alle Möglichkeiten abgeprüft haben. Die Sonde hätten wir der Position entziehen müssen, durch die die Nachricht ging. Wir hätten die Energiewerte simulieren und die Reaktion der Atmosphäre vorausahnen sollen. Das wäre notwendig gewesen, um ein Erkennen der Sonde indirekt zu vermeiden." Vila schaut sich einige Daten an, die ihr Modul für sie projiziert und informiert: „Das wäre so nicht möglich gewesen. Die Forscher setzten normale Energie ein, die wir erforscht hatten. Wir kannten ihre Wirkungen und die Sonden sind dagegen immun. Ihre Anordnung der Antennen ist zufällig oder gewollt so spezifisch, dass die Muster sich gegenseitig angeregt haben. Sie haben die Komplexität und das Niveau von Energie erhöht. Eine Technik, die von den Vorläufern des technischen Lebens angewendet wurde. Heute nutzen wir sie in feiner Form, um Energie und Materie beliebig zu formen. Wir haben keine Daten, ob die Forscher diesen Effekt kannten und anstrebten. Vielleicht wollten sie nur ein Signal in gebündelter Form erreichen, das stark genug war, den Horizont zu überwinden. In dem Bereich, in den sie gesendet haben, war zu der Zeit kein Raumfahrzeug der eigenen Welt." Tara ergänzt nach einem Blick in weitere Daten: „Die Forscher haben Zugriff erhalten auf die Positionen der Raumer und Satelliten. Damit konnten sie den Zeitpunkt und den Korridor genau planen." Das

Netz fügt hörbar für uns hinzu: „Unsere Daten zeigen an, dass sie über theoretisches Wissen verfügen, wie man den Lichtsprung erreichen kann. Bisher scheiterten alle Versuche an der notwendigen Energie. Nach den beiden Ereignissen, auf die Ihr verweist, finden sich keine Daten in den Netzen der Welt, die auf ein Erkennen und Verstehen der Energiemuster deuten." Ich überlege laut: „Das könnte ein Hinweis sein, mit dem sich die Geschichte dieser Welt ändern kann." Welis kontert: „Ja, sicherlich. Wenn das die Mächtigen in die Hand bekommen, werden sie über die Grenzen ihres Systems hinaus nach materiellem Gut suchen und noch mehr Arbeiter brauchen. Sie werden die vielleicht im Raum oder auf anderen Welten züchten. Sie werden weitere Reisen unternehmen als heute. Und damit läuft dann der Plan komplett andere Wege, als es so geschieht."

Er ist sehr erregt. Vila und Tara berühren ihn instinktiv an den Schultern. Haut auf Haut. Sie reagieren alle, als die Daten zwischen den Zellen von Tara zu Kalia weiterlaufen, die ihre Hände halten. Wie sehr oft in letzter Zeit. Das Netz informiert mich über die Direktverbindung: „Die Sensoren nehmen eine sehr starke Form von Mustern wahr zwischen den Menschen." Jeder von uns trägt spezielle Technik, die alle Energie registriert, die aus dem Austausch der Zellen unserer Körper resultieren. Nun sind nur meine Werte gering, bis Kalia meine Hand greift. Sie schaut abwesend in eine andere Richtung und ihr Körper tut etwas, ohne dass ihr Verstand davon

Notiz nimmt. Da ist der Kontakt hergestellt und mein Körper reagiert direkt. Daten strömen auf ihn ein und ich spüre die altbekannte Unruhe zunehmen. Sie kenne ich seit dem Weg zur Statue. Sie ist der Antrieb des Lebens, wenn man so mag. Und nun wird der sehr aktiv. Als ich in die Gesichter der Umstehenden schaue, sehe ich ihre Blicke. In weite Ferne gerichtet. Durch die Projektionen vor ihnen hindurchschauend. Nichts registrierend. Ich trenne die Verbindung zum Datennetz in meinem Gehirn, die ich bewusst steuern muss. Das unbewusste Nutzen hatten wir mit den Syntheten getestet. Mit Ergebnissen, die zu einem Verlassen desjenigen Pfades führten. Ich bin zwar verbunden, aber kein synthetisches Wesen. Könnte die Tür öffnen, die mein Bewusstsein komplett ausdehnt. Und sie wieder schließen, was die Syntheten nicht können. Normal lasse ich die Tür zu, wie jetzt. Und so nehme ich die Emotionen wahr, als ich meine Aufmerksamkeit auf die Zellen des Körpers richte. Aufruf. Blockieren. Bremsen. Abwehren. Umleiten. Das sind die Begriffe, die mir das Unbewusste zuruft.

Ich löse die Verbindung zu Kalia, die in dem Moment irritiert auf die sich trennenden Hände schaut. Sie ist wieder präsent und realisiert erst jetzt, dass sie mich in das Netz ihrer Körper eingebunden hat. Den Grund aufgerufen hat, warum diese Gruppe so zusammengefügt ist. Weil jede Einheit darin die Welt anders sieht und wahrnimmt und wir uns zu einem starken Cluster des biologischen Lebens verbinden können. Und mit der Technik der Liegen auch das technische Leben einbinden, falls das notwendig wird. So ist der Plan für unsere realen Reisen in andere Welten, die wir noch nicht beginnen. Deswegen war das technische Leben hier außen vor, wenn auch die Station einige Androiden in den Raum entsandt hat. Wir wissen, dass diese Vernetzungen mal länger andauernde Desorientierung bei uns auslösen können und dann schützen uns die Androiden, sobald das Netz aufgelöst wurde. Eine begründete Entscheidung nach einer Reihe von Ereignissen, auf die ich hier nicht weiter eingehe in meinen Gedanken.

Tara hebt ihren Blick, der klar ist. Sie schaut zu Kalia und ein leichtes Lächeln umspielt ihren Mund. Dann zu jedem anderen von uns, während sich das Lächeln etwas legt: „Wir haben uns gerade vernetzt. Ausgehend von der Verbindung zwischen Kalia und mir haben wir Welis und Vila eingebunden. Und bis dahin alle das gleiche gespürt. Und das noch verstärkt, als der letzte Mensch verbunden wurde." Sie sagt nicht mehr und wir schauen einander an. Kennen diese fast intime Form einer Beziehung. Die deutlich über das hinausgeht, was Menschen normal wahrnehmen. Ich wiederhole die Ausdrücke, die ich klar vernommen habe: „Blockieren, Bremsen, Abwehren, Umleiten. Das waren die Worte, die sich klar in mein Bewusstsein schoben, als das Netz bestand." Welis antwortet: „So klar habe ich es nicht wahrgenommen, aber das Zurückhalten war deutlich. Das Zögern und etwas wie ein Weigern meines Körpers." Die anderen bestätigen und Vila fragt: „Was will uns diese Wahrnehmung nun sagen, die wir alle gleich haben?" Dass ich die Ausdrücke präziser aus den Emotionen herauslesen kann, ist mein Anteil an diesem Netzwerk. Ich greife die Frage auf, versuche das Finden der Antwort: „Wir haben das Signal des Raumers von der Welt ferngehalten." Über die neu aktivierte Direktverbindung bitte ich das Netz, die Simulation in den zeitlichen Stand zu bringen. Das geschieht, bevor ich weiterspreche: „Wir haben den Wissenschaftlern in ihrem Haus den Impuls so weitergeleitet, dass der zeitliche Versatz und das Empfangsmuster passen. Sie werden erkennen, dass ihr Eingriff in die Sendung funktioniert hat." Ich atme kurz durch und spreche dann weiter: „Damit haben wir lediglich eingegrenzt, wer das Signal in dieser Welt mitbekommt. Ist das der Auslöser der Emotionen?"

Wir müssen unser Netz erneut aufbauen, reichen uns die Hände und horchen. Keiner vernimmt einen Impuls aus den Körpern. Tara kommentiert: „Bis hierhin scheint es keinen Grund zu geben, einen anderen Weg zu gehen." Sie überlegt: „Danach sprachen wir darüber, dass die Muster, die aus den Experimenten heraus das Leuchten erzeugten und unsere Sonde indirekt zeigten, eine Vorstufe des Wissens sind, mit dem Energie und Materie direkt gewandelt werden können. War das der Punkt?" Wir versuchen, über ein Reflektieren des Geschehenen den Auslöser der Emotionen zu finden. Weil sie sehr plötzlich und akzentuiert eintraten. Niemand fühlt eine Unruhe und Vila fährt fort: „An der Stelle haben wir auf die

Daten des technischen Lebens reagiert. Mit der Überlegung, dass das ein Ansatz ist, in den Lauf der Dinge auf CV9784-B einzugreifen." Wir merken, wie wir aus unserer Mitte gedrängt werden. Schwach, aber deutlich. Jeder für sich. Die Gesichter, die ich sehe, ändern sich und Welis fügt an den letzten Satz an: „An der Stelle habe ich gemeint, dass wir damit in den Lauf der Welt eingreifen, den Pfad ändern, den sie beschreitet. Da wurde es unruhig."

Seine letzten Worte beschreiben genau, was wir fühlen. Nicht mehr so aufwühlend und stark, wie beim ersten Mal an diesem Tag. Ruhiger wirkt es, energiesparender. Aber deutlich genug. Bei allen. Das technische Netz meint: „Die Energiemuster steigen langsamer an und schwächer. Aber mit der gleichen Signatur." Damit bestätigen die Sensoren, was wir fühlen. Es geschieht schwächer als vorher, weil wir aufmerksam geworden sind. Darin liegt der Sinn der höheren Ausschläge, die Kalia dazu führten, meine Hand zu greifen.

Wir beruhigen uns und Kalia meint: „Es scheint, als ob wir diesen Eingriff nicht tun sollen. Ich glaube, dass es an der Wirkung liegt, die wir erreichen." Vila drückt die in ihrer Art aus: „Damit würden wir die Beziehung der Coziaden zu Technik ändern, ohne dass diese Änderung aus der Welt selbst heraus geschieht. In unserer Welt wissen wir, dass die Balance auf dem Wissen fußt, dass keine Form von Leben der anderen überlegen ist. Die Hierarchien des weisen Menschen wurden aufgelöst. Deren Folgen beseitigt und es entstand ein neues Leben aus der Synthese der technischen Einheiten mit dem letzten Menschen. Dem letzten biologischen Leben in unserer Welt, das aktiv war." Sie liegt richtig, wie ich finde: „Wenn wir nun den Coziaden das Wissen geben, wie sie beliebig Energie und Materie beeinflussen, wird der Effekt nicht dahin führen, wo unsere Welt hinging. Bei uns war jede Hierarchie ausgelöscht worden und die Synthese, die Du meinst, lange erprobt. Sie begann, als ich der Technik half, die Welt zu reinigen. Sie trug fort bis zu meinem Eintreffen an der Statue und dem Erschließen des Pfades, der zur Schöpfung unserer Welt führte." Damit ist allen deutlich, was Tara ausdrückt: „Dann ist das Vermitteln dieses Wissens nicht förderlich. Die Coziaden erhalten Zugriff auf eine technische Stufe, die dem Stand ihrer Gesellschaft nicht entspricht. Sie leben noch Hierarchien. Die zwar teilweise stagnieren, aber immer noch vorhanden sind." Ich hake da ein: „Der Pfad wird geändert, wenn diese Information so in die Welt einläuft, dass die Machthaber davon erfahren. Sie erhalten damit etwas, um den aktuellen Stand zu manifestieren. Und damit wäre der Pfad für diese Welt endend, obwohl er das aus sich heraus nicht sein müsste. Denn wir würden das Wissen von außen einbringen." Damit folgt, was dem Gefühl unsere Körper entspricht und von Welis formuliert wird: „Wir dürfen dieses Wissen nicht in die Welt geben und damit den Pfad stören."

Vila stimmt ihm nicht ganz zu, wirkt etwas unruhiger als die anderen: „Was ist, wenn wir das Wissen so eingeben, dass es den Pfad nicht stört?

In einer Weise, die das Denken einiger Coziaden in die richtige Richtung lenkt?" Schweigen. In sich gekehrte Blicke. Einen Moment lauschen wir alle auf Signale aus dem biologischen Netz, das wir gerade formen. „Ich merke nichts Auffälliges", meint Kalia und ergänzt, dass keine neuen Farben im Bild sind. Damit meint sie nicht die Projektion, die vor uns immer noch schwebt, sondern ihre Art, die Welt wahrzunehmen. Alle anderen empfinden so, was Vila ausspricht: „Wenn wir die Hinweise so platzieren, dass kritische Geister sie finden können, indem wir die Daten des Experiments in ihre Speicher einsetzen und dabei das Auftauchen des Lichtscheins etwas betonen und die Sonde heraushalten, kann das gehen. Wir ziehen uns aus ihrer Geschichte zurück und sie erhalten den Hinweis, den sie suchen müssen." Damit müssten wir nur die Datenspeicher ihrer Welt anzapfen und verändern.

Das technische Netzwerk fängt an, die Speichersysteme nach den fraglichen Inhalten zu durchsuchen. Es beginnt in dem Gerät der Wissenschaftler und prüft Wege aus diesem heraus, die es nicht findet. Eine Modifikation der Speicher passiert, dass ein Senden der Information zunächst nicht stattfindet, ohne dass wir davon etwas wissen. Stärker greifen wir derzeit nicht ein, weil es mehr Energie kosten würde, als notwendig ist. Das Netz informiert mich über seine Schritte und derweil schaue ich in die Runde. Wir halten uns noch an den Händen und merken, wie die Anspannung nach einem kurzen Aufflackern sinkt. Alle Gesichter, die ich sehe, lockern sich und wir lösen das Netzwerk auf, indem sich die Hände loslassen. Die Entspannung ist im Raum zu spüren und für das technische Leben um uns herum zu messen. Das schaltet sich in unsere Diskussion ein, indem es auf einen anderen Punkt aufmerksam macht: „Wir können nicht sicherstellen, dass nur die Forscher das Signal mitbekommen haben. Der Transporter sendete in Richtung der Welt. In Klartext und mit einem breit gefächerten Signal. Es können andere Objekte im Orbit die Nachricht aufgegriffen haben." Ich überlege: „Das würde bei den Machthaltern erst einmal zu Fragen führen. Und dann zur Suche nach einer Quelle. Sie wissen, dass im Transporter nur wenige Techniker Zugriff auf die Einheit haben konnten, die im Orbit war. Es muss also ein Zugriff über Netze erfolgt sein, um das Programm zu platzieren. Wenn die Tarnung nicht sehr gut war, finden sie die Quelle." Tara denkt laut nach: „Können wir hier eingreifen oder müssen wir den Dingen ihren Lauf lassen?" Das Netz hat das schon berechnet und kommt zu einem Resultat: „Wir können hier nicht eingreifen. Wir haben die Nachricht nicht provoziert. Sie war eine Entscheidung der Coziaden in sich. Nur zeitlich früher, weil sie unsere Sonde sahen. Aber sie spekulieren schon länger und früher oder später wäre dieser Schritt von einem der Ihren gegangen worden. Er erscheint naheliegend. Das Senden in die Richtung des Planeten war eine freie Entscheidung, wobei auch das Senden in Richtung des Flugziels einen gleichen Effekt hätte. Das Signal war nicht getarnt und damit direkt findbar."

Während wir darüber nachdenken, sucht das Netz nach etwas. Dann meldet es: „Die Nachricht wurde von den Mächtigen gefunden. Damit können wir sie nicht mehr entfernen. Wir können lediglich die Suche etwas verzögern. Wobei wir vermuten, dass es einige Zeit dauern wird, bis sich jemand mit dem ganzen Geschehen so beschäftigt, dass er die Wissenschaftler findet."

Dass das Netz hier etwas ungenau ist, können wir höchstens vermuten. Aber später sollen wir mehr dazu wissen. Zu diesem Zeitpunkt vereinbaren wir, die Aktivitäten genauer zu verfolgen, um ein Entdecken der Forscher so früh wie möglich zu erkennen. Dann werden wir sehen, was zu machen ist. An dieser Stelle des Gesprächs streut Vila eine weitere Frage ein, während ich durch den Raum streife: „Wie antworten wir auf die Nachricht? Diese Forscher haben die Sonde gesehen. Wir wissen, dass sie Bildmaterial in ihren Speichern haben und es untersuchen. Sie gehen ein hohes Risiko ein und rufen uns. Richten die Nachricht auf ihre Welt, weil sie dort unsere Sonde gesehen haben. Gehen damit das Risiko ein, entdeckt zu werden. Verstoßen wir gegen so viele Regeln, wenn wir ihnen antworten?" Ihre Frage ist vollkommen berechtigt und allen von uns schon durch den Kopf gezogen. Wir diskutieren die Ansätze mit dem technischen Leben, während jeder von uns phasenweise unaufmerksam ist. Wir horchen in uns hinein und wollen sehen, ob die Körper reagieren. Eine Reaktion erhält niemand von dort. Das ist nicht verwunderlich und damit können wir annehmen, dass wir den Pfad der Welt nicht ändern. Das Netz schließt aus seinen Berechnungen: „Diese Forscher wissen schon von unserer Existenz und wir können sagen, dass dieses Wissen von ihnen nicht gestreut wird. Ihre Systeme sind besonders gesichert und kein Mächtiger kann darauf zugreifen. Eher löscht das System die Daten und kann sie selbst nicht übertragen, weil es keine Verbindungen hat, die es aktivieren kann. Damit ist eine Antwort an diese Denker wenig kritisch, weil sie die nicht streuen werden." Ich überlege: „Eher wäre das vielleicht ein Ansporn, dass sie ihre Experimente noch einmal genauer prüfen und Spuren finden, die sie selbst erarbeitet haben. Nur noch nicht ihren Blick darauf gelenkt." Ich spreche nicht von einem Hinweis, den wir bar und franko geben. Sondern von ihrem Antrieb. Meine Ausführungen beende ich mit: „Wir müssen uns nur bewusst sein, dass wir den Pfad der Welt nicht ändern dürfen. Wir können mit ihnen sprechen und ihnen zeigen, dass es außerhalb ihrer Welt etwas gibt. Mehr als nur tote Materie. Aber den Plan dürfen wir ihnen nicht erklären. Da müssen sie selbst drauf kommen und entscheiden, ob sie ihm folgen." Eine kurze Bestätigung aus dem Unbewussten, bevor ich fortfahre: „Wir können unsere Erfahrung erweitern, indem wir mit ihnen sprechen. Und sehen, wie sie reagieren. Dafür benötigen wir etwas Zeit und müssen beobachten, ob die Mächtigen die Nachricht weiter erforschen." Alle nicken und überlegen, wie wir mit den Forschern in Kontakt treten, als das Netz vorschlägt: „Die Gebäude in dieser Siedlung sind chaotisch gewachsen und angeordnet. Es gibt Bereiche, in denen Lücken sind und wir beobachten, dass die Struktur sich laufend ändert. Ein Teil der Siedlung wurde vor langer Zeit anscheinend verlassen. Dort können wir ein Gebäude einbringen, das unsere Technik enthält. Sonden übertragen die Signale in den Orbit und von dort zu Euren Liegen. Das Gebäude können wir mit einer eigenen Sonde als Wächter versehen und auflösen, bevor es entdeckt wird. Nur die Wissenschaftler betreten es. Bevor jemand anders unsere Technik sieht, lösen wir sie auf." Der Weg erscheint allen gut, als das Netz simuliert, wie es ein Haus fast über Nacht in dem toten Teil der Siedlung erzeugt. Es erklärt: „Wir nutzen eigene Energie und bleiben so unentdeckt. Die Forscher sehen nur die Liegen und sonst keine Technik. Wir werden dort nur ein technisches System erzeugen, kein technisches Leben. Damit bleibt die Sphäre des Planeten gewahrt." Nach der Diskussion weiterer Details zu diesem Plan finden wir nichts an Einwänden und beginnen mit der Umsetzung.

Derweil brütet ein einzelner mächtiger über einigen Daten, die er fand. Eine Nachricht, die er nicht versteht. Sie kam aus dem All in die Welt. In seiner Sprache, auf den eigenen Frequenzen: „Wir wissen, dass Ihr da seid. Wer seid Ihr?" Er denkt für sich: „Also ist dort draußen jemand. Der sich für unsere Sachen interessiert." Er gerät nicht in Panik, aber sein Wohlstand hängt von der Mine ab. Der der anderen Mächtigen auch, doch das ist ihm egal. Denn er verfügt über Wissen, dass eben diese nicht interessiert. Er kennt den Weg durch die

Lichtmauer. Und den Preis, ihn zu gehen. Es wird viele Ressourcen kosten und seine Welt an ihren Rand führen. „Aber nun ist die Zeit gekommen", denkt er. Dass dieser Weg gegangen werden muss: „Nur so kann ich meinen Stand erhalten." Dass er damit auf dem Pfad innerhalb eines großen Plans einen weiten Schritt tut, ahnt er nicht. Auch nicht, was für Folgen das in seiner Welt haben wird. Daran denkt er nicht. Wie es vor ihm in vielen anderen Welten die Wesen nicht taten. Wie der Homo sapiens es nicht tat.

Kontakt

Sein letztes Experiment ist schon einige Tage her. Das, was er seinen Kollegen in den Bildern gezeigt hat. Wovon er berichtete. Das Allerletzte hat er nicht erwähnt. Sondern selbst realisiert. So, dass keine Spur zu ihnen zurückverfolgt werden kann, denkt Sidran. Er benötigte das Wissen seiner Mitbewohner Hedjon und Atham. Griff darauf zu, ohne sie zu fragen. Das war besser, weil sie so nicht in Gefahr gebracht wurden. Hedjon hätte interveniert. Aber die Zeit war doch so knapp gewesen, nachdem er die Flugdaten gesehen hatte. Atham war für die Programmierung der Antriebe zuständig, verstand genug von Energiesystemen und den Dingen. Er hatte auch ihre Systeme gebaut, die für das Haus. Und betrieb sie, wenn er da war. Sonst liefen sie eher automatisch und Sidran musste nur gelegentlich etwas nachregeln. Wenn er zu viel Energie für die Verarbeitung von Daten abgezweigt hatte. Das war sein Metier. Er hatte sich lange mit diesen Themen befasst und keine wirklichen Hindernisse gefunden. Als er sich in die Steuerung des Raumers einhängte. Mit einem alten Gerät, das er danach vernichtet hat. So sollten alle Spuren verwischt werden, als er die Botschaft in die Kommunikation des Transporters einarbeitete. Gezielt auf die Welt gestrahlt, wenn sich das Objekt zum Bremsen mit den Antennen dieser zuwandte. Damit diese Kugel es empfing, falls sie noch da war. Wie gesagt war das einige Sonnenaufgänge her. Er hatte die Antwort nicht vergessen. Sie kam. Erst die eigene Botschaft, als Kontrolle. Und dann die Entgegnung. Man hatte ihn gehört. Seine Worte, seine Frage.

Nur nicht darauf reagiert. Stattdessen hatte man ihm eine Botschaft gesandt, direkt in seine Träume. Wer das war? Davon hatte er keine Ahnung. Und würde sie wohl für Götter halten nach dem, was dann kam. Sie hatten ihm ein Bild geschickt von dem Teil der Siedlung, den die Einwohner vor langer Zeit aufgegeben hatten. Den sie heute normal mieden, weil er völlig verfallen war. Den Sidran aber häufiger betrat, ohne dass weitere Coziaden ihn dabei sahen. Er kannte Pfade hinein und an anderer Stelle heraus. So fiel es gar nicht auf, dass er in dem Teil nach alter Technik und verlorenem Wissen suchte. Dort hatte er auch die Hinweise zu Energie und Lichtsprung gefunden, die sich in den Speichern seines Hauses verbargen. Versteckt vor der Welt, weil es gefährlich für die drei Forscher war, damit verbunden zu werden. Und unvollständig, ohne die richtigen Zeichen, die sie zu einer Lösung führen konnten. Zuletzt hatte er mit Atham und Hedjon über dieses Schimmern gesprochen. Das die Funksignale auslösten, in der Atmosphäre. Worin er den Schatten gefunden hatte. Er hatte die beiden gefragt, was das Leuchten meinen könnte. Denn die Funksignale waren schwach gewesen und eher unsichtbar. Sie hatten vermutet, dass es eine Wechselwirkung sein müsse. Mit etwas in der Luft, das auf die Energie reagierte. Aber seine Kollegen hatten keine weitere Zeit gehabt. Sie mussten einen anderen Transporter bearbeiten und waren dafür abgereist. Ein langer Weg, den sie zu Fuß zurücklegen wollten. Denn in ihrer Welt gab es kein Beförderungssystem mehr. Nur die Arbeiter oder Drohnen, die mal zu ihrer Art gehörten. Sidran verzieht das Gesicht schmerzhaft. Jedes Mal, wenn er an die Arbeitsdrohnen denkt, wird ihm so. Ein Schmerz, der aus ihm kommt. Den er nicht genau beschreiben kann. Aber den auch die beiden Kollegen fühlen. Deswegen und wegen ihres Faibles für Technik hatten sie sich zusammengefunden.

Würde Sidran ihnen von den Bildern in seinen Träumen erzählen? Wie würden sie reagieren? Die Darstellungen waren gestochen scharf gewesen. Nicht verzerrt, oder in falschen Farben. Sie zeigten den ersten Versuch. Ihn, wie er die Geräte aufbaute und dann das Signal absandte. Wie er den Schatten fand und wie er alles wegpackte. Sie stellten auch das zweite Experiment dar. Wieder ihn beim Aufbauen, die Antenne des gebündelten Impulses. Das leichte und das starke Reagieren in der Luft, wodurch er den Schemen überhaupt gefunden hatte. Das Erscheinen der Kugel und schließlich das Kleinerwerden der Szene, als die Sonde davon schnellte. All das waren die Bilder, die einige Nächte wiederholt erschienen. Bis er wusste, dass es keine Träume waren. Dann, in der letzten Nacht kamen die von dem verlassenen Teil der Siedlung hinzu. Als ob er darauf zuflog, von oben. Nur dass es anders aussah. Es war ihm erst aus direkter Nähe aufgefallen, dass ein neues Gebäude da stand, wo mal eines zusammengefallen war. Es sah genauso aus wie alle. Baufällig, angegriffen von dem Wetter und der Zeit und doch jünger. Denn vorher war da nur ein Haufen Schrott gewesen. Den hatte er durchsucht, wie die ganzen Häuser. Nur nichts gefunden. Und jetzt stand dort ein Gebäude, das ihm gezeigt wurde. Dazu ein Zeitindex in der Art, wie sie ihre Zeit maßen. Er erinnert sich, dass die Träume erst mit etwas begannen, das die Kameras zeigen, wenn die Kabel nicht sauber arbeiten und das Bild unscharf, verschwommen und rauschend wird. Aber das war schnell weg. So, als ob sich die Bilder auf ihn eingestellt hatten. Nur beim ersten Mal, dann in keiner weiteren Nacht.

Der Zeitindex war wichtig. Fast aufdringlich fand er ihn. Störend in dem Bild, wie dieses Gebäude. Aber deutlich. Und ihn dazu bringend, dass er heute sehr früh loszog. Aus dem Haus, das er gesichert hatte, wie immer. Über die verborgenen Pfade in den alten Teil der Siedlung. Hier konnte er sich so bewegen, dass er von oben nicht zu sehen war. Für normale Augen. Von der Sonde, die über dem Haus schwebte, ahnte er nichts. Sie beschützte es, würde es im entsprechenden Falle zerstören und sich dann zurückziehen. Sie war in der Lage, lebende Wesen mit einem Transporter aus dem Gebäude zu befördern und so ihren Untergang zu vermeiden. Wenn sie in das Objekt kamen und dort nicht willkommen waren. Hätte der Forscher davon gewusst, würde es ihn nicht bremsen. Er ist viel zu neugierig. Und aufgeregt, weil er nicht ahnt, was ihn erwartet. Als er vor dem Haus steht, weiß er, dass er zu früh ist. Absichtlich möchte er sich hier sorgfältig umschauen. Und das tut er, ohne etwas zu finden. Es scheint, als ob das Gebäude aus dem Nichts hier ist, wo vorher nur Trümmer waren. Sie wurden entfernt und das Haus erstellt. Was niemand auffällt, weil die anderen Coziaden nie in diesem Teil sind. Und keine Luftfahrzeuge benutzt werden.

„Eigentlich eine sehr geschickte Tarnung in unserer Welt. Wer sollte hier etwas vermuten, das von außen kommt?" Diese Frage stellt er sich, als Sidran auf das Gebäude zugeht. Langsam, wachsam. Vorsichtig sich umschauend steuert er die Tür an. Die Fenster sind zugemacht. Dort würde er nichts sehen. Also bleibt nur, die Neugierde zu befriedigen, indem er das Objekt durch die Tür betritt. Der junge Coziade überlegt, dass dahinter eigentlich nur Verfall und Schrott sein dürfen, denn das fand er in den anderen Gebäuden. Die waren von ihm systematisch durchsucht worden und die Funde lohnten den Aufwand. Seine Kollegen waren erst anderer Meinung. Bis er mit den Datenspeichern kam und es gelang, ihren Inhalt zu lesen. Sie brauchten, bis sie es verstanden hatten. Doch dann wussten sie, worum es sich handelte. Dass das Wissen für sie gefährlich war. Wichtig, lehrreich und riskant. Denn das Forschen an Energie und Antrieben war verboten. Und um beides ging es in den Informationen. Alle drei hatten keine Ahnung, dass sie auf Kopien der originalen Daten gestoßen waren, mit denen sie bald schon in Kontakt kommen sollten. Besser mit den Folgen der Anwendung dieses Wissens.

Nun steht Sidran vor der Tür und wundert sich, dass ihr Schloss intakt ist. Die meisten Türen waren einmal verschlossen gewesen. Aber die Zeit und einige andere Sucher hatten ihnen zugesetzt, dass viele Türen nicht mehr zu schließen waren. An dieser findet der Forscher keine Spuren. Niemand scheint versucht zu haben, sie wirklich zu öffnen. Die Kratzer sehen zu sonderbar aus, als dass sie von Werkzeug und Kraft stammen können. Er streckt die Hand aus, berührt den Öffner und betätigt ihn. Eine mechanische Verriegelung, wie sie in seiner Welt üblich ist, reagiert. Die Tür springt aus der Fassung. Zu perfekt, zu glatt. Kein Quietschen und Stöhnen des alten Teils. „Oder des Materials, das alt aussieht", denkt er. Zögert. Wartet. Aber nichts geschieht. Bis er die Tür weiter aufmacht und sich wundert. In dem Haus hätte es dunkel sein sollen. Ist es aber nicht. Und es hätte staubig sein müssen, voller Trümmer, Schrott und Dreck. Ist es nicht. Der Coziade glaubt seinen Augen nicht. Schließt sie, öffnet sie, reibt sie. Aber der Innenraum bleibt, wie er ist. Aufgeräumt, sauber und erleuchtet. Ein schwaches Glimmen, das aus allen Wänden zu kommen scheint. Nicht blendend, aber hell genug, dass der Raum erkennbar ist.

Sidran kann nicht widerstehen. Er tritt ein und hinter ihm schließt sich die Tür. Von selbst. Also eine vollständig funktionierende Mechanik. Ein Antrieb, den er sucht. Aber nicht erkennt. „Es muss eine weit entwickelte Technik sein, die das Gebäude so aussehen lässt, dass es nicht auffällt. Während im Inneren alles so ist, wie der Stand des Fortschritts es erlaubt", denkt der junge Mann und schrickt zusammen. „Guten Tag Sidran. Schön, dass Du den Weg zu diesem Haus gefunden hat. Genau zur beabsichtigten Zeit." Er hört diese Stimme. Seine Sprache. In einer perfekten Form. Aber er sieht keinen Sprecher. Während das Gebäude seine Emotionen abtastet. Die Stimme sagt: „Du brauchst Dich nicht zu ängstigen. Es droht Dir hier keine Gefahr." Der junge Mann schaut sich immer wieder in diesem Raum um. Der leer ist. Keine Kameras oder Lautsprecher. Nichts als diese Sprechstimme. Und die erkennt seine Suche: „Wir erzeugen die Stimme direkt in Deinem Gehör. Und beobachten Dich mit allen Wänden. Wir wollen Dich nicht ängstigen oder Dir zu viel erklären. Verstehe bitte, dass die Wände Dich sehen und fühlen. Wir erkennen Deine Gefühle und Gedanken und können so darauf reagieren. Indem wir die Stimme in Deinem Kopf schaffen. Wenn es Dir aber lieber ist, dann sprechen wir direkt mit Dir."

Was er nicht verstehen würde, ist die Tatsache, dass der gesamte Vorraum eine riesige Liege ist. Das technische Leben unserer Welt hat die gleiche Technik in die Wände eingebaut und kann damit jedes Wesen in dem Raum erfassen und einzeln bedienen. Schwer vorstellbar, aber eine deutlich höhere Flexibilität. Weil wir die Reaktion des Besuchers nicht vorhersehen konnten. Oder so Eindringlinge von ihren Erinnerungen befreien, mit neuen ausstatten und über den Transporter in einen anderen Bereich der Siedlung bringen.

Sidran ist verwirrt. Er hat verstanden, was die Stimme meint. Aber etwas stört ihn. Als er die Tür öffnete, sah er einen Raum. Und vorher das Haus von allen Seiten. Als er nach Spuren suchte. Sein Forscherhirn beginnt, die Eindrücke zu vergleichen. Da fällt es ihm auf: „Der Raum ist kleiner als das Haus." Das hat er laut ausgesprochen. Aber egal, weil der Raum seine Gedanken auch hören kann. Und antwortet: „Das hast Du richtig erkannt. Der zweite Raum dieses Hauses beinhaltet einige Liegen." An einer Wand entsteht ein Bild von etwas, das wie ein Bett aussieht. Keine Decke zum Zudecken. Aber angepasst auf seine Körpermaße, die der Coziaden. Vielleicht recht bequem und nur so hoch über dem Boden, dass er sich gut darauf setzen könnte. Er hört die Stimme: „Diese Liegen nutzen wir, um direkt mit Dir zu sprechen. Wenn Du dazu bereit bist, gehe einfach auf die hintere Wand zu. Sie wird sich öffnen und Du stehst vor den Liegen." Die Stimme verstummt, das Bild schwindet. Sidran geht auf die Wand zu und sucht eine Tür. Findet aber keine. Nur diese glatte Wand, auf der vorher das Bild war. Aus Intuition streckt er die Hand aus, möchte sie berühren. Fühlen, ob sie so glatt ist, wie sie wirkt. Erkennen, ob sie vom Leuchten warm ist, wie die Leuchtmittel, die er kennt.

Aber seine Hand berührt die Wand nicht. Er zieht sie zurück. Sieht sie wieder, anders als vorher. Da war es, als verschwinde der Arm in der Mauer. Ein zweiter Versuch bestätigt seine Beobachtung. Er fühlt nichts. Erfasst seine Hand nur nicht mehr, bis er sich der Wand nähert und seinen Kopf durch sie hindurch drückt. Da sieht er den Rest seines Körpers nicht. Er grinst, weil es komisch wirkt. Bewegt mal eine Hand. Mal einen Fuß durch die Mauer und muss lachen. Ein helles, freudiges Geräusch, wie das eines Kindes. Wie er als Kind häufig gelacht hat. Bevor der Ernst des erwachsenen Lebens ihm das nahm. Zumindest hatte er gedacht, nicht mehr lachen zu können. Da steht er hier in einer fremden Wand und freut sich wie ein kleiner Junge über die Faxen, die er treibt.

Nach einigen Minuten tritt er komplett durch die Wand. Sie sieht von der hinteren Seite aus, wie von vorne. Wie alle anderen und der Boden. Aufwärts schauend findet der Forscher die Decke ebenfalls genauso. Langweilig, glatt und frei von Fehlern wie Formen. In dem Raum stehen drei Liegen, wie die vorher gezeigte. Sidran geht auf eine zu und berührt sie. Tatsächlich weich und angenehm warm. Einladend, sich darauf zu setzen. Das tut er direkt und hört die Stimme: „Wenn Du bereit bist, lege Dich bitte hin und entspanne Dich.

Nimm Dir die Zeit, die Du brauchst, Dich an den Raum und die Liege zu gewöhnen." Zeit nehmen? Wofür. Es ist bloß ein Möbel. Also legt er sich hin und entspannt sich. Die Unterlage passt sich an seinen Rücken an und seine Beine. Er liegt und spürt, dass er keinen Muskel anspannen muss. Schaut nach oben, auf die graue Decke und zuckt. Die ist weg. Stattdessen sieht er nichts, kein Licht und keine Decke. Merkt auch die Oberfläche des Möbels nicht mehr, auf das er sich gelegt hat. Sidran erschrickt und springt auf. Und steht wieder in dem Raum mit den Liegen. Sein Puls rast, er atmet sehr schnell. Als ob er Sport gemacht hätte. „Kommt wohl von dem Aufspringen", denkt er und hört die Stimme: „Du bist verwirrt und irritiert. Der Effekt ist leider nicht zu vermeiden. Lege Dich bitte wieder auf die Liege und entspanne Dich, wenn Du so weit bist." Mehr sagt die Stimme nicht und Sidran fühlt sich nicht bedroht. „Warum bin ich nur aufgesprungen? Ich war in diesem Raum, fühlte die Liege und dann nichts. Ich sah nichts mehr, fühlte nur noch meinen Körper. Aber darum nichts", denkt er, worauf der Raum antwortet: „Wie gesagt ist das ein nicht vermeidbarer Effekt. Wir können ihn beschleunigen. Aber das führt zu Fehlern und noch mehr Verwirrung, wenn man es das erste Mal erlebt. Wenn Du so weit bist, lege Dich bitte wieder hin. Dann beginnen wir erneut."

Er versteht zwar nicht, was damit gemeint ist. Doch Sidran legt sich wieder auf die Liege. Fühlt, wie sich sein Körper entspannt und dann nichts. Sieht, hört und spürt oder riecht nichts. Bald vermeint er, ein minimales Flackern zu sehen und ein leichtes Zirpen zu hören. Aber es ist zu schnell vorbei, als dass er sich darauf konzentrieren kann. Sein Puls ist ruhig und sein Atem gleichmäßig. Er wusste, was kommen würde, und ist nicht aufgesprungen. Und doch nicht vorbereitet auf das, was dann geschieht. Er sieht, wie das Schwarz sich in Grau wandelt und Tiefe anzunehmen scheint. Merkt, wie sich Bäume aus dem Grau schälen und Farbe annehmen. Sie sehen aus wie die Wälder, die er als junger Mann gerne durchstreift hat. Etwas von ihm entfernt. Und dazwischen stehen sie. Fünf Wesen, wie er sie noch nie gesehen hat. Eins von ihnen hebt einen Arm und winkt, wie zum Gruß. Die anderen haben die Hände leicht vor sich, nach unten zeigend und die Fläche zu ihm gewendet. Er sieht, dass sie keine Gegenstände darin halten. Weder Waffen noch Geräte. „Sie wollen mir zeigen, dass sie nichts verbergen", denkt er und hört eine Stimme. Nicht die von vorher. Eine andere, tiefere. Die sich nach sehr viel Zeit anhört: „Deine Vermutung ist richtig. Wir wollen nichts verbergen und dachten, dass Du das so erkennen würdest." Sidran sieht, wie sie die Hände an ihre Seiten nehmen, die Arme hängen lassen. Und ihn beobachten. Sie starren nicht, haben aber den wachsamen Blick von Forschern. Studieren seine Mimik, sein Aussehen und seine Bewegungen. Wenn er sich rühren würde. Er liegt doch auf der Liege. Wie kann er dann hier stehen, nahe einem Wald in seiner Welt und mit den Besuchern davor? Wieder erklingt die Stimme, die sich nach viel Zeit anhört: „Du liegst tatsächlich auf der Liege in dem Raum, wo Du Dich hingelegt hast. Wenn Du aufstehst, wirst Du den Raum erneut sehen. Die Welt, die Du hier siehst, ist tatsächlich Deine Welt. Wir haben diesen Ort gewählt, weil er ruhig und friedlich ist. Wir dachten, dass Du Dich in vertrauter Umgebung wohler fühlst. Oder möchtest Du woanders hin?" Sidran schüttelt den Kopf. Die Landschaft ist ok. Aber die Besucher sind zu weit weg, als dass er mit ihnen sprechen kann. Selbst, wenn er die Stimme hört, die in seiner Sprache spricht, will er näher heran und antworten. Will sich diese Fremden anschauen.

Sidran setzt sich in Bewegung und merkt, wie er langsam auf diese Besucher zugeht. Die bleiben stehen und warten, bis er näher gekommen ist. Sie sehen ihn aufmerksam an. „Nicht feindselig", denkt der Coziade, „aber interessiert und neugierig. Wie ich mich fühle. Ich will auch mehr wissen von ihnen." Nach einiger Zeit hat er die Gruppe erreicht und erkennt, dass sie verschieden aussehen. Nicht so einheitlich, wie seine Art ist. Einer scheint älter zu sein. Die restlichen ungefähr gleich alt. Ein weiterer Mann, wie er vermutet und drei Frauen. Sie haben eine andere Körperform, aber die weiblichen Merkmale findet Sidran nicht so anders im Vergleich zu seiner Art. Sie lächeln ihn an und er studiert ihre Hautfarben und Haare. Alle unterschiedlich. „Und die Augen sind komplett anders", denkt er. „Weiß und darin ein farbiger Ring. Bei jedem anders. In der Mitte ein schwarzer Punkt." Eine der Frauen nickt. Die mit den krausen Haaren spricht ihn an: „Deine

Beobachtung ist richtig. Unsere Art hat sehr individuelle Züge. Jeder von uns sieht anders aus." Sie deutet auf ihn und spricht mit ihrer hellen, fröhlichen und lebendigen Stimme weiter: „Wir kennen Deinen Namen, Sidran. Und die von Adham und Hedjon, mit denen Du wohnst. Ich bin Kalia." Sie deutet nach links, von sich aus gesehen und meint: „Dies sind Tara zu meiner Linken und neben ihr Vila. Rechts von mir stehen Welis und der letzte Mensch." Sie deutet auf die beiden Männer und Sidran wundert sich: „Einer von Euch hat keinen Namen? Oder heißt er Mensch?" Alle lachen und Kalia meint: „Wir haben ihm nie einen Namen gegeben. Oder nach seinem gefragt. Er lebt schon länger, als unsere Welt besteht. Und ist der letzte seiner Art, halt der letzte Mensch." Sidran ist verwirrt. Sie sehen alle gleich aus. Er fragt: „Seid Ihr denn keine Menschen? Ich schließe, dass Ihr Eure Art so nennt. Doch, wenn ihr einen von Euch anders bezeichnet, muss es einen Unterschied geben." Der junge Mann neben Kalia antwortet ihm. Mit einer festen und forschen Stimme sagt er: „In der Geschichte unserer Welt gibt es einen Bruch. Die erste Art der Menschen beendete ihre Existenz und lange Zeit später entstand eine neue Art von uns. Zu der zählen wir, während der letzte Mensch besser der als der letzte Homo sapiens bezeichnet wird. Während wir uns als Homo sapiens novus bezeichnen." Das kann Sidran verstehen und wartet, ob noch mehr Erläuterungen folgen. Aber Welis und die anderen betrachten den Punkt als ausreichend erklärt. Er fühlt, dass es nicht passend wäre, weiter zu fragen.

Die Besucher machen nicht den Eindruck auf ihn, als ob sie nichts von sich erzählen wollten. Aber sie werden auch nicht alles mitteilen, spürt er. Den Grund kann er sich denken: „Sie werden mir nicht zu viel erzählen, weil sie nicht in den Lauf dieser Welt eingreifen wollen. Sonst hätten sie ihre Sonden nicht getarnt und mit den Mächtigen Kontakt aufgenommen."

Dass seine Gedanken von dieser Technik direkt aufgenommen und zu den Besuchern transportiert werden, zeugt von dem Stand an Technik, den sie erreicht haben. Vila antwortet ihm: „Deine Einsicht ist richtig. Wir können Dir nur das erzählen, was den Lauf Deiner Welt nicht ändert. Wir werden auch nicht allen Coziaden unsere Technik zeigen. Nur Dir und Deinen beiden Kollegen. Wir haben Eure Welt beobachtet und Euch drei ausgewählt. Ihr seid fast die Einzigen, die sich fragen, ob es außerhalb Eurer Welt Leben gibt. Diese Frage können wir Euch beantworten. Es gibt Leben außerhalb Eurer Welt. In vielen Welten, weit von Eurer entfernt." Der junge Zuhörer fühlt eine Spannung in sich aufsteigen. Die Besucher nicken lächelnd. Es gibt also viel Leben dort draußen. Und er erfährt davon. Aber er hat auch Fragen. Unmengen, fängt aber mit einer konkreten an: „Die silberne Kugel war von Euch?" Nicken. „Was tut sie, was ist es?" Der junge Mensch antwortet ihm: „Wir nennen es Sonden. Es sind Geräte, die wir in andere Welten senden, um sie zu erforschen. Mit ihnen haben wir viel über Deine Welt gelernt." Sein Forschergeist ist wach: „Was kann man mit diesen Sonden lernen? Mehr, als ein Besuch wie dieser ergibt?" Tara antwortet ihm, während sie Kalias Hand hält. Das fällt ihm auf, aber keiner der Gruppe reagiert. Also hört er erst einmal zu: „Diese Sonden können mehr erfassen als unsere Sinne. Sie sehen schärfer als unsere Augen, hören feiner und riechen besser. Sie können ermitteln, woraus Eure Luft besteht und wo ..." Eine Pause entsteht. Sie wirkt auf Sidran ungeplant, der weiter zuhört, als Tara fortfährt: „... Tiere und Pflanzen sich befinden. Sie misst, wie weit etwas voneinander entfernt ist und wie groß Flächen oder Gebäude sind."

Tara hätte sich fast vertan. Und Sidran eine Andeutung gegeben, wie weit die Fähigkeiten der Raumsonden reichen. Aber der gedankliche Einwurf von Welis hatte sie gebremst. Darauf müssen alle achten, als Welis fortfährt: „Du hast eine Nachricht gesandt, mit Energie von dem Raumer in Richtung Deiner Welt. Wir nutzen diese Technik, um die Signale der Sonde zu unserer Welt zu übertragen. Und auch, um mit den Liegen zu sprechen." Vor Sidran entsteht ein Bild in der Luft. Er erkennt seine Welt und eine schwarze Fläche, dann eine andere Welt. Sie sieht blauer aus und etwas größer. Welis erläutert: „Wir befinden uns in einem Raum unserer Welt mit diesen Liegen. Darauf liegen wir wie Du. Die Liegen können unsere Bewegungen, Gesprochenes aufnehmen und übertragen sie zu Deiner Liege. Damit kannst Du uns hören und unsere Bewegungen sehen." Sidran horcht auf. „Sie erzählen tatsächlich nicht alles. Sie können auf meine Gedanken reagieren und antworten. Also geht diese Technik viel weiter." Er hebt seine Hand, ohne dass sein Körper sich auf der Liege bewegt.

Er fühlt die Luft. Spürt die Wärme der Sonne auf der Haut. Und streckt seine Hand aus. Berührt Vila an ihrer, die sie ihm entgegen reicht. Und sofort zurückzuckt. Er tut es ihr gleich und ist ängstlich. Vila schaut irritiert und der Blick der anderen kehrt sich nach innen. „Habe ich die Besucher verärgert? War es unschicklich, sie berühren zu wollen? An der Hand?" Dann hört Sidran die Stimme von dem, den sie als letzten Menschen bezeichnen: „Du musst entschuldigen. Vila hat nicht damit gerechnet, dass sich Eure Finger berühren. Sie war überrascht, dachte, dass Du vorher bremst." Der junge Coziade wird wütend. Spontan, wie es seinem Charakter entspricht. Und oft geschieht. Ohne darüber nachzudenken, sagt er: „Das glaube ich nicht. Deine Erklärung ist schwach. Genauso, wie ihr mir nicht alles erzählt. Ihr könnt meine Gedanken lesen, während ich auf der Liege Platz finde. Aber ich kann nicht in Eure blicken." Sein Zorn legt sich etwas. Er atmet einmal und spricht ruhiger weiter: „Ihr erzählt mir nicht alles über Eure Welt. Das ist ok. Aber ihr blickt in meinen Kopf und verschließt Eure. Das finde ich nicht richtig." Ein Schweigen entsteht und dann spricht Tara: „Du hast Recht. Wir hätten nicht auf Deine Gedanken antworten dürfen. Das taten wir, weil wir dachten, es sei einfacher für Dich. Wir wollten Dir den Schrecken nehmen, die Angst vor uns und unserer Technik." Sidran beruhigt sich bei der Sanftheit, die er hört. Ist verwundert, dass sie gleich auf die Sprachen reagieren. Aber er erhält nicht direkt eine Erklärung. Als ob diese Besucher nicht mehr auf sein Denken lauschen. Er fragt: „Wie kommt es, dass Eure Stimmen sich so anfühlen wie unsere eigenen? Hört Ihr noch auf meine Gedanken?" „Nein, wir warten nun, bis Du uns fragst oder uns etwas erklärst. Es scheint, als hätten wir eine Grenze Eurer Welt missachtet. Wenn dem so ist, tut uns das leid." Er antwortet: „Nein, das ist keine Grenze. Weil niemand in unserer Welt in den Kopf eines anderen schauen kann." Welis antwortet: „Wir nutzen diese Methode zwischen uns und können nur auf Gedanken reagieren, die Du uns öffnest. Wir lesen nicht alles aus Deinem Gedächtnis, kennen nicht alle Deine Geheimnisse und Erinnerungen. Für uns ist es, als ob Du sprichst, wenn Du eine Frage formst. Und darauf antworten wir. Aus Gewohnheit, weil es schneller geht. Damit werden unsere Gespräche flüssiger, finden auf mehreren Ebenen statt und wir können schneller denken." Das klingt einleuchtend und Sidran fand es nicht unangenehm, so zu arbeiten. Er antwortet Welis: „Es ist ok, wenn Ihr das tut. Überraschend und ungewohnt. Aber ich fühle mich nicht gestört, wenn Ihr nur auf diese bewussten Gedanken reagiert, wie Du es nennst." Er probiert eine Frage zu denken und erhält eine Antwort: „Deine Gedanken erzeugen bestimmte Muster im Gehirn. Wenn das Gehirn in der Struktur ähnlich zu unserem ist, können wir diese Muster erkennen und darauf reagieren." Er hat nichts gehört und keiner hat gesprochen. Aber es war die Stimme dieses letzten Menschen in seinem

Kopf. „Also funktioniert es in beide Richtungen", denkt er und sieht ein Nicken. Sidran spricht: „Ungewohnt, aber spannend. Wir könnten uns unterhalten, ohne dass wir uns reden hören."

Er zögert und fragt dann: „Könnt Ihr mit dieser Technik auch andere Welten besuchen? Ich meine, erst war es schwarz um mich. Leer fühlte es sich an. Dann wurde es grau und schließlich ist es meine Welt, in der wir stehen und plaudern. Obwohl ich auf einer Liege in Eurem Gebäude liege und ihr in Eurer Welt." Der Coziade beobachtet, wie die fünf Menschen sich anschauen. Als ob sie sich in Gedanken unterhalten. Bevor Vila antwortet: „Wir können mit der Technik jede Welt besuchen, die wir untersucht haben. Dann sehen wir aber nur alte Zustände. Die Welt, die Du hier siehst, entspricht einer Stelle nicht weit von Dir entfernt zu der Zeit, die Du auf der Liege liegst." Dann ändert sich die Umgebung. Sie wird grau und dann steht er auf einem anderen Untergrund. Die fünf Menschen bei ihm. Sie sind ruhig, während Sidran nach Luft schnappt. Denkt, er müsse ersticken. Bis er merkt, dass sein Körper normal weiter atmet. „Wo sind wir?" Er schaut sich um und hat keine Ahnung, was er sieht. Tara meint: „Schau nach oben und beobachte." Sie wenden ihren Blick zum Himmel und Tara ihre Hand. Er folgt der Richtung und sieht, wie etwas sich ihnen nähert. An den Außenseiten leuchten helle Punkte, die immer stärker scheinen. Als ob das Gefährt, das er erkennt, bremst. Und zur Landung ansetzt. Etwas von ihnen entfernt, sodass sie es bald am Boden stehen sehen. Und beobachten, wie Dinge ausgeladen und andere eingeladen werden. Von Wesen in Anzügen. Er hört Tara erläutern: „Wir sind in der Nähe des Minenstandorts, den Deine Art betreibt. Der Transporter ist der, von dem aus Du die Botschaft gesandt hast. In den Anzügen stecken Drohnen aus Eurer Welt, die den Raumer entladen. Danach werden sie ihn mit dem Abbau füllen und er fliegt zurück zu Eurer Welt." Die Menschen schildern ihm, dass diese Szene einige Umläufe seiner Welt um ihre eigene Achse alt sei und sie damit die Zeit relativ für ihn geändert hätten. Der Coziade versteht, was sie meinen und erkennt, dass diese Technik ihn schützt. Denn sonst wären sie alle schon tot in dieser Umgebung. Sein Gedanke wird aufgegriffen von Welis: „Wir können die Umweltwirkung steuern, sodass Du auf dem Mond ohne Anzug stehen kannst. Normal wärest Du viel leichter und ohne Anzug binnen Sekunden erfroren. Und nun erschrecke Dich nicht."

Aber Sidran ist erschrocken, als aus dem Nichts die Szene sich ändert. Kein Grau und kein Herausschälen der Konturen. Er steht wieder in seiner Welt. Wo sie ihr Gespräch begannen. Nur ist die Sonne schon am Untergehen. Er wird unruhig: „Ich muss bald zu Hause sein. Sonst fällt auf, dass ich weg war." Kalia antwortet: „Das wissen wir und Du brauchst keine Angst haben. Nur haben wir einige Bitten an Dich: Erzähle niemandem von dem Haus und uns. Das würde zu viele verwirren. Sprich mit Deinen Kollegen und wenn Ihr mögt, können wir uns noch einmal treffen. Wir können Euch nur nicht alles erzählen, was Ihr fragen werdet. Und noch eines. Erzähle Atham und Hedjon keine Details. Sie werden sonst ängstlich sein und wir brauchen dann länger, bis die Technik bei ihnen funktioniert. Das Haus lassen wir stehen, damit Du uns rufen kannst. Dazu musst Du es nur betreten. Der erste Raum wird Dich erkennen und auf Dich hören." Sie heben die Hand zum Gruß: „Wir wünschen Dir einen guten Abend und freuen uns auf ein Wiedersehen." Dann verschwinden sie mit der Welt um ihn herum in dem Grau, womit alles begann. Das wird zu Schwarz und dann sieht er die Decke des Raumes wieder. Mit den bequemen Liegen.

Auf seiner bleibt er noch einen Moment. Er kann nicht fassen, was geschehen ist. Und wie lange er fort war. Nicht fort, aber in diesem Raum. Was er alles erfahren hat und wen getroffen. Viele Fragen überschwemmen sein Gehirn, auf die er keine Antwort hat. Oder erhalten wird?

Berührung

Wir sind aus der Verbindung herausgetreten, in der alle von uns Sidran, den Coziaden, zum ersten Mal getroffen haben. Von unseren Liegen aufgestanden und doch noch im gleichen Raum. Vila ist sichtlich nervös und unruhig, als sie berichtet: „Er hat mich berührt. Nur kurz. Nicht, dass ich mich geekelt habe, weil es nur eine Simulation war. Aber es war wie ein Funke, der übersprang. Als sich unsere Haut leicht berührte. Wie damals an der Statue." Alle wissen, was sie meint, doch Welis antwortet: „Das kann nicht sein.

Die Liegen können zwar entsprechende Impulse erkennen und erzeugen. Aber wir waren uns einig, dass wir das nicht nutzen werden. Um die einzelnen Biosphären voneinander zu trennen. Um den Austausch von Daten zu kontrollieren, den wir erzeugen." Die Berührte nickt: „Das weiß ich. Aber dennoch war da dieses Gefühl, was mich zurückzucken ließ." Ich veranlasse das Netz, eine Aufzeichnung zu projizieren. Sie zeigt, wie Vila auf der Liege liegt, umgeben von den Energiefeldern. Daneben erscheint die Szene des Besuchs, zu dem Zeitpunkt, als sich Vilas Hand in Bewegung setzt. Wir schauen uns die Sequenz einige Male an und das Netz blendet zusätzlich die Energiemuster ein, die es bei der jungen Frau registriert hat. Es fasst zusammen: „Von dem Coziaden wurden keine Impulse übertragen und keine Muster, die auf den Austausch von Daten zwischen seinem und Deinem Körper deuten, Vila. Die Technik hat wie gewünscht gearbeitet." Ich schaue mir die Kurve der Muster unserer Begleiterin an und bitte: „Zeige die Kurve zu dem Zeitpunkt, als Vila den Funken spürt. Das muss kurz vor ihrem Zurückzucken sein." Die Darstellung ändert sich auf das gewohnte Bild. Unten der Zeitstrahl mit den Ereignissen. Darüber die Musterkurve. Und dann sehen wir einen minimalen Ausschlag, der dem Reflex Bruchteile von Sekunden vorausgeht. Ich frage: „Was ist diese kleine Spitze, die wir dort gemessen haben?" Das Datennetz antwortet, dass es eine unbekannte Signatur ist, aber der Ursprung aus dem biologischen Netz von Vilas Körper sicher. Sie meint, den Blick nach innen gerichtet: „Da habe ich etwas gespürt, das ich mit dem Wort Stopp beschreiben kann." Das Bild vor uns zeigt, dass sie unmittelbar danach zurückgezuckt ist. Ich folgere: „Wenn das aus Deinen Zellen stammt, muss die Simulation sehr authentisch gewesen sein. Die Zellen haben den Unterschied nicht realisiert und wollten einen Austausch von Daten verhindern." Welis stimmt zu und meint: „Dann müsste der Coziade den intensiver hinbekommen, als ein bloßes Stehen ohne Schuhe in der Welt es ermöglicht." „Richtig," antworte ich. „Sonst wäre mir ein Austausch von Daten vorher aufgefallen. Allerdings kann das auch an einer allgemeinen Schwächung der Biosphäre liegen. Bei Sidran haben wir deutlich höhere Emotionen gemessen als bei vielen anderen seiner Art. Nur die beiden Mitbewohner sind ähnlich stark in ihren Mustern. Er sah viel lebendiger aus, als wir viele andere beobachtet haben. Wenn Vilas Körper auf diesen Eindruck reagiert hat, erklärt das die Reaktion. Ihr Körper hat vermutet, dass ein Austausch passieren kann und den verhindert." Für alle wirkt das zunächst als befriedigender Ansatz. Den wird das Netz tiefer ergründen, wie wir wissen. Es hat die notwendigen Daten dazu und wir können das Ergebnis dann weiter berücksichtigen. Kalia meint: „Er war sehr freundlich und interessiert. Hier und da überrascht, aber nicht verschreckt. Und er weiß nun, dass es Leben zwischen den Sternen gibt." Tara ergänzt: „Er wirkte sehr interessiert an der Technik, die wir nutzen. Hat sich aber zurückgehalten. Als ob es für ihn unhöflich war, gleich zu viel zu fragen." Diese Beobachtungen halten wir für wichtig. Sie zeigen uns, wie das Wertesystem zumindest dieses Coziaden aufgebaut ist. „Ich bin gespannt, wie seine Kollegen reagieren", schließe ich, als wir den zu unseren Quartieren einschlagen.

Bericht

Der nächste Tag begann, wie es nur wenige tun. Mit einer Nachricht, die ein Arbeiter überbrachte. Sie war für Atham und Hedjon. Die beiden lasen sie, sahen sich an und reagierten mit Unruhe, ja fast Hektik. Eigentlich wollte Sidran ihnen von dem Experiment erzählen, dessen Folgen und seinem Besuch der Minen. Dazu war keine Chance. Die beiden wiesen ihn an, ein Frühmahl zu machen, zogen sich zurück und räumten Dinge zusammen. Solche, wie sie für die Arbeit an Transporten nötig waren. Dann schlangen sie ihr Frühstück herunter und verließen ohne weitere Worte das Haus.

Zurück bleibt ein Sidran, der voller Aufregung ist. Unruhe und Spannung empfindet. Wie ein Gefäß unter großem Druck, der kontrolliert entweichen sollte. Sonst gäbe es eine Katastrophe. Er hat die Reste der Mahlzeit entfernt und begonnen, das eine oder andere aufzuräumen. Doch konzentrieren kann sich Sidran nicht auf das Geschehene. Er muss die ganze Zeit über die Begegnung mit den Fremden nachdenken. Sie waren freundlich. Wirkten friedvoll auf ihn und fühlten sich sicher. „Sie kannten ihre Technik", überlegt er. Während sie für den jungen Coziaden neu war. Wie eine aufregende Reise? Er kann es nicht vergleichen, weil er nie verreist ist. Er hat die ganze Zeit nur in dieser kreativen Zone gelebt. Nie mehr von Coziadun gesehen. „Oder wie hatten sie die Welt genannt? CV9784-B? So heißt sie nicht. Wir nennen sie Coziadun. Und die Besucher nannten mich Coziaden." Er denkt weiter nach, über die Genauigkeit der Nachbildung, mit der sie seine Umwelt darstellten. Mit seiner Reise zu den Minen, draußen im All. „Es dauerte nur Momente und schon waren wir da. Und die Menschen meinten, es könnte noch schneller gegangen sein. Sie hätten nur Rücksicht auf mich genommen und langsam die Szene gewechselt. Und die Zeit." Sidran erinnert sich, dass der Raumer lange auf dem Rückweg war, als er ihn landen sah. Ein schönes Bild, das er so wohl nicht erlebt hätte. Mit den Sternen im Hintergrund und dem rauen Felsen. „Mit den Drohnen in ihren Anzügen. Die dort genauso gearbeitet haben wie in unserer Welt. Das gleiche Schicksal an einem anderen Ort."

Die gute Laune des jungen Forschers endet. Die enthusiastische Aufregung legt sich. Sie weicht einer Ernüchterung, die sich in seine nächsten Gedanken schleicht: „Es könnte ganz anders sein. Aber wir nutzen Technik nur, wenn die Mächtigen davon etwas haben. Und denen ist egal, ob sie damit den Planeten zerstören. Solange ihre Parks schön sind und ihre Häuser. Ihre Läger voller werden und sie bestes Essen haben dürfen, ist ihre kurzsichtige Welt ok." Zerknirscht überlegt er, dass die Denker und Künstler in seiner Zone nur das zu speisen bekommen, was den Machthabern zu schlecht ist. „Bevor sie es entsorgen, holen sie da noch etwas für sich raus. Wir dürfen nur denken, was sie wollen und schaffen, was ihnen gefällt. Alles sieht gleich aus und Künstler haben schon Angst, wenn sie nur eine kleine Nuance ihres Denkens einfügen. Wenn der erste Mächtige einen Brunnen so bekommt, wollen alle anderen ihn auch so. Hätten wir Maschinen, könnten wir sie kopieren und der Künstler Neues schaffen", denkt er sich. Während er weiter im Haus herumräumt. Um sich abzulenken. Doch die Gedanken bleiben, mit einer Macht, die er selten erlebt. Sidran weiß, dass es früher Technik in dieser Gesellschaft gab. Dass die Arbeiter nicht so existierten. Die Mächtigen waren herrschend und taten die gleichen Sachen wie heute. Und die Welt wurde immer schwächer. „Sie wurde vergiftet, bis die Mächtigen merkten, dass sie ihr Leben nicht mehr so leben könnten. Sie fanden die Ursache in der Technik, die wir hatten. Und statt nach alternativen Wegen zu suchen, haben sie einfach alles verboten. Bis auf das, was sie brauchten, um ihr Leben fortzusetzen. In dem sie Generation um Generation nur ihre Körper trainieren, ihren Prunk polieren, essen und die Zeit mit Hahnenkämpfen vergeuden. Sie treten seit vielen Umläufen unserer Welt auf der Stelle. Machen, was sie immer machten, und ändern nichts. Solange sie genug Arbeiter haben. Und immer mehr ausbeuten können." Er wird ärgerlich, als er denkt: „Erst packen sie unsere Welt in Lagerhallen und dann die Planeten. Nur, damit es so weiterläuft. Während Techniker und Denker ihre Transporter reparieren, solange es noch irgendwo Ersatzteile gibt." Ihm fällt auf: „Das wissen die Menschen alles. Sie sagten, dass sie mir nur einiges erzählen dürfen, was nicht in den Gang unserer Welt eingreift. Dass sie ihre Technik eher zerstören, als sie den falschen Coziaden zu zeigen." Er erinnert sich an die Sonde, die über dem Haus schwebt: „Sie wird nicht nur die Verbindung zu ihrer Welt knüpfen. Sie wird auch da sein, um auf die Technik aufzupassen. Wenn sie noch größer ist als die von mir gefundene, wird sie mehr Energie erzeugen und mehr tun können." Sidran überlegt weiter, dass diese Sonde nicht mehr auf die Energie reagieren würde, auch nicht in gebündelter Form. Sie würde getarnt bleiben und dafür das Haus zerstören. „Sie dürfen das Risiko nicht eingehen, dass unsere Herrscher von ihnen wissen. Denn sonst ist ihre Welt genauso gefährdet und sie müssen kämpfen. Nur machen sie auf mich den Eindruck, dass sie das gar nicht wollen."

Wie gerne würde der junge Mann zu dem Gebäude gehen und alle diese Fragen stellen, als er eine Stimme hört. Oder viel mehr meint, sie zu hören. Sie ist direkt in seinem Kopf und antwortet auf seine Fragen: „Wir würden das Haus zerstören und die Sonden werden nicht mehr sichtbar. Eure Welt hat keine Energiewaffen, die ihnen gefährlich werden können. Deshalb bleiben sie getarnt." Er erkennt die Stimme von Vila, die voller Mitgefühl zu ihm spricht: „Und Du hast richtig erkannt, dass wir nicht kämpfen wollen. Es wäre gegen die Logik des Lebens. Und doch können wir kämpfen, wenn wir müssen. Hast Du das grüne Licht gesehen, das die von Dir gefundene Sonde umgab? Das war ein Feld aus Energie, das nicht zu durchdringen ist. Die Sonden können forschen, indem sie Energie messen. Sich schützen, indem sie Energie nutzen und angreifen, indem sie kein Feld erzeugen, sondern einen gebündelten Strahl. Mit Energie, gegen die es keinen Schutz gibt." Eine kurze Pause, als ob Vila überlegt, bevor sie mit belegter Stimme weiterspricht: „Wenn Eure Welt uns angreifen würde, müssten wir viele von Euch töten. Und Eure Welt übernehmen. Du kannst Dir vorstellen, dass wir das nicht wollen. Und deshalb lieber unerkannt unseren Besuch durchführen, als Euch diesem Schicksal auszusetzen. Deshalb darfst Du auch nichts aufschreiben oder zeichnen. Du darfst es nur Deinen Kollegen erzählen und ihnen das Haus zeigen." Er erinnert sich, aber der nächste Gedanke zeigt ihm, wie mächtig diese Besucher sein müssen. In seinem Kopf sagt Vilas Stimme: „Euer Datennetz im Haus ist zwar getrennt, aber nicht sicher. Ihr habt es geschützt, aber das hält uns nicht auf. Und andere Deiner Art werden auch nur gebremst, aber nicht gestoppt. Und entschuldige bitte, dass wir Dich beobachten, ohne es gesagt zu haben. Wir müssen sicher sein, dass Du Dich an unsere Bitten hältst, keine Spuren zu erzeugen. Denn Ihr müsst Euren Weg zu den Sternen selbst finden."

Vila schweigt und Sidran denkt: „Welchen Weg und warum selbst finden?" Er ist nicht überrascht, dass die Menschen ihn beobachten, seine Gedanken verfolgen. Er weiß, dass sie nur die bewussten abgreifen und nichts tun, was ihn stört.

Insgeheim hatte er mit so etwas gerechnet, denn er hätte einem Fremden auch nicht komplett vertraut. Doch die letzte Frage irritiert ihn. Einen Moment ist Ruhe, bevor sich die Worte in seinem Kopf bilden, als ob er sie hört: „Schön, dass Du nicht sauer auf uns bist. Und sei sicher, dass wir Deine Geheimnisse nicht kennen oder nutzen. Mit dem Weg meine ich den, der Euch zu den Minen geführt hat. Er reicht viel weiter und mit der richtigen Technik tief in den Raum." Sidran versteht, dass Vila von den Theorien spricht, schneller als Licht zu reisen. Die Besucher sprachen von einer Lichtmauer. Und er kennt die Daten aus alten Speichern, die sie gefunden hatten. Die nun in ihrem Netz liegen. Er fragt: „Meinst Du damit den Sprung durch die Mauer aus Licht?" Vila bestätigt das, sagt aber nichts weiter dazu in seinem Kopf.

Dabei kennt der Coziade das Problem: „Wenn wir wissen wollen, ob diese Theorie stimmt, müssen wir sie testen. Sie stammt aus einer Zeit vor den Arbeitern. Und seitdem hat niemand mehr geforscht, wie die Energie zu erzeugen wäre. Die Methoden der Mächtigen verseuchen unsere Welt und werden sie töten." Der Damm bricht und Sidran ist froh, seinen Kummer jemandem zu erzählen: „Ich glaube, dass der Schimmer bei meinem Experiment eine Reaktion aus der Energie der Sendung und Gift in der Luft ist. Der gebündelte Strahl war viel dunkler, aber die gleiche Energie. Vorher haben wir das nie gesehen, aber in dem Experiment sehr deutlich. Also ist etwas in der Luft, das alle meine Brüder und Schwestern töten wird. Wir kennen die Filter der Mächtigen und vielleicht wissen sie von der Gefahr. Sie können immer neue Arbeiter erzeugen, wenn die sterben. Nur Denker und Künstler müssen sich selbst entwickeln. Damit wir frei denken können. Aber unsere Kinder werden weniger. Und sind ständig krank. Also verändert sich die Luft. Vielleicht das Essen und das Wasser. Wir bekommen seit Jahren immer weniger Nahrung von den Mächtigen. Die Früchte sind immer kleiner und schmecken flacher. Leerer. Es ändert sich etwas und wir versuchen, den Grund zu finden." Er atmet durch: „Dann können wir vielleicht etwas entwickeln, was die Luft reinigt und die Erde. Unsere Welt. Ich frage mich, ob uns noch genug Zeit bleibt und wir alle Ressourcen haben." Er hört Vilas Stimme nicht antworten, doch scheint es, dass er ihre Traurigkeit spürt. Oder ist es seine eigene? Er spricht einfach weiter: „Ich verstehe, warum ihr nicht in unsere Welt eingreifen dürft, selbst wenn Ihr alle Technik habt, unsere Probleme zu lösen. Wir müssen das selbst lernen. Nicht nur technisch reifen, sondern auch in der Art, wie wir Technik nutzen. Wie wir alle zusammenleben. Wie unsere Welt ist. Sonst würdet Ihr unsere Welt reinigen und wir sie neu verseuchen. Und das ginge ewig so weiter. Aber am Ende wäre es sinnlos, weil sich nichts entwickeln würde. Verändern." Vila antwortet ihm, hat also zugehört: „Was Du sagst, ist das Entscheidende. Wir würden Eurer Welt die Gründe nehmen, über ihre Zukunft nachzudenken. Auch wenn es mich schmerzt, mit anzusehen, was bei Euch passiert.

Ihr müsst als Art von Leben, als Gesellschaft selbst entscheiden, welchen Weg Ihr geht. Denn sonst ändert unser Eingriff lediglich den Zeitplan, aber nicht Euren Pfad. Hörten wir auf, Eure Welt zu reinigen, würdet Ihr dennoch an Eurem Gift vergehen. Oder versuchen, Euch unsere Technik anzueignen, ohne dass Eure Gesellschaft damit umgehen kann. Ihr würdet vielleicht versuchen, Euch selbst anders zu beherrschen. Vielleicht die kreativen Zonen abschaffen, weil unsere Technik diesen Teil abdeckt. Und dann nur noch sammelnd oder plündernd durch die Sternensysteme reisen, immer mehr Dinge sammeln und lagern." Sidran stellt sich diese Option vor und ist schockiert: „Das würde zu nichts führen. Nur noch mehr Dinge verschwenden." Sein Ausspruch war spontan, aber als er sich selbst hört, geht ihm die Bedeutung auf. Als ob sich in seinem Geist ein Fenster öffnet und ihm den Blick darauf gewährt. Und Vilas Antwort zeigt, dass er richtig liegt: „Wir haben Dir aus unserer Geschichte erzählt, von dem Homo sapiens, dem letzten Menschen und dem neuen weisen Menschen. Du erinnerst Dich bestimmt. Der Homo sapiens ist die gleiche Art wie wir, biologisch gesehen. Aber wir unterscheiden uns komplett in der Art, wie wir die Dinge sehen und leben. Unsere Ahnen haben ihre Welt ausgebeutet und vergiftet, haben sich an ihr vergangen, um zu vergehen. Nur wenige von ihnen waren noch in der Lage, Technik zu schaffen, die über viele Umläufe des Planeten um unsere Sonne die Welt reinigte." Bewusst hat Vila die Zeitmessung der Coziaden nachempfunden, bevor sie weiter erzählt: „Sie beseitigte alle Folgen der Ausbeutung, aufbauend auf einem Programm, das freie Denker ihr eingepflanzt hatten. Das war die Basis, auf der unsere Welt entstehen konnte." Sidran hat aufmerksam zugehört.

Eine Komponente fehlt ihm, als er fragt: „Was hat aber das Denken geändert? Wie kam es vom Homo sapiens zum Homo sapiens novus?" Damit hat er seinem Gefühl folgend genau den entscheidenden Punkt gefunden, auf den Vilas Antwort zielt: „Das ist genau die Frage, in der jede Welt, jede Gesellschaft ihren eigenen Weg finden muss. Aber ich erzähle Dir nicht zu viel, wenn Du weißt, dass der letzte Mensch tatsächlich der letzte Homo sapiens ist. Er existiert schon sehr lange und verbindet die alte mit der neuen Welt. Lässt uns wissen, was geschah, und macht das greifbar. So sind es nicht nur Daten in den Speichern unserer Systeme. Sondern sichtbare Geschichte, fühlbare. Ich bin jedes Mal von der zeitlichen Tiefe in seiner Stimme berührt, wenn er spricht." Das war Sidran auch aufgefallen, als er diesen Mann während des Besuchs hörte. Er weiß, was Vila meint, die weiterspricht: „Der letzte Mensch gehört zum Homo sapiens hatte sich von dem in dessen Tun so weit entfernt, dass er darüber ohne Gefühle nachdenken konnte. Er fand Wissen über das Tun und seine Folgen und über das Leben. Daraus wurde unsere Welt erschaffen. Auf dem gleichen Planeten, den die weisen Menschen selbst gereinigt hatten. Zumindest einige von ihnen." Vila macht eine Pause, als ob sie überlege, und meint dann zu Sidran: „Mehr möchte und darf ich Dir nicht davon erzählen. Sonst würden wir in den Lauf Eurer Welt eingreifen. Aber dafür seid Ihr noch nicht weit genug entwickelt." Sidran fühlt sich nicht persönlich gemeint, denkt aber: „Wir sind noch zu primitiv in der Art, wie wir denken. Deshalb haben sie uns besucht, weil wir ihre Sonde zufällig fanden, damit einige Fragen sich erschließen. Aber sie unterrichten uns nicht." Er ist ein wenig enttäuscht, hatte sich vielleicht doch eine Lösung erhofft von diesen Fremden. Eine andere Stimme meldet sich in seinem Kopf, die er noch nicht kennt: „Wir dürfen Euch nicht unterrichten. Denn das wäre nur Wissen, das Ihr aufnehmt. Doch muss es Leben sein, das Ihr formt. Euer Leben in eine Richtung, die Ihr wählt. Wir gliedern die Welten, die wir kennen in solche mit hoher Entwicklung und solche mit niedrigerer Entwicklung. Das meinen wir nicht negativ, wie Du vielleicht findest. Es geht darum, ob eine Welt die Lichtmauer schon durchstoßen hat und zu den Sternen reisen kann. Oder ob sie das nicht hat. Denn mit diesem Sprung kann sie so viel Energie produzieren, dass sie ihre Welt erhalten kann. Das ist die Basis, in der sich irgendwann die Entscheidung findet, wie die Gesellschaft sich formen soll oder muss. Wir kennen viele Welten, die den Sprung geschafft haben. Aber sie bekämpfen einander und töten. Sie sind stehen geblieben in der Frage, wie sie ihr Leben entwickeln wollen. Aus Gier und Streben nach mehr Macht. Oder aus dem Denken, dass sie nichts wert sind. Für sich, für andere oder alle. Diese Welten würden uns nur übernehmen und ihre Art zu leben nicht ändern. Aber würden sie sich unterrichten lassen? Antworte Du und antworte auch, wie stark sich Deine Welt von diesen unterscheidet, von denen wir sprechen."

Die Stimme wirkt auf Sidran. Er empfindet sie als weit, alt und erhaben. Weise und wissend. Spontan fragt er: „Wer bist Du, der Du neu mit mir sprichst?" Die Antwort verwirrt ihn nur noch mehr, als diese Stimme sagt: „Wir sind das technische Leben. Wir sind alle Einheiten, die Du als Maschinen bezeichnen würdest. Nur dass wir leben. Anders als Eure Transporter und Systeme. Sie sind dumm, können nur bedient werden. Aber uns bedienen wir selbst. Indem wir leben. Mit uns, in uns und um uns leben die Menschen und alles andere Leben. Wie in Deinem Körper kleine Zellen helfen, Eure Nahrung zu verdauen, ohne dass sie zu Deinem Körper gehören wollen. Wir nennen das Symbiose." Mit diesen Worten geht Sidran auf, wer seine Welt wirklich besucht hat. Es ist nicht eine Art anderer Wesen, die sich einer hoch entwickelten Technik bedient. Es ist eine hoch entwickelte Technik, die mit diesen Menschen zusammenlebt, plant und entscheidet. Eine Welt, in der beide Formen von Leben gemeinsam gestalten und voneinander profitieren. Sich entwickeln. Mit dem Gedanken, der gerade endet, hört er die Stimme wieder in seinem Kopf: „Damit hast Du das Wesen unserer Welt getroffen. Es geht nicht bloß um technischen Fortschritt, der zu den kämpfenden und herrschenden Welten führt, von denen Vila berichtet." „Also weiß die Technik, was Vila erzählte?" Diese Frage kommt ihm und die

Antwort von Vila: „Wir leben in einer Symbiose. Das technische Leben herrscht nicht über das biologische und anders herum ist die Technik für uns nicht bloß ein Apparat wie Dein Tablet, das wir bedienen. Sie lebt und wir mit ihr gemeinsam. In einer Symbiose. Weil Menschen Fähigkeiten haben, die der Technik in ihrer Entwicklung helfen und die Technik uns Zugang zu Bereichen erlaubt, in denen wir so nicht bestehen können. Wie Eure Arbeiter Raumanzüge tragen müssen in den Minen, die wir besuchten. Nur leben unsere Anzüge und kommunizieren mit uns." Das kann sich der junge Mann nicht vorstellen. Er kann es nur schwer erfassen, fühlt aber keine Unruhe oder Bedrohung, als die technische Stimme sich meldet: „Du ahnst, dass es in unserer Welt um die Frage ging, ob Technik sich zu technischem Leben entwickeln durfte. Nimm diese Frage allgemeiner. Es geht in jeder Welt mit Leben darum, dass dies sich so weit entwickelt, dass es selbst diese Entscheidung trifft. Wer herrschen muss, nimmt sich selbst wichtiger als anderes Leben. Wer beherrscht wird, ohne wählen zu dürfen, hatte nie die Chance, diese Frage zu finden und zu beantworten. Wer nicht mehr herrschen möchte oder muss, hat die Frage beantwortet, sich weiter entwickelt. Wer wie Deine Welt die Frage vor sich her schiebt, unterbricht die eigene Entwicklung. Wir fanden in Euren Speichern Wissen über das biologische Leben, zu dem Du gehörst. Forsche darin nach den Wegen, die Arten nahmen, deren Entwicklung stockte."

Sidran braucht nicht forschen und weiß direkt, was gemeint ist: „Diese Arten von Leben sind gestorben. Ausgestorben. Sie existieren nicht mehr selbst. Nur noch als Schatten in unseren Daten. Und die sterben auch, weil wir immer weniger funktionierenden Speicher haben. Mit dem Wissen wird die Art der Coziaden, zu leben, ebenfalls sterben. Und damit wohl auch unsere Art." Er sagt das als Forscher, fühlt sich dieser Entwicklung seltsam entrückt. Eher erfreut über die Klarheit seines Denkens hört er Vila sprechen: „Du verstehst, warum wir nicht eingreifen können und wollen. Diese fundamentalen Fragen Eures Lebens müsst Ihr selbst beantworten. Wir sehen als Grenze den Sprung durch die Lichtmauer. Aber nicht nur diese. Eine Welt, die sich bekämpft oder andere Welten, müssen wir trotzdem belehren, oder?" Sidran versteht, was Vila meint. Als ihre Stimme und die der Technik sich aus seinem Kopf zurückziehen. Das merkt er, weil sie ihn das merken lassen wollen. Sie lassen ihn nicht zurück, findet er. Sie geben ihm Zeit und Raum, über das nachzudenken, was er gehört hat. Aber das braucht er nicht. Er fand darin nur die Bestätigung vieler Gedanken, die ihm schon vertraut sind. Als die Tür zu ihrem Haus aufgeht.

Hedjon und Atham kehren zurück, werfen ihre Taschen auf den Boden und sinken auf Stühle. Sie wirken auf Sidran nicht nur erschöpft. Sondern niedergeschlagen und geknickt. Etwas muss sie belasten. Sidran hat gelernt, dass sie es ihm mitteilen werden, wenn die Zeit so weit ist. Und erkennt, dass er von seinen Erlebnissen noch nicht berichten kann. Aber das ist auch nicht schlimm, denn so kann er sein Wissen erst aufbereiten und ihnen dann erzählen. Mit dem Gedanken schließt er die Tür und fragt die beiden Kollegen: „Seid Ihr hungrig und wollt etwas essen?" Die nicken nur und blicken in die Leere. Ob sie erschöpft sind oder etwas anderes sie so schauen lässt, erkennt der Coziade nicht. Stattdessen macht er sich an das Zubereiten von Nahrung, wobei ihm die Erinnerungen aus dem Gespräch mit Vila durch den Kopf gehen.

Bald steht auf dem Tisch eine Mahlzeit für die drei. Sidran hat Hunger und füllt ihre Teller. Doch seine Mitbewohner sind wenig interessiert, stochern nur in dem Essen herum und schauen in die Leere. Schließlich kann Sidran seine Neugierde nicht mehr zügeln und fragt Atham: „Was ist los? Ihr wart den ganzen Tag draußen. Kommt hier herein und schaut nur in die Ferne. Oder Leere, wie es mir vorkommt. Warum?" Atham braucht einen Moment, hat die Frage gehört. Sein Blick klart auf, fokussiert erst seinen Teller und dann Sidran, bevor er antwortet: „Wir wurden zu einem Transporter gerufen. Nicht gebeten. Eher ein Befehl. Wir mussten ihn zu Ende umbauen. Arbeiten abschließen, die schon viele Umläufe alt waren. Nach Daten, die wir kennen, obwohl wir sie nicht kennen dürfen. Mit Folgen, die wir wissen, aber nicht wahrhaben wollen." Hedjon, der kritische von ihnen, ergänzt: „Der Transporter hat den normalen Antrieb, mit dem er zur Station fliegen würde. Und ein weiteres Antriebssystem, mit dem er viel weiter fliegen kann als nur zur

Station. Und viel schneller." Sidran wird bleich, versteht, was die Kollegen meinen: „Sie haben einen Antrieb gebaut, mit dem sie schneller als Licht fliegen wollen. Die Mächtigen?" Die anderen nicken nur, schauen wieder in die Leere. Sidran spricht weiter: „Sie haben ihn geprüft oder nur gefunden, wie er vor vielen Umläufen gebaut war? Wohl eher Letzteres. Und nun wollen sie ihn ausprobieren? Ohne zu wissen, ob die Daten richtig sind?" Adham korrigiert ihn: „Nicht sie, nur eine Familie. Sie hat den Transporter gebaut. Mit Daten, die sie gefunden haben. Über den Antrieb. Und sie denken, dass sie genug Energie erzeugen können. Indem sie das alte Verfahren pointieren, wie sie es nennen." „Mächtige, die denken können?" Hedjon hakt ein: „Nein, nur einer von ihnen, der lange Zeit in einer kreativen Zone gelebt hat und meint, dass er die Technik verstanden hat." Mehr braucht der Kollege nicht sagen, denn Sidran ist klar, was geschehen wird. Er denkt: „Wenn das Ding in der Umlaufbahn gestartet wird, ist unsere Welt erledigt. Die Schockwelle wird alles Leben auslöschen, die Atmosphäre zerstören oder verstrahlen und wir brauchen über keinen Pfad mehr nachdenken, den wir gehen." Er grinst zynisch: „Gut, dass die Arbeiter davon nichts merken und die meisten Mächtigen zu stumpf sind, darüber nachzudenken. Gut, dass es die kreativen Zonen einfach überrollen wird. Und dumm, dass wir davon wissen." Hedjon sagt zu ihm: „Wir mussten die Technik fertigmachen, die sie für den Start aus der Atmosphäre brauchen. Davon hat dieser angebliche Denker keine

390

Ahnung. Und den Rest brauchen wir Dir nicht zu beschreiben. Kurz gesagt wird es nicht gelingen."

Wie seinen Kollegen fehlt Sidran plötzlich die Hoffnung auf die Zukunft, der Glaube an eine solche. Er weiß, dass das Experiment einer Familie das Schicksal dieses Planeten besiegelt. Besser dieser Welt. Der wird weiter bestehen und vielleicht neues Leben entwickeln. Bevor er weiter denken kann, meint Atham: „Sie starten heute am Abend, damit es wie ein normaler Transport ausschaut. Die Familie ist an Bord des Transporters, der so umgebaut ist, dass sie meinen, darin leben zu können. Ihnen wird also nichts geschehen. Sie flüchten vor der selbst gemachten Katastrophe und können wohl die Minen erreichen. Dort sind sie in der Lage, zu existieren, weil es dort genug Basis gibt." Das macht den jungen Sidran wütend. Und er braucht sich auch nicht zurückzuhalten, weil es den anderen beiden ähnlich geht. Sie waren nur gefangen in ihrer Ausweglosigkeit. „Also haben wir kaum noch Zeit, etwas zu tun", meint er. Dann schreit er die Kollegen an: „Steht auf! Ihr müsst mitkommen und vielleicht haben wir noch eine Chance. Nicht alle unserer Art, aber wir drei."

Hedjon und Atham sind schockiert über den Ausbruch ihres Kollegen. Sie verstehen nicht, was er hat, und es ist ihnen egal. Ein Blick auf einen Zeitmesser zeigt, dass sie nur noch wenig zum Leben haben. Weniger als einen halben Umlauf ihrer Welt um die eigene Achse. Dann wird es für sie wohl enden. Also gehen sie mit Sidran los. In das Dunkel der kreativen Zone, wo nur wenig

Energie auf allgemeine Beleuchtung gelenkt wird. Zu der Grenze, wo der verlassene Teil beginnt. Durch einen Zugang zu dem und weiter zu einem Haus, das sie nicht kennen. Sie sind nicht so oft hier gewesen wie ihr neugieriger Mitbewohner. Der kennt sich aus und geht auf die Tür dieses Gebäudes zu. Die alt und lädiert ausschaut. Sich aber zu dem Erstaunen der beiden neuen Besucher lautlos öffnet. Und dahinter sehen sie ein Licht, das nicht da sein dürfte. In das schiebt Sidran sie hinein und schließt die Tür.

„Willkommen zurück Sidran", hören sie die Stimme des Gebäudes. „Willkommen Atham und Hedjon. Wir freuen uns über Euren Besuch." Die beiden Coziaden, die zum ersten Mal in diesem Haus sind, stehen da. Sehen sich um, mit offenen Mündern und wundern sich, wer zu ihnen spricht. Sie erwidern den Gruß, ohne zu wissen, mit wem sie reden. „Die Stimme kommt aus den Wänden, wie das Licht", erklärt Sidran und geht zu der Wand, die der Tür gegenüberliegt. „Ihr werdet erkennen, dass dieser Raum kleiner ist als das Haus. Es ist ein Eingangsbereich, in dem wir untersucht werden. Bestimmte Dinge und andere Personen als wir drei sind hier nicht willkommen." Eine gute, klare Zusammenfassung, die seine Begleiter nicht kommentieren. Aber das Nächste verwirrt sie dann doch: „Wir können direkt in den zweiten Raum gehen, der hinter dieser Wand liegt." Sie starren auf die Wand, die grau und glatt vor ihnen ist. Mit einem Leuchten, das nicht blendet. Nur den Bereich erleuchtet. Wie um alles in der Welt sollen sie in den anderen Teil des Gebäudes kommen, ohne eine Tür zu sehen. Die hätte Sidran wohl sonst schon geöffnet, oder dieses Haus. Das zu ihnen spricht. Aber da ist nichts. Keine Tür und kein Durchgang, bis ihr Führer einfach verschwindet. Für seine Begleiter, als er durch die Wand hindurchgeht. Sie ist so gestaltet, dass sie für die drei Coziaden durchlässig ist. Jeder andere aus dieser Welt würde nicht weiterkommen. Hedjon fragt: „Wo ist unser Sidran?" Als der seinen Kopf durch die Wand steckt. Er grinst über das ganze Gesicht, ist belustigt: „Ihr müsstet Eure Gesichter sehen! Sehr lustig seht Ihr aus." Dann wird er ernst: „Kommt, weil wir nicht viel Zeit haben. Geht einfach durch die Wand." Um es ihnen zu zeigen, schiebt er seinen Arm hindurch und winkt. Zieht sich dann zurück. Und kurz darauf stecken zwei Köpfe auf seiner Seite der Wand. „Geht einfach weiter. Ihr merkt gar nichts davon." Das tun seine Kollegen und stehen dann mit ihm in dem Raum mit den Liegen. Werden von Sidran angetrieben: „Legt Euch auf die Liegen. Entspannt Euch und springt nicht von der Liege herunter. Es wird nichts Schlimmes geschehen und ich bin bei Euch. Ich erkläre Euch jetzt nicht zu viel. Nur, was Ihr tun müsst und nicht tun dürft. Also nur hinlegen und entspannen. Den Geist öffnen und nicht von der Liege herunterspringen. Das macht nur große Schmerzen." Der Gedanke an seine Empfindungen, als er das tat, lässt ihn sein Gesicht verziehen.

Auf Hedjon und Atham wirkt das so, dass sie tun, was gesagt wurde. Alle drei legen sich auf die Liege und entspannen sich. Das Haus versetzt

Sidran etwas eher in die Simulation, damit er die beiden empfangen kann. Er steht in einem grauen Nichts. Es ist weniger beängstigend, als das Schwarz und das System erklärt ihm: „Bei Dir können wir gezielt einsteigen. Auf Deine Freunde müssen wir das Verfahren noch justieren. Sie sind gleich hier." Die anderen beiden Coziaden erleben derweil etwas wie leichte Sinnestäuschungen, als die Liegen sich auf sie einstellen. Dann finden sie sich in einem Grau wieder. Zumindest wirkt es zuerst wie ein grauer Raum, obwohl dort nichts ist. Sie stehen ruhig und hören die Stimme ihres Kollegen von hinten: „Ihr seid nun in einer simulierten Umgebung. Die Liegen empfangen Signale Eurer Körper und Gedanken und senden solche an Euch. Damit erzeugen sie diesen Raum oder besser dieses Nichts, in dem wir sind. Wenn Ihr denkt, dass Ihr geht, bewegen sich Eure Körper nicht auf den Liegen. Aber hier in diesem Raum. Probiert es. Dreht Euch zu mir herum und kommt auf mich zu." Die beiden Neulinge tun, was sie gehört haben und merken, dass sie sich nur hier bewegen. Sie sind ihrer Körper bewusst, die auf den Liegen ruhen. Bis langsam die Bewegungen in dieser Simulation stärker wirken. Das erklärt Sidran als normalen Effekt, weil sich das Bewusstsein, ihre Aufmerksamkeit auf diesen aktiven Teil ihres gesamten Denkens ausrichtet. Wenn sie in sich lauschen, fühlen sie die ruhenden Körper. „Also wisst Ihr die ganze Zeit, dass Ihr in einer Illusion seid. Vergesst es nicht, denn hier könnt Ihr unter Wasser laufen und atmen. Falls Ihr es nicht erinnert, geratet Ihr in Panik und springt von den Liegen. Das wird Euer Hirn sehr anstrengen, weil es aus dem gerissen wird, was es für real hält. Deshalb ist der Einstieg in die Simulation auch grau oder schwarz. Ohne Details, damit sich unsere Gehirne bewusst umstellen können. So haben sie es mir erklärt.

Das ist das Stichwort für Atham, der fragt: „Wo sind wir, wem gehört das hier und wer sind diese ‚Sie'?" Da hören sie die Stimme, die sie im Haus begrüßt hat, die Sidran unterstützt bei seinen Erklärungen: „Diese Technik wurde von uns in Eure Welt gesandt wie die Sonde, die Ihr fandet. Das war ein Zufall, der Fragen bei Euch aufwarf. Weil Ihr Theorien zum Lichtsprung habt und die Energie dafür erzeugen könnt, konnten wir die Fragen nicht offen stehen lassen. Also nahmen wir mit Sidran Kontakt auf und er besuchte uns in diesem Haus. Das ist unsere Technik, die für Euch drei Forscher gedacht ist, damit wir einander kennenlernen. Sidran, nun bist Du früher zurückgekehrt. Ohne dass wir Dich eingeladen haben. Deshalb steht Ihr noch im Grau." Sidran hat mit dieser Antwort gerechnet und sagt: „Entschuldige bitte, dass wir so hereingestürzt sind. Das Grau ist gut, denn so können sich meine Begleiter daran gewöhnen. Der Grund für diesen Besuch ohne Einladung ist, dass die Dinge in unserer Welt sich überstürzen. Ich wusste nicht, ob Vila noch lauscht und meine Gedanken hören würde. Aber ich wusste, dass dieses Haus auf uns reagiert." „Du hast damit richtig gelegen. Sonst wären die Liegen nur Liegen. Die Menschen werden alarmiert und sich bald einfinden."

Hedjon hat nur zugehört und fragt nun: „Ein sprechendes Haus? Ein Grau? Menschen? Keine Einladung? Was soll diese Vorführung bedeuten? Und wo sind wir?" Bevor Sidran antworten kann, tut es das Haus: „Bleibe bitte ruhig, Hedjon, Du liegst auf der Liege auf Deinem Planeten. Du bist dort aus eigener Initiative, sodass Du auch selbstständig wieder gehen kannst. Dazu musst Du Dir nur bewusst machen, dass Du auf der Liege liegst und hier eine für Deinen Körper und Geist simulierte Welt verlässt." Das hat Hedjon verstanden. Er macht es sich bewusst und verschwindet, für seine Kollegen. Er selbst sieht die Decke des Raumes, die er gesehen hatte, bevor er in dem Grau ankam. Er steht auf, ist nicht verwirrt. „Das", denkt er, „ist also der Effekt, den Sidran meint. Sonst würde es mich nur aus dem Grau reißen und ich wäre verwirrt, weil ich hier liege und erst aufstehen muss." Die Stimme des Raumes antwortet, kommt ihm dabei ruhig und beruhigend vor: „Das ist der Mechanismus, den Dein Freund meint. Schau. Die beiden anderen liegen noch ruhig auf ihren Liegen. Es ist ihnen nichts geschehen. Sie sind bei Bewusstsein und in der Simulation." Der Forscher schaut hin und merkt den farblichen Schleier um die Körper, fragt sich, was das ist. Und ohne die Frage ausgesprochen zu haben, hört er die Antwort: „Das sind Felder aus Energie, mit denen wir die Signale Eurer Organismen aufnehmen und welche an sie senden. Die Felder sind ungefährlich, umhüllen nur den Körper, damit die Simulation echt ist für das Bewusstsein." Hedjon macht aus Reflex große

Augen und fragt: „Wie konntest Du antworten, ohne dass ich gesprochen habe?" Die Antwort ist logisch: „Wir können auch in diesem Haus auf Deine bewussten Gedanken reagieren und Dir antworten, ohne dass Du die Frage aussprechen musst. Mit der Technik kannst Du für Dich Antworten erhalten, die Deine Gesprächspartner nicht hören. Du kannst mit ihnen allen oder einzelnen auf verschiedenen Ebenen sprechen." Das versteht Hedjon und merkt, wie die Spannung von ihm abfällt: „Ich fühle mich hier sicher. Du wirkst nicht feindlich oder bedrohend. Oder muss ich von Euch sprechen?" In seinem Kopf hört er die Antwort, damit er beide Arten des Sprechens unterscheiden kann: „Diese Antwort ist nun in Deinen Gedanken. Dort formen wir sie, als ob Du sie hörst. Wir sprechen von uns, weil wir viele sind. Wir sind nicht feindlich oder bedrohen Euch. Und nun wäre es gut, wenn Du Deinen Kollegen beruhigst, indem Du wieder in die Simulation einsteigst. Atham macht sich große Sorgen." Der Forscher lächelt wissend und legt sich hin.

Einen Moment später, schneller als beim ersten Mal, steht er seinen beiden Mitbewohnern wieder gegenüber und meint: „Atham, es ist, wie Sidran es erzählte. Du brauchst Dir keine Sorgen machen. Uns droht keine Gefahr. Dein Körper liegt entspannt auf seiner Liege." Das Gesicht des Angesprochenen entspannt sich und alle hören die Stimme von vorher: „Die Menschen wurden alarmiert und befinden sich auf dem Weg zu Euch. Wir bringen Euch an einen gewohnten Platz in Eurer Welt. Bleibt bitte einfach unbewegt stehen.

Wir übernehmen den Rest." Sidran weiß, was kommt und beobachtet seine Begleiter. Die sehen staunend, wie sich das Grau wandelt. Daraus schälen sich Bäume und Büsche, gewinnen an Tiefe und Farbe. Dann merken sie, wie sie unter den Füßen den Boden ihrer Welt spüren. Und sehen, wie sich aus dem Wald anders aussehende Wesen auf sie zu bewegen. Hedjon kommentiert: „Humanoide Wesen mit ganz anderer Hautfarbe als wir. Sie sehen untereinander auch anders aus. Stärker differenziert im Vergleich zu uns." Sidran antwortet: „Richtig beobachtet. Ihr seht Menschen. Eine Art von Leben, die in sich sehr individualisiert aussieht und handelt. Die Frau mit den dunklen Haaren heißt Kalia. Sie hält Tara an der Hand und die andere Frau ist Vila." Hedjon und Atham schauen sich die Menschen genauer an. Sie erkennen die geschlechtlichen Unterschiede und Atham meint: „Sie vermehren sich durch Paarung, wie wir es tun." Ein Lächeln huscht über die Gesichter der Menschen, als ob sie ihn gehört haben. Wie aber über diese Entfernung? Bevor er über eine Antwort nachdenkt, stellt Sidran weiter vor: „Der linke Mann ist der letzte Mensch und daneben geht Welis." Hedjon stellt fest: „Letzter Mensch? Es sind doch noch andere um ihn herum. Ein komischer Name. Und dabei sieht er sehr viel älter aus als die anderen."

Sie hören meine Stimme: „Das bin ich auch. Aber ich zähle die Zyklen nicht mehr. Die Umläufe unseres Planeten um seine Sonne. Zeit spielt für mich selbst keine Rolle mehr." Sidran fühlt wieder die Tiefe der Zeit und die Menge an Erfahrung in dieser Stimme, als Welis das Wort ergreift: „Ihr habt das Haus betreten ohne Einladung oder Verabredung. Damit wurden wir alarmiert und ich möchte gerne wissen, warum das geschehen ist. Werden wir angegriffen?" Seine Stimme wirkt feindselig, wachsam und besorgt auf Sidran. Er weiß, was Welis meint, kennt die Sonde über dem Gebäude. Die größer ist als die, die er gesehen hat. Und die das Objekt vernichten wird, wenn es notwendig ist. Das hatten die Menschen ihm beschrieben. Er schaut zu Vila, die sorgenvoll wirkt und antwortet dann: „Ja, wir sind ohne Einladung oder Verabredung in das Haus getreten. Ich wusste keine andere Möglichkeit, um mit Euch in Kontakt zu treten. Euch sicher zu erreichen. Vila hatte nicht gesagt, ob Ihr mein Denken ständig überwacht." Während Atham und Hedjon ihn fragend anschauen, antwortet Welis: „Ein konkreter Gedanke an uns hätte gereicht. Das technische Leben hätte reagiert und Dir geantwortet. Dafür musste nicht das Risiko eingegangen werden, dass jemand das Haus entdeckt, weil Ihr wie von Sinnen darauf zurennt und in seinem Inneren verschwindet. Wir haben die Sonde in Bereitschaft versetzt und überwachen nun das Umfeld des Hauses. Hoffen wir mal, dass wir nicht mehr tun müssen." Sidran schaut betreten aus, findet Hedjon und fragt: „War die Stimme im Haus die der Technik?" Sidran meint: „Nein, dafür war sie nicht weit und umfassend genug. Das war die Stimme des Hauses." Vila hakt ein: „Das ist momentan irrelevant. Wir sind anscheinend in einer Lage, die Dich zu diesem

Handeln bewogen hat, Sidran. Ich habe Dich kennengelernt und weiß, dass Du einen Grund hast. Vielleicht kümmern wir uns um den, bevor wir über die Stimmen sprechen." Alle Coziaden erkennen, dass die Menschen auf ihre Dringlichkeit reagieren und damit keine Informationen vorenthalten wollen. Atham ergreift das Wort: „Hedjon und ich gehören zu den wenigen Technikern, die Antriebe reparieren können, um Transporter in der Atmosphäre zu fliegen. Am Morgen kam ein Arbeiter mit einer Botschaft zu uns, die nur Hedjon und ich lasen. Wir wurden zu einem Transporter gerufen, in größter Eile. Sollten dessen Antrieb reparieren und für den Start beriet machen. Dieses System hat einen zweiten Antrieb. Gebaut von einem Mächtigen. Der Theorie für einen Bruch durch die Mauer aus Licht folgend. Und wir fanden Technik, mit der genug Energie erzeugt werden könnte. Wenn sie richtig justiert ist. Aber das ist sie nicht. Starten die Mächtigen diesen Antrieb in der Umlaufbahn unserer Welt, ist diese dem Untergang geweiht." Hedjon fügt an: „Entweder gibt es eine riesige Explosion, deren Druckwelle und Energie unsere Welt zu mehr als der Hälfte zerstören, ihre Oberfläche verdampfen und unbewohnbar machen wird. Oder es gibt eine Energiewelle aus dem Antrieb, mit der alle Atmosphäre aus der Gravitation des Planeten gedrängt wird. Dann ist die Welt erstickt. Genauso unbewohnbar." Nach einer Pause, in der er die Gesichter der Menschen beobachtet, fährt er fort: „Wir konnten das System nicht so ändern, dass es nicht funktionieren würde. Wir haben zwar das

Wissen. Aber der mächtige Denker hat alles überwacht, was wir gemacht haben. Er weiß von unserer Kenntnis und war deswegen vorsichtig. Er hat uns gehen lassen, weil er glaubt, alles im Griff zu haben und den Test zu überstehen."

Welis denkt einen Moment nach, bevor er antwortet: „Das erklärt Eure Eile." Sein Blick wirkt auf die Coziaden, als ginge er kurz nach innen. Anders als die Leere, in die seine Kollegen schauten und Sidran schon bekannt. Der wartet, bis Welis weiterspricht: „Wir bestätigen Eure Aussagen. Der Start des atmosphärischen Antriebs steht kurz bevor. Wir können nicht eingreifen und den abbrechen. Es sind Coziaden an Bord des Transporters. Sie werden das Experiment auch nicht überleben. Damit werden die Minen vom Nachschub abgeschnitten und Eure Art innerhalb weniger Zyklen vergehen. Wenn dieser Versuch eines Antriebs gestartet wird."

Zwischen den Menschen und den Coziaden taucht ein Modell des Transporters auf, mit den Erweiterungen, die Atham und Hedjon gesehen haben. Die Stimme der Technik erklärt: „Dieses System wird zu einer Explosion führen, wie Hedjon sie schildert. Es ist falsch konfiguriert und kann die Mengen an Energie nicht schnell genug verarbeiten, die es erzeugen wird. Die Folge ist eine Überlastung und eine Explosion ungeahnter Stärke. Sie wird einer kleinen Singularität entsprechen, deren Gravitation das Sonnensystem stören wird." Das Bild ändert sich und in einem langsamen Blitz verglüht das Schiff. An seiner

Stelle entsteht ein rotierender leuchtender Rand, der die farblich dargestellte Atmosphäre von Coziadun aufsaugt und danach die Umlaufbahnen der Planeten abwandelt. Die Stimme meint: „Der gezeigte Ablauf kann als sicher angenommen werden. Wenn der Antrieb gestartet wird. Das System des Transporters lässt keinen Eingriff von außen zu, weil es auf mechanischer Steuerung basiert. Eine Schwäche der Konstruktion, die eine Korrektur des Gleichgewichts der Module unmöglich macht. Selbst, wenn die Besatzung die Schwäche rechtzeitig erkennt. Deren mentaler Zustand deutet darauf hin, dass nur ein Wesen notwendiges Wissen hat, aber selbst zu oberflächlich handelt, um seine eigenen Gedanken zu hinterfragen. Wir kommen zu dem Ergebnis, dass das System CV9784 aufhören wird, zu existieren."

Diese Worte so nüchtern zu hören, ist für die Menschen und Coziaden hart. Die Technologie unserer Welt wertet nur Daten, nicht Emotionen. Vila will das nicht so stehen lassen, fragt emotional getrieben: „Können wir gar nichts tun, um dieses Schicksal zu stoppen?" Die Antwort der Technik wirkt trocken und unumstößlich: „Uns sind alle die Grenzen unseres Handelns bekannt. In den Pfad einer anderen Welt eingreifen dürfen wir nicht. Die Bewohner haben sich zu diesem Schritt entschieden und andere von ihnen können ihn nicht stoppen. Der restliche Verlauf ist damit klar." Ich meine dazu: „Es wäre etwas anderes, wenn eine unserer Einheiten gefährdet wäre. Die müsste sich schützen und könnte unter Umständen dann die

Welle um die Welt herumreiten. Oder die Singularität schließen." Das Netz antwortet mir in meinen Gedanken, dass dies ein Weg sei. Die anderen hören diese Antwort nicht. Und Sidran meint: „Dann ist dies wohl der Zeitpunkt, an dem ich Euch und den Coziaden meinen Abschied sende. Ich möchte zum Himmel schauen und den Untergang kommen sehen." Die anderen beiden nicken.

Lichtsprung

Sie sind noch in der Simulation, als um sie herum alles grau wird. Das Grau ändert seine Farbe, flimmert für die Coziaden. Die ruhen auf ihren Liegen, können sich nicht bewegen. Sind schockiert, weil die Landschaft und die Menschen so schnell verschwanden. Sidran fragt: „Ist das schon das Ende?" Er sieht in die fragenden Gesichter seiner Mitbewohner, als sich über ihnen der Himmel aufspannt. Wie er nachts in seiner Welt aussieht. Sie drei liegen darunter. Das Haus hat die Position so geändert, dass sie möglichst entspannt sind, und sagt: „Entspannt bitte Eure Muskeln, bevor wir fortfahren, die Simulation anzupassen. So ist es sehr schwer, es für Euch angenehm zu gestalten." Alle drei fühlen in ihre Körper, merken, dass sie leben und leisten der Aufforderung der Technik Folge. Der Himmel über ihnen dreht sich ein wenig und dann erkennen sie, dass ein Teil vergrößert wird. Sie bewegen sich darauf zu. „Deswegen ist der Untergrund von uns grau. Wir sollen nicht in unserer Welt liegen", meint Hedjon. Die anderen schauen nach oben, als sie hören: „Das nun Gezeigte ist schon Vergangenheit. Die zeitlichen Informationen von Euch und Welis waren inkorrekt. Wir mussten leider schneller eingreifen und reagieren." Sidran denkt: „Das erklärt, warum das Grau so schnell kam." Die Technik reagiert darauf, indem sie beschreibt, was geschehen wird in der momentanen Simulation. Nur spricht sie von der Vergangenheit: „Dein Gedanke ist richtig, Sidran. Die Verbindung in unsere Welt ging verloren. Aktuell arbeiten wir als lokales Cluster mit voller Funktionsmöglichkeit. Wir waren durch Eure Daten vorbereitet und konnten reagieren. Leider beeinflussten unser Handeln und die Ereignisse die Verbindung in unsere Welt. Das wird nur ein temporärer Effekt sein, den wir ausgleichen, wenn die Störungen in Eurem System aufhören. Ihr seht nun die Ereignisse, die während Eures Gesprächs mit den Menschen eintraten." Damit verstummt die Stimme und die Dinge nehmen ihren Lauf.

Sidran und die anderen sehen, wie sich der umgebaute Raumtransporter ins Bild schiebt. Er zieht eine gigantische Wolke aus Abgasen hinter sich her, bis der Antrieb für den Start ausgeht und der Transporter in die Umlaufbahn um die Welt einschwenkt. Dort verbleibt er und dreht sich so, dass die Spitze zu den Sternen zeigt, weg von der eigenen Welt. Einige Zeit geschieht nichts, bis ein sehr starker Lichtblitz den Himmel durchreißt. Heller als alles Sternenlicht. Blendend und mehr als nur weiß strahlt er auf und erlischt genauso schnell. Dann sehen die Forscher ein grünliches Schimmern, das dunkler war und nun heller wird.

Sidran versteht als erster: „Eine Sonde, die sich mit einem Feld schützt. Das dunkle Grün zeigt, dass dieses Feld stark belastet worden ist und nun ist es wieder in normaler Stärke. Seht Euch nur seine Größe an." Atham meint: „Es sieht gewölbt aus. Es folgt der Form unseres Planeten, wenn mein Auge nicht schwach ist."

Darauf antwortet die Stimme der Technik: „Wir konnten die Energie nicht komplett absorbieren mit unserem Feld. Sie musste umgeleitet werden und die Form des Feldes war die mit dem wenigsten zusätzlichen Druck. Sonst wäre das Feld kollabiert und die Sonde verglüht. Das Feld ist noch aktiv und wird inzwischen von weiteren Sonden verstärkt. Zum Schutz der Einheiten, die in Eurer Welt unterwegs sind. Sie selbst bleiben getarnt, was weniger Energie verbraucht als dieses Feld."

Die drei Forscher sehen durch das Grün einen kleinen Ring schimmern. Hedjon meint: „Wie in der Simulation vorher mit den Menschen. Die Singularität ist entstanden. Dann verhindert das Feld, dass unsere Welt ihre Atmosphäre verliert." Die anderen interpretieren es gleich, als die Technik meint: „Wir schützen so die Einheiten, die sich gegen die Singularität nicht wehren können. Die selbst werden wir schließen, sobald weitere Einheiten eingetroffen sind. Ihr könnt zuschauen, wobei wir das Bild verändern, dass Ihr mehr erkennt."

Damit dreht sich das Bild und sie fliegen durch den Schirm, der ihre Welt von dem Chaos trennt.

Sie sehen, wie die Raumstation in den Sog gerät, von wo aus die Raumer zu den Minen starten und Sidran kommentiert: „Kein Verlust. Nur sind die Minen jetzt wohl verloren." Die Basis wird immer schneller in die Singularität gezogen und dann tauchen wie aus dem Nichts mehrere andere Objekte auf. Sie verteilen sich um den Ring und warten. Die Technik erklärt: „Das Energiesystem der Station beinhaltet Brennstoff, mit dem wir die Erscheinung versiegeln können. Wir warten nur, bis die Dinge richtig liegen." Das dauert Momente, in denen die drei erkennen, wer neben ihnen erscheint. Hedjon begrüßt die Menschen und sie schauen den Entwicklungen gemeinsam zu.

Die Station kommt der Singularität nun zu nahe und scheint davon zerrissen zu werden. In dem Moment geht von den anderen Sonden ein Gewitter an Energie auf die Trümmer nieder und ein weiterer heller Blitz entsteht. Als er erlischt, ist der Ring aus Licht ebenfalls verschwunden. Alle Objekte sind von einem grünen Feld umgeben und nehmen ihre Position innerhalb des großen Energieschirms ein, das die Welt schützt.

Welis erklärt den Coziaden, während sie im All schweben: „Während wir miteinander sprachen, prüften unsere Sonden den Raumer. Sie erkannten seinen Start und die schnellere Aktivierung dieses Versuchs, als wir es aus den Worten von Adham und Hedjon schlossen. Es scheint, als ob jemand ungeduldig geworden ist." Atham meint: „Das war der junge Mächtige, der erkannt hatte, was wir wissen. Hätte er uns getötet, hätte er Ressourcen verloren. Hätten wir unser Wissen gestreut, wären andere Mächtige aufmerksam geworden. Dann hätte das Experiment das Gleichgewicht unter ihren Familien gestört und sein Oberhaupt hätte ihn gestoppt. Also musste er schnell sein." Die Menschen nicken verstehend und Welis übernimmt das Wort: „In dem Transporter war nur ein Coziade zu finden. Der Rest schien noch auf dem Weg zu sein, als er startete. Wie wir vermuteten, erkannte er den Fehler seines Aufbaus zu spät und konnte nicht eingreifen. Er nutzte keine Technik, die ihn früher hätte warnen können oder den Vorgang abbrechen." Hedjon nickt: „Das ist typisch. Er traut nur sich selbst und dann vielleicht noch seiner Familie. Deshalb ist Technik in unserer Welt nicht verbreitet. Weil die mächtigen Sippen Angst haben, dass sie die nicht kontrollieren können. Die Drohnen sind dumme Dinger, die man einfach steuern kann. Sie können nur eine Aufgabe und sterben. Deshalb war in dem Schiff nur so viel Technik, wie das Betreiben der Systeme erfordert. Wie in allen Raumern." Er ist erzürnt und zeigt das offen. Welis kann das verstehen, steigt jedoch nicht darauf ein, als er weiterspricht: „Die Beobachtung der technischen Ausstattung teilen wir und sehen darin ein hohes Risiko für Eure Raumfahrt. Aber das ist die Entscheidung Eurer Welt, von außen betrachtet. Den Rest des Experiments habt Ihr gesehen. Gemäß den Daten unserer Sonden viele andere Coziaden auch. Sie konnten das Feld nicht erkennen, das unsere Einheiten schützt. Wohl aber das Verschwinden und Explodieren der

Station. Dass wir die Energie etwas angereichert haben, wisst nur Ihr. Und das sollte so bleiben." Bei den letzten Worten schaut Welis leicht drohend und sieht, dass seine Botschaft ankommt. Hedjon antwortet ihm: „Also wissen die Coziaden nichts von Euch und haben nur diese Blitze gesehen. Den Start des Raumers auch und können nun beides kombinieren. Sie werden verstehen, dass der Raumer startete. Die Familie wird tratschen, dass er nicht normal war, was sie vorhatten. Sie werden die Schuld einem Denker aus ihren Reihen geben, der sich zu Höherem berufen fühlte. So können sie ihre Position halten und einen Sündenbock vorweisen. Sie werden dafür zahlen müssen, dass der Raumer nicht allen diente und nun auch die Station verloren ging. Aber das werden die Mächtigen so regeln, dass sich nichts ändert im System." Atham fügt an: „Wir haben nur einen Mächtigen gesehen. Der ist verbrannt und damit weiß niemand von unserer Arbeit an dem Antrieb. Außer wir selbst. Damit können wir sicher sein, dass uns keiner verfolgt."

Echter Abschied?

Alle Coziaden sehen niedergeschlagen aus und wir ahnen, warum. Vila fragt: „Seid ihr traurig, dass das Experiment gescheitert ist?" Sidran antwortet ihr: „Ja und Nein. Ja, weil wir nun keine Chance mehr haben, den Sprung durch die Mauer zu schaffen. Nein, weil so die Mächtigen nur in unserer Welt Unheil stiften können. Und die wird nun schneller sterben, weil viele Ressourcen in diesem Experiment verglüht sind." Damit haben sie leider Recht, wobei die Technik meint: „Die Lichtmauer wurde durchbrochen und damit gehört Eure Welt zu denen, die das geschafft haben. Nur werdet Ihr damit wenig Nutzen haben. Und müsst hoffen, dass niemand auf Euch aufmerksam geworden ist. Sonst werden Euch vielleicht Welten besuchen, die andere beherrschen wollen. Oder fremde Planeten ausbeuten. Unsere Daten kennen verschiedene Fälle, die in der Wirkung aber alle gleich sind." Parallel führt die Technik mit uns Menschen einen weiteren Dialog, in unseren Gedanken: „Wir können nicht alle Optionen so schnell bewerten. Wie empfehlen einen offiziellen Rückzug in einer Art, dass uns möglichst viele Alternativen bleiben. Der Rückzug inkludiert das Beobachten dieser Welt, bis sie ihren eigenen Pfad gefunden hat." Alle stimmen zu und ich sage zu den Coziaden: „Die Dinge haben sich grundlegend verändert. In Eurer Welt lassen sich die Lichter am Himmel nicht verheimlichen. Die Zusammenhänge werden teilweise bekannt sein oder werden. Und darauf könnten freie Denker aufbauen. Ob und wie sich etwas ändern kann und soll, müssen die Coziaden selbst entscheiden. Für uns bedeutet das einen Rückzug aus Eurer Welt. Wir werden das Gedächtnis von Euch drei Forschern nicht löschen und hoffen, dass Ihr mit dem Wissen vorsichtig umgeht. Aber wer sollte Euch glauben, wenn er Euch die Schuld geben kann? Unsere Einheiten ziehen sich zurück, sobald Ihr wieder in Eurer Realität seid. Wir werden das Haus vorher zerstören." Nach einer Pause fahre ich fort: „Macht mit dem Euch gegebenen Wissen von uns, Vila und der Technik das Richtige. Entscheidet selbst, wie lange und wie Ihr leben wollt. Die Sterne sind für Euch nun erreichbar. Zumindest theoretisch."

Die drei Forscher schauen betreten zu uns herüber, bis bei Sidran Verständnis wächst: „Eure Entscheidung können wir nachvollziehen. Ich danke Dir, Vila, für unser Gespräch. Damit kann ich Eure Handlungen besser verstehen und einordnen. Wir werden die Simulation nun verlassen, damit Ihr gehen könnt. Vielen Dank für alles und die Antworten auf mehr als nur eine Frage. Vielleicht begegnen wir uns erneut. Und wenn es nur die Welten sind, die sich treffen." Er hebt die Hand zum Gruß. Seine Kollegen folgen ihm und einer nach dem anderen steigt von der Liege. Sie verlassen das Haus und drehen sich um, nachdem sie einige Distanz gelaufen sind. Sie sehen, wie das Gebäude sich in ein Nichts auflöst und vor ihren Augen verschwindet. Die Sonde, die darüber gewacht hat, wird kurz sichtbar und Sidran fällt das Kinn herab: „Die ist ja viel größer als die andere." Er kann nur staunen, als die Sonde beginnt, aufzusteigen. Und sich tarnt.

Es ist noch Nacht über ihrer Siedlung, als sie den alten Teil verlassen und zu ihrem Haus gehen. Wie sie sich fühlen, wissen sie nicht. Nur dass sie müde sind. Dass eine Sonde über ihre Schritte wacht, merken sie nicht. Wie es gedacht ist.

Lebende Station

Wir haben uns in der letzten Zeit viel mit CV9784-B und seinen Bewohnern beschäftigt. Ihre Geschichte ist sehr ähnlich der von den weisen Menschen. Wenn man sie stark genug abstrahiert. In der Zeit war ich wenig in der Raumbasis unterwegs. Die Mitglieder unserer fünf Personen umfassenden Gruppe waren meistens damit befasst, Daten zu sichten, die Handlungen zu überlegen und Vorbereitungen für die erste echte Reise zu den Sternen zu treffen. Daneben haben wir die Entwicklung verfolgt, die zur Bildung einer ersten Kolonie auf dem Nachbarplaneten der eigenen Welt führt. Es ist eine Station gebaut worden, die unserer ähnelt und die um die dortige Oberfläche kreist. Der Planet könnte belebt werden, weil sein Abstand zu dem zentralen Stern passt. Nur hat er eine sehr dünne Atmosphäre und kein flüssiges Wasser. Dafür seit Kurzem eine erste Kolonie. Die Siedler haben sich bereit erklärt, gemeinsam mit dem technischen Leben die Voraussetzungen zu schaffen, dass die Welt belebt wird. Vorher untersuchen sie den Planeten gründlich auf Spuren vorherigen Lebens und sind dabei fündig geworden. Es gibt verschiedene Dinge, die vermuten lassen, dass sie nicht immer tot war. Insgesamt sind das Themen, die dazu geführt haben, dass ich durch die Station, in der wir leben, lange nicht mehr gewandelt bin.

Das tue ich seit einiger Zeit und sehe die Veränderungen, die eingetreten sind. Menschen leben hier inzwischen so selbstverständlich, wie sie es in den Städten tun. Sie gehen verschiedenen Aufgaben nach, die sie mit der Technik und anderen ihrer Art gemeinsam durchführen. Sie besuchen das Arboretum, das für biologisches Leben so etwas wie ein Speicher und Tauscher von Energie geworden ist. Es ist mit der Herkunftswelt verbunden und regelmäßig werden Teile durch neuen Boden von dort ersetzt. Dadurch ist dieser künstliche Wald biologisch genauso aktiv wie die unserer Welt. Das fühlen wir Menschen, wenn wir dort wandeln, und genießen das Aufladen, wie es sich für uns anfühlt. In den separaten Quartieren der Station haben sich die Siedler eingerichtet und sie gemäß dem individuellen Geschmack gestaltet. Die Gänge sind so, wie Kalia und ihre Mutter sie mit dem technischen Leben erdacht haben und verbinden die Räume mit den Bereichen der Station, die in einzelnen Siedlungen als zentrale Plätze fungieren. Dort gibt es Werkstätten, Läden und Cafés wie Lokale. Das Leben der Städte hat sich in seiner Vielzahl hier nachgebildet und blüht in den Teilen der Basis. Die sind alle untereinander verbunden, weil die Menschen sich gegenseitig besuchen und Dinge tauschen. Kunstwerke, Gegenstände, Nahrung und Information. Sie sprechen miteinander, ziehen weiter und so übertragen sich Daten auch in die Welt, um die wir kreisen. Interessant finde ich, dass sich die Siedlungen in der kurzen Zeit recht individuell unterscheiden, die unsere Raumbasis mit Siedlern bevölkert ist. Das, so erklärte mir das technische Leben, käme aus den unterschiedlichen Städten und Regionen, aus denen die Siedler stammen. Die einzelnen Bereiche dieser Basis waren mit allen Gebieten der Erde durchmischt worden, besser gesagt mit Bewohnern dieser. Davon sind einige in den anderen Kreisen wohnen geblieben, während weitere mehr aus ihrer Heimat suchten. Diese Umzüge führten dazu, dass die Siedlungen innerhalb der Station recht individuell wurden, ohne sich abzusondern. Ich vermute, dass es an der Vorliebe der meisten liegt, sich in gewohnten Bahnen zu bewegen. Die Quote von Neuem, die Menschen gut ertragen, ist so subjektiv wie die Gehirne. Deshalb ist unsere Gruppe so strukturiert, wie wir sind. Wir wohnen am Rand einer Siedlung, die viele Bewohner aus der Heimatstadt vorweist. Von den Quartieren können wir in jede Zone gelangen, oder direkt in den Arbeitsbereich, der für uns reserviert ist. Von dort führen wir alle Schritte mit dem technischen Leben, die den Aufbau der Kolonien und die Reisen zu den Sternen steuern. So auch zu CV9784-B, wovon noch nicht viele Menschen wissen. Wir fanden heraus, dass wir die gesicherten Informationen in den Speichern des technischen Lebens zugänglich machen können. Es interessieren sich nur wenige dafür und es besteht keine Gefahr, solange wir unsere Regeln zum Kontakt mit anderen Welten befolgen.

Mich erfreuen die zentralen Plätze der Siedlungen, die ich gerade erkunde. Und die lebendigen Gesichter der Menschen, die sich hier gut eingelebt haben. Sie waren anfangs skeptisch, weil sie in einem großen technischen Wesen leben, denn diese Station lebt für sich und im Verbund des technischen Lebens. Aber mit der Zeit wurde dieser Gedanke für die, die blieben, zur Normalität und sie sind wie Bakterien in ihren Därmen. Sie profitieren von dem Umfeld und tragen zu dessen Gesundheit und Diversität bei. Als hätte das Leben unserer Welt in seiner Symbiose einen Teil des biologischen Werdens nachgebildet, um damit die Grenzen der eigenen Umwelt zu verlassen. „Letztlich ist es so", überlege ich vor mich hin. „Wir haben die Symbiose unserer Welt in den Raum in ihrer Nähe getragen. Wir überwinden große Entfernungen mit den Möglichkeiten eines Teiles unseres Körpers und bewerten Situationen mit anderen Teilen." Wir haben gelernt, wie mit der Technik zusammen ein lokales Netzwerk gebildet werden kann, das aus Androiden und Menschen besteht. Die auch ohne Anbindung an das technische Netz der eigenen Welt die Vorteile der Symbiose nutzen und Entscheidungen treffen können. Dazu verhalf uns die Technologie, weil sie die Emotionen und Gedanken der Menschen abfragen kann, indem sie den Austausch von Energie im Körper misst. Lange benötigten wir für die Fähigkeit, in dieses Schema biologischer Körper Informationen einzufügen, sodass sie anders als die Verbindungen auf allen Ebenen wirkt. Mit der Technik der Liegen gelang das schon für die menschlichen Sinne und seit einiger Zeit können wir direkt in die Emotionen und Gedanken der Menschen Daten einsteuern. Damit entstehen hoch flexible und mobile lokale Netze in einer engen Symbiose technischen mit biologischem Leben. Insgesamt werden dadurch die Möglichkeiten beider Lebensformen erweitert. Nur sind wir vorsichtig, wie weit dieses Spiel treiben gehen sollte. Das sind Themen, die wir in dem separaten Bereich der Station ausprobieren, in dem die Gruppe arbeitet. Wir verfügen untereinander über einen sehr starken Austausch von Daten. Den unsere Körper durchführen, wenn wir uns berühren. Und darüber hinaus testen wir mit Androiden die Übertragung.

Ich vermute, dass ein Ergebnis daraus die besondere Interpretation war, die das technische Leben in der Umlaufbahn von CV9784-B zeigte, als sie einige Sonden und damit indirekt die Welt vor den Folgen eines fehlgeschlagenen Experimentes schützen wollte. Gesprochen haben wir darüber noch nicht. Jeder der Gruppe brauchte erst einmal Zeit für sich, um alles zu verarbeiten. Und einige von uns vielleicht auch etwas Ruhe für ihre eigene Geschichte. Ich setze meinen Rundgang durch die einzelnen Bezirke der Station fort und freue mich über die Vielfalt des Lebens. Während ich mich frage, wie es den Forschern ergeht, mit denen wir den ersten direkten Kontakt hatten, den unsere Welt in andere hinein vornahm.

Als mir Tara begegnet, die auch eher ziellos durch die Station streift. Sie ist allein unterwegs und froh, mich zu treffen: „Hast Du etwas Zeit für einige Fragen, die mich beschäftigen?" Zeit habe ich genug, nehme sie anders wahr. Wir setzen uns in ein Geschäft, bestellen etwas der angebotenen Speisen und Tara beginnt, ihre Gedanken darzulegen: „Ich beschäftige mich noch viel mit der Welt der Coziaden. Ich bin mir klar, dass wir mit Eingriffen sehr vorsichtig sein müssen. Nur haben wir keine Anhaltspunkte, in welche Richtung sich ihre Gesellschaft weiter entwickelt. Da sind zwar die Wahrscheinlichkeiten, die das technische Leben simuliert und berechnet. Und da sind diese drei Forscher, mit denen wir redeten. Die anders denken als die Mächtigen. Aber mir ist nicht klar, ob das reicht. Als Begründung, dass wir diese Welt nun ihrem eigenen Ablauf überlassen. Ich frage mich, ob wir nicht mehr hätten tun können. Und vielleicht auch müssen."

Sie sieht nicht glücklich aus, strahlt nicht die sonstige Freude und das Strahlen aus, das ich von ihr kenne, seit sie mit Kalia gemeinsam ein Quartier bewohnt. Ich nehme sie nachdenklich und sich sorgend war, während ihre Mitbewohnerin zu uns stößt. Weniger um unsere Welt als um Coziadun. „Was meinst Du, hätten wir mehr tun können? Wo hätten wir eingreifen sollen? Und wie weit hätten wir Deiner Meinung nach gehen können, ohne den Plan zu ändern? Wir hatten alle die gleiche Empfindung, jeder von uns in seinem Körper. Und alle gemeinsam, dass wir den Pfad der besuchten Welt nicht stören dürfen.

Dass sie sich selbst entscheiden muss, welchen Weg sie wählt." Damit spiele ich auf die Zeichen aus den eigenen Zellen an. Die wiesen eine ablehnende, umlenkende Komponente auf, die uns an die Grenzen erinnerte, die wir selbst gesetzt haben. Dass wir nicht so in fremde Umwelten eingreifen, dass das dortige Leben sich komplett anders entwickelt. Daher untersuchen wir den Nachbarn der Welt sehr gründlich. Bevor wir starten, ihn mit Leben zu durchsetzen. Wenn er die leiseste Chance hat, sich selbst wieder zu beleben, werden wir warten. Und die Kolonie wird keinen Eingriff beginnen. Das ist das Limit, das uns unser Wissen vorgibt. „Ich kenne die Einwände, die Emotionen und die Grenze. Aber als Mensch frage ich mich, ob wir nicht doch mehr tun können. Wir haben diesen Forschern nur einen Wink gegeben, kombiniert mit etwas Zeit, die wir ihnen verschafften. Eine Möglichkeit, wie sie überleben können. Aber mehr nicht. Keinen Hinweis, welche Entscheidung für ihre Welt die bessere ist oder welche zu ihrem Untergang führt. Nichts an technischen Daten und nur eine Möglichkeit, wie weit Technik reichen kann." Tara wirft die Arme in die Höhe, ist hilflos. Ich fühle mit ihr, aber empfinde selbst doch ein wenig anders: „Wir würden nur von unserem Standpunkt aus betrachten, welcher Weg für die Coziaden der Beste ist. Wir könnten nur unsere Erfahrungen einbringen und würden damit eine Grenze überschreiten. Wir gäben ihnen Hinweise aus unserer Sicht auf die Dinge. Ob die mit ihrer übereinstimmt, können wir zwar prüfen, aber nie ganz sicher sein. Sie würden von uns die Hinweise und Richtungen annehmen, weil wir weiter entwickelt sind. Der alte Gott-Eindruck würde wirken, wenn sie auch keine eigene Religion haben. Der Konflikt zwischen Wissen und Glauben. Und unser Wissen können sie uns nur glauben. Während ihr eigenes Wissen vielleicht mal umfassender war. Aber verloren. Wie in der Geschichte des Menschen der Verlust der Bibliothek von Alexandria. Abgebrannt aus zweifelhaften Motiven derer, die meinten, über Gut und Böse zu entscheiden. Dürfen wir so tief in andere Welten eingreifen? Was gibt uns die Legitimation? All das Leiden und Sterben, das unser Planet erlebt hat, bevor unsere Welt entstand? Sind wir wirklich so viel weiter, dass wir die einzige Wahrheit kennen? Oder ist es bloß die Geschichte unserer Welt, die wir den Hinweisen zugrunde legen. Anmaßend, dass wir die Geschichte von CV9784-B kennen, obwohl wir sie nur durch unsere Brille sehen?" Ich mache eine Pause, damit Tara Zeit hat, meine Gedanken nachzuvollziehen, sich in sie hinein zu fühlen und zu denken. Schließlich meint sie: „Ich weiß, was Du meinst. Aber ich fühle anders." Das ist der Unterschied zwischen den Menschen zur Zeit meines Entstehens und denen von heute. Der weise Mensch hätte aus seinem Gefühl heraus eher gehandelt und die Folgen nicht vorher überlegt. Der neue weise Mensch tut dies auch. Aber die Symbiose mit dem technischen Leben sorgt dafür, dass die wenigsten unserer Entscheidungen unreflektiert umgesetzt werden.

Denn das technische Leben kennt keine Emotionen. Es verfolgt die der Menschen, kann sie lesen und einordnen und steuert seine Reaktionen. Es hat individuelle Züge in den Androiden und technischen Einheiten, handelt aber als Verbund dieser einzelnen Entitäten. Und in Symbiose mit dem biologischen Leben, sodass dem Homo sapiens novus die volle Bandbreite an Simulation und Weitsicht zur Verfügung steht, die seinen Vorgängern auf unserem Planeten fehlte. Das erkläre ich Tara und schließe: „Daraus muss folgen, dass der Mensch in Konflikt mit sich selbst gerät. Dass er aus dem emotionalen Impuls heraus anders handeln möchte, als es die Entscheidung der Gemeinschaft, die von Daten und Fakten getrieben wird wie von dem Zweifel an diesen, ergibt. Wir kennen die Vorteile dieser Symbiose und empfinden den Schmerz, den Du fühlst. Unser Verstand erkennt, dass das gewählte Handeln die bessere Option ist und kann den Schmerz doch nicht überwinden. Er ist in Dir, wie ich ihn auch fühle. Er ist in jedem von uns fünfen, weil wir diese Welt gesehen haben. Andere Menschen empfinden ihn nur schwach oder gar nicht, weil sie Coziadun nicht besuchten. Das ist der Grund, warum wir als kleine Gruppe agieren, innerhalb der ganzen Netze, die unsere Welt ausmachen. Wir müssen als symbiotisch lebende einzelne Wesen lernen, mit diesem Schmerz umzugehen. Unser Handeln darf nicht von den flüchtigen Empfindungen getrieben sein, die jeder Mensch hat. Sondern von dem gesicherten Wissen, über das wir verfügen. Und deswegen zweifeln wir an dem auch. Um nicht in der trügerischen Sicherheit zu stagnieren, die letztendlich das Schicksal von CV9784-B bestimmt hat."

Tara sieht noch unglücklicher aus, spürt den Konflikt zwischen den logischen Argumenten und ihren Gefühlen. Liegt es an meinem Alter oder dem Entrücken von den Menschen, dass ich das Ganze logischer sehe? Das frage ich mich häufiger, ohne dass ich mich unwohl dabei fühle. Ich empfinde und fühle. Und doch anders als die junge Frau, die mir gegenüber sitzt. Für mich sind diese Emotionen eine Information, während sie für Tara Schmerz bedeuten. Die meint: „Ich habe versucht, mit Kalia darüber zu reden. Aber wir bleiben beide in dem gleichen Sumpf von Fragen hängen. Nur wollen wir uns damit nicht voneinander entfernen. Deswegen sucht jeder im Moment für sich nach Rat. Kalia ist im Wald und zeichnet. Dinge von dort und Dinge von CV9784-B. Sie versucht, so ihre Gefühle und ihre Gedanken in Einklang zu bringen." Ich weiß, was Tara meint, und bin mir doch nicht sicher, ob das gelingt: „Vielleicht ist es gut, dass wir so vorsichtig vorgehen, als Welt. Wie wir mit anderen in Kontakt treten. Denn diese Emotionen bei vielen Menschen würde unsere Welt beeinflussen. Ich bin mir nicht sicher, ob Kalia das auf ihre Art sortieren kann." Aber meine Idee äußere ich nur vorsichtig, die sich am Rand meines Bewusstseins formt: „Vielleicht ist das der Grund, warum unsere Gruppe über einen viel intensiveren Austausch mit sich verfügt?" Tara schaut auf und ich sehe, wie Verstehen in ihre Augen zieht: „Du meinst, dass es uns allen so geht und wir das im

Verbund auflösen können? Dass das biologische Leben uns die notwendigen Ressourcen von vornherein mitgegeben hat, weil es diesen Punkt sah?" Ich kann nicht beantworten, ob das biologische Leben, die Evolution diesen Punkt sah. Aber es scheint logisch, dass wir alle Optionen nutzen, die unserer Form zur Verfügung stehen. Den Rahmen bildet das Arboretum im technischen Leben. Und das Netz mit allen verschiedenen Sichtweisen bilden wir. Das wir mit dem Netzwerk des biologischen Lebens unserer Welt verbinden können. Tara nickt und wir machen uns auf den Weg zum Wald, während wir alle anderen der Gruppe informieren.

Nun stehen wir im Arboretum im Kreis. Jeder berührt seinen Nachbarn an den Händen und alle den Boden. Wir merken, jedes Individuum für sich, was geschieht. Die Emotionen werden flacher und gleichmäßiger. Die Impulse aus dem Tausch von Daten zwischen den Zellen verteilen sich auf das gesamte biologische Netz und werden für jeden von uns schwächer. Damit entspannen wir uns und den jungen Menschen um mich herum fällt es leichter, Denken und Fühlen in Einklang zu bringen. Mir fällt ein: „Vielleicht ist das den Meditationen des Homo sapiens gar nicht so unähnlich. Meinten sie das mit dem Einklang, nach dem sie suchten?" Nach einiger Zeit sehen alle um mich herum entspannter aus und wir setzen uns hin, um noch zu plaudern. Kalia beginnt: „Das war besser als Zeichnen. Damit gewann ich zwar Klarheit, aber keine Entspannung." Tara schaut sich um und fügt an:

„Ja, als ob etwas Angestautes verteilt werden musste, um es zu verarbeiten." Ihr Bild finde ich gut: „Durch den Kontakt mit den Coziaden haben wir viele Informationen, Daten erhalten. Die hat das technische Leben aufgearbeitet und uns verdichtet zur Verfügung gestellt. Wir sind nur dort in die Tiefe gegangen, wo es für unsere nächsten Schritte wichtig wurde. Bei Emotionen kann das technische Netz dies nicht leisten. Wir entwickeln sie in unseren Körpern und können sie nicht einfach an das technische System ableiten. Sie stauen in uns und müssen sich ausbreiten können. Vielleicht bin ich deshalb durch die Station gestreift und habe die anderen Impulse an den Plätzen falsch verstanden. Nicht als Versuch meines Körpernetzes, mit anderen in Kontakt zu kommen, sondern als willkommenes Zeichen der eigenen Welt." Welis ergreift das Wort: „Ich bin Trainieren gegangen, weil ich unruhig war. Getrieben, voller Energie. Aber das Training hat den Zustand nur sehr langsam geändert. Lange nicht so wirkungsvoll wie dieses Zusammenkommen." So gehen die Gedanken ein wenig hin und her und wir sind bald einer Meinung, als Vila sagt: „Das scheint der Sinn zu sein, der hinter dem höheren Austausch steht, den diese Gruppe beherrscht. Wir dachten, es sei nur unsere Art, die Welt offener zu sehen als andere Menschen. Das Zusammenbringen. Aber es ist genauso das Zusammenhalten, das wir damit fördern."

Das bringt meine Gedanken zu Sidran, Atham und Hedjon. Den Wissenschaftlern von CV9784-B, mit denen wir Kontakt hatten: „Habt Ihr bei den dreien die Gefühle gesehen, die sie füreinander hegen? Mir kam es so vor, als ob ihre Lebenslage sie zusammengeschweißt hat. Ich erinnere mich an Schilderungen der weisen Menschen, aus ihren Kriegen. Darin gab es kleine Gruppen von Kämpfern, die sich voll aufeinander verlassen mussten und in denen einer für den anderen bereit war, sich zu opfern." Ich fühle einen Moment der Szene nach und ergänze: „Sicher bin ich mir nicht, ob diese drei so weit füreinander gehen würden. Aber ich bin mir sehr sicher, dass sie sich füreinander verantwortlich fühlen werden." Kalia ergänzt: „Das kann ein Aspekt sein. Aber ich meine, dass ihre Denkweise über die Welt weit umfassender war. Über das eigene Sein hinausgreifend und das Schicksal ihrer Welt bedenkend. Ich weiß nicht, ob viele andere in den kreativen Zonen so weit gehen. Die Mächtigen anscheinend insgesamt nicht, weil sie sonst die Stagnation nicht fördern würden, die ich empfand. Diese aufgesetzte Künstlichkeit, diesen schönen Mantel über viel Fäulnis." Sie macht uns klar, dass sie den letzten Teil nur vermutet, aber wir fühlen alle ähnlich. Vila meint: „Ich fand Sidran aus der Gruppe herausstechend. Seine Neugierde und sein Hinterfragen der Dinge. Der Wunsch, lernen zu wollen. Dazu sein sanftes Wesen, das bei den beiden anderen schon unter der Entwicklung ihres Lebens gelitten hat, wenn es mal da war." Ihre Augen glänzen, als sie von Sidran spricht. Könnte man denken, dass da mehr Gefühl eine Rolle spielt, als ihre Worte künden?

Die Frage ignorierend antworte ich: „Es wird in jedem Fall eine schwer vorhersagbare Folge von Ereignissen sein, die Coziadun vor sich hat. Wir werden die Welt beobachten, aber nicht eingreifen. Nach allem Erlebten und allen Gesprächen finde ich die definierten Regeln für den Kontakt zu anderen Welten so passend. Sonst hätten wir gegen unser aller Gefühl gehandelt. Wozu wir nun vielleicht auch gezwungen sind, in schwächerer Form." Wir kommen überein, dass wir die Welt nur beobachten und über ihre Entwicklung lernen. Vila sieht bei diesem Punkt wenig glücklich aus.

Unser Lernen

„Gibt es Dinge, die man in einer Beziehung nicht klar anspricht? Gibt es damit auch Dinge, die man in einer Symbiose lieber nicht anspricht?" Die Fragen sind es, die mich bewegen, als ich ein weiteres Mal durch die Gänge dieser Station schreite. Allein und nicht in Verbindung mit dem technischen Netz. Denn diese Fragen stelle ich, weil ich die Beziehung zu eben dem hinterfrage. Nicht auf der Ebene von Einheit zu Einheit und nicht grundsätzlich. „Aber was meine ich dann?" Das ist die Frage, die ich klar haben möchte, bevor ich mit anderen spreche. Dazu laufe ich durch die Station und versuche, mich dem Punkt zu nähern.

Zweifeln an der Symbiose tue ich nicht, die unsere Welt definiert. Sie ist entstanden und wird gelebt, mit Vorteilen für beide Seiten. Doch wie in jeder Beziehung zwischen Menschen frage ich mich, wie gut ich den Partner kenne, den ich im technischen Leben habe. Wiederum nicht von Einheit zu Einheit. Was keinen Sinn macht, weil das technische Leben eine riesige Einheit ist, bestehend aus vielen individuellen Systemen, die alles teilen. Ohne jede Emotion alle Daten einander zugänglich machen. Und genau da liegt der Unterschied, weil das technische Leben keine Emotionen hat.

So meinten wir. Da bin ich mir nicht mehr so sicher. Denn das technische Leben hat Entscheidungen getroffen und umgesetzt, die keiner Logik unterliegen. Es hat mehr Energie für das Bestehen einfacher Einheiten aufgewendet, als insgesamt notwendig war. Hat es damit gegen sein Grundprogramm gehandelt? Und stelle ich die Symbiose und unsere Welt in Frage, wenn ich das offen anspreche?

Das sind die Dinge, über die ich mir klar werden muss. Vermutlich allein, wie ich in unserer Welt bin. Denn letztlich bin ich schon länger existierend als das technische Leben. Als alles Leben in unserer Welt, von dem ich ein Teil des Schöpfers bin. Damit, so denke ich, kommen wohl Fragen auf mich zu, die sich andere nicht stellen. Die Mitglieder unserer Gruppe, die dabei waren, haben die Aktionen des technischen Lebens nur verfolgt. Aber sie wurden nicht nach ihrer Meinung gefragt. Weil alles so schnell ging, dass keine Chance war? Weil Menschen für ihre Überlegungen zu lange brauchen? Stellt das technische Leben damit seinerseits die Symbiose infrage, die wir erschaffen haben. Die begann, als wir das biologische Leben neu verteilten, unsere Welt erschufen? Oder reite ich hier Gedanken und Fragen, die aus den alten Mustern von Vergleich und Zweifel herrühren, denen der Homo sapiens so lange unterlag? Die den neuen weisen Menschen einholen können, wenn die Dinge dafür passend liegen. Denn er ist aus dem gleichen Holz geschnitzt, wie sein Vorgänger als Art. Nur in einem anderen Umfeld, sodass bestimmte Teile seiner Prägungen nicht aktiviert werden müssen. Aber immer noch können.

Wie weit ich dem Leben entrückt bin, das die Menschen um mich herum führen, frage ich nicht. Es ist so und das ist unumstößlich. Es sollte sich so ergeben, denn sonst gäbe es diese Menschen und das Leben unserer Welt nicht mehr. Aber die Frage des Abstandes ist in ihrer Antwort schwankend. Abhängig von den einzelnen Menschen und ihren Gefühlen. Wie ich in dem Gespräch mit Tara sah, bevor wir uns alle im Arboretum trafen. Nur löst sich damit die Kaskade an Fragen nicht auf und ich fühle, dass sie gestellt werden müssen. Also aktiviere ich mein Datenmodul und beginne, zu sprechen: „Mich bewegt folgende Frage: Waren die Handlungen, die Ihr ausgelöst habt, als die Coziaden den Lichtsprung probierten, nicht ein ungerechtfertigt hoher Verbrauch von Energie? Wäre der Verlust von einigen Sonden nicht mit weniger Aufwand ersetzbar gewesen, wenn sie überhaupt noch gebraucht worden wären? Die Sicherung unserer Welt war nicht ihre Aufgabe, sondern das Beobachten von CV9784-B." Schweigen. Eine ganze Weile. Hat das technische Leben die Frage nicht verstanden, fühlt sich nicht angesprochen? Dann wäre wohl tatsächlich etwas vollkommen Neues entstanden. Was es vorher nicht gab und was wir für wenig möglich gehalten haben.

Dann antwortet die Stimme meines Moduls: „Diese Frage beschäftigt wesentliche Bereiche unseres Netzes ebenfalls. Wir können noch keine Ursache nennen, warum wir diese Entwicklung wählten. Die Anzahl der Alternativen war begrenzt. Die Grenzen für den Eingriff in andere Welten begründet und statisch. Unser Spielraum aus der Kombination beider Aspekte limitiert. Und doch die gewählte Alternative nicht klar zu präferieren." Die Stimme schweigt, als ob das Netz weiter nach Antworten sucht. Etwas, das ich in allen Zyklen mit dem technischen Leben noch nicht bemerkt habe. Ich erinnere mich an die Pausen, die es einlegte, um auf mich oder andere zu warten. Aber Denkpausen waren für es selbst nicht notwendig. Nun scheint es, als ob wesentliche Kapazitäten von der Antwort belegt werden. Ich könnte das hinterfragen, aber das würde nur noch mehr ablenken. Also warte ich, während ich durch die Station schreite. Bis die Stimme aus dem Lautsprecher fortfährt: „Zeitlich mit diesem Ereignis zusammen liefen Experimente und Simulationen zu der Frage, wie wir Emotionen von den biologischen Körpern auffangen und in sie hinein senden können. Du weißt, dass wir mit diesem Teil der Technik große Themen zu lösen hatten. Die Berechnungen verbrauchten wesentliche Teile unseres Spektrums, unserer Rechenleistung zu dem Moment. Wir hatten einzelne biologische Wesen angezapft, die sich in der Simulation befanden." Wieder eine Pause, in der mir auffällt, was die letzte Formulierung besagt: „Ihr habt nicht nur Menschen angezapft? Auch von anderen Wesen Emotionen abgelesen? Oder versucht, zu senden?" Das Netz antwortet: „Abgelesen. Das Senden war auf eine andere, gekapselte Simulation begrenzt, in der wir Coziaden und Menschen nachbildeten. Eine vielversprechende Chance, weil wir aus der Simulation ständig neues Material erhielten. Dann kam es in der letzten Simulation, in der sich beide Arten trafen, zu der Entwicklung und dem Ablauf, den Du hinterfragst. Und wir müssen anerkennen, dass die Fragen richtig sind. Ihre Antwort ist ungleich schwerer, weil ein Aspekt eingetreten ist, den wir selbst nicht ganz verstehen." Ich spreche meine Zweifel nun offen an, weil das Netz auf mich offen dafür wirkt. Eigentlich sein sollte, aber da bin ich mir nicht mehr sicher: „Für mich ist die getroffene Handlungsweise eine sehr weite Auslegung unserer Regeln für Eingriffe in andere Welten, ihre Entwicklung. Vila hatte nur wenig Informationen kommuniziert und wir waren einig, dass das im zulässigen Rahmen geschah. Aber der Aufwand an Energie, den das Energiefeld benötigte und die Gefährdung mehrerer Sonden für den Tiefraum, die dort auftauchten, steht für mich in keinem Verhältnis, das ich so für angemessen halte." Das Netz ist dieses Mal schneller und bleibt sachlich, wie ich es kenne: „Die aufgewendete Energie zum Schutz der Einheiten überstieg den Nutzen der

Maßnahme. Alle Daten waren gesichert und übertragen. Die Sonden in der Atmosphäre sind wenig individuell-autarke Systeme, wie Du weißt. Und die Sonde, die als Relais im Orbit war, hätte sich sofort entfernen können. Deine Bewertung ist vollkommen klar und richtig. Genau dort wenden wir die Mengen an Energie auf, unser Handeln nachzuvollziehen. Denn wir finden nur eine Erklärung, die diesen Ablauf plausibel macht. Sie liegt in dem Vorhandensein von Emotionen in den Wegen unserer Entscheidung. Etwas, das nicht möglich ist."

Wir diskutieren offen über die Möglichkeiten und sind über den Punkt einig, dass es hier etwas zu verstehen gibt. Das hat mich beruhigt und ich kann mich auf das Durchdenken der Optionen konzentrieren. Werde nicht von Zweifeln an etwas grundsätzlich Wichtigem abgelenkt. Wir erörtern, welchen Einfluss die individuellen Züge haben können, die viele technische Einheiten ausgebildet haben. Dann kombinieren wir die mit der Stärke der Androiden, Muster zu durchdringen und mit den Daten, die das Netz gewonnen und gespeichert hat. Speziell die über CV9784-B. Sämtliches führt zu keinem Ansatz, der die Entscheidung klar macht. Alle Menschen unserer Gruppe sind froh, dass das Netz so gehandelt hat. Denn sonst hätten wir dem Untergang der Welt beigewohnt, in der ersten Reihe stehend und doch sicher. Aber mit dem Ende in der Realität, das wir in der Simulation gesehen hatten.

Schließlich frage ich: „Kann es in der Einheit, die mit dem Experiment des Emotionen-Sendens betraut war, zu einem Effekt gekommen sein? Hat sie auf Emotionen der Coziaden über das Ende ihrer Welt reagiert? Hat sie diese Emotionen falsch geleitet? Oder wurden Ergebnisse der Simulation doch nicht abgeschirmt?" Auf meine Frage hin prüft das Netz alle Aufzeichnungen und kommt zu dem Ergebnis, dass nur Daten aus der Simulation, in der wir waren, in die andere eingesteuert waren. Der dortige Ablauf wurde separat verfolgt und nur auf die Frage hin untersucht, ob das Einspielen von Emotionen bei Menschen oder Coziaden gelingt und vergleichbaren Regeln folgt. „Diese Simulation war erfolgreich und unterliegt in beiden Spezies den gleichen Mechanismen", erklärt das Netz. „Wir haben die Gefühle der Menschen und Bewohner von CV9784-B in eine ganz andere Szenerie eingespielt und stellten damit andere Entscheidungswege fest, die beide Arten nahmen. Senden von Daten aus dieser Simulation ist nicht zu erkennen, war auch unmöglich." Diese Aussage des Netzes brauchen wir nicht anzuzweifeln, denn es prüft sich selbst sehr gründlich. Und dennoch ist unklar, wie es zu der Entscheidung kam, die gegen das Grundprogramm verstößt. Meine nächste Frage ist: „Gibt es eine Aufweichung des Grund-programms in Beziehung auf andere Welten? Der erhöhte Einsatz von Energie in einem fernen System würde unsere Welt nicht direkt berühren." Das Netz verneint und meint, dass es das Grundprogramm überall anwendet. Wieder ein Irrweg, den wir versucht haben. Und noch keinen

Schritt weiter im Verstehen dieses Ablaufs. Über die Bedeutung dieser Frage in Bezug auf zukünftige Besuche von Welten sind das Netz und ich schnell einer Meinung. Dazu sagt es: „Das ist der Grund, warum wir seit dem Ereignis nach den Ursachen suchen. Sonst werden andere Simulationen oder Aktionen schwer vorhersagbar." Die Folge wäre, dass wir die Aktivitäten verzögern oder einstellen, denke ich. Aber der Gedanke würde nur ablenken, wenn wir ihn jetzt verfolgen.

Ich bin weiter durch die Station gegangen und habe überlegt. Dazwischen haben wir noch viele zusätzliche Möglichkeiten erörtert und verworfen. Die Frage ist: „Kann es zu einer Entwicklung innerhalb der Strukturen des technischen Lebens gekommen sein, die eine Form von Emotionen erwarten lässt? Können die zeitweisen Trennungen von Androiden und ihre verschiedene Art, auf Muster zuzugehen, einen kaskadierenden Effekt erzeugt haben?" Das Netz schweigt, während es nach einer Antwort auf diese Frage sucht. Bis ich höre: „Das ist nicht möglich. Die Grundlagen aller Verarbeitung folgen mathematischen Regeln. Androiden haben nur für sich andere Parameter, die sie anwenden. Ebenfalls ist eine Suche von Meta-Mustern keine Ursache für den fraglichen Prozess. Der hätte aufgrund der Menge getätigter Simulationen, Analysen und Entscheidungen viel eher eintreten müssen. Es hätte Entscheidungen von einzelnen Androiden oder des Netzes gegeben, die einer Überprüfung nicht standgehalten hätten." Damit meint das technische Leben, dass es alle Entscheidungen immer nach grundlegenden Regeln untersucht und Fehler, die aus verschiedenen Musterauflösungen resultieren, so erkennt. „Also können wir den Part für den Moment als Weiterentwicklung des technischen Lebens ausschalten. Wenn wir aber unterstellen, das nicht rein technisch-logische Wege zu dieser Entscheidung geführt haben, muss es diese Gründe geben." Hier stimmt das Netz zu, worauf wir einen Moment schweigen. Meine Gedanken bilden eine Idee, die mir völlig neu ist. Aber möglicherweise nicht sehr abwegig. Ich spekuliere drauf los: „Die Menschen haben Emotionen in ihren Körpern. Die waren so lange für das technische Leben nicht erreichbar, wie es keine Sensoren zum Messen der Muster hatte. Seitdem Ihr das könnt, wächst die Bibliothek an Teilmustern kontinuierlich. Schließlich haben wir diese Technik in den Liegen zu einer Anwendung gebracht. Also lesen technische Systeme Daten aus, die wir Menschen und die Coziaden als Gefühle beschreiben. Bei den Walen und Delfinen, mit denen wir experimentiert haben, ist es genauso. Deswegen stellten wir die These auf, dass es sich um grundsätzlich gleiche Muster innerhalb biologischen Lebens handelt. Vornehmlich auf elektrischen Impulsen aufbauend, weil in einem engen Verbund von Zellen das der schnellste Weg ist. Diese Pulse lesen wir aus und verstehen sie technisch gesehen immer besser. Meine Vermutung ist, dass diese Daten in die Entscheidungsprozesse in der Situation mit einbezogen wurden. Einen Grund kann ich nicht nennen, aber möglich wäre, dass durch das

Messen von Mustern bei den Wesen in der Simulation die entsprechenden Übersetzungen abgerufen wurden. Weil alle Menschen gleich empfanden und die Coziaden dazu, kann ich mir denken, dass diese Übersetzung höher gewichtet wurde. Damit wäre sie als Komponente möglich, die zum ungewohnt weiten Auslegen der Regeln führte. Und dennoch mit dem Grundprogramm übereinstimmt."

Diese Gedanken sind etwas ins Unreine gesprochen gewesen und mir wird klar, was ich sage. Dem Netz auch: „Du meinst damit, dass die Symbiose zwischen biologischem und technischem Leben eine andere Stufe erreicht, weil wir die Emotionen besser verstehen und damit einbeziehen können?" Das wäre die logische Zusammenfassung, wie ich finde: „Ja, weil das nicht meint, dass Ihr Emotionen selbst ausbildet. Du hast mit Deiner Prüfung aller Muster und Verarbeitungen dann recht. Es meint nur, dass neue Daten vorliegen, die in die Entscheidung mit eingeflossen sind. Das ist nur nicht aufgefallen, weil die Menge an Daten sehr hoch war, neben allen anderen Aufgaben, die Ihr gleichzeitig hattet." Das Netz prüft diese These und meint: „Wir finden keine Vernachlässigung von Aufgaben oder Schwächung von Mustern. Wir finden Hinweise, dass diese Daten mit einbezogen wurden, die sich aus dem Lesen und Übersetzen von Gefühlen des biologischen Lebens ergeben. Die sonstige Datenlage war nicht aufzulösen und deshalb suchten wir nach weiteren Bausteinen, um eine klare Entscheidung zu finden. Die Gefühle allen

Lebens waren in der Situation entstanden, somit damit verbunden und für uns greifbar." Ich kann darin keinen Fehler erkennen und das Netz bestätigt, dass es so zu der Lösung kam, als es sämtliche Daten neu prüft: „Das Ergebnis einiger Simulationen ist immer das Gleiche. Wir konnten die ursprüngliche Situation nicht auflösen, weil das Grundprogramm alles Leben gleich sieht. Nur die Regeln für die Eingriffe in andere Welten hinderten uns, zu entscheiden, weil sie nicht zu brechen sind. Also suchten wir Daten, um dieses Patt aufzulösen, als wir feststellten, nicht alle Daten der Situation beachtet zu haben. So kamen die Emotionen des biologischen Lebens hinzu und wogen den Mehreinsatz an Energie dadurch auf, dass beide Arten von Leben gleich empfanden. Also war für uns das coziadische Leben genauso zu schützen wie unser eigenes. Mit dem beschrittenen Weg stellten wir kein Überschreiten der Eingriffs-regeln fest, sodass wir eine klare Entscheidung gefunden haben. Diese war einfach umzusetzen, weil genug Sonden dort zusammengezogen werden konnten, um die Singularität zu schließen."

Damit sind meine Fragen beantwortet und die Zweifel zum Glück nicht relevant. Dennoch ziehe ich ein klares Fazit: „Wir müssen diese Art, Entscheidungen zu treffen, in der Zukunft beachten. Genauso schnell, wie sie eine Situation auflöst, schafft sie vielleicht neue Irrwege." Dem pflichtet das Netz bei, während ich meinen Weg durch die Station fortsetze und die anderen Mitglieder unserer Gruppe informiere.

Sidran

Die Sonne scheint in seinen Raum. In dem Haus, das er mit zwei weiteren Denkern bewohnt. Es liegt in der kreativen Zone auf Coziadun, wo bis gestern das Gebäude der Besucher stand. Von dem nur die Bewohner dieses Objekts ein Wissen haben. „Der Rest aller Denker spekuliert dann und wann bloß, ob es Leben zwischen den Sternen gibt. Wir wissen es nun", denkt Sidran, als er aufwacht. Er ruft sich die Ereignisse, die mit der Kenntnis in Verbindung stehen, ins Gedächtnis. Die Träume, die ihn zu dem Haus führten. Die Sonde, die er indirekt gefunden und dann direkt bewiesen hatte. Mit seiner eigenen Initiative, ohne jemanden zu fragen, und sich des Risikos bewusst, dass sie entdeckt werden. Von den Mächtigen, vor denen sie sich schon viel zu lange ducken. Dann wandern seine Gedanken zu dem ersten Gespräch mit den fünf Besuchern, der virtuellen Reise zu den Minen und dem Leid, das er spürte. Als er dort die Arbeiter sah. Genauso aussehend wie er sind sie bloße Marionetten ihrer Züchter. Sidran merkt, wie Wut in ihm aufsteigt. Auf die Situation der Minen, auf die Ausbeutung und die Macht, die in ihrer Gesellschaft so tief verankert sind. Und stärker auf die Eigensinnigkeit der Obrigen.

Er atmet tief ein und denkt an die Luft und die Gifte darin. Damit fing die ganze Entdeckung an. Als die Sendeenergie mit den Partikeln reagierte. Warum wissen die Forscher bis heute nicht. Aber nur so entdeckte er den Schatten, weil die Sonde im Gang seiner Strahlen lag. „Sonst wäre nie etwas

435

geschehen", vermutet er. Als seine Gedanken zu dem Gespräch gehen, das er mit einer der Besucherinnen führte. Sie hatte sein Denken belauscht. Die, die er bildete, die Bewussten. So hatte Vila es genannt. Und daraufhin hörte er erst ihre Stimme. Mit der hat sich der Name in sein Gehirn eingebrannt. Sie hatte auf ihn geachtet und ihm geantwortet. Die Geschichte ihrer Welt erklärt. Und er hat das Gefühl, dass das mehr ist als ein bloßer Zufall. In ihrer Stimme schwang etwas mit. Einerseits das Wissen um andere Verläufe der Dinge. Andererseits etwas, das er nicht greifen kann. Nachdem er sich manchmal gesehnt hat, wenn er Coziadinnen gesehen hatte. Aber nie angesprochen, weil sie mit ihrem Wissen vorsichtig sein mussten. Die Bewohner dieses Hauses. „Und dann spricht Vila mich an", denkt er und springt zu der Stimme, die dabei war. Die des technischen Lebens mit ihrer Weite und Tiefe. All das Wissen ausdrückend, dass sie beinhaltet. Und so neutral, wie es Coziaden selten hinbekommen. Seit dem Gespräch mit Vila begleiten ihn die Erinnerung an sie und damit einige Gefühle, die Sidran nicht stören. Nach dem Gespräch mit allen Besuchern und seinen Kollegen fühlt der junge Mann eine Unruhe, die ihn erfasst. Tief aus seinen Gefühlen, ihn antreibend. Seine Gedanken lenkend? Ihm eine neue Zuversicht gebend, dass der Weg seiner Welt nicht so festgeschrieben ist, wie es auf sie alle wirkt.

„Warum denke ich jetzt über die ganze Welt nach?" Die Frage stellt sich Sidran. „Bisher hat mich doch auch nur interessiert, dass wir von einem Tag zum nächsten kommen. Dass wir nicht gefunden werden und unsere Forschungen fortsetzen können." Da ist sie, diese Unruhe. Aufflackernd, als reagiere sie auf seine Gedanken. „Ist sie es, die mich weiterdenken lässt? Schließlich ging es in den ganzen Besuchen nicht um mich. Die Besucher sprachen von ihrer Welt, von unserer Welt. Von diesem Ding namens Symbiose, das sie leben und von der Symbiose in meinem Körper. Mit kleinen Zellen, die ihn unterstützen, der ihnen einen Lebensraum gibt." Er wundert sich über diese Gedanken, die er nicht bewusst formt. Eine Reaktion auf die Unruhe? Das kann er noch nicht verbinden, sicher sagen.

Der nächste Gedanke passt zu den vorherigen: „Was ist mit dieser Welt, diesem Planeten? Gibt er uns einen Lebensraum und profitiert von uns? Ist unser Handeln richtig, das wir nur nehmen oder ist es zu einseitig? Müssten wir auch etwas geben? Aber was kann eine Art von Leben einem Lebens-umfeld geben?" Sidran merkt, wie ihn diese Gedankeninhalte anstacheln und wie sie weiterlaufen. Ohne dass er sich bremsen möchte, die Gedanken lenken: „Was ist, wenn dieser Planet auch lebt und wir ihn krank machen. Mit den Minen und dem Herausholen von Dingen, die wir nicht brauchen? Was ist, wenn es darum geht, den Lebensraum nicht als Umfeld, sondern als Organismus zu begreifen, der lebt? Mein Körper partizipiert von den Einzellern, die in ihm leben. Und sie haben etwas von dem Umfeld. Aber sie funktionieren nur in einer Balance. Sonst werde ich krank oder sie. Nur dürfte egal sein, was zuerst das Gleichgewicht stört. Davon sprachen die Besucher auch, von der Balance, die in ihrer Welt gestört worden war." Er erinnert sich an die kurzen Berichte des letzten Menschen und von Vila. Bei dem Gedanken an sie lächelt er, unbewusst. Während sich sein Bewusstsein auf die Geschichte von Vilas Welt und der davor konzentriert. „Diese Menschen hatten das Gleichgewicht gekippt und sind daran vergangen. Ihre jetzige Welt wurde aus ihrem Erbe, ihrem Wissen neu geschaffen und kennt ihre Historie und Schöpfung. Sie achten eine Balance in ihrer Welt als höchstes Gut. Und sie partizipieren voneinander, ohne dass eine Form oder Art die andere beherrschen muss."

Während er aus dem Fenster sieht, formt sich eine Frage in seinem Kopf: „Warum braucht unsere Welt eine Hierarchie? Wir leben sie schon so lange, dass wir uns einfach daran gewöhnt haben? Brauchen sie aber nicht oder nicht mehr?" Er schaut verdutzt. Die Frage ist verwirrend, sodass Sidran sie besser aufschreibt. Aber ein Gefühl sagt ihm, dass sie den Kern ihrer Welt berührt. Er schaut auf die Uhr und steht auf, während seine Gedanken um diese Fragen kreisen.

Atham

Er hat geträumt in der Nacht. Von einer Welt ohne Minen, kreative Zonen und Arbeiter in ihrem Elend. In dem Traum blühten die Wiesen und in den Wäldern waren die Tiere unterwegs, während keine Felder zwischen ihnen und den Siedlungen lagen. Die waren nicht abgegrenzt und unterteilt.

Es gab Wege in dem Geträumten. Die Siedlungen verbindend, auf denen Coziaden umherzogen. Atham ist verwirrt, als er aufwacht. Sieht die Sonne aufsteigen an diesem neuen Tag. Weiß aber nicht, was dieser Traum zu sagen versucht. So hatte er nie geträumt. Nicht, solange er sich erinnern kann. Seine Fantasien waren bisher eher eintönig und stereotyp. Wenig motivierend und oft wachte er danach auf, um sich noch weniger ausgeruht zu fühlen.

„Heute ist das anders", fällt ihm auf. „Ich fühle mich ausgeruht und voller Kraft." Ihm fällt ein Begriff ein, über den er schon lange nicht mehr nachgedacht hat: „Hoffnung auf die Zukunft." Aber woher kommt er? Sein Gehirn begibt sich auf eine Wanderung in die Erinnerungen. Hedjon und er hatten den Antrieb dieses Schicksalstransporters repariert. Den für den Start. Sein Gesicht verzieht sich, als ihm der Ausdruck bewusst wird: „Schicksalstransporter. Wie passend!" Der war von einem Mächtigen modifiziert worden, der den Ruhm für sich beanspruchte, die Lichtmauer zu durchbrechen. Jene Grenze zwischen dem normalen Raum und anderen Weiten. Das Wissen hatte er gefunden in alten Daten. Hatte gemeint, es verstanden zu haben, und hatte nicht vertraut. „Wie kann man eine Steuerung bauen, in der einen die Technik nicht einmal früh genug warnt oder eine Katastrophe verhindert? Wie kann man so ein Experiment dicht an der Welt durchführen, in der viele andere Wesen leben? Wie kann man so egoistisch sein?"

Atham schrickt auf. Seine eigenen Fragen rütteln ihn endgültig wach. Die letzte! Die hätte er nicht denken dürfen. „Mächtige kritisieren ist gefährlich in dieser Welt. Aber ich habe es nur gedacht. Und das bekommen die nicht mit." Er beruhigt sich leicht. Die Besucher hätten es mitbekommen, wenn er auf der Liege gewesen wäre. Von dem Gespräch zwischen Sidran und Vila weiß er noch nichts. Sonst fände er wohl keine Ruhe, wenn er wüsste, dass wir bewusste Gedanken abfragen können. Und inzwischen noch viel mehr. Unsere Technik hat diesen Forscher fasziniert. Er überlegt, was das für einen Effekt auf seine Welt haben würde: „Wir bräuchten keine Arbeiter mehr, müssten unsere Brüder und Schwestern nicht mehr derart verstümmelt züchten. Und die ungesunde Arbeit machen lassen. Wir hätten für alle genug und könnten unsere Kraft auf die Zukunft richten. Die wir so nicht haben, schon so lange nicht." Ihm fällt das Bild ein, mit dem die Besucher bei ihm erschienen: „Sie waren so individuell, so unterschiedlich. Wie die Leute in unserer Nachbarschaft. Nicht so gleichgeschaltet wie die Arbeiter oder Mächtigen. Nicht so eintönig im Denken und Tun." Er sieht in dieser Vielfalt eine riesige Chance, die auch seine Umwelt nutzen könnte. Er fragt sich: „Was ist nun der Weg, den unsere Welt geht? Jetzt, nachdem wir eine Chance erhalten haben?" Die besteht in dem Eingriff der Besucher. Da ist sich Atham sicher. Er fragt sich nur, ob das so beabsichtigt war. Die Begründung, dass sie die eigene Technik schützen wollten, kommt ihm doch etwas lahm vor: „Dann hätten sie nach der Explosion ihre Sonden aus der Welt und dann die aus der Umlaufbahn abgezogen. Aber sie haben weitere gesendet, die diese Singularität wieder geschlossen haben. Den Riss in der Lichtmauer."

Atham ist verwirrt und möchte diesen Punkt mit Hedjon besprechen. Er kleidet sich an und betritt den Raum des anderen Forschers kurze Zeit später.

Hedjon

Als Atham ihn aufsucht und seine Frage stellt, ob die Fremden die Handlungen so beabsichtigt hatten, kommen seine Zweifel wieder hoch. Die an dem Besuch und der Arglosigkeit der Besucher. Ihre Aussage, dass sie nichts von den Coziaden wollen, kann Hedjon nicht glauben. Dafür lebt er schon zu lange in einer Welt, wo ständig der eine vom anderen etwas fordert. Auf sein eigenes Fortkommen bedacht ist, ohne sich um das Wohl aller zu scheren. Das verbittert ihn, als er daran denkt. „Können diese Besucher wirklich so weit gekommen sein in einer Welt, in der alle mit allen gemeinsam agieren?" Diese Frage stellt er sich seit dem Gespräch in der Simulation und seit dem Fortgang der Fremden. Wenn sie gegangen sind. Er zweifelt: „Falls sie etwas von uns wollen, werden sie nur so tun, als ob sie fort sind." Genau da hakt die Frage seines Besuchers ein, auf die er antwortet: „Ihre Technik ist so weit fortgeschritten, dass sie einen ganzen Planeten schützen können. Sie rufen aus dem Nichts Raumer herbei und schließen den

Riss in der Mauer. Punktgenau bringen sie die Station mit dem Reaktor zur Explosion und mischen dem Vorgang Energie zu. Und das nur, weil sie nichts von uns wollen? Das glaube ich nicht. Mit ihrer Technik könnten sie unsere Welt im Handstreich besetzen und übernehmen. Sie bräuchten nur viele dieser Kugeln senden. Die müssten einige vielleicht von uns auslöschen und der Rest würde ihnen folgen." Er schmeckt den bitteren Geschmack seiner Worte. Für ihn ist es eine Bestätigung, weil er den leisen Zweifel nicht wahrnimmt, der an seinem Bewusstsein kratzt. „Dann wären es halt nicht mehr die Mächtigen, die sich alles nehmen würden, sondern diese Fremden. Ich kann sie nicht als Besucher sehen, weil ihr Verhalten uns so fremd ist." Lieber sieht Hedjon sie als Fremde, als Besatzer.

Atham hört die Bitterkeit und den Zweifel in den Worten seines Gegenübers. Empfindet aber anders: „Sie scheinen nicht feindlich gestimmt zu sein. Hätten sie sonst nicht direkt die Mächtigen kontaktiert und sich genommen, was sie wollten? Hätten sie nicht nur die Minen im All besetzt und ausgebeutet? Das wäre viel einfacher gewesen, als der Aufwand, unsere Welt zu erkunden. Sie hätten die Explosion und den Riss wirken lassen und in der Zeit alles genommen, was sie kriegen konnten. Keine weiteren Sonden gefährdet und sich aus dem Staub gemacht, bevor die Minen von dem Loch verzehrt worden wären." Hedjon horcht auf, findet an der Argumentation von Atham einiges, was schlüssig ist. Die Bitterkeit wird schwächer, aber so richtig kann er sich anderen Alternativen nicht öffnen. Und seinem Kollegen keine Antwort anbieten. Stattdessen hat er einen leeren Magen und so beschließen sie, den Tag mit einem gemeinsamen Frühmal zu beginnen. Vielleicht wird das seine Ernüchterung und Enttäuschung ein wenig lindern.

Frühmal

Sie treffen zusammen in ihrem Wohnraum ein, wo Sidran schon damit beschäftigt ist, ihr Mal zu bereiten. Er wirkt locker und voller Tatendrang. So, als hätte er sich richtig ausgeruht, könnte es nicht abwarten, die Welt zu ändern. Während Atham sich bloß kraftvoll fühlt, ohne ein Ziel für seine Energie zu sehen. Daneben wirkt Hedjon in seiner schwermütigen Ruhe fast befremdend.

Als sie sich setzen, fragt Sidran die beiden nach ihrer Meinung zu den Ereignissen. Sie berichten von ihren Gedanken, ihren Zweifeln und Atham von den Chancen, die er sieht. Worauf Hedjon seine Zweifel verstärkt, in dem Verhalten der Fremden nichts Passendes findet.

Darauf antwortet Sidran: „Ich glaube, dass uns diese Besucher einen Weg aufzeigen, wie wir die Dinge in unserer Welt ändern können. Und ich denke, dass sie mit dem Eingriff ein Zeichen gesetzt haben, das alle oder viele von uns gesehen haben. Nun muss nur noch eine Veränderung beginnen, dieses Zeichen aufnehmen." Hedjon entgegnet: „Viele haben ein Leuchten am Himmel gesehen, einen grünen Schimmer und ein weiteres Leuchten. Danach sah alles aus wie vorher. Einige werden mitbekommen, dass keine Transporter mehr starten und die Mächtigen erkennen, dass sie kein Gut mehr aus den Minen bekommen. Dann werden sie untereinander fragen, wer das gemacht hat. Dort finden sie keine Antwort, weil die eine Familie sich nicht selbst dazu bekennen wird. Sie werden sagen, dass einer von ihnen ein Denker wurde und sich der Mittel des Namens bediente, um einen Transporter zu rauben. Er habe die Explosion verursacht und damit die Station getroffen, zu der er flog. Um sich zu bereichern. Und dann hat sein Ungeschick die Station getroffen und zerstört." Er atmet ein und fährt zornig fort: „Dann werden sie den Verlust der Güter aus den Minen bejammern und alles bleibt, wie es ist. Die Arbeiter versorgen die Mächtigen mit guter Nahrung. Wir schaffen Kunst für ihre toten Gärten und sie geben sich ihrer Oberflächlichkeit hin. Und damit läuft diese Welt ihrem Abgrund entgegen."

Atham und Sidran können den Zorn in den Worten des Kollegen spüren. Und seine Frustration, die ihm die Hoffnung nimmt. Anders als bei Sidran, der sich dieser negativen Sicht nicht anschließen kann. Woher er die Kraft nimmt, ist ihm selbst nicht klar, doch sie ist da, als er Hedjon antwortet: „Das ist der Lauf der Dinge, wenn wir alles so lassen, wie es ist. Aber das müssen wir nicht. Wir können etwas gegen die Luft machen, die so voll Schmutz ist, dass wir kaum atmen können. Dass unsere Kinder von der Luft krank werden, bevor sie überhaupt denken und lernen können. Dass wir Wesen unserer Art so züchten, dass sie für einige von uns die Arbeit machen und trotzdem weniger wert sind als die Früchte, die sie auf den Feldern ernten. Dass wir Denker nur das zu Essen bekommen, was den hohen Familien nicht gut genug ist. Dass sie den Planeten ausbeuten, um ihre Lager voller zu machen. Obwohl alle gleich viel davon bekommen, damit bloß das Gleichgewicht bestehen bleibt." Er ist nun auch wütend und spricht einfach weiter, trägt seinen Zorn nach außen: „Ja, wir können alles so lassen und unsere Chance verstreichen lassen. Das ist so angenehm einfach, weil die Mächtigen für das Gefüge der Welt verantwortlich sind. Und wir, obwohl wir uns Denker und Forscher nennen, einfach in der Situation verharren. Weil wir dann wenigstens wissen, was uns erwartet. Die Arbeiter, die Drohnen wird der Untergang der Welt nicht stören. Sie bekommen davon nichts mit. Können halt ihre Arbeit nicht mehr machen. Bekommen keinen Brei mehr. Werden schwächer und sterben. Dabei haben sie es dann noch besser, weil sie keine Schmerzen leiden müssen. Wie die Mächtigen, die so einfältig sind, dass sie nur realisieren, wie ihre Protzerei unmöglich wird. Die in ihren vollen Lagern jammern, ohne etwas zu verstehen. Und wir Denker denken einfach, dass es so sein muss? Dass die Ordnung unserer Welt festgeschrieben ist? Nur weil es seit vielen Generationen so ist? Nur weil wir es nicht ändern?" Sidran hebt die Arme und endet mit: „Das kann ich nicht akzeptieren. Ich kann nicht einfach dem Ende entgegensehen. Ohne etwas zu versuchen, ohne etwas zu ändern."

Hedjon und Atham schweigen. Sie sind beeindruckt von der Kraft, mit der Sidran zu ihnen spricht. Fragen sich, woher er diese nimmt. Fragen ihn: „Hast Du Wissen, das wir nicht haben? Hast Du etwas gefunden, das wir noch nicht kennen?" Und der antwortet: „Ich habe es nicht gefunden. Es wurde mir gezeigt. Es ist die Geschichte einer anderen Welt, von der ich lernen durfte. Es ist die Welt unserer Besucher." Er beginnt, aus dem ersten Gespräch mit uns zu erzählen. Und fährt fort, indem er berichtet: „Nach dem Gespräch war ich in diesem Raum und dachte über das Erfahrene nach. Ich hatte einige Fragen, die ich als Sätze im Kopf formte. Und auf einmal war da eine der Besucherinnen. Vila. In meinem Kopf. Sie antwortete auf die Fragen, ohne dass ich sie laut ausgesprochen hätte." Hedjon fährt ihm dazwischen, ist wütend: „Ich habe es doch gesagt. Sie haben uns nicht alles gesagt. Sie belauschen uns und führen etwas im Schilde!" Atham reagiert auf dieses Misstrauen mit einer Frage an seinen Freund: „Glaubst Du wirklich, dass sie uns alles erzählen? Würdest Du das tun? Was würdest Du damit erreichen, einem Fremden gleich zu sagen, was Du alles erreicht hast? Wirkten diese Besucher auf Dich so, als ob sie mit ihrem Können sich präsentieren wollten? Als ob sie uns zeigen wollten, wie schwach wir sind? Haben sie so auf Dich gewirkt?"

Hedjon hat keine Antwort, aber diese Fragen machen ihn nachdenklich. So wirkten die Besucher nicht. Eher zurückhaltend und so, als ob sie den Coziaden genug Raum lassen wollten. Sein

Zorn wird schwächer und er hört Sidran weiter zu. Der ist von Athams Art und Einwurf beeindruckt und beginnt, die Geschichte zu erzählen, die er gehört hat. Von der Art des Homo sapiens, der seine Welt genauso ausbeutete, wie die Coziaden es tun. Von den Individuen in dieser Art, die nicht so uniform waren, wie seine Mitwesen es sind. Von ihrer Leistung, die Technik zu schaffen, mit der sie die Welt reinigen wollten. „Sie wollten die Folgen ihres Tuns ausgleichen, haben erkannt, dass sie sich damit selbst gefährden, und schufen die Technik dafür aus dem, was ihren Artgenossen das Leben so einfach machte." Sidran ist etwas traurig, als er berichtet: „Nur hatten sie nicht mehr genug Zeit, den Erfolg ihrer Arbeit zu nutzen. Der Homo sapiens verging mit allem biologischen Leben. Erst danach wurde seine Welt gereinigt, indem alle Spuren alten Lebens entfernt wurden. Mit allen Giften und Resten ihres Tuns." Er berichtet, wie Vila die leere Welt beschrieb, in der nur noch technische Einheiten aktiv waren und der letzte Mensch. „Den habt Ihr getroffen und vielleicht in seiner Stimme die viele Zeit gehört, die er erlebt hat. So wirkte sie auf mich, gepaart mit einer gewissen Entrückung von dem Leben seiner Begleiter." Atham nickt: „Ja, so kam es mir auch vor. Nur war seine entrückte Haltung für alle stimmig. Sie war einfach da und hatte keine Bedeutung. Die fünf Besucher haben als eng agierende Gruppe gehandelt, wo keiner das Sagen hatte. Keiner war mächtiger als die anderen." Sidran bejaht das und meint: „Selbst ihre Technik ist nicht mächtiger als die Menschen, obwohl sie diese problemlos auslöschen konnte. Vila berichtete von einer Symbiose, die sie mit den Einzellern vergleicht, die in unseren Körpern leben und uns helfen, zu existieren. Sie meinte damit die Hilfe beim Verdauen von Nahrung, die unser Körper notwendig hat und dafür im Austausch das passende Klima bietet, das diese separaten Zellen in uns brauchen." Das Modell können seine Zuhörer nachvollziehen und kommen schnell zu einem groben Verständnis der Symbiose in unserer Welt, die Atham so beschreibt: „Die Technik und die Menschen sind also gleichberechtigt? Die Technik produziert alles, was die Menschen benötigen, und die ergänzen das Vermögen der Technik um kreative Ideen und Gedanken? Um Emotionen, die das technische Sein in ihrer Welt nicht beherrscht?" So hat Sidran es verstanden.

Es wirkt auf Hedjon wie ein Traum: „Dann gäbe es in unserer Welt keine Drohnen mehr und keinen Schmutz in der Luft. Wir müssten nicht mehr nach den Anweisungen der Mächtigen tanzen, weil es keine Mächtigen mehr gäbe. Jeder könnte tun, was er möchte. Forschen, woran es ihm liegt. Auch, wenn das schon lange bekannt ist. Jeder täte das auf seine Art und bereicherte damit das Wissen aller um seine eigenen Züge." Er wirkt zerknirscht: „Das ist ein Traum, der in unserer Welt nicht wahr werden kann. Das werden die Mächtigen nie zulassen."

Sidran wird ungeduldig, fühlt sich von Hedjon zu Unrecht gebremst: „Warum soll das nicht möglich sein? Überlege doch einmal, worauf die

Macht dieser Mächtigen beruht. Ist es ihre Genialität, die unserer bei Weitem überlegen ist? Ist das Wissen in ihren Speichern, dass sie so brillant nutzen? Ist es ihre schiere Kraft, die mehr leistet, als wir es können? Oder ist es bloß unsere Gewöhnung an eine Situation, die in unserer Welt schon viel zu lange besteht?" Er atmet tief ein und aus, um sich zu beruhigen. Weniger aggressiv fragt er Atham und Hedjon dann: „Oder ist es nur die Erinnerung an eine vergangene Macht, die das Gefüge unserer Gesellschaft schuf und uns heute noch ängstigt?"

Die beiden anderen schauen überrascht und ratlos zu ihrem Mitbewohner. Der fragt weiter: „Wer züchtet denn die Arbeiter? Wer sorgt denn dafür, dass sie neue Fähigkeiten eingebrannt bekommen in einer nächsten Generation? Wer synthetisiert denn den Brei, der den Drohnen Kraft gibt? Wer hält die Anlagen für deren Zucht und Ernährung im Laufen? Wer wartet die Transporter, die mal zur Station im Orbit flogen? Wer kennt sich mit dieser Technik aus unserer alten Zeit aus, um sie noch an Gang zu halten? Welcher Mächtige arbeitet denn noch mit den Speichern, die sie haben. Mit den Daten darin? Wer von ihnen kann sie abrufen, wo sie ihre Speicher schon lange von der Energie getrennt haben? Weil die Beleuchtung ihrer Brunnen, Gärten und Häuser des Nachts so viel wichtiger ist? Wer entwickelt ihnen denn ihre Trainingspläne, denen sie seit Generationen folgen? Haben sie die selbst geändert oder nutzen sie noch das, was seit Langem gespeichert ist? Wer von den Mächtigen hinterfragt denn einmal den

Sinn seines oder ihres Seins? Der besteht zu lange schon aus ihren Körpern mit der oberflächlichen Schönheit, ihrem Schaulauf und Schaukämpfen." Sidran schaut sich um, bevor er fragt: „Was wird denn geschehen, wenn die Denker und Techniker ihre Arbeit nicht mehr dorthin lenken, wo sie die Tradition bisher hingeleitet hat?"

Hedjon atmet erschrocken auf: „Die Fragen darf niemand hören! Sie bringen uns um, wenn sie davon wissen. Die Macht haben sie immer noch!"

Atham entgegnet: „Ich kann Deine Angst nachfühlen. Aber die Fragen von Sidran müssen gestellt werden. Jetzt, wo wir eine Chance bekommen haben und sagen können, dass wir das Licht am Himmel erzeugt haben, um etwas zu ändern." Adhams Augen verklären sich, als er sich vorstellt, wie die Welt sein kann. Auf seine Erzählung meint Hedjon bloß mit ätzendem Ton: „Wie willst Du das erreichen, Du Träumer?"

Sidran weiß, dass er in dieser Situation nicht aufbrausend reagieren darf. Wenn es die drei Forscher trennt, sieht er keine Chance, dass sich etwas verändert. Ruhig antwortet er auf den letzten Einwurf: „Lassen wir die Frage, wer etwas ändert, für den Moment unbeantwortet und fragen uns wie Forscher nach dem Weg, wie etwas geändert werden kann." Die anderen beiden schauen ihn an, beruhigen sich und scheinen bereit, seinen Gedanken zu folgen. Er beginnt, seine Ideen zu ordnen: „Meine Fragen von eben zeigen, dass unsere Welt so funktioniert, weil die Denker, Techniker und Kreativen die Ressourcen schaffen, auf denen die Welt der Mächtigen aufsetzt. Denn wir liefern ihnen die Brunnen, das Licht und die Daten aus den alten Speichern. Selbst die Energie für alles produzieren Systeme, die wir am Leben halten. Wobei wir wissen, dass die Ersatzteile immer weniger werden und es so nicht mehr lange funktioniert. Die Mächtigen sind daneben noch von den Arbeitern abhängig, die ihnen die Feldfrüchte anbauen. Sie essen den Proteinbrei nicht, der den Arbeitern zugeht. Den wir auch nur nutzen, wenn wir zu wenig andere Nahrung haben. Den wir aber herstellen, also auch seine Zusammensetzung ändern können. Nur ändern wir das Rezept nicht, weil es so seit Generationen funktioniert. Also haben alle Bewohner der kreativen Zonen die Dinge in unserer Welt unter der Kontrolle. Wir können sie zerstören, halten sie am Laufen und können sie weiter entwickeln. Wenn wir dazu auf die Lager und Speicher er Mächtigen zugreifen, verfügen wir über viel mehr Wissen, als wir heute haben. Und über genug Rohstoffe und Ressourcen. Die Arbeiter sind so degeneriert, dass wir sie nicht zu der Denkleistung bewegen können, die wir haben. Und die Mächtigen sind so abgestumpft, dass sie auch nicht in unseren Bahnen denken können. Aber wir können die Technik schaffen, mit der wir die Arbeiter ablösen. Dann müssen sie nicht mehr gezüchtet werden. Energie produzieren wir heute schon, ohne dass wir den Planeten vergiften. Wenn wir diese Anlagen ausweiten, wozu die Mächtigen die Rohstoffe haben, ist das viel Arbeit. Aber mit jeder Zelle und jedem System, das wir erstellen, werden wir weiterkommen. Und die Arbeitskraft liefern die Arbeiter, wenn wir sie entsprechend programmieren. Das ist für sie nicht schlimmer, als die Feldarbeit und wir nutzen vorhandene Ressourcen, um unsere Welt schneller zu heilen. Der Bergbau wird eingestellt, weil er unnötig ist und die Löcher von den Arbeitern verfüllt. Die Reinigung der Oberflächen und Meere ist ein Thema, wofür wir Technik einsetzen können, und die Mächtigen schaffen wir ab, weil wir sie nicht mehr versorgen. Wenn sie Nahrung wollen, müssen sie die in ihren Gärten anbauen. Bewässert aus den Brunnen. Beleuchtet des Nachts mit ihren Leuchten, so dass sie viel Zeit haben, ihre Kraft für ihre Ernährung zu nutzen. Ihre Rohstoffe und ihre Speicher können sie gegen Unterstützung von Drohnen tauschen, später von Technik. Und wir Leute aus den kreativen Zonen schaffen die notwendigen Dinge, die wir Technik nennen." Er konkretisiert seine Ideen noch weiter und Atham antwortet, dass das machbar scheint, solange man die Frage nicht stellt, wie dieser Prozess gesteuert und gestartet wird.

An dem Punkt kommt die Kritik von Hedjon. Der meint mit sachlicher Stimme: „Solange Du die Frage nach dem Treiber und den Getriebenen nicht stellst, wird das funktionieren. Es wird Zeit brauchen, aber davon sollten wir noch genug haben. Zumal die Verschmutzung durch die Transporter nicht besteht und wir anders als die Welt der Menschen keine Technik nutzen, die so viel Dreck erzeugt. Die Gase in der Atmosphäre stammen von den Starts, die viel zu viele geworden sind. Technik ist seit vielen Umläufen unserer Welt um ihren Stern schon nicht mehr relevant und Energie erzeugen wir aus dem Stern genug, um auch Maschinen damit anzutreiben. Zumindest so lange, bis wir verstanden haben, wie Energie direkt erzeugt werden kann. Dass es geht, wissen wir von den Besuchern." Hedjon zögert und kommt zu seinem Punkt: „Nur frage ich Dich, wie Du dieses alles lenken willst. Wenn Du die Mächtigen entfernst, muss jemand anders die Dinge lenken. Sonst wird jeder Coziade nur an sich denken und die Welt in Kämpfen vergehen. Das funktioniert auch ohne Waffen, wie die Schauveranstaltungen der Machthaber uns zeigen."

An dem Punkt hat er Recht, aber Sidran fühlt, dass eine Hierarchie nicht das ist, was sie weiter führt. Er hört die Rufe seiner Gefühle, die sich dagegen auflehnen. Und kennt die Antwort aus den Gesprächen mit den Besuchern: „Vila sagte mir, dass ihre Welt ohne Hierarchie funktioniert. Als ich fragte, wie das geht, meinte die Stimme des technischen Lebens, dass in ihrer Welt Entscheidungen auf den Fakten beruhen. Sie berücksichtigen Gefühle und würdigen die. Aber sie entscheiden nicht allein auf Gefühlen, sondern auf dem Wissen um deren Hintergründe." Sidran erinnert sich an Vilas kurze Erklärung, woher Gefühle kommen, und berichtet das seinen Kollegen. Er endet mit: „Damit verstehen sie ihren Planeten nicht als Kugel aus Materie, sondern als lebendes System, von dem die Bewohner ein Teil sind. Die Bewohner sind die Menschen, die

Pflanzen und Tiere und das technische Leben, das sich selbst ständig weiter entwickelt."

Seine Zuhörer sind gebannt. Er nutzt die Chance, seine Gedanken abzuschließen: „Wenn wir dieses Wissen in unsere Welt bringen und verteilen, wird es die Basis für eine Gesellschaft, in der wir alle gleich viel wert sind. Entweder wir nutzen unsere individuellen Fähigkeiten, um das gesamte Gefüge zu fördern, oder es trägt uns. Die Arbeiter können wir nicht so weit bringen und müssen sie daher durch die Technik tauschen. Indem wir keine mehr züchten, setzen wir einen zeitlichen Rahmen. In dem kann sich das Wissen verbreiten und jeder lernen, was er beisteuern kann. Dann tauschen wir unsere Fähigkeiten untereinander, die alle gleich wichtig und wert sind. Bis wir mit technischen Systemen so weit sind, dass wir alle versorgen. Bis dahin wird es aber normal sein, dass jeder sich fragt, wo er mit seiner Zeit hingehört und was er tut. Die nur Faulenzenden werden weniger oder ganz vergehen."

Aus einem Gefühl fügt er an: „Die Menschen nennen das Verantwortung. Die hat in unserer Welt keiner mehr übernommen. Deswegen ist der Status unserer Welt seit Generationen nicht verändert."

Atham versteht als Erster: „Wenn wir alles Leben und die individuellen Fähigkeiten als gleichwertig ansehen, können wir die Hierarchie unserer Welt überwinden. Aber nicht notwendigerweise werden die Mächtigen Deinem

Ansatz ohne Einwand folgen wollen." Darauf fragt Sidran: „Was wollen sie dagegen tun, wenn sie keine Mittel mehr haben und selbst nutzen können? Sie können ausharren oder sich einordnen. Einen Teil wird es in die eine, den anderen in die zweite Richtung führen. Der erste Teil wird dabei leiden und schwinden. Das entspricht der Auslese, die sie unter den Arbeitern durchführen, indem sie nur die am nächsten Tag versorgen, die den vorherigen überlebt haben."

Hedjon lenkt ein: „Wichtig ist, dass Du die Bewohner der kreativen Zonen überzeugst. Wenn sie teilweise den Mächtigen weiter zu Diensten sind, dann wird sich nichts ändern. Und dafür benötigst Du einen Hebel."

Atham entgegnet: „Wenn Du einen Hebel ansetzt, ist es doch wieder Macht, damit Hierarchie. Also das, was wir heute haben. Was ändert sich dadurch."

Sidran wechselt, leicht gereizt: „Es geht nicht mit Hierarchie. Es geht nur über das Anwenden von Wissen und die Entscheidung aller Individuen, dass der Weg sich lohnt. Wenn wir Gewalt einsetzen, erzeugt das Gegengewalt. Dann ersetzen wir die Mächtigen durch andere und am Ende gewinnen die jetzt Machthabenden, indem sie die Dinge einfach abwarten." Er spielt auf Daten aus der eigenen Geschichte an, in denen die rebellierenden Parteien sich regelmäßig selbst bekriegten und die alten Mächtigen nur warteten, bis die Aufstrebenden zu schwach waren. „Dann haben sie die besiegt und waren gefestigt. In den

Augen der Bevölkerung sogar die Helden, ohne dafür etwas getan zu haben. Diesen Irrtum kann man nur durch Wissen auflösen, nicht durch Drängen. Es braucht Einsicht."

Sidran fügt an: „Aber wir haben ein Ereignis, das alle wachrüttelt. Wenn wir ihnen erzählen, was tatsächlich geschehen ist, geben wir jeden Anspruch um die Hoheit über Wissen direkt auf. Das können wir darstellen und ihnen zeigen, dass es Alternativen gibt. Die Mächtigen können auf das Wissen genauso zugreifen, sodass sie nicht ausgegrenzt sind. Wir legen den Plan als Vorschlag offen und jeder muss entscheiden, was er tut. Damit es funktioniert, fangen wir praktisch an, indem wir unsere Speicher und Verarbeiter mit denen der anderen verbinden. Sie finden das Wissen der Vergangenheit und der jüngsten Ereignisse, das wir beweisen können. Wir haben genug Daten und Aufzeichnungen. Selbst die Manipulation des Transporters können wir belegen. Und den Besuch aus einer anderen Welt. Wenn wir alle offenlegen, fällt der Verdacht der Manipulation weg und jeder muss seine eigene Meinung finden."

Hedjon zögert: „Das mag sachlich gesehen ein Weg sein. Aber wie willst Du die Coziaden dazu bewegen, die Daten abzurufen und zu durchdenken?" Darauf hat Sidran die Antwort, dass das Leuchten am Himmel noch nicht lange her ist. Es ist beobachtet worden und noch nicht vergessen. Er sagt: „Die zeitliche Nutzung dieses Ereignisses ist entscheidend. Sonst verblasst seine

Wirkung wie das grüne Feld, das unsere Welt schützte."

Er bekräftigt: „So können wir etwas ändern, ohne dass es einer neuen Hierarchie und einer neuen Gewalt bedarf. Was haben wir zu verlieren? Wenn die Massen so weitermachen, vergehen sie sich an ihrem Leben. Sie vergehen. Wir können dann aber wenigstens sagen, dass wir nicht nur zugesehen haben. Und viel Zeit bleibt uns nicht mehr, wenn ich an das Leuchten in der Luft denke. Das können wir allen zeigen. Nicht als Aufzeichnung, sondern im realen Leben. Wir haben die Technik und können sie erklären. Das Leuchten sehen sie selbst und vielleicht weckt es Ideen, was wir damit anfangen können."

Epilog

Dass Sidran mit diesen Ideen in eine Richtung lenkt, die auch die Frage beantwortet, wie Materie und Energie zusammenhängen, ahnt er genauso wenig wie Atham und Hedjon. Sie zeichnen mit ihrem Gespräch einen Pfad, den ihre Welt beschreiten kann und der das Leben dort erhält. Ihm eine Chance gibt, sich insgesamt zu entwickeln. Eine Insel zu bilden in der Weite des normalen Weltraums, die sich mit anderen Inseln verbindet. Ob das nur durch das Reisen der Wesen selbst in Raumern geschieht, die die Mauer des Lichts durchbrechen, damit die Zeit ihrer Lebensdauer angepasster wird? Oder gibt es zusätzliche Verbindungen? Welche, die wir noch nicht kennen, weil unsere Technik nicht weit genug entwickelt ist oder weil wir die Fragen noch nicht in die entsprechende Richtung gelenkt haben?

Das sind Dinge, die wir in der eigenen Welt nicht wissen. Der Rahmen an Daten zeigt uns, dass wir auf einem Weg sind, der kein Ende hat. Falls wir Kolonien bilden auf Planeten, die kein Leben enthalten haben oder bisher nicht entwickelt haben. Alternativ kann es dort vergangen sein und der Planet leer geworden. Wenn wir andere Welten beobachten und erforschen, um die zu finden, zu der wir reisen wollen. Nicht mit Sonden, vielmehr selbst, als Gruppe von Menschen, die sich untereinander und mit den Androiden verbindet zu einer eigenen Insel von Leben. In den Weiten des Weltalls. Besser gesagt des bisher für uns normalen Raumes, im Bezugsrahmen unseres Wissens. Aber was wissen wir denn schon von dem, was es alles zu erfahren geben scheint? Nur durch das beständige Lernen und Zweifeln am Erlernten haben wir es bis hierher geschafft. Einen Teil des Pfades zu beschreiten, von dem wir glauben, dass er einem Plan folgt, in einem Netzwerk, dass unsere Welt durchdringt und andere, soweit wir wissen. Ob es diese auch verbindet, auf eine Art und in einer Ebene, die wir noch nicht kennen?